游戏是不能忘记的

晓航——著

北京出版集团公司

北京十月文艺出版社

1

黄沙，风吹黄沙千万里——

沙尘拔地而起，似乎没有任何预兆，就是壁立着一下子囫囵吞枣般咽下了整个天地。沙砾、尘土互相纠缠着，扭动抽打追逐撕咬，如同风神张开的喉咙，它越张越大，然后冲着世界愤然一喷，沙尘就呼啸着划过天空，一起奔远方而去。

沙尘覆盖了一切，没有开始没有结束，它们坚定地穿越大地，飞过河流与山脉，以轻描淡写的态度把时空挨着个儿断然拿下。不久，沙尘飞到一个灯红酒绿、醉生梦死的巨型城市，它们决定停留下来。于是，沙尘暴轻轻地伸出长长的舌头，小试牛刀一般从城市的胸膛划过。瞬间，城市裂开了，一直扬扬得意的城市如同一个长期搔首弄姿、勾三搭四的女人终于遭受了强奸一样发出痛苦的、崩溃般的哀鸣。城市中的人们被那些突如其来的沙尘狠狠地击中了，他们惶恐地望向天际，此时只听到漫天的沙尘以刺耳的方式向他们宣布：你们完了，让你们丫无尽地折腾！

就这样，离忧城彻底完了，一切的利益、一切的富贵繁华、一切的口号和愿景都在风暴中荡然无存。的确，长久以来，离忧城一直在耍，一直在玩，各种满不在乎，各种丧尽天良，可是它忘了，一个城市再狂头顶上还是有天的。不能总跟老天爷逗，它是不爱说话，总是冷眼看着一出又一出的表演，任凭各种疯狂、欺骗、残忍、矫饰、虚伪川流不息，但是它并不会一直袖手旁观，一旦它出手，就会毫不留情地钻到城市的肺里，血液里，灵魂里，干掉那些自高自大、自以为是、自以为无所不能的人，它不只是蹂躏，而是直接地毁灭，简单地吞噬。想比谁的獠牙更厉害？操，一个城市差远了，人类差远了！

三十天之后，当风沙一层一层持续覆盖在离忧城上面，离忧城败象已现。工业排放导致空气早已无法呼吸，石油的使用以及电力的获得更加重了污染，水源本就不足，仅剩的库存水也迅速被大面积地污染。为了减轻生态灾难，城市采取了许多应急措施，交通工具因此逐渐停驶，变成一具具瘫痪的躯壳，废弃在城市的街道上。人们终日无法出门，躲在家中看着漫天黄沙哀叹，整个城市在尘土味儿中弥漫着一股慢慢走向死亡的气息。

第一个冲出这个城市的家伙是个哮喘病患者，他这一段时间病情恰好加重，常常呼吸困难，他不由分说地认为罪魁祸首就是沙尘暴。他在经过很多天的痛定思痛之后，决定逃离这个可怕的城市。某天上午，他行动了，他让他的老婆开着车，后备厢里装着全部家私，奔向了另一个城市。天色太暗了，离忧城的白天由于沙尘的侵扰已经如同夜一般深沉，他们的车好像大海中的船只一样莽撞地上蹿下跳，他像一个懦夫一样坐在后座上不停地咳嗽，他们在慌慌张张中走错了好几个路口之后，最终才奔上了高速公路。

车在高速公路上开了很久，沙尘暴才慢慢弱了下来，天空开始露出一点点阳光，此时哮喘病患者打开窗子，偷偷地试着呼吸了一下窗外的空气，空气依然污浊，但是已经有点略略的湿润。他望望身后翻滚着的黄褐色天空，冲着远去的离忧城，用尽力气高喊一声：跑吧，这个城市完啦——

这一绝望的喊声一直在沙尘中飘荡，两个小时之后才到达离忧城。非常合理地，这个声音被风暴扭曲后放大了，它粗重漫长，满含暴虐和威胁，它是这样的：跑——吧——完——啦——一直心存侥幸的人们终于被风暴中的怪叫声彻底吓坏了，尤其是最后那个"啦"字就如同绝望的叹息，充满了不可阻挡的毁灭感。

于是，所有的人开始疯狂地逃离这个城市。

他们开始了一场史无前例的搬家运动，这个城市贪恋财物是出了名的，人们希望把属于或者不属于他们的都搬走。整个城市的搬家公司接到了无穷无尽的订单，它们迅速行动起来。于是，众多的运输车辆上路了，从各种住宅、别墅中搬出各种家具、衣物、日用杂物、珍禽走兽，然后一起向南方开去。人们的目标是八百公里以外的另一座巨型城市"南星"，当年那里水草丰美，气候温润，十分宜居，近年来虽也常常遭受沙尘雾霾的突袭，但是好歹还是能待下去，比离忧城强很多。大多数人就选定了那里作为寄居地。

奔向南星的道路大致有三条，最主要的是一条直达的高速公路，另外两条则是省际的普通公路。因此一开始是高速堵了，接着就是两条公路瘫痪，车辆一眼望不到尽头，它们如同乌龟一样停在每一寸的柏油路上，每个小时也就能挪动几百米，漫天的喇叭声此起彼伏，不时还有很多焦躁不堪的司机和乘客跳出来骂人。如果从天空望去，那真像一个庞大的生物体在死去之前的拼命挣扎和扭动。

这种逃跑持续了两个月之久，百分之九十的城市居民离开了这座即将死亡的城市，但是还有百分之十的人由于各种各样的原因留了下来。整整两个月，离忧城充满了一种告别的哀伤，亲朋好友们聚在一起一遍又一遍地告别，每个人的脸上都挂着颓丧和迷惘，他们真的不知道未来能去哪里，能过怎样的生活。大难临头各自飞，在这种告别时分，所有的亲情和友情必须局限在自己先能活下去的前提下，就如同在登山的时候看到倒下的队友无力伸手援助一样，又好比大海中一条载着众人的破船，当船漏了，多一个人跳下船去，其他人就多一分生的可能。人们聚集着，一遍又一遍地喝酒，回想着他们一起度过的光辉岁月，经历的旖旎风光，慢慢地，城市的街道中充斥着各种空酒瓶，这个城市的酒因为人们的绝望与悲伤率先被消灭了，酒瓶如同被掏空灵魂的躯体醉卧在大街小巷。后来人们无意中又发明了一种告别方式——他们互赠气球，寓意是希望对方远走高飞，飞到拥有光明的地方。于是人们手中又都多了数十种颜色各异的气球，那是其他人的殷切期望，希望亲朋好友们能自求多福。

某一天，当沙尘暴再次坦然而兴致勃勃地洗劫这个城市的时候，它听到了最后的响彻云霄的告别声以及哭声，接着无数彩色的气球飞起，它们向天空中广大的沙砾飞来，然后带着从未有过的巨响爆裂在无情的黄沙之中。这些声音标志着一座城市终于完结了，属于它的时代灰飞烟灭——

2

就在覆灭前很长一段时间里，离忧城一直名副其实，它确实是一个令人忘掉忧伤的地方。

它广大、繁华，完全与灾难不沾边，偶有雾霾袭来，过两天就有清风吹过来解围。整个城市一直欣欣向荣，像摊煎饼一样稳定地往外发展着。高楼大厦一片一片侵蚀着旷野，商业设施闻风而动，如同夏天的藤蔓植物一样很快变得无处不在。白天，城市的各个区域中心人群涌动，每个人都在为自己的利益孜孜不倦地奔忙着。晚上，则是城市最活跃的时候，到处灯红酒绿，歌舞升平，人们兴奋中带着得意，醉醺醺地看着这个花花世界飞速地旋转。

很有趣，这个城市总是流传着各种段子，涉及政治、八卦、传奇、笑柄、外太空，甚至下水道。很多段子耸人听闻，另外一些则引人入胜兼带鄙俗，还有一些不好分类，但是它们以坚韧著称，没人知道它们为什么会流传，可它们就如同河流中的水草，只要河流在动，它们就会一直漂浮在那里，今天在这儿，明天在那儿，相距不远，似曾相识。

韦波与赵晓川的故事似乎在城市中尽人皆知。

韦波三十多岁，他斯文儒雅，唇红齿白，有一副所有人都相信的面孔。他清秀的脸上总戴着一副圆形半框优雅复古的眼镜，他说话很中听，见到人也永远是在微笑，跟他在一起无不感到舒服体贴。他大学学的是建筑设计，接着修了一个法律学位。毕业后他从事过不少行业，当过公务员，加入过律师事务所，后来进入了房地产企业。他的从商经历异常坎坷，全靠自己白手起家。他很勤奋，几乎把所有精力都放在事业上，经过波云诡谲的商业历练，他的内心逐渐变得相当坚硬，慢慢学会了在一分一秒中潜移默化地换取利润，用迅速的立场变换来追随最强大的力量。在他的心目中形成了一条基本原则，那就是生意只有赚钱才能做，只要赚钱的生意都可以做，有利润是有道德的，而没有利润则是可耻的。最终，他凭借着头脑灵活以及吃苦耐劳，获得了商业上的成功，成为这个城市著名的青年才俊之一。

赵晓川是韦波的发小，相比于韦波不断地向社会顶峰迈进，他一直是一个不靠谱儿的奔跑者，一个永远的局外人。赵晓川个子高高的，上学时很瘦，脸上总是带着一丝坏笑。他自小非常聪明、贪玩，在学习上从来都是浅尝辄止，可是考试能力却极强，回回在班里名列前茅，不过由于酷爱说片儿汤话，常常弄得老师下不来台，老师因此对他爱恨交加。

赵晓川的父母是一对老实而平静的科研工作者，从他记事儿起，他就发现他们对于现实世界没有太多的兴趣，也没有太多的看法。他们每天的生活就是从实验室到书房，完全沉浸在自己的研究中，外在世界对他们来说一直都是平淡无奇，无论刮风下雨、地动山摇，他们都岿然不动。在他们的生活里，除了日常的平静就是用功时的安静然后是夜晚的寂静，他们跟外界没什么交往，他们肯定不会去欺负人，因为他们都不认识别人，而别人如果欺负他们，他们也不在意，因为他们感受不到。父母对于赵晓川应该是疼爱的，可是他们那种爱却非常沉静。他记得小时候，有一次和大院中的小朋友们去了很远的地方，不知为什么小朋友们把他丢了，他耽搁到很晚才找回来。夜里，当他摸着黑爬上楼，敲开自己家的房门时，是他母亲来开的门，她当时正捧着一本书，脸上做冥思苦想状，灯光从房间中照射到黑暗的楼道中，照在赵晓川那张肮脏的小脸上时，他的母亲只是瞟了他一眼，淡淡地说了一句：这都几点了，怎么才回来？之后就不闻不问，独自回到书房去看书了。

赵晓川长大之后，下定决心绝不过父母那样的生活，他虽然是他们的产物，但是他绝对是另外一个独立的个体。他觉得那种平淡且庸庸碌碌的生活太可怕了，过等于不过，那生与死的区别在哪里呢？赵晓川上大学学的是物理，他仅仅学了一小段时间就觉得没劲，于是想退学，可是他的成绩太好了，找不到足够的退学理由，而且赵晓川还很害怕别人来挽救他，于是他想了几天才想出一个主意，那就是找碴儿去跟别人打架。不久，他的计划圆满实施，他在毫无征兆的情况下痛打了一个与他毫无过节儿的同学，他因此成功地被开除了。可即使在他打出那决定性的一拳时也还在迷惘，他根本不清楚退学之后应该去干什么，他只是先打了再说，其实他这人就这样，一辈子恍惚，一辈子不知道自己想要什么。

赵晓川在大学风波之后走上了社会。他去了一个证券公司，成了一名业务员，主要工作就是在一个下属营业部卖基金、卖信托、卖各种理财产品。可是卖了不久他就发现，这里面鱼龙混杂，很多产品是完全不负责任的。出于本能反应，他向领导提出了意见，当时领导刚结束了午饭的酒局，半躺在老板椅上剔着牙。当他听完赵晓川的意见之后，就毫不掩饰地对他说：小赵，这事儿轮得到你管吗？赵晓川说：可是这个有问题啊。有什么问题啊？领导反问，有问题也都是上面定的，你执行就行。那出了事儿怎么办？赵晓川愕然地问。还是那句话，出了事儿用得着你管吗？领导有恃无恐地动了动身体，冲着天花板努努嘴说，反正有上面顶着，你怕什么？他接着语重心长地又说：小赵，你还年轻啊，要多学习，只有多学习，才能早进步！

领导的回答让赵晓川颓丧了好久，他的科研家庭对于事情的认真态度无论如何都对他有着潜在而长久的影响。可是，某一天他在城市的一棵树上读到了一句话，这使他的人生态度骤然发生了很大的改变，也让他深刻领会了领导的部分意思。那句话歪歪扭扭被一个没有公德的人刻在树干上：人生除了死，其他都是塔马夏。他回去一查，发现这是一句少数民族谚语，意思是说，人生除了死，剩下的都是玩，这句话让他醍醐灌顶，他想原来是这样啊，人生就是来耍一趟的！

后来赵晓川所卖的产品终于出了事儿。过程是这样，由于现代科技昌明，所以人们已经完全把科技当作信仰了，任何沾了高科技边儿的产品都好卖，比如电饭锅、马桶圈、手机、股票、基金、电影、游戏。正因为如此，一个声誉卓著的高科技公司看中了这个机会，它们发起了一个名字叫作"火星计划"的信托项目，这个项目告诉投资人，他们打算在未来多少多少年内登上火星，然后进行火星商务旅行的开发。因为项目说明书上的言之凿凿，城市中大批的闲人被以讹传讹地激励了，他们憧憬着未来那种壮丽的星际旅行，以及由此带来的可观利润，毫不犹豫地投身进去。信托项目很快被销售一空，用秒杀来形容一点也不过分。但是，赵晓川作为该项目的销售人员，从一开始他就特别怀疑这个公司动机不纯，在整个销售过程中，他反复接触那个公司的雇员之后更坚定了自己的想法，他们就是骗子，纯粹的居心不良。可是所有营业部的人都不闻不问，他们习惯了，骗子怎么了？这是这个城市的特产，这儿的资本市场从来都是骗子当道，内外勾结，只要有价格什么都可以卖，亲妈都行。

不过，出乎赵晓川的意料，雷并没有先炸在火星计划上，而是炸在另一个他们营业部大力推广的项目上。这个项目是一个稀有动物保护计划，大致的方向是先做自然保护，然后再进行旅游开发，赵晓川和几个良心未泯的同事都认为这个项目比较实在，又有当地政府背书，未来应该能做起来，给投资者正常的回报不成问题。他们因此一直向客户力荐这个项目，客户们真的很听劝，很多人都向这个项目投入了大笔资金。可是天算不如人算，令他们没有想到的是，这个稀有动物保护计划竟然也是骗人的。那个项目发起公司在江湖上混的年头不短了，一开始也确实弄了几个收益不错的项目，尤其是他们兢兢业业的工作态度得到了广泛好评。可是到了这个项目，他们开始暗度陈仓，勾结银行的人，把账户上的钱一点一点挪了出去，终于在某一天一哄而散不知所终。知道这一消息后，赵晓川立刻去找了领导，领导听完他详详细细的汇报之后，皱着眉，叹了一口气说：晓川，跑吧，你跑吧！赵晓川不明所以，他问：跑，我跑什么啊？领导听了抬起头哀怨地看着他说，这事儿不是你领头弄的吗？你不是一直向客户们力荐吗？赵晓川一惊，那，您不是说有事上面能顶着吗？领导点点头，那是没错，可是你得先跑啊，跑了之后，他们抓不到你，弄不清具体情况，才有人替你出来打马虎眼啊。

赵晓川吓坏了，他二话没说，瞬间就跑路了。他太年轻了，他上当了！领导虽口口声声说有事上面会顶着，可是实际情况是只要出事，一般都是下面的人顶着。赵晓川跑了之后，他的领导松了一口气，坦然地让他当了替罪羊，把所有罪名都推在他的身上，在愤怒地声讨、积极地安抚受害者、迟缓地报案、努力地公关之后，领导全然放下了一切忧虑，按部就班地又去销售其他项目了，下班之后他依然沉浸在满是美女的饭局中，快意人生，无醉不欢。

可是，赵晓川就这样遭到了追捕。他本以为自己很快会被抓住，所以他只是随心所欲去了附近几个城市旅游了一趟，然后就又回到了离忧城。他是这么想的，抓就抓吧，我他妈的还想跟警察说清楚呢，我实际上也是受害者。但这就有点自以为是了，他回到离忧城之后发现，自己竟然无人搭理。他当然不能去公安局闲逛，但是当他走在大街上却根本无人问津。他是过了好一阵子才明白，看来确实有些人是不希望他被抓的。后来，那个火星计划也很快破产了，那个计划要大很多，坑的人更多，人们的愤怒一下子转移到那个计划上去了。再后来，各种奇葩的计划纷纷破产，人们就越来越愤怒，他们的注意力也转移得越来越快越来越频繁，最终，他们把赵晓川所涉及的那件微不足道的小事儿给忘了！

赵晓川奇迹般地安全了，原因在于骗人的事太多，城市公共部门又完全不负责。由于无所事事也居无定所，赵晓川开始奔跑起来，他随着城市的煎饼形扩展跑，漫无目的地在各个环线之间跑，二环、三环、四环、五环、直到七八环；他白天跑黑夜也跑，跑得自己七荤八素。他常常会跑到一个不认识的地方，看着大批的人群在那里忙忙碌碌，修路造桥盖房子，他满脑子空白坐在一旁傻呵呵地看着，直到筋疲力尽，才会站起身掉头再跑。他不知道自己要跑向哪里，他只知道自己需要跑下去，这样才能证明自己活着，他完美演绎了一个局外人彻底的迷惘，和一个旁观者毫无价值的生活。

不过，虽然赵晓川与世无争，但是由于他口无遮拦，他最终还是得罪了人。因为闲极无聊，他很爱去各种网吧泡着，上网之后还爱胡乱发言。有一次，离忧城参与伟大城市的评选，城市中的所有人都支持，他却出言反驳，他问：凭什么说它伟大？其他人举出种种伟大的例子，比如城市的科技进步，经济成就，文化事业的欣欣向荣，可是他特别通俗地反驳说，别扯了，如果这是一个伟大的城市，为什么公共厕所永远是臭的？为什么永远有人随地吐痰，永远有人随便过马路，为什么餐馆永远有人大声叫嚣、骂人，永远有人在街头为了各种琐事争吵或者斗殴？人们听了他的诘问哑口无言，人们知道他是对的，这个城市的缺点其实十分明显，可是赵晓川还不依不饶，他补充道：这个城市完全与伟大不沾边，它是一个地地道道的骗子之城，几乎所有人都会在某些事情上丧失信誉，放弃责任，抛弃底线，所有的人都会在某一刻男盗女娼、口是心非，一个城市的伟大不在于它的外表而在于内心！

还有一次，一个友好城市送给离忧城一个城市雕塑，那个庞大臃肿抽象的雕塑被命名为拥抱。如同以往，城市中的人们不假思索地鼓起了掌，并且开始歌颂两个城市伟大的友谊，赞叹雕塑的构思精巧，制作精良。可是赵晓川跑到那个放置雕塑的商业中心，他看了很久，最终断言：这就是一整块的屁股，这是别人对于离忧城的嘲弄。大家闻言先是窃笑，后来马上想起立场问题和利益问题，于是迅速开始指责他信口开河，刻意破坏两个城市的团结。不过很不巧，过了一阵那个雕塑忽然裂开了，一道大缝从中间把雕塑分割开来，简直惟妙惟肖像极了屁股。赵晓川此时出来补刀，他说，屁股就是屁股，它永远不可能成为真理，这个城市简直快瞎了。赵晓川的话太刺耳了，关键是他的话还刁钻古怪到无法反驳，因此一部分人更加恨他了。

赵晓川还有一个爱好，就是天生爱喝啤酒。某一天，奔跑中的赵晓川忽然想起自己好久没有喝酒了，于是他决定去小酌一番。他找到了一个城市中最受欢迎的啤酒馆，那个啤酒馆开业有几年了，除了啤酒种类多，啤酒馆里的姑娘也远近闻名，而且啤酒馆还有一个特殊之处，就是它希望客人们乔装打扮而去。赵晓川把自己扮成一只熊猫去了，那不是一般的熊猫，而是一只具有超现实主义色彩的变形熊猫。果然，那天晚上他受到了极大的关注，每个遇到他的人都问他：老兄，你丫到底是什么玩意儿？赵晓川戴着龇牙咧嘴的面具坦然地反问道：你们丫看不出来吗？赵晓川一边反问一边觉得好玩，因为当他戴上面具的时候没有人知道他是谁，人们对于他表现出浓厚的兴趣，有了解他的愿望，他与这个世界的紧张关系竟然舒缓了。

　　赵晓川的这一出位表演引来了一个人的关注，她就是啤酒馆老板娘。她叫秋彤，是一个三十多岁风情万种的女人，人长得很漂亮，两只大眼睛亮亮的，她的身材很性感，看着就让人有非分之想。在秋彤的眼里，赵晓川的行为太独特了，他能那么二逼地坐在场子中央，不顾人们的指指点点，淡然自若地熬过几个小时，绝非常人。

　　一来二去两人打上了交道，赵晓川每一次飘然而至，秋彤都是第一个过去给他上酒，她总是端详着那张带着坏笑的脸，猜想着他是谁，背后又有怎样的故事。终于有一天，秋彤忍不住强烈的好奇心，她问赵晓川：我一直觉得你面熟，你到底是谁呢？赵晓川闻言笑嘻嘻地摇摇头，故作高深地说：要是在一个安静的地方，我就会告诉你，我可是一个传奇哟。

　　要知道女人的好奇心是无敌的，果然，秋彤后来领他去了一个安静的地方——她的家。那是白天，他们两个人进门之后，秋彤迅速而坚决地脱掉自己的上衣和裙子，她穿着性感的黑色蕾丝文胸，晃动着丰满的胸部站在赵晓川面前，然后非常直接地对赵晓川说：我喜欢你，觉得你很独特，你现在告诉我你是谁，然后我跟你上床。

　　赵晓川闻言哈哈大笑，这么便宜的事情他还从未遇到过，他把手放在秋彤圆圆的臀部上捏了一把，然后坏笑着说：我是谁这么哲学的问题，竟然能在滚床单的时候解决，也是太有创意了。

　　很快，自打有过肌肤之亲后，两人的关系迅速升温。当接触的次数多了之后，秋彤就提出要长相厮守。赵晓川一时有些犹豫，他想也许留下来当个酒馆掌柜的也成，但是过去那些奔跑的日子让赵晓川习惯了，一个人只要奔跑起来，就很难停下来，那些时光告诉赵晓川自由是多么可贵，即使在自由中他无比艰难。

就在赵晓川犹豫之际，发生了一件事，秋彤怀孕了。秋彤非常坦然地告诉他，孩子不是他的，是她前男友的，她和他一直同居，可后来他忽然看破红尘，跑了。秋彤很想给孩子找个父亲，她觉得赵晓川合适，他心地善良，又相当重感情。赵晓川听了秋彤的话，彻底明白了秋彤和他交往的原因。可是，他左思右想之后，还是认为这事儿得躲。他的理由很简单，就是在男女情感方面，他没有大方到接受别人的果实的程度。于是，赵晓川果断地溜了，没想到，他的这次逃跑后果特别严重，秋彤陷入了巨大的崩溃中，见多识广、久经战阵的老板娘受到了很大的伤害，她觉得这个世界对她太不公平了，男人果真没有一个可以靠得住的，她在悲伤绝望之下关了酒馆，独自去南方老家养胎去了。

赵晓川这下子彻底得罪了这个城市的人。那些酒馆的常客不干了，他们对于八卦的具体细节并不了解，只是知道赵晓川狠狠地伤了老板娘的心，导致他们最热爱的一个啤酒馆关张了。这可是原则问题，常客们想，这人也太坏了，怎么能丧心病狂到破坏我们的口腹之欲的地步呢？这个城市的最大宗旨之一就是活着并且吃好喝好，至于其他人干了什么缺德事儿，只要不涉及自己的利益都无所谓。于是一些义愤填膺的酒客联合起来去派出所报了案，他们没有谈论八卦而只是指称，那个逃跑的家伙又出现了，这一回他干掉了这个城市最好的啤酒馆，这太卑鄙了，必须老账新账一起算！

就这样，赵晓川不得不再次奔跑起来，他因为自己的口无遮拦和不解风情再次使自己远离了可能的舒适的生活。不过，那些恨赵晓川的人也没如愿以偿，这个城市的疲沓又一次挽救了他。本质上说，赵晓川的事儿不大，官差们的毛病是催一催就动一动，人们吵吵了一阵后大半会把事情忘到脑后，他们就乐得清闲自在，他们知道赵晓川这种说不清道不明的人在这个城市多了去了，不如把他当作苍蝇一样放养着，爱咋的咋的。

赵晓川重新开始了如鱼得水的生活。每天，他都会去各种茶楼闲逛，茶楼是个社会的缩影，那里鱼龙混杂，什么鸟都有。赵晓川一般去茶楼就是和别人玩，他什么都会，斗地主、敲三家、拱猪、象棋、围棋、飞行棋他都来，每种玩法都是带彩的。赵晓川凭着他的聪明和良好的心态在每一项比赛中都胜多负少，但是赵晓川表现得相当有底线，他从不多赢，对于每个输家他从来都是适可而止。赵晓川的内心是善良的也是脆弱的，他从小受的教育就告诉他，留得余地好种花。

赵晓川还学会了做饭，他实在是吃够了各种小饭馆用地沟油做的菜。有一天，他忍无可忍之下，找到了一本菜谱，琢磨了几天之后，他去菜市场买了菜，然后借用一个茶楼的厨房做了自己的第一份鱼香肉丝，当他把那份处女鱼香肉丝端给茶楼老板品尝时，茶楼老板几乎惊着了，那菜做得还真不差，色香味都沾边呢。不仅如此，赵晓川还自己做了人生的第一套西服，这件事儿的原因相当搞笑，那是有一次他在一家快餐店吃饭，抬头看到电视里有一个新闻，说一个拆白党就凭仅有的一套高档西服和一张能把死人说活的嘴骗了无数女人，看了这个新闻，赵晓川觉得相当励志，于是他立马去造访了附近一个相熟的西服店，要去学习。三个月之后，他就兴致勃勃地拎着自己亲手做的一套西服上路了。更为关键的是，赵晓川有一天灵机一动，去一个证券营业部用别人的身份证开了户，然后从某一天起，赵晓川开始一边看书一边炒股，后来世事变迁证明他的这个选择完全是正确的，他很有心地成为这个城市的第一批股民。

赵晓川就这样兔子一般生活在城市里，他居无定所，漂泊四方。令赵晓川没有想到的是，就在他不断奔跑的过程中，有人开始喜欢他了，而且越来越多。这些人通过各种渠道探知了他的故事，知道了他的冤枉与无奈，他们既同情他，又特别欣赏他那种豁达的姿态，他们认为这才叫看得开呢，多大点事儿啊，不就是一场说走就走的旅行吗？因此，每当他们看到赵晓川一溜烟地奔进包子铺，或者溜溜达达走出小旅社时，他们就会向他招手致意，或者情不自禁地欢呼起来。一开始赵晓川还有些不习惯，可后来他就坦然了，他明白自己竟然开始受到爱戴了，于是他很快学会了挥手致意，并且笑容可掬地喊：市民们好，市民们辛苦了。人们听了赵晓川的问候，则会非常兴奋地回应道：晓川，你好，晓川，你跑得真帅！

偶尔，赵晓川也会故态复萌，选择一个有音乐和啤酒的地方去坐坐。有人曾经看到他坐在一个破落的酒吧门口，弹着一把老式吉他，脚下放着半瓶啤酒，深情款款地哼唱着。他唱的是从这个城市的各个角落听来的城市民谣，有些不为人知，有些曾经流行一时。

每当他弹唱时，总有一些人围过来，他们认真地听着，有时还会跟着唱，可是有一天，当赵晓川唱到一首爱情歌曲时，他忽然泪流满面，似乎被某种情怀触动了，他停止了弹琴，把头颅伏在琴弦上低声哭了起来，人们感到了不解，这是他们头一次看到这个城市中最无所谓的家伙如此悲伤无助。

赵晓川第二天就去找了秋彤，但是那个啤酒馆早已不复存在，它已经变为一个货运仓库。他向很多人打听了很久，最终才找到了她。那是在一个高档小区，他走进小区的大门，穿过一小片树林，走过一座小桥，远远地看到一幢楼。当时阳光正好，赵晓川看到秋彤正坐在一个庭院里的一把竹椅上，她明显有些胖了，怀中抱着一个孩子，赵晓川想要走过去看个究竟，这时只见一个男人从房中走了出来，他胖胖的有些秃顶，表情和善，秋彤仰起头和他说着什么，脸上扬起一股幸福而温馨的微笑，之后她就站起身抱着孩子和那个男人一起走进了屋中。赵晓川停住了脚步，他看着阳光下那把空空的竹椅，心中怅然若失，看来秋彤已经有了新的生活，赵晓川的心中不禁涌起一种复杂的惋惜，她曾经给他提供过一个归宿，可是他并没有珍惜，虽然他是一个喜欢奔跑、喜欢自由自在的人，可是就连天空中的鸟儿都会寻找歇息的地方，何况是一个人呢？

令人不解的是，虽然韦波和赵晓川生活在两个不同世界，但他们竟然一直是朋友，而且他们的友谊还似乎是这个世界上最坚定的，这尤其令人咂舌。

一般来说，友谊是分阶级的，很难想象一个达官贵人会去结交贫民，即使他们曾经共同经历过千辛万苦，但只要他们的社会地位发生了变化，早晚都会分道扬镳；也很难想象一个亿万富翁与一个乞丐交情甚笃，无论怎么看他们之间都是施舍和被施舍的关系。在当今世界，几乎每个人都是功利的，如果一个人无法与另一个人发生利益上的交换，他们之间的关系就根本不必维持。人们无法从道德上给予功利主义彻底的批判，因为在如此冷漠的世界里，功利主义是最攻守兼备的利器，当无法控制的利益冲突、非理性的争夺以及不顾信义的背叛发生时，如果一个人曾经有利可图，他至少觉得已经捞回了一点点成本，不至于一无所得。

还好，这个世界偶尔能让人喘口气的理由是它存在着意外。

韦波与赵晓川的友谊就是这种意外之一，这只能用小概率事件的概念来解释。他们是发小，从小共同生活在一个科研大院里，父母曾经是相熟的同事。韦波从小就理性、优秀、稳定，他当然也是好学生，只是没有赵晓川那么聪明罢了。韦波学习非常刻苦，教室里总是有他独自看书的身影，老师们更喜欢韦波，在他们眼里，韦波就如同那种竹子，它一开始在漫长的时间只长几厘米，但是它的根可以在土壤里延伸出数百平方米，若干年后它会忽然从某一天起攀缘而上一下子长到十几米。韦波与赵晓川一直玩得特别好，两人除了一起上学，还一起跟着同一个老师学小提琴，他们俩还有一个共同的爱好就是都特别喜欢看漫画，漫画确实占据了他们儿童时代最快乐的时光。

有一个秋天对他们一生的友谊很重要。某一天下午，他们一起穿过城市边缘金黄的田野，准备坐摆渡船去对岸小提琴老师的家。可是当他们走到河边时却决定逃课，因为新买来的漫画实在太吸引他们了。他们于是坐了下来，靠在河岸边的一块巨石上，拿出书包中的漫画津津有味地看起来。就在他们看书之际，一件奇怪的事情发生了，不远处的河水忽然涨了起来，它们迅速地膨胀着，并且发出哗哗的响声。很快，水就淹到了韦波的脚脖子，韦波奇怪地看着脚下的河水，他站起身下意识地想看看到底发生了什么，可就在这时一股强大的水流猛地冲了过来，韦波一个趔趄摔倒在水中，紧接着一股更大的水流扑过来，把韦波瘦小的身体一下子推向河的中央。

怎么啦？旁边的赵晓川惊讶地跳了起来。

此时，韦波知道危险来了，他摆动双臂拼命往回游，可是水势甚大，韦波几乎是前进两米就被推回一米。赵晓川迅速跳进水中，蹚了几步之后，奋力游了过去。很快，赵晓川就抓住了韦波，他比韦波高一截，力气也大很多，他拽着韦波使尽吃奶的力气游向岸边。终于，在两人筋疲力尽之前，他们的脚踩到了卵石，他们拔腿一起向高处拼命跑去。

在高处的沙滩上，韦波和赵晓川惊魂未定地喘着气，他们浑身都湿透了。两人惊讶地看着眼前凶猛反常的河水，当他们抬起头望向远方，更奇怪的事情发生了。此时，远方的河水壁立起来，轰隆隆地向这边扑来，水面暴涨，很快超越河岸，淹向高地，两人对看一眼，同时想站起身再跑，可就在危急之间，一条大鱼忽然在水墙的背后浮现出来，它身形巨大，通体幽蓝，猛地张开大嘴一口一口喝起水来。湍急而来的河水受到了遏制，慢慢地，水面不再上升，之后开始下降，大鱼逐渐向后退去，一点一点地，不动声色，水势更加小了，很快喧嚣声停止，水流平静下来，河面逐渐恢复了往常的平静，那条大鱼越退越远，最终消失在视野当中。

韦波和赵晓川目瞪口呆地看着这一切，如同在梦里一样。

此时，一个个头儿不高，理着平头的中年人走了过来，他穿着一身极为整齐精致的西装，两个小朋友几乎没有发现他是何时出现的。

那条大鱼拯救了这个城市。中年人走到两个孩子身边，看着河面若有所思地说。

两个小孩都仰头看着他。

中年人蹲下身，他看着他们说：记住，这是一个秘密，这是一个只有孩子才能看到的秘密，你们一定要保守它。

两个孩子闻言点点头。

中年人接着又伸出手拍拍韦波的肩头说：你未来会拥有一个崭新的世界，但是你会遇到很多问题，只有你身边的这个朋友才能最终帮助你，这一点对你至关重要。中年人说着望向赵晓川。

中年人说完站起身离开了，他直接走向河岸，向河水走去。两个小孩呆呆地看着他，看着他举重若轻地从河面上走过去，仿佛一瞬间就到了河的那一边。中年人抬头望望西边的远山，之后又若无其事地回过头，向两个小孩子轻轻挥起了手，两个小孩子也懵懵懂懂地向他挥手。

再见，我们一定会再见的。中年人隔着河水喊道。

再见——两个孩子喊道。

这就是那个至关重要的秋天，中年人的话毫无疑问地成了韦波与赵晓川人生中最大的预言之一，按照小说里常说的，预言铸就人生，他们未来的生活确实证明了那个中年人所言不虚。

3

如果那是一段久远的回忆，它该具有什么样的颜色和声音呢？

宁静而温暖的黄色灯光下，一个灵活的少女在轻盈地舞动。她的发髻高高的，有着明净的额头和一双大大的眼睛，她的嘴唇很薄，脸庞清秀而明媚。音乐和缓地起伏着，她踮起脚尖，伸展双臂，在空间中迤逦而行。音乐变化了，由优雅变为紧凑，女孩子随着音乐跳跃起来，时而大幅度地摆动身体，时而线条分明地表达着力量。灯光忽明忽暗，像一个人不可明了的心情，音乐越来越激烈，她的动作越来越快，然后旋转起来，直至身体与光影搅动在一起。音乐最终舒缓下来，她就慢慢收敛、归拢，之后归于平静。

这应该是一段回忆，回忆具有摆动的味道，每一次都是不同的，声音、颜色、物体的大小都会变换，但是尽管如此，这一段回忆还是非常特殊的，它早已固化在某些人的心底。

独舞的女孩儿叫孟有纪，父亲是个工程师，祖父曾经是个高官，后来由于种种原因家道中落。她的父亲年轻时一直想当个哲学家，但是由于生活压力，不得不从事了一份与兴趣完全无关的工作，父亲因此一辈子沉默寡言，内心常常独自体验着无奈与伤感。孟有纪的母亲是个普通的艺术工作者，她学的是声乐，年轻时非常漂亮，后来被分配在合唱团工作，可是因为没有什么特别的关系，所以只能一辈子唱合唱。还好，孟有纪的父母之间感情很好，两人除了偶尔发发怀才不遇的牢骚，整个家庭的气氛还是平和宁静而温馨。家中最高兴的时光就是父亲弹着钢琴，母亲引吭高歌，那时孟有纪就会随着歌声随意地轻舞飞扬。

孟有纪的家在二楼，当年大院中那些男孩子在疯跑时，都能听到她家传来的歌声，以及看到孟有纪临窗舞动的丽影。

韦波与赵晓川就是那些疯跑的男孩子中的两个，他们与孟有纪是发小，三个人自小就读于同一所小学的同一个班。八九岁光景时，科技大院中的孩子们狂热地喜欢上了漫画，每天下学之后，韦波和赵晓川总是去家附近的漫画屋租漫画书看。某一天傍晚，当韦波看书的时候，他忽然听到一阵清脆的钢琴声，他走出漫画屋，顺着声音来到旁边一所破旧的平房，声音就是从那里传来的。韦波爬上窗台，透过打开的窗子向屋里望去，那是一个十分简单的舞蹈排练厅，一面是镜子，其他几面是把杆，对面的角落是一架钢琴。排练厅里的光是温暖而柔和的，一个瘦瘦的女孩儿在轻飘飘地舞动着。她正是孟有纪，韦波睁大了眼睛，这是他第一次亲眼看到孟有纪在练功，他幼小的心灵感受到一种无法言说的美感。

很快，孟有纪发现了韦波，她停下来，抬起头，撩起有些汗水的头发说：是你啊，小波——

你每天都这么练的吗？韦波好奇地问。

是啊。孟有纪笑着说。

喂，干什么呢？两人正说着，赵晓川忽然从漫画屋中探出大大的脑袋，晃着细细的脖子向韦波叫道。

韦波回过头，指指排练厅说：孟有纪在这儿跳舞呢，你看不看？

那有啥看的？赵晓川叫了一声。他摇摇头，接着看他的漫画去了。

孟有纪大概是两年之后消失在韦波和赵晓川的视野中的，她的父母带着她去了外地，据说他们是投奔另一种生活去了。

韦波如今的生活变得非常繁忙。他每天黎明即起，晚上则睡得很晚，他的睡眠质量很一般，但是按照习惯他要求自己必须早起。每天起来之后，为了迅速打起精神，他会雷打不动地花一个小时健身，之后洗漱，吃早点，早上七点半，他会准时到达办公室，开始一天的工作。他干过不少行业，律师、房地产都做过，独立创业之后开过很多公司，贸易、财务咨询、货运、新媒体、游戏，每个公司都给他挣过钱也都赔过钱，直到游戏公司让他赚得盆满钵满，他才觉得在商场中站稳了脚跟。

在他眼中，这个世界变化得太快了，很多今天还威风凛凛的企业，明天也许就面临着倒闭的尴尬。韦波一直在商业大潮中小心翼翼地驾舟而行，他在几乎没有任何人的帮助下，躲过了滔天巨浪，躲过鲨鱼巨鲸，渐渐地成为一个幸运的成功者。当他的资产达到一定规模之后，他成立了自己的创投中心，他明白这个世界太复杂太广大，仅仅靠自己的头脑还不行，他打算让别人为他挣钱。可是搞风险投资并不是一件容易的事，隔行如隔山，知人知面不知心，他花了很多时间看了很多项目，出现在各种光鲜亮丽的场合，但是他真正需要的东西——那种能获得垄断利益的项目几乎从未出现过。相反，他越来越多地看到，人们在恭谨礼貌的外表下那颗巧取豪夺的心一直在狂热地跳动，他们总是想一夜暴富，却不愿付出哪怕是超越常人的一点点努力。

两年前的一个年度财经论坛上，韦波获得了城市十大杰出青年企业家的称号，那确实是他的高光时刻。那个夜晚，在城市最大的会议中心，他在万众瞩目的情况下登上了领奖台。他西装笔挺，胸前佩戴着一朵艳丽的市花，他继续迷人地微笑着，与一起领奖的企业家热情而诚挚地握手，但是韦波从内心中从未看得起那些与他站在一起的家伙，他了解他们企业的情况并且知晓他们令人不齿的赢利方式，他从未觉得那些人有能力和他一起走下去。相反，他关注的是那些给他颁奖的人，那些人或淡定从容，或雄心勃勃，韦波觉得这些人才是他的目标，他早晚要打败他们。

由于年轻、帅气、富有，韦波周围充斥着各种投怀送抱的女孩儿，她们什么样的都有，有富二代千金，有公司金领，有大学生，也有歌厅的小姐。韦波毫不忌口，几乎来者不拒，他觉得自己是在做商业中最普通的一件事：选择。按照俗话说，要想知道樱桃的滋味就必须自己亲口尝尝。可时间久了，他还是发现自己对那些女人都不感兴趣，不是那些女人本身有问题，而是她们不能给他想要的东西。

还好，就在这时莉莉娅出现了，这使他一下子就清楚应该跟谁在一起了。

第一次和莉莉娅碰面完全是个偶然，那一次韦波去一个项目推荐会，会上主推许多外国酒庄和城堡，韦波一直对配置国外资产感兴趣。韦波那天穿了一件灰色暗纹定制西装，白色浆洗衬衫，深蓝色领带，头发整齐地向后梳着，显得相当的玉树临风，卓尔不群。在推荐会茶歇的时候，他出来喝杯咖啡，此时会场外面正在进行一场安排好的小型音乐表演。一个女孩儿在弹钢琴，另一个老者在吹洞箫，两人配合得很好，一个点点滴滴，追求颗粒状的精准和跳动，另一个绵延悠长，完全沉浸在娓娓道来的情绪之中。这种出人意料的混搭引起了韦波的注意，他仔细看那个弹琴的女孩子，她长发披肩，眼睛细细的，眉宇间有一种不可抑制的高冷，她的手指细长而柔软，不疾不徐中钢琴全然蜷伏在她的掌中，好像整个世界都是她的一样。这一场景一下子吸引了韦波，这个女孩让他感到了不同，虽然她只不过是普普通通地弹弹钢琴而已，但是韦波凭直觉认为她不简单。

果然，韦波的直觉没错。他后来又与她遇到了一次，那是在一个小型的古代服饰展览上，这种展览很冷门，但韦波恰恰喜欢这些。当他正认真地看着前朝五彩缤纷的戏装时，忽然一抬头就看到了莉莉娅。莉莉娅瘦瘦的、高高的，像一根象牙筷子一样站在那里，她出神地盯着那些戏服，脸上是一种入戏颇深无法解脱的样子。

韦波就这样和莉莉娅认识了，他们似有似无地交往了起来。韦波很快就发现，莉莉娅背景深厚，她表面上在一个非常著名的金融公司挂名任职，却拿着高薪从不上班。她受过良好的教育，英文极好，是个真正的文艺女青年，爱写古体诗，擅长钢琴和古琴，还会唱戏。韦波曾在一个精英荟萃的雅集之中，目睹她即兴弹奏古琴，引得众人大声喝彩。韦波发现她相当神秘，总是不声不响消失一段时间之后，又一脸不在乎地浮现在他眼前。韦波曾多次探问她的身世，但是莉莉娅一直守口如瓶，回回都是一笑而过。

后来韦波的问题有了答案。有一回参加一个城市创新论坛，城市管理委员会的头头被邀请发言，韦波对那些充满官话套话的发言本不感兴趣，但是无聊地坐了一会儿之后，他忽然发现发言者很面熟，可是又想不起像谁。论坛结束，当他走出会议大厅时，才恍然大悟，这人怎么和莉莉娅很像？于是，韦波迅速给莉莉娅打了电话直接提问，这一回莉莉娅没有再隐瞒，她在听完韦波的问题后，在电话里从鼻孔中笑了一声说：是的，我爸管着这个城市呢，我的个人资料网上早屏蔽掉了。

那你怎么不早告诉我？韦波淡定地笑着问，心却狂跳起来。

我当然不可能逮谁告诉谁，莉莉娅说，要是那样，我岂不是案板上的一块白肉了？我这个名字就是一个化名——

挂了电话之后，韦波立刻决定，他必须跟莉莉娅好，他要加大力度推进他们之间的关系，打破目前若即若离的局面。这个没什么好解释的，她的父亲掌握着整个城市，而他是个商人，要是能攀上莉莉娅就等于攀上了未来的财神与靠山。于是，韦波处心积虑地努力起来，但是，令他没有想到的是，这事儿并不一帆风顺。

莉莉娅有严重的公主病，她的那种高冷绝对不是装出来的，她实际就是那个样子。她目空一切，认为这个世界是她的，别人都得对她毕恭毕敬，点头哈腰，她需要天底下最好的东西，要星星别人不能给月亮，稍有不如意，立马发脾气使性子。她有一个特殊的特别昂贵的爱好，就是她很喜欢京剧中的那种人物头面，尤其是花旦们常用的点翠头面。点翠本是一项传统工艺，它把金属和羽毛精细地结合起来，一般是用金属做底座，再把翠鸟靓丽的蓝色羽毛镶嵌在座上。点翠头面因为其色彩鲜艳和质地昂贵，所以价格非常高，按照目前的市场价一副普通的点翠头面值几十万。可是莉莉娅疯狂地爱上了它，她不惜一切代价去收集各种点翠头面，即使家中已经有了，也阻挡不了她搜集下一副头面的狂热。她曾经在一个戏曲博物馆看到一副当年一个名角佩戴的头面，看了之后如坠深渊，回来之后她茶不思饭不想，三天之内竟然去了六次，最终，一个月后，那副头面奇迹般地出现在她的家里。她还专门雇了人来伺候打理，不时她还会找一些行家来修补整理，每每兴之所至，她会找出一副中意的头面扮成花旦，在自己家的花厅里唱一曲良辰美景奈何天。

除了那些古怪的爱好，还有一点对韦波来说更棘手，那就是追求莉莉娅的人太多了。当然这很正常，她的家庭背景使然。但关键是，莉莉娅对付追求者的手段也相当奇葩，每一次约会莉莉娅都会让家庭秘书一下子约上好几个，她在出门前根据心情决定去找谁，其他人也就白等了，有时她心情不好，甚至还会全部放鸽子。韦波和莉莉娅约会之后并没有享受什么特殊的待遇，他与其他男友一样都会被通知几时几分去何处等待，韦波常常会白白等待一个晚上。但是韦波与其他男友不同的地方是，他从不抱怨，如果遭遇跳票，他从来都无怨无悔，而其他男友碰上几次这种事儿基本就跑了。但是韦波却总是耐心地一边拿着笔记本电脑办公一边认真地等待着，直到饭馆打烊。正是韦波的这种耐心，使他脱颖而出，因为莉莉娅还有一个更奇葩的习惯，那就是每回她都会让人去查看每个男友分别能等到几点，然后依次记录下来，最终，韦波就成了最后剩下的那个人。

韦波就这样坚持了很久，才获取了莉莉娅的芳心。不过，这也仅仅是开始。交往起来韦波才发现，他和她或者说男人与女人是两种不同的动物，他们的思维方式大相径庭。韦波想一个问题时，思维是直来直去的，逻辑简单清晰；而莉莉娅想一个问题时却是毫无逻辑的，还要绕无数个圈子。莉莉娅特别敏感，任何一个微不足道的细节都能被她无限扩大化歪曲化，她还具有极强的战斗精神，可以找各种借口无理取闹，恨不得一年有一千种各色特殊的日子，只要韦波不记着，那就如同汪洋大海里翻了船一般，必要大闹一番。

但是，就是在这么恶劣的条件下，韦波全都如履平地一般应对下来了。他以不变应万变，打定主意，任莉莉娅再怎么折腾，他都是一张笑脸相迎，他的情绪从不波动，他的话语永远是温和的。他清楚地知道他不会白干，上帝是公平的，这就是成本，他所做的这件事背后的收益是无法估量的。

最终，经过艰苦的努力，莉莉娅被韦波的云淡风轻所折服了，他的镇定与温和，做事时的条理清晰都让她十分佩服。她无缘无故的脾气总是被消解于无形，就好像一记记重拳打到棉花上。韦波坚持不懈的温柔体贴逐渐让她沉醉在某种旖旎的气氛中，她慢慢习惯了，骄纵之气也似乎收敛了很多，一段时间之后，她发现自己彻底爱上了韦波。

韦波的目的达到了，他用刻意的温柔把莉莉娅牢牢掌握在手中。

作为一个女人，莉莉娅有着女人天生那种无与伦比的优点，愿意为情感付出一切。莉莉娅开始不遗余力地帮助韦波，她希望韦波的事业能蒸蒸日上，希望他能飞黄腾达。莉莉娅的父亲后来也知道了韦波这个人的存在，他认真考察了韦波的背景，结果令他相当满意，于是就默认了他们之间的交往。

不过，莉莉娅的父亲是相当谨慎的，由于他见过各种各样的世事变迁，所以他并没有直接拿出自己的资源来帮助韦波。莉莉娅求了父亲几次，父亲都是沉默不语，他只是后来有一次非常简单地告诉莉莉娅，让他自己来，每个人的罗马都是自己一砖一瓦建设出来的，靠恩赐得来的东西，失去得也快。

韦波并不失望，他觉得莉莉娅的父亲是对的，这样对他更好。他认为只要莉莉娅的父亲如同高山一般地存在着就可以了，这个城市的趋炎附势与溜须拍马早晚会为他带来一切。

不久，韦波和莉莉娅发现了一桩独特的好买卖，这几乎是他们的爱情给他带来的好运。

这买卖说来奇怪，它的名字叫作"忏悔"。众所周知，多年来离忧城世风日下，丧尽天良的坏事几乎天天出现。人们功利、冷漠、恶毒，人与人之间几乎丧失了温情，只有赤裸裸的利益之争。可是，万事无绝对，就在人们以为这个城市的道德败坏到了极致的时候，一个电视节目偶然出世，它主要是拍摄各种各样寻亲的故事，让公众来帮忙。没想到，这个节目取得了超高收视率，公众纷纷伸出了援助之手。莉莉娅是偶然看到这一节目的，她很快就被节目吸引了。节目结束后，她给韦波打了电话，她把这个节目原原本本复述给了韦波，韦波认真地听着，他的脑子一直在琢磨莉莉娅的意图，现在他们俩的思维几乎是在一个频率上，直到莉莉娅叙述完之后，他才对莉莉娅说：亲爱的，我明白你的意思了，这里面是有商机的。

什么商机？莉莉娅反问。

我没想到这个城市的人们内心里竟然还是有良知存在的，这很令我惊讶。如果是这样，当人们做了坏事之后，良心中总会有不安，他们多多少少都想忏悔。我们为什么不能利用人们的忏悔之心来赚钱呢？韦波说。

莉莉娅闻言嘿嘿笑了起来，这正是她的本意，莉莉娅虽然高冷，可是脑子一点不笨，相反还非常聪明，她于是马上说：亲爱的，我就是这么想的，利用人们的忏悔来赚钱这个生意应该有的做！

不久，一门商业心理学课程在城市中沸沸扬扬地传开了，它一开始只是在网上浅浅地做了广告，但是传播之迅速令人惊叹，它带有很强的神秘感，名字叫作"鲤鱼跳龙门"，据说学会的人可以获得点金术一般的技巧一夜暴富。这种传说非常吸引人，一夜暴富这事儿基本上就是这个城市里的人最大的梦想，于是乎，报名的人蜂拥而至。

很快，课程开启。学习班开设在一个郊外的豪华宾馆，来的学员被要求吃住在一起。课程分为三个阶段，每个阶段两星期，学员在一个阶段结束时方才获准离开。教师都是从境外聘来的，他们都是心理学高手，中文说得很溜，英文也很好。其实，这根本不是什么商业课，而是一门具有心理学技术的洗脑课，那些心理学老师用专业技巧把学员的固定认知一一打破，然后给他们重新建立一个能自圆其说的认知系统，他们的目的只有一个，那就是让人忏悔，让人从过去的生活中脱离出来。这种课在海外一直有，只是比较小众，一般来学习的普通人很难经得起这种专业的批判和反思。学员们很快就折服了，他们都认识到自己人生中的错误和失败，接着就决心彻底改变自我，进行忏悔。更重要的是，当他们忏悔之后，他们会主动找到亲朋好友让他们也进行忏悔，学习这门课程。

很难对这种课程给予道德上的评判，它有点像某种精神上的传销，但是任何一种伟大的思想不就是传销吗？即使利用传销手法，传播了一些符合人性的好思想也不坏啊。心理学界对这种课从来都讳莫如深，专业人士们顶多抱怨一下而已，那些课程的手法是擦边球，有一股鬼鬼祟祟的味道。但是关键在于，这门课对于这个现实世界确实是合适的，它所重新建立的价值观有很多合理成分，尤其是用它来对付这个功利的城市时。

由于学费很昂贵，一开始韦波是抱着试试的态度，可是没想到课程试讲的效果非常好，毕业的学员也非常给力，不遗余力地进行自愿推广。就这样，一传十，十传百，更多的学员如过江之鲫奔涌而至。

韦波既意外又高兴，看到这种景象，他感到了洗脑的力量，他认为这门生意要是真做起来收益几乎是无穷大。课程的火爆证明了这个城市有非常强大的忏悔需求，他必须及时提供巨大的供给。于是，他决定扩充课程内容，并且扩大招生。很快忏悔商业学院迅速建立了，这一回学院大张旗鼓地宣传起来，传统媒体、网络媒体都用上了，甚至还投入了大量的户外广告，学院设置了很多名称非常古怪的课程，其中最引人注目的就是那门最赚钱的"忏悔经济心理学"。

韦波在这个城市成功开发了一个新的行业。不久，忏悔学院声名鹊起，韦波日进斗金，这在这个日渐艰难的商业时代十分罕见。有一天，当韦波与莉莉娅肩并肩美滋滋地站在学院大门口时，一股庞大的由于巨额利润造成的幸福感油然而生，他情不自禁地笑了，他为自己的睿智感到高兴，为源源不断的利润高兴，更为自己和莉莉娅结成一个坚定的情感与利益联盟感到由衷的高兴，这是他未来的、光明的、重要的依靠与保障。

4

孟有纪虽然自己是医生，但是她喜欢没事的时候抽根小烟，喝点小酒，也不算什么嗜好，她就是觉得这么待着舒服。

她不是一个合群的人，闲暇时，总愿意自己独处想点事儿。她有一个秘密地点，就是大楼顶楼十六层的一个拐角，她管那里叫作烟草之角。她上班时从来都是上来就拼命地忙，到了下午才会偶尔有点空儿，那时她会偷偷拿着一包女士香烟，去十六层那个拐角的长椅上坐上一会儿，一个人盯着天花板抽抽烟发发呆。

医院当然禁烟，但是这种小小的违规总让孟有纪有一种隐秘的快乐，她觉得这个世界设立的很多规则都相当虚伪，当它们偶然消失时，她才能体会到一点点切肤的真实。烟草之角后来还是被别人发现了，孟有纪再来的时候，发现有别人扔掉的烟头，看到那几个烟头，她会心地笑了，她想看来她还是有同伙的。

果然，下一回她再来的时候，烟民们相遇了。那是比她更年轻的几个女孩子，都是实习医生，她们正在一边大声说笑一边抽烟，嘴里还时不时肆无忌惮地冒着脏话。当孟有纪出其不意地现身时她们不禁吓了一跳，然后情不自禁地叫了一声：孟医生——

孟有纪看看她们，淡淡一笑，然后有点奇怪地问：你们认识我？

当然，您可是咱们医院的大美女，大大的有名。几个实习生毫不吝惜地夸赞道。

孟有纪闻言嫣然一笑，任何一个女人听到这种话都会高兴的，她礼貌地冲她们点点头，然后转过身去，打开窗子点上烟自顾自地抽了起来，几个女孩子对看了一眼，压低了声音，也继续吞云吐雾。

可是那天烟民们的运气相当不好，就在孟有纪快抽完一支烟的时候，医院办公室的人闻着味儿来了。他走到拐角，看到大家正怡然自得地享受着，就哀其不幸怒其不争地高叫了一声：住嘴！各位同事，终于逮住你们了，我守株待兔好久了！

众人回过头，孟有纪淡定地看着他，她从烟盒中抽出一支问道：怎么着，来一支？

办公室的人没有搭理孟有纪，他严肃地盯着烟民们说：你们这是知法犯法，医院里禁烟你们不知道吗？你们可是医生啊——

孟有纪看看对方很当真的样子，就把烟塞了回去，然后若无其事地说：我们知道，这样吧，你罚款吧，按照规定罚款，她们的钱我出。孟有纪用燃着的烟指指那几个年轻的女孩子。

此时，办公室的那个男同事终于被孟有纪嚣张的态度激怒了，他冲着孟有纪喊道：你谁啊，还真大包大揽啊？

孟有纪皮笑肉不笑地看着他，回答说：你应该认识我啊，咱俩打过交道，我是孟有纪，咱们医院有名的大美女啊。

对面的女孩子们听到这儿，实在忍不住一起哈哈大笑起来。

孟有纪的话没错，她确实在医院里赫赫有名，她的那种美是几乎所有人都会关注到的。她说话不多，身上总带着一股温婉的书卷气，偶尔会恬静地笑起来。孟有纪同性朋友不多，但是却被异性同事异常追捧。医院里的男同事们在私底下称她为三十五度美女，意思是她有一种比别人都低一度的美丽而安静的气质。不过，实际上孟有纪外冷内热，她的内心与她的外表有着相当的差异。有一次看门诊，隔壁房间一个外地来的进修医生被患者骂得不轻，懦弱的外地医生一直不敢还嘴。孟有纪忍了好久，终于听得烦了，于是站起身走到隔壁，指着患者的鼻子连珠炮似的说：你怎么张嘴就骂人，骂得那么脏，嘴跟粪坑似的，这里是医院，不是你们家，我们是医生，管救死扶伤，又不是你的奴才。她的一顿抢白把患者说急了，对方恼羞成怒，作势欲动粗，谁想孟有纪忽然脱下白大褂，摆开双臂说：打啊，怕你啊，我练过武术你信吗？众人一看，孟有纪的白大褂里面穿的是短袖，胳膊竟然露出硬邦邦的肌肉，而对方是个欺软怕硬的主儿，一见这阵势竟然立马尿了，当即乖乖地溜了。

这件事后来轰动了医院，大家谁都没有想到，那个看起来异常文静的美女，竟然是个练家子出身，而且一言不合还敢脱衣服上阵。所有垂涎孟有纪的男同事都暗暗咂舌，心想还好没有轻举妄动，这美女就如同玫瑰刺儿不少呢。不过，也正是孟有纪的见义勇为让更多的男人喜欢上了她，她的受追捧指数再次飙升，远远超过其他未婚女同事。

白色的高高的医疗大楼上方，有个大大的红十字，这是离忧城最大的综合性医院——济心医院。

医院地处近郊，占地面积很大，除了中心主楼之外，还有四座极其庞大的配楼，四周全部绿草如茵，鲜花盛开，医院的后面还有一个专门为病患疗养和医护人员休息准备的人工湖。

世俗地说，这个医院相当高档，不仅医疗设备非常先进，医护人员也都具有极高的专业素养，各种主治医生有一半以上是海归，另一半也都有本土的博士学位。到这个医院看病花费不菲，因此一般工薪阶层是不会光顾的，只有中产阶级以上的人群才会考虑。

这一天，韦波带着一群人声势浩大地走进了济心医院，他的身边是忏悔学院的校长和老师，还有城市电视台的记者和摄像师，以及其他媒体。这是一次非常重要的人文关怀行动，情况是这样，忏悔学院中有一名中年学员，参与了几个阶段的课程，他原来是一位著名画家，依靠水墨抽象画赚得盆满钵满，可就在他志得意满之际，他发现了韦波的忏悔学院，偶然上了几课之后，迅速就被洗脑了。于是他忏悔了，决定不能再用他的抽象画去骗人，可是就在他做出决定的那一刻，由于心情激荡，他的身体出了问题，心脏病突发，他马上被忏悔学院的同学送进了这家著名的医院。

韦波很快知道了这件事，他立刻反应过来，这是一个绝佳的广告机会，因为这位学员在这个城市具有相当的影响力，所以，他必须以忏悔学院董事长的身份去看望这位学员，表示出十足的人文关怀。要知道，这个城市最恶俗的习惯之一就是追随名人效应，名人随便做一点小事儿就会被十倍地放大。韦波认为他的到访一定会使名人忏悔这件事得到大大的传播，而忏悔学院就会因此获取更好的社会声誉，那样未来学院将会有更多的生源和更多的学费收入。

韦波一行人浩浩荡荡地来到东配楼的住院区，他们上了电梯，来到六楼，之后大张旗鼓地向著名画家的病房走去。韦波来之前，已经做了精心的设计，他让各大媒体随行，自己准备好了慰问腹稿，甚至连开门的姿态以及说话的语调都想好了。可是当他们走到病房门前时，一个小护士出来告诉韦波，病人今天有点肠胃不适，正在洗手间蹿稀，需要韦波他们等一等。韦波微笑着点点头，就站在门外等。十五分钟后，画家还没准备好，忽然楼道那头响起清脆的脚步声，众人抬起头望去，此刻正是上午，阳光有些刺眼，不远处一个女医生穿着白大褂，婀娜多姿地走了过来，她大大的眼睛，明亮的额头，清秀的面庞，身材即使在白大褂的掩盖下都显得绝佳有致。人们一下子被吸引了，这是一个绝色美女，众人一时间从功利、算计、虚伪和表演中挣脱出来，他们被世界偶然的却绝对的美一下子击中了，他们都定定地望着她，看着她一步一步从阳光中向满腹心事的他们走来，韦波也情不自禁地看着女医生，当她走近时，韦波忽然忍不住大喊一声：孟有纪！

就这样，韦波与孟有纪重逢了。

他们很快就再次熟络起来，根据孟有纪的说法，她后来确实去了外地的一个城市生活，作为业余爱好的舞蹈也放弃了。不过孟有纪的学习成绩一直很好，她高中学的是理科，大学学了医，毕业后仅仅工作了两年就得到了一个在离忧城硕博连读的机会，她于是回到了离忧城读书，博士毕业后就留在济心医院当了医生，她现在是一名肿瘤科的大夫。

自此，韦波不断找机会来济心医院，每一次来，他都会去找孟有纪。孟有纪通常很忙，韦波有时会等她一阵，就在诊室外无所事事地看她处理病人。孟有纪干活儿相当麻利，在忙碌中还不失准确和优雅，她的一举一动总是让韦波回忆起小时候她在舞蹈排练厅里的样子。中午要是有机会闲下来，孟有纪会很耐心地陪着韦波聊聊，他们去医院的人工湖旁边，谈谈过去，谈谈现在，这种时刻是韦波很少拥有的，他的心异常宁静。虽然他们曾经是发小，但是似乎直到重逢后韦波才更加了解孟有纪，他发现孟有纪有着明显的两面，一面可以是极其悠长的、覆盖一切的深蓝色，它沉着，坚定，不造次，满含意味深长的底蕴，另一面则是发光的、活力四射的五彩混搭，如同万紫千红的花朵，只是这活跃的一面反而是底色，平时并不显现。韦波没有任何犹豫地重新喜欢上了孟有纪，他觉得只有当他站在孟有纪面前时，这个冷漠世界才显出一点可爱的地方。不过，韦波依然是清醒的，他并没有往前再跨一步，他明确地知道在现实中他需要的是莉莉娅，那才是他的根本利益所在，他不大可能用年少时的回忆与情怀去换取他的未来。

此时，赵晓川也没闲着。

秋彤事件之后，赵晓川颇为感伤，为了医治自己的伤痛，或者说为了让自己不感到孤单，他开启了努力寻找女人之旅。赵晓川一直是热爱美女的，他尤其喜欢大胸女。每当他看到大胸女，他就会说，她是个有胸怀的女人。当然，他对平胸女也还算宽容，如果他看到一个平胸的女孩儿，他就会赞扬道，看，她是一个胸怀多么坦荡的女人。他和女人们在一起的时候，最喜欢的就是趴在女人们的胸口上睡觉，那让他有一种切实而广阔的安全感，而和女人们在床上厮混反而不是那么急不可耐的。

赵晓川很有女人缘，有一部分女人可以说是相当喜欢他，这不仅是因为他身上浓厚的传奇色彩，而且据说他还能帮她们赚钱。赵晓川的绝招其实就是帮女人们炒股票，由于聪明加上反复钻研，赵晓川已经在股票方面有了巨大的进步，那些跟过赵晓川的女人都多多少少赚了些钱，因此她们毫不吝惜地把赵晓川的美名传遍了整个城市。可是，实际情况并非如此，赵晓川虽然在股市技巧上突飞猛进，但是能帮人稳稳赚钱的传说并不那么靠谱儿，那种不靠谱儿程度与股票市场的起伏程度成正比。赵晓川之所以没让他的女人亏过钱，其主要原因是他背后有一个坚强的后盾，那就是韦波。

每一次，当赵晓川遇到过不去的困难时都是去找韦波解决。赵晓川与韦波的聚会并不私密，他们常常约好了去一些公共场所聚餐、谈话，在整个过程中，一般都会无人打扰，偶尔赵晓川会被个别脑子进水的人举报。但是，他们从来都从容不迫、不以为意，因为从来就没有人真的来过，没人把赵晓川当回事儿，这个城市最漫长的猫鼠游戏，早已成为猫自己睡觉以及鼠独自奔跑的游戏了。

赵晓川的困难一般就两种，第一是炒股亏钱，第二是姑娘难缠。赵晓川虽然聪明，却城府不深，常常喜形于色，凡事都挂相。遇到好事儿时他就眉开眼笑，遇到坏事儿一准儿愁眉苦脸。韦波总是先行到达约好的地方，等着回回迟到的赵晓川，然后忍俊不禁地开始听他诉说被市场和女人折磨的悲惨人生。韦波非常有耐心，他是个十足的好听众，赵晓川一般来了坐下就说，如同竹筒倒豆子般倾囊而出，韦波总是劝他，别急，兄弟，慢慢说。其实，这种谈话对韦波也是裨益良多。虽然每次都是赵晓川痛说落魄史，但是韦波还是忍不住暗暗羡慕他那种自由自在的日子，这是因为他的现实生活实在是压力巨大，所以他总是有一种对于非现实生活的隐秘向往。另外，赵晓川还有一个优点，那就是他是这个世界的旁观者，一个永远的局外人，因此，他在某些时刻对于某些事情会拥有相当冷静、理智的看法，他总是能穿过各种迷雾的障眼法，一下子看到事物的本质。韦波非常需要这些锐利的看法，原因在于即使他再小心，现实中那些骗子的迷魂阵也常常令他应接不暇，所以在某种程度上，韦波更需要赵晓川。

不能免俗的，赵晓川常常管韦波借钱，韦波回回都仗义出手。

事实证明赵晓川值得信任，他讲义气讲信誉。每一次他向韦波借钱后都能及时还钱，连一分利息都不少。赵晓川把借来的钱一小部分用来安慰女人，一大部分投入股市，经过反复折腾，在非常不靠谱儿的环境下，赵晓川确实做到了战胜市场，这无疑是他超高能力的最好显现。韦波从不担心赵晓川还不了钱，他认为赵晓川是这个世界上绝顶聪明的那种人，如果他都赢不了的游戏几乎没有任何人可以赢得了，他从赵晓川身上还看到了某种安全感，他一直把儿时的那个预言深深埋在心里，他自己深知商业的凶险，坚信赵晓川一定会在危急时刻给他指出可以凭借的逃生之路。

不久，赵晓川也知道了孟有纪回归的好消息。他是在一次与韦波的聚会中得知此事的，当时赵晓川简直不敢相信自己的耳朵，他异常惊讶地追问：什么，你说孟有纪又回到这个城市了？是啊，我也是才发现的，韦波笑着回答。她变成什么样了？赵晓川急切地问。你去看看不就知道了吗？韦波继续笑着说。

赵晓川马上一溜烟去了济心医院，他在一个病房的窗口中看到了孟有纪，她穿着白大褂，正和一个瘦瘦的女人说话，那个女人太瘦了，就如同一声叹息一样躺在床上，她戴着一顶红色的帽子，脸上棱角分明。孟有纪温和地笑着，她在轻声和她说着什么，看着孟有纪那温柔的目光，赵晓川的心中涌起一阵说不出的感慨，往日时光仿佛瞬间回到眼前。

当赵晓川出现在孟有纪面前时，她在片刻之间就认出了发小。孟有纪发出少有的尖叫，两人立刻拥抱起来。他们就这样愉快地再次交往起来，要说赵晓川还真算是臭名远扬，他在这个城市的各种奇闻逸事连孟有纪都听说过，只是她原来并没把传闻的主角和曾经的发小联系起来。赵晓川很坦白，他告诉孟有纪他现在过着一种什么样的丝毫没有前途的生活，他和韦波依然保持着从小的友谊，这种友谊经历了种种考验，远超许多坚贞的爱情。韦波对他确实好，他不顾人们对于赵晓川的追逐，冒着各种风险给予他照顾，时不时地接济赵晓川钱物，这使得赵晓川竟然可以游刃有余地在这个城市不断奔跑下去。

够意思，这才叫兄弟。孟有纪听完赵晓川的叙述，不禁频频点头。

自此，赵晓川成为济心医院的常客，他由于太闲总是不请自来，而孟有纪坦然且热情，她有时间的时候他们就聊聊，没时间的时候就让赵晓川自己待着。中午时分，她总是让赵晓川去食堂和她一起买饭，他们常在阳光下边吃饭边闲聊，聊过去的事情，聊现在的城市，聊韦波的发达和他的女友。作为男人，赵晓川和韦波一样，迅速发现了孟有纪作为成熟异性的那种十足的魅力，她的相貌、谈吐、笑容都让她如同一股慢慢跳动的火焰，总能把周围的人们撩拨得心猿意马，每当赵晓川看到人们围观他们吃饭时那忌妒的眼神，他常常能不自觉地笑出来。

有一次，赵晓川在下班之后再次找到了孟有纪，这一回他显然有点小心事。两人去了医院旁边的一个小酒馆闲坐，由于菜上得很慢，两人就先喝着啤酒抽烟聊天。赵晓川开诚布公地告诉孟有纪，他失恋了。他向孟有纪阐述了他丰富的爱情，以及一直以来的苦恼，他确实拥有过不少女人，可是他却从未找到他的真爱。他谈起了自己的癖好，他愿意在她们的胸口睡觉，那一小段时间是幸福的，可是除此之外，当他跟那些女孩相处时，总是觉得他与她们相去甚远，有时他更爱她们一点，有时则是她们更爱他。

看样子，她们没有一个人是你的归宿。孟有纪听完之后说。

是啊，怎么才能找到最适合我的那一个呢？赵晓川叹了口气问。

不清楚——孟有纪摇摇头说，我自己在这方面也都特别糊涂。说到这儿，她又喝了一口啤酒，然后说，要不，我给你出个主意吧？

什么？赵晓川问。

这样，你可以试着找一个爱你的人结婚，然后再找一个你爱的做情人，也许脚踩两只船对你最合适，你还记得咱们当年初中几何里，不是学过一个三角形的稳定性吗？孟有纪振振有词地说。

其实，这是一个非常不靠谱儿的建议，但是如果遇到特别不靠谱儿的人这主意也不算太坏，赵晓川听完之后竟然深深地点了点头，也许这就是人们常说的物以类聚、人以群分，或者叫作鱼找鱼虾找虾吧。

不错，这分明是一石二鸟。赵晓川特别深沉地晃着脑袋，他也喝了一口啤酒，看了一眼灯光下美艳的孟有纪，忽然掉转话题，你知道吗？韦波是爱你的。

孟有纪听了一愣说：我不知道啊，他从未表示过，他有多爱？她问。

反正，应该很爱。赵晓川说，至于有多爱，你得问他本人。

　　赵晓川说着假装神秘地笑起来，不过这回他算是说出了一个事实，韦波与赵晓川是不同的，赵晓川虽然对于孟有纪也有着那种最初的、朦胧的好感，但是自从孟有纪离开之后，赵晓川很快就没心没肺地把孟有纪忘掉了，而韦波却一直把孟有纪深深埋在心底，她在他的心里从未离去。

　　孟有纪闻言点点头，她抽了一口烟，喝了一口啤酒，笑笑说：我现在有男朋友了。

　　是吗？哪儿的？赵晓川问。

　　孟有纪告诉他，男朋友是她的同行，原来大学里的师兄，他们好了很多年，他一直在另一个医院当医生，他们很快就要结婚了。赵晓川听完不自觉地替韦波有点失望，但是他随即接受了，他想这个太正常了，像孟有纪这样精彩的女孩儿没有男朋友是不可想象的。

5

　　孟有纪在工作上非常认真，她对待病人很好，因此口碑甚佳。不过孟有纪与其他同事的沟通并不多，人们总是感觉她独来独往有点怪怪的。除了工作上的事情，她话并不多，一般科室里开会，她总是坐在角落里一言不发。但是这并不代表她没有想法，她不说是不说，可只要说起来往往一针见血，直指问题核心。

　　有一次开会的时间太长了，孟有纪有事急着要走，可是会议久拖不决。终于，孟有纪烦了，她忍不住站起身拔腿向外走。当时开会的人很多，还有很多人正等待着展现自我积极发言，孟有纪从人群中站起来，艰难地穿过众人的大腿时非常显眼。室主任正聊得高兴，他忽然抬眼看到正往外走的孟有纪就愣了，他很少看到下属能这么公然地从会场离开。于是他按捺不住，开口叫道：小孟，你干什么去？

我有事儿。孟有纪头也不回，一边穿行一边不动声色地说。

这会可没开完呢。领导压了压心中的气说。

你们开吧，用哪种药你们说了算，不就是吃回扣的多少吗？至于开这么长的会吗？孟有纪不咸不淡地说。她的声音虽然不大，却让屋子里的每个人都听得清清楚楚的。

室主任听了这话，差点没当场背过气去，底下的医生一片窃窃的笑声。

孟有纪就这样，她确实有着独特的个性。她一直抽一个牌子的香烟，固定喝一种奇怪的咖啡加酒，但是她却爱买各式各样的内衣，有时仅仅是因为好看，有时只是因为新奇。孟有纪大部分时候是那种沉默的大多数，但是有时不知道触动了她哪根神经，她会变得相当突出相当各色。有一次，全院每个医生要回答一份问卷，内容是如何成为一位合格的医生，答案是现成的，只要抄一下在网上一提交就行了。这当然是件屁事，但是全院的人都没推托，大家知道这就是走形式，可是她就不答，人家催她，她还振振有词地说：有啥可答的，答完了，你们就合格了？催她的人劝她说：反正大家都答了，你对付对付就完了呗，何必那么当真？可是孟有纪回答说：决不！劝她的人没辙只好把孟有纪的导师请了出来，她的导师是她在医院里唯一在乎的人，老先生从她读硕士起就开始带她，之后让她上了博士，而且还是在老先生的力主下她才得以留院，直到现在她的科研题目依然是老先生指导的。孟有纪的导师出马之后，她马上乖乖地答了题，她没法不听老师的。

孟有纪肯定是热爱她的专业的，但是那是一种不得已的爱，就好比亚当和夏娃，亚当只能爱夏娃，否则他爱谁呢？那伊甸园里不就俩人吗？工作之外，孟有纪的思绪总是飘向远方，她总是在想一些对她曾非常重要却已经变得遥不可及的事情，比如舞蹈，那是她骨子里最爱的东西，但是现在只能被她深深地埋在心里。

她常常想起她的小姨。在她七八岁的时候，小姨来到了她的家里。她年轻、漂亮、任性，比妈妈要时髦很多，也比妈妈能折腾很多。但是老天是不公平的，小姨只有一条腿，她的另一条腿是假肢。小姨非常热爱跳舞，不过所有人都觉得她没有希望，认为她应该现实一点。可是小姨完全不屑众人的目光，一心一意想考舞蹈学院。她天天去训练班苦练，那条坏腿常常使她疼痛难忍。妈妈为小姨想了很多办法，找老师，托关系，但是小姨的条件实在让她无法如愿，在全家人努力了一溜够之后，她最终没有进入舞蹈学院。小姨为此大哭一场，把自己关在屋里两天没有出来。孟有纪记得妈妈哭着坐在门边，一边敲门一边泪如雨下地劝她，妈妈用声乐演员圆润的声音悲伤地说：妹妹，我的妹妹，这就是命运啊，无可阻挡的命运啊。小姨一直不回话，直到母亲哭了足足半天之后，小姨才在里屋声嘶力竭地喊了一声：滚，我不相信命运，我要成为辛辛那样的人——

后来，小姨还是没有拗得过命运，她嫁人了，她的条件只有一个，离开熟悉的人们远走高飞。小姨嫁给了一个商人，结婚之后，商人要带着小姨去遥远的北方做生意。告别时分是在一个寒冷的冬天，小姨这时完全平静了，她已经从之前的癫狂状态回到现实中的落落寡欢。走之前，她先和姐姐姐夫说了很长时间的话，从头到尾都是感谢和道歉，妈妈一直在哭，小姨虽然眼圈一直红着，但是却坚决不掉泪。小姨和大人说完话，转向了孟有纪，她艰难地蹲下身，拍拍孟有纪的花棉袄说：妞儿，我要走了。孟有纪点点头，然后懂事地把糖葫芦递给小姨，小姨张开嘴用力咬下一粒山楂，仔细地嚼了半天，然后点点头说：好吃，真好吃。

行了，快点吧，车来不及了！这时，旁边那个岁数大很多的商人姨夫劝道。

小姨回过头狠狠瞪了他一眼，然后扭过头，非常认真地对孟有纪说：记住，妞儿，以后你一定要像一个人一样生活，做你想做的事情，而不是当一头猪。小姨说完站起身，从书包里拿出一本书递给她，然后展开浓艳的红唇对她一笑，挑挑眉毛，裹着貂皮大衣昂首而去。

后来，小姨和他们断了联系，不知所终，但是孟有纪依然清楚地记着那告别的一天，记着小姨的话，留着小姨的那本书——那是一本有关城市传奇舞蹈演员辛辛的书，她是小姨的偶像。直到今天，当回首往事时，孟有纪的心中还常常扬起某种飞翔的幻影，她不清楚那些幻影的实质到底是什么，是小姨当年优美的身姿，还是舞蹈无法比拟的魅力，抑或是理想位于远处的召唤，或者兼而有之？

在济心医院最高级的病房里，有个无比瘦弱的女人。她整天躺在床上，执意戴着一顶红色的帽子，眼神常常无神地望向窗外灰暗的天空。她是胃癌晚期，人已经瘦得不成样子，她似乎比一声叹息还薄还轻，如果仅仅从她现在的状态来看，谁也不会看得出她曾是一个叱咤风云的人物。

她是这个城市最最有名的舞蹈演员，年轻时她的舞蹈曾经风靡了一代人，她演绎的公主与王子的故事曾经是那个时代最令人向往的童话。她从年轻到年老，一直站在舞台上，一直站在聚光灯下，直到她发现得了癌症的那一天。

她叫辛辛，是孟有纪小姨以及孟有纪年轻时的偶像，她这一辈子似乎就是为了美而存在的，她一直坚持着，伫立着，完全没有想到自己会在某一天忽然倒掉。

她发现得了癌症的时候已经是晚期了，没过多久，她就开始疼了起来，那是一种全方位的势不可当的疼痛，说不清从哪里开始，疼痛就是漫天遍野地扑过来，它们如同虎狼如同蚂蚁如同刀子如同天底下最恶毒的诅咒一样一寸一寸撕咬着她。疼痛的力量太大了，曾经无比坚强的她成宿成宿地哀号，撕心裂肺地叫着，似乎要把天下所有的痛苦都喊出来。经过一个时期的抵抗，辛辛的精神垮了，她清晰地认识到她在病魔面前是微不足道的，她注定扛不过去了，已经到了要告别这个世界的时候。孟有纪是她的主治医生，她看在眼里，疼在心上。按理，作为一个专业的医生，病痛与生离死别见得多了，相对会冷静淡定很多，但是这一回有所不同，她曾是她的偶像，在小时候小姨留给她的那本书中，她是那个永远闪烁在舞台上的榜样，她真的无法忍受她遭受如此的痛苦，无法忍受自己作为医生的无能为力，她知道那种疼痛是全面而不可遏制的，不光是身体，就连一个人的意志、心理、精神都一秒一秒地遭受着无限的打击。

于是，为了让辛辛减少疼痛，孟有纪开始给她使用止痛药。随着她的疼痛加剧，她不得不一级又一级给她使用效力更大的止痛药，直至吗啡。但是辛辛的疼痛完全没有减轻，而她需要的药量却越来越大，一般情况下，在病人这种最后时分，成瘾性是不需要多考虑的，但是孟有纪觉得她太瘦了，身体根本受不了更大药量的刺激，这一点使她顾虑重重。

一天早晨，当孟有纪推开房门时，她发现辛辛的状态比一般时候好一点。她走过去，如同以往一样温柔地笑着问：辛辛老师，今天怎么样？

还好——辛辛点点头，声音微弱地说。

听说，您找我有事儿？孟有纪问道。

是的，孟大夫，请坐。辛辛说。

孟有纪依言坐了下来，辛辛抬眼示意让身旁的护工离开一下，护工走出门外，关上门。辛辛闭上了眼睛，过了好一会儿，她才又睁开了眼睛，孟有纪微笑地看着她，心中却有一种超越医生职业的难过，辛辛瘦极了，比骨瘦如柴都瘦，她喘了一口气，然后说：我有一个很好的朋友昨天来看我，他是一个医生。

孟有纪嗯了一声。

他看了我的药，说我的药中，有一款安慰剂，不全部是吗啡。辛辛说。

孟有纪看了看桌上的各种药瓶，她点点头说：是的，我给您在吗啡中加了一些安慰剂。我怕给您的药量太大了。

辛辛听了苦苦一笑，然后她伸出瘦瘦的手拉着孟有纪洁白光滑的手说：孟大夫，您跟我说实话，我是不是真的没有救了？

孟有纪听了，摇摇头，她安慰地笑着说：瞧您，您又来了，您的状况可比想象的好得多呢。

别骗我了，孟大夫，我自己的身体自己明白，我现在是生不如死。辛辛喘了一口气说。过了好一会儿，辛辛忽然慢慢欠起了身，孟有纪赶紧过来扶她，您别起来了，您躺着说吧——孟有纪劝道。

孟大夫，您让我死吧，我想去死——辛辛异常虚弱却异常坚定地说。

辛辛说完又昏了过去。

上午，阳光很明媚。孟有纪没有出诊，而是在办公室里坐着，办公室里静悄悄的，她的对面沙发上坐着一个四十多岁的男人，他瘦瘦的，一脸的忧愁，他有些落魄，相当地不修边幅，让人一看就觉得他过得很潦倒。

半天没人说话，摆在男人面前的白开水也一直没有动。过了很久，男人才长叹一声，说：孟大夫，真的没有别的办法了？

基本上也就是这些措施了。孟有纪有些无奈地说。

您再想想，还有什么招儿呢？我们不怕花钱。男人说。

这不是钱不钱的事情，现在，嗯，恐怕也就是熬日子了。孟有纪带着歉意又说。

不行，不能这样，我妈是这个城市最好的舞蹈演员，你们必须救她。男人说着眼圈红了，他的声音有点嘶哑起来。

这个我知道，辛辛老师还是我的偶像呢，我也不好受，可是我们现在只能面对现实了。孟有纪说。

男人听了这话，一下子气馁，他低下头，然后伸出手捂住脸，小声抽泣起来。孟有纪看着他，心中有一种说不出的难受，她犹豫了半天，方才慢慢吞吞地说：其实吧，现在这种情况已经属于过度治疗了。

男人哭了一会儿，之后抬起头望着孟有纪，睁着红红的眼睛问：您什么意思？

孟有纪又想了想，然后横下一条心说：就是后面的治疗其实是多余的了，完全没有回天之力了，病人也许因此会更痛苦。

男人听了点点头，他不得不承认，他说：是这样，那您的意见是——

孟有纪斟酌着说：我曾经看过一个国外的纪录片，讲的是国外的一个老人也是病入膏肓了，后来医院根据病人的要求，对他进行了安乐死，当然这个做法，在这个城市现在还不合法。

您接着说，一般咱们这里遇到这种情况，有什么通行的做法？男人问。

家属同意的话，可以放弃治疗，比如——

孟有纪欲言又止。

比如什么？男人催问道。

比如，可以把吗啡加量一点，镇痛，让辛辛老师舒服一点，其他药物则都换成安慰剂——孟有纪终于小声而明确地说。

男人完全搞懂了，孟有纪看了他一眼马上又补充道：当然，您也可以就像现在这么治疗下去，直到一切结束——

辛辛最终安静地走了。孟有纪是在办公室写论文时得到消息的，她放下电话后，迅速冲向病房，推门进去时，护士已经在井井有条地拔掉各种仪器了。孟有纪走到辛辛床前，看着辛辛安静地躺着，脸上特别安详，似乎没有丝毫的痛苦，她应该是已经去了一个好地方。孟有纪非常难过，本来她做了多年的医生早就具备了职业的冷静，可是现在，她的难过还是汹涌而至，这种难过来自于她儿时的梦想，她曾多么想成为一位光彩照人的舞蹈演员，就像辛辛一样。可是今天偶像离去了，她辉煌的一生无比凄楚地落幕，这似乎代表着那种具有梦想色彩的生活也将一去不复返，未来只有看不清的雾气昭昭的现实了。

孟大夫，您说人有灵魂吗？这时正在干活的护士漫不经心地问愣在床边的孟有纪。

孟有纪红着眼睛回过头奇怪地看了她一眼，护士继续有条不紊地收拾着仪器，过了一会儿，她冲着躺在床上的辛辛一努嘴说：我觉得人有灵魂，辛辛老师喘完最后一口气时，我觉得她的灵魂就飞了起来，飞向了窗外。护士说着，顺手指了指窗户。

很快辛辛的家人闻讯赶来，首先来的是那个瘦瘦的男人——她的儿子，他站在他母亲的床边看着她，他的眼神中含着复杂的色彩，有哀痛，有愧疚，有无可奈何，也有一点点恐惧。孟有纪偷眼看着他心生感慨，她其实心里一直暗暗奇怪，觉得他怎么会是辛辛的儿子呢，辛辛健康时是那样的自信而锋芒毕露，他则完全相反，像个受气包。

过了好半天，他才问孟有纪：她走的时候平静吗？

平静。孟有纪点点头。

看来，你按照计划做了。他说。

孟有纪想想，深深吸了一口气说：是按照你的计划去做的——

辛辛的儿子听到这儿，忍不住又捂着脸哭了起来，他一边哭一边说：孟大夫，你知道吗？我真的很怕，我不知道我这么做到底对不对？

辛辛的女儿是几天之后赶到的，她刚刚从英国飞回来，风尘仆仆的。她长得很像辛辛，只是比辛辛更结实更高大一些，据说她现在已经是一个非常出名的现代舞蹈艺术家了。她的哥哥陪着她去了太平间，她在太平间抚摩着母亲冰凉的脸放声大哭，孟有纪也跟了过去，但是在远处就停了下来，她能看到她悲怆的背影，也理解她作为女儿的悲痛，可是她又感慨地想，天底下父母养孩子是为了什么呢，最需要的时候他们却不在身边。孟有纪想起了自己的父母，他们也远在天边，她自己有时忙得一个星期都顾不上打一个电话。

由于病房里的事情，孟有纪并没有看到辛辛的女儿和儿子发生争执的一幕。辛辛的女儿一回来就详细地询问了各种治疗细节，她哥哥本来就是一个糊里糊涂没什么主意的人，让妹妹一问，就回答得颠三倒四、错漏百出，有的说多了，有的说少了。可是，她妹妹人很厉害，脑子也是超级清楚，她硬逼着哥哥拿出各种单据来看，她哥哥眉毛胡子一把抓地拿出所有单据给她看，妹妹凭着一个女性的直觉开始挑错，越挑她越觉得哪里不对，这里肯定有事儿。兄妹俩由于各种琐碎的细节终于吵了起来，妹妹于是气得拍着桌子大骂：让你他妈的看着妈，看着妈，你干什么吃的？不是告诉你不缺钱吗？有钱为什么不花？哥哥百般辩解着，可是妹妹步步紧逼，哥哥一时话赶话说秃噜了，他说：有些钱花了是没有用的。

你什么意思？妹妹立马问。

我的意思是，到了后期，再花钱也没有用了，只能等死，医生也这么说。哥哥急切之下把放弃治疗的事情和盘托出。

妹妹听完之后愣了，片刻之后她勃然大怒，指斥哥哥丧尽天良，没有尽心尽力为母亲治疗，说，你为什么要这么干？为什么要停止治疗？妹妹歇斯底里地叫了起来。

哥哥闻言睁着血红的眼睛，无奈而无助地说：我当时确实没办法了，妈疼得厉害，特别特别难受，后来是医生建议我这么做的，对，就是那位女医生建议的。

秋天到了。这是一个寒冷而忧伤的秋天，落叶无边，秋雨潇潇。

温度持续下降着，某一天风停了，雾霾突袭了这个城市，人们在呛人的空气中醒悟到该死的冬天又要到来了。这个城市的冬天几乎如同地狱一般，雾霾每天就像一个令人厌恶又无法摆脱的恶魔一般跟随着所有人。这个时候阶级不存在了，贫富不存在了，雾霾用一种令人绝望而相当嘲讽的形式促成了这个城市渴望已久的人人平等。

其实，离忧城虽然表面上欣欣向荣，但是它一直面临着一些巨大的问题。比如污染，这个城市多年来一直和环境污染做着艰难的斗争，但是收效甚微，污染反而从轻到重，逐渐把城市压倒。十几年前，沙尘暴最猛烈最可怕，一到了春天，总有那么几天整个城市都是黄色的，从早到晚降落下来的黄土可以完完整整覆盖整个城市。于是有人开始出来解释，说这些扬尘都来自北方不毛之地，是他们那边出了问题。人们无可奈何地听着，任其随便解释，反正大家也没有环保方面的基本概念和知识准备。还好，扬尘有时有响，一年也就那么几次，一次也就持续那么几天，城市中的人们很快学会了在大风天里裹得严严实实的，戴些纱巾口罩什么的来进行抵挡。可是没想到的是，当沙尘暴闹腾了一阵之后，雾霾大大咧咧地来了，它往往出现在没有风的天气里，当它到来的时候，天地之间一片灰蒙蒙的，整个城市如同仙境一般，人们来回穿梭，就好比那些传说中的神仙。对于雾霾的成因众说纷纭，有说工业污染的，有说汽车尾气的，还有的归罪于建筑工地的扬尘，甚至居民的炒菜锅以及抽烟的恶习都被指责，但就是谁都不给出特别坚实的定论。雾霾与沙尘暴相比，没有那么暴烈，但是它非常腻味人，它一来了就摆出一副不走了的样子，有一句话叫作"鸠占鹊巢"，它就是这么一副德行劲儿，只要风不到，它就屁股很沉地坐在这个城市的头上，而这个城市的居民也特别贱，他们忍惯了，当一个人骑在他们脖子上时间够长之后，他们就基本能容忍他拉屎的欲望了。

济心医院被人提起了诉讼，原告就是辛辛的小女儿。作为著名的海外舞蹈演员，她的案子引起了媒体巨大的关注。不得不说，辛辛的影响力是巨大的，特别是当她的女儿在众多媒体前失声痛哭之际，几乎没有一个人不隐隐觉得心痛。当人们回想起辛辛一生的光辉灿烂，各种她塑造的长久留在人们心头的形象时，无不对不负责任的无良医院恨上心头，而且这个医院原来的名声就不好，它收费太贵了，明显把穷人拒之门外，这种不平等早就令人愤怒不已了。

孟有纪也因为这件事快速名扬四方，她的名字不知道是被谁透露出去的，她的照片也很快被人肉到了，人们看到这个美丽的女孩儿时先是一愣，然后就迅速给她下了定义：面如桃花，心如蛇蝎。这是人们的习惯，在这个城市人们从无耐心，他们习惯简单粗暴地把一个人或者事情非黑即白地定义在某个层面，达到一个稳定的状态，不是好就是坏，除此之外这个世界什么状态也没有。

于是，人们开始铺天盖地地骂孟有纪，孟有纪百口难辩。在这个城市骂人是所有人无与伦比的本能，他们什么人都骂，什么事情都可以骂，什么时候都可以骂；他们在网上，在街头，在酒肆茶楼里，满嘴喷粪地侮辱着一切可以侮辱以及不可以侮辱的事情。这是一种文化，一种暴力的、粗鄙的以及对个人权利进行赤裸裸剥夺的文化。一旦他们认定了可以欺负的对象时，他们的勇气可是不打一处来，他们从宇宙洪荒，从天与地，从祖宗八代骂起，直至黄河长江，街头巷尾，子孙后代；他们可以用最脏的话，也可以用最文雅的话骂；他们可以冷嘲热讽，也可以简单直接地骂……在人们嘴里，天下没有一个好人，天下没有一件是好事，被攻击的对象除了被无数遍问候父母亲戚外，还要被投入十八层地狱油煎火烤，他们觉得用语言杀人是一件过瘾的事情，充分体现了这个城市在冷漠、恶毒、落井下石、幸灾乐祸等等方面的独特气质，他们几乎就是在人类最大的恶之中体现出人类特有的机智——灵活，开放，多元，丰富。

很快孟有纪变成了这个城市一个著名的罪人，她的罪名是故意杀人。虽然起诉方只是起诉院方的医疗事故，但是坊间已经开始绘声绘色地描绘孟有纪是如何教唆辛辛那个不成器的儿子谋杀辛辛的了。一开始这个恶意中伤的故事还只是具有悬疑凶杀的特点，后来由于城市的鄙俗，人们给它加入了很多艳情的成分。人们发挥了他们无边的想象力，非常笃定地认为是孟有纪为了图谋辛辛的财产，以她的美貌和风骚勾引了辛辛的儿子，唆使他下了毒手。再到后来，艳情就变成了色情，孟有纪被描述成一个十分滥情的女子，她在医院中情人无数，无论医生、工作人员、病人、病人家属个个臣服于她的石榴裙下，甘愿受她驱使。人们根本不琢磨这个故事的合理性，他们每个人传播一遍就会按照自己的理解添加上一部分，他们只为了自己的意淫着想，而不顾任何实际情况，这就是这个城市的永恒特点之一，无论如何，在谣言中落井下石才是最愉快的。

还好，世界也不全是冰凉的，就好比任何一个再令人颓丧的秋天也是有阳光的，再浓重的雾霾也是怕风的。关键时刻，孟有纪的男友张捷出来力挺她。他是这个城市另一所大医院的外科大夫，他年轻有为，思维敏捷，一表人才，以善于处理各种疑难手术著称，其形象异常正面。张捷以一个专业人士的身份在报纸和网络上发文，他的观点很明确，他认为，在这件事中孟有纪没有过失，她只不过是给予了病人家属一个人道主义建议，而避免对不治之症的病患进行过度治疗是道德的，是一种具有勇气的职业精神。他的文章写得浅显易懂，而且非常有力量，这个城市虽然异常混乱，但是那些坏东西脏东西也不能完全一手遮天。张捷的文章出来之后，由于它的客观性，很快就被一些人接受了，这些人中有的自己就目睹过那种过度治疗对亲人的伤害，还有一部分则完全是理性思考了相关问题。于是，为孟有纪辩护的声音终于姗姗来迟，它虽然来得晚，却总算来了，更妙的是，这种声音还越来越大，形成了一个坚定的阵营。城市就此分裂为两方，一方拼命指责孟有纪，另一方则以理性的态度为她申辩，此时，韦波出面了，这件事一开始的时候，孟有纪并没有告诉他，后来还是赵晓川知会了韦波。韦波本以为这就是一件普通的医疗纠纷，但是没想到它后来竟然被搞大了。当张捷的帖子出来之后，韦波主动组织人在网上大量转发张捷的观点，不久，舆情开始转向，支持孟有纪的阵营逐渐壮大，再后来，更多的人加入了论战，压倒性的指责之声被嘈杂纷扰替代，人们开始渐渐地分不清谁是对的，谁是错的。韦波看到时机已经成熟，就找人去法院活动，法院是个最需要活动的地方，也是一个特别喜欢活动的地方。最终，法院的判决下来了，他们虽然支持了辛辛家属的意见，但是相关的个人却没有受到处罚，孟有纪算是逃过一劫。

这件事情就这样结束了，可是孟有纪并没有全身而退。济心医院因为孟有纪给他们招惹了麻烦造成了损失，因此决定辞退孟有纪。这个结果是孟有纪预料到的，她虽然有怨气，但是也觉得医院的做法无可厚非，在这个以道德的名义绑架一切理性的城市，医院需要商誉，需要生存下去，他们无法容忍一个具有"城市杀手"外号的医生继续出没在这里。孟有纪离开那天形单影只，她没有了往日的风光，这个世界就是这样，锦上添花是人之常情，雪中送炭从来都是历史传说。孟有纪抱着一些文件袋低着头匆匆走过楼道孤独地走出楼宇，她穿了一件卡其色呢子大衣，大衣腰带颓丧地掉了下来，她也没管，没有任何一个人来送行，医院维持着固有的忙碌，所有的曾经的仰慕者都透过玻璃冷冷地看着她。冷风一阵阵吹过来，吹过那个萧索无比的庭院，孟有纪觉得自己就像一片枯黄败落的树叶被一扫而过。她走向医院的大门，就在大门口，一个头发斑白的老人正在等她，孟有纪看到那个老人，停下了脚步，她终于忍不住哭了，老人的眼睛也湿润了，孟有纪扑过去，伏在老人的怀里痛哭了起来，她一边哭一边说：老师，我对不起你。

老师深深叹了一口气，抚摩了一下孟有纪的秀发说：走吧，走了也好，这个世界并不适合你。

此时，赵晓川正好闻讯赶来，他打算来送一下孟有纪，他在不远处恰好看到了这一幕，心里也是充满无限的伤感。

6

如果用特别操蛋来形容洪修源恐怕都是太客气了，一个人能获得这种坚定的"褒奖"，他肯定在某些方面相当不是人。

　　可洪修源对这样的"褒奖"绝对是当仁不让,而且有过之无不及。他表面上是个极具慈善气质的非常成功的大老板,报道中常常有他亲吻孩子的照片,但实际上他这个人极其冷漠、自私、功利。洪修源的职业经历非常传奇,完全是靠个人打拼出来的,他开过饭馆,做过广告公司、地产公司,当房地产业欣欣向荣之时毅然转型涉足影视,后来,经过多年努力,他的电影公司拍摄的影片占据了城市的整个市场,他自己完美变身为一个电影大亨。他的转型是他人生非常重要的一步,他走这一步全凭自己精明、敏锐的商业头脑,以及超强的捕捉机会的能力。洪修源很有知人之明,只要这人有用,他必极力笼络,一定会把对方搞得非常舒服,甘愿为他出力。可是洪修源翻脸比翻书还快,一到关键时刻,只要有更大的利益,他可以毫不犹豫地出卖最亲密的合作伙伴,即使他刚刚在一秒钟之前还对人笑脸相迎。

　　他的一个著名战例被商场中人口口相传。那是他在地产业混的时期,他的两个合作伙伴A与B为了一个项目的投标闹得非常不愉快,双方都与他有着千丝万缕的联系。为了得到项目,双方都拼命拉拢他,希望他出面助一臂之力,洪修源毫不犹豫地两边都答应了,就如同当年袁世凯答应谭嗣同一般。两边自恃有了第三方支持就开始恶斗,洪修源一直坐山观虎斗,某一天,忽然决定向招标方告密,他向招标方提供了双方的情报,指出了双方的违规之处,结果A与B两败俱伤,而他则在最后以超低价竞标成功。不仅如此,洪修源后来还与招标方签署了战略合作协议,他向招标方提出,在他建设完招标方的院线之后,要求对方利用其在娱乐业的资源优势帮助他进军影视界，这成为了洪修源日后转型的关键一步。

因此，客观地看，背信弃义是洪修源一生的主基调，无耻与冷漠是他最大的法宝，他始终追求的目标就是向更高的权力和利益靠近，直至把利润攫取到手。由于他做得太过分，他被誉为这个时代典型的"N姓家奴"，对于这个称号他不以为耻反以为荣，认为这是他成功的一大标志，因为这个时代从来不问"英雄"的钱从哪里来，只看他挣到钱没有。在他最嚣张的时期，他曾凭着花样翻新的手段赶走了三任城市管理委员会的人，他的名言是，善良是懦弱和Loser的代名词，因为你不成功，你才善良，你没有对人使用恶并使人屈从的本事，你才善良。这个城市就是动物世界，有能力则吃，没有能力则被吃。

洪修源进军影视业之后也是一帆风顺，他凭着强力霸道的手段很快在这个城市独占鳌头。但是洪修源拍的都是烂片，他从来只注重片子的商业利益，完全不在意它的艺术性。他往往是用巨大的投资，闪耀的明星，还有磅礴的宣传来忽悠观众，但是片子中的故事、人物、情感逻辑等问题全都一塌糊涂。他觉得那些都没用，现在的人只注重外表和感官刺激，谁会在乎情感和故事呢？他的肆无忌惮使他取得了巨大的成功，他的每部片子都让他狠狠地赚了钱，这说明他太了解这个世界了，他很明确地知道人们已经堕落为猪，他们吃惯了垃圾，而他就是以喂猪的方式任性地发了财，他靠自己对这个世界的羞辱功成名就。

洪修源是韦波的舅舅，他们一直很少往来。韦波非常厌恶洪修源，他记得他从小就不喜欢他，洪修源和韦波母亲的关系非常不好，两人绝少来往。韦波的父母表面相安无事很多年，但是韦波的母亲生性多情，她终生沦陷于一场撕心裂肺的爱情，某一天忽然不顾一切跟别人私奔了。韦波的父亲是个工程师，长期热爱数学、历史与酒精，韦波的母亲走后他一直表现得很淡然，很久后的一天，当他看完一整套《资治通鉴》，他把书工工整整放回书架，来到儿子的房间，以一种若有所思的口吻告诉他：你做什么事儿呢也别动感情，动了感情你就输了，而且输一辈子。他说完这话之后也迅速地不知所终了，韦波到底也没弄清楚，他的父亲是追寻母亲去了还是按照自己的信念自由飘荡去了？

当父母都不负责任地消失之后，年少的韦波于孤独无助之际只好去找洪修源。可是洪修源对他异常冷漠，他坐在办公室的老板椅里，双脚放在办公桌上，斜眼看着站在面前的瘦瘦的韦波，当他听完韦波的叙述，欠起身打开抽屉，作势找了半天，然后才说：对不起，我亲爱的外甥，我也缺钱，一分也给不了你。记住，在这个世界，你要想活下去就得靠自己。韦波怔怔地看着他不知所措，他没有想到自己的亲舅舅竟然能说出这样的话。洪修源接着非常爱莫能助地继续说：我的这个忠告是能给你的最大帮助，这也是我的姐姐——你亲爱的母亲当年告诉我的，当时我刚从一个乡下小镇过来，饿得要死，她就是这样无私地对待我的，我现在如数奉还。洪修源说着脸上露出灿烂的笑容。

韦波就这样被洪修源轰出了门，他过了很久之后依然记得那是一个寒冷的冬天，那种深深的受侮辱的感觉一直萦绕在韦波的心头。还好，后来韦波在别的亲戚的帮助下，度过了最困难的时期，他也不断莫名其妙地收到汇款，这让他觉得这个世界还没有彻底冷透。他那不靠谱儿的父亲跑出去几年又回来了，之后，他父亲洗心革面，开始认真地照应韦波，韦波后来顺利地上完高中，念完了大学，拿到了建筑设计和法律的学位。

韦波毕业后，为了找工作，他只好又去找了洪修源，此时洪修源早已做大，开始在影视圈大展宏图。这一回，洪修源望着这个已经玉树临风的外甥并没有拒绝，相反，他还有点欣慰的样子，他写了一封推荐信，把韦波推荐给了城市中另一个著名的老板齐如山。

齐如山这个人也是赫赫有名，他曾经是洪修源最大的合作伙伴，但是为了利益两人最终分道扬镳。两人从此在生意上你死我活地争斗不止，但是彼此在心中却一直保持着一种惺惺相惜的敬意。齐如山虽然鄙视洪修源的人品，但是却十分佩服洪修源的做事能力以及市场嗅觉，洪修源也讨厌齐如山的假道学，但是他又认为齐如山才是真正的英雄，只是有点生不逢时。两人这种一时瑜亮的奇特的私人关系，使他们一直保持着私下来往。

果然，由于洪修源的推荐，齐如山毫不犹豫地接纳了韦波。齐如山自始至终在房地产行业奋战，他是海归，毕业于国外的名校，平时总是西装革履，形象健康、儒雅。他确实是这个城市的一朵奇葩，做事果决，强调执行。他的脑子里满是不合时宜的哲学思想，行为方式特别西化，完全不符合这个城市的腐败本质。比如他说过他从不行贿，他的名言是离政府很近，但是离政治很远，别人认为这是缺点，可他却坚决认为这是优点——因此，他被人称为拥有"致命优点"的企业家。

　　韦波自此投身于齐如山麾下，他异常珍惜来之不易的机会，勤奋苦干。他先做了几年工程设计，然后跑工程现场，由于韦波的出色表现，他很快被提拔了，调到销售部门。那个时期，正好是房地产业的黄金期，韦波所在的销售团队顺势而为表现优异，为公司的发展立下了汗马功劳。当然，由于行业习惯，这个部门的人也都自己悄悄挣钱，韦波是个聪明人，他很快学会了。每个人都是贪财的、自私的，这很正常，而且对于韦波来说，钱太重要了，他从小的经历使他一直缺乏安全感，因此他对于成功充满渴望，渴望获得尊重与永恒的物质保证。但是，很不幸，私下挣钱这件事被齐如山发现了，要是在别的公司这属于人之常情，老板会法不责众，睁只眼闭只眼，可齐如山对此却非常痛恨。他知道这件事后，下手异常迅速狠辣，在一个星期之内把整个销售部门连锅端，齐齐地送入了监狱，包括韦波。

　　韦波就这样在初出茅庐、初战告捷之后，突然折了。他在里面待了两年，后来花钱托人把自己弄了出来。韦波出来之后，很长一段时间彷徨犹豫，他当年的那些同事知道他能干，就拉他去别的公司。但是韦波拒绝了，他痛定思痛之后去找了齐如山。当韦波见到齐如山时，齐如山瘦瘦的脸上满是意外，他上下打量着韦波说：小伙子，你是那批人里第一个回来的，你为什么回来呢？韦波真诚地说：齐总，我错了，所以我来道歉。齐如山听了深深地点了点头，他不禁跷起大拇指说：好，你小子有胸怀，能屈能伸，大丈夫所为也。不过，我的公司不能再用你这样的人，但是我会帮你，你自己出去创业吧。韦波于是离开了，齐如山果然说到做到，他给了韦波一笔投资，让他自立门户。当韦波再次找到他并表示感谢时，他又跟韦波长谈了一次，他建议韦波去做互联网行业，那是一个朝阳行业，他还特别细致地教导了韦波一些小事，比如，作为老板，必须每天西装革履，穿戴整齐，还必须每天早起，锻炼，吃早点，早到办公室。

韦波自此东山再起，他果然听了齐如山的忠告去了互联网业打拼。由于有齐如山的人脉和资金支持，很快，他的公司就迅猛发展起来。走上正轨之际，韦波凭借敏锐的头脑，看中了网络游戏这个生机勃勃的子行业，于是，他果断转型投身进去。这个城市有一句话，叫作形势大于人，事实证明韦波的判断是对的，他找准了风口行业，一下子被最大的一股风吹上了天，他的公司在很短的时间内暴赚了十倍以上。

可是，几家欢喜几家愁，此时的齐如山却遇到了困难。本来地产行业的形势也是很好的，但是由于齐如山的为人，以及他超前的思想，导致世俗越来越不接受他。他接连做了几个具有新兴概念的项目，可是市场并不接受，因此齐如山的现金流遇到了困难，而现金流恰好是一个企业最重要的，它相当于一个人身体中的血液。就在齐如山焦头烂额之际，韦波闻讯而去，他来到齐如山办公室时，齐如山再次感到了惊讶：小韦，你来做什么？他问。韦波笑了笑，回答说：齐总，我是来报恩的，我听说您的事儿了，愿意帮您解决问题。齐如山闻言大喜，于是马上和韦波商量怎么办。可是在谈判过程中，他很快发现韦波的条件非常苛刻，谈了半小时之后，齐如山忽然明白了，他笑着对韦波说：小韦，你原来是来趁火打劫的。韦波听了微笑起来，他一点也不着恼，而是非常坦然地说：齐总，您现在的处境相当不好，而且也没有人来帮您，如果我不来趁火打劫，您就完了。齐如山听完点点头，他想了几分钟，终于点点头说，你说得对，我必须面对现实，我唯一的疑问是你有那么大的实力吗？韦波闻言笑了，他非常自信地告诉齐如山，齐总，时代不同了，现在就是讲究狮子大开口，这是一个蛇吞象的时代。他说完一秒也没停留就伸出了手，齐如山看了看韦波的手，迟疑了一下，也只好无奈地伸出手紧紧握住，他苦笑一下对韦波说：小子，你成功了，你太适应这个城市了，你能从你的恩人头上下手，真有胆略。韦波依然谦逊恭顺地笑着，他说：哪里，齐总，是您教会我这么做的，没有您的栽培，我什么也不是。这桩买卖结束前，您能再给我一次忠告吗？齐如山低头想想，然后说：我的忠告是，现金流比理想更重要。韦波闻言放声大笑起来，他想，这个道理我早就明白了。

就这样，齐如山为了保证公司生存，把公司的大部分股份以极低的价格转让给了韦波，他自此做起了公司顾问。韦波上位之后，很快进行了组织结构调整，并且扭转了公司的主营方向，由于韦波抛弃了齐如山过于理想化的经营方式，采取了最现实的打法，经过一个时期的艰难运营，公司终于渡过了难关，重新走向赢利。韦波的商业帝国也自此初具规模，开启了互联网游戏与房地产业并驾齐驱的时代。

可就在韦波逐步迈向商业的顶峰时，他的父亲忽然撒手人寰了。这让韦波感伤了很久，他是他在这个世界上唯一的亲人，虽然不像一般的父亲那样负责，但是他毕竟迷途知返，把韦波抚养成人。韦波的内心自此也变得更加冰冷，他觉得这个世界上最关心他的人已经去了，没有人再来关心他，一切只能靠自己，他与这个世界之间只剩下一层薄薄的金钱关系。

也就是在这个阶段，洪修源的事业更加宏大，他最终掌控了整个城市的电影界。韦波从小就特别爱看连环画，也特别爱看电影，但是自从这个城市的电影业被洪修源把持之后，电影院里就从来没有放过好电影，等待人们的永远是最差的片子。这让韦波非常不爽，他觉得这个挂名的舅舅简直就是自己爱好的敌人，但是他很无奈，术业有专攻，他又没有办法自己去拍一部电影。于是，他就干脆不去看电影了，他想何必给自己找气受呢，反正这个城市的娱乐正变得越来越多元化，不如去找找别的让自己开心的娱乐方式。不久，由于工作原因，他自己开始迷恋上了各种游戏，很快，他就把几乎所有的业余时间都花在玩游戏上了。

当韦波走出自己的白色加长林肯，仰头看到天峰大厦时，还是感到了它的不可一世。他曾多次经过这里，这个矗立于闹市区路口的大厦一直银光闪闪，它的外表面通体都是玻璃，每当太阳照到大厦时，它就把光全方位地散射开来，如同一个巨大的多棱镜，照耀着城市中为了利益奔波忙碌的人们。

韦波上到了四十八层顶层。这是一个电影世界，视频、海报、玩偶、明星工作室、粉丝参观互动区，以及各种衍生商品售卖区应有尽有。所有的工作人员都打扮得非常时尚，每个人的名字都是电影中的一个角色，迎接韦波的是一个标准的美女，她几乎没有任何缺点，从长相、身材、微笑，到走路的姿态都无可挑剔。韦波看到她不禁上下多打量了几眼，她的完美让他觉得有点怪异。韦波跟着美女走过长长的楼道，几乎每走一步都踏在洪修源电影的一个经典场景中。洪修源的电影虽然没有什么特别出色的故事，但是由于摄影精美，因此有许多或绝美或宏大或惊奇的场景令人过目难忘。韦波一边看一边暗暗称奇，当他走到一片开阔的立体森林面前时，美女示意他停下来。片刻，门打开了，韦波走入一段完全的空白区，一股细细的光准确地跟着他，美女冲他笑笑解释说：先生，这是安检扫描，您别担心。美女的腔调有些怪异，刻板而没有起伏。扫描完毕，光束消失，另一扇门打开了，展现在韦波面前的是一个完全不同的海洋世界，在蓝色的海水中五颜六色光彩照人的热带鱼自由自在地游着，韦波向前走去，他似乎逐渐走到了海底的中心，这种灿烂的美景是他没见过的，那种美简直动人心魄。此时，灯忽然亮了起来，四周的海洋世界瞬间消失了，韦波发现自己身处一个大大的房间，房间极空旷，四周仅余白色，几块木头不知从何处飘浮出来，慢慢地组成一张桌子，和一把简单的椅子，在他面前落定。最终，一面白墙一闪而开，洪修源坐着电动轮椅出现了，他留着一撇八字胡，眉毛短而细，眼睛小小的，右边脸上有一块很明显的黑斑，他的脸上布满了横肉，神情异常倨傲。他来到房间中的桌子后面，一个个头儿不高、身材敦实、面相憨厚的人紧紧跟着他。

舅舅，您好啊——韦波笑着打招呼。

洪修源点点头，端详了韦波一下，笑笑说：你好，我越来越有出息的外甥。

韦波听了微微一笑说：多亏您多年前的鄙夷，我确实越混越好。

洪修源咧咧嘴什么也没说，他伸了伸手，韦波就在他的对面那把仅有的椅子上坐下，这时那个美女倒好两杯清水拿了过来，洪修源抬头看着她，可美女若无其事连看都不看洪修源一眼，她把水放在桌子上之后，恭谨地向洪修源和韦波一鞠躬，就走了出去。

望着她远去的背影，洪修源过了好一会儿才感叹一声，说：看出来了吗？她是一个机器人。

是吗？我真的没看出来，现在科技都这么发达了？韦波确实感到了惊讶。

那当然，科技就是这个世界最牛的长跑和短跑冠军，你打个盹儿它就会把你落下一个世纪。洪修源说。

韦波点点头。

好吧，我们闲话少说，今天我叫你来，是打算跟你做笔生意。洪修源这时说。

好事儿啊，亲爱的舅舅，我愿闻其详。韦波笑笑说。

洪修源嗯了一声，他皱皱眉，过了一会儿才说：我最近身体里很疼，哪儿都疼，疼得都站不起来——洪修源拿起桌子上的水喝了一口又说，我想了很久，最终决定把我的资产全部给你。

韦波听到这儿一下愣了，他奇怪地问，为什么？

不为什么，基因是个非常无奈的事情，我又没有孩子，所以只能给你。洪修源喘了一口气说。他脸上虽然很平静，但还是显出一丝疲惫的老态。

韦波不语，他和洪修源素无来往，他不明白洪修源到底为什么这么做。

不过，我有个条件，那就是你必须想办法干掉我。洪修源接着说。

什么？韦波依然没有听懂。

洪修源很肯定地点点头，看得出他知道自己在说什么。简单说，我现在觉得自己生不如死，但是我又无法对自己下手，所以这件事只能靠你了。洪修源说到这儿，又深深喘了一口气，他的那口气从喉咙里发出显得既深长又无奈，此时站在他旁边的那个助手忽然嘤嘤地哭了起来，他黑红的脸膛上流下两行热泪，他的声音中似乎有着深深的哀痛，他伸出双手捂住脸，哭声立刻被有节制地闷住了，他的这种哭让人觉得特别有礼貌也特别真诚。洪修源侧过脸，满意而戏谑地看着他的助手，露出一丝似乎略带嘲讽的笑容，之后他扭过头向韦波介绍说：这是我的副手韩时光，他跟了我很多年，人很忠诚很老实。

两分钟之后，韩时光被洪修源打发了出去，空荡荡的房间里只剩下洪修源和韦波。

门关上之后，洪修源看着那扇门，然后对韦波说：这个人你将来可以用，他虽然没有雄才大略，但是绝对不会背叛你，有时在世间做事还是需要几条好狗的。

韦波闻言，心领神会地龇着牙笑了起来。

此时，房间里的灯暗了下来，洪修源拿起轮椅上的一个遥控器，房间的一面墙壁上显出一块方方正正的屏幕，韦波盯着屏幕，一会儿画面中出现了一张床，床上有一个人正在睡觉。

这是我，是我给自己拍的录像。我长期失眠，一直睡不好觉。更有甚者，只要我睡着之后，我的脸就会变得非常不同。洪修源低沉地说。

韦波闻言细看画面，果然床上的正是洪修源，他在辗转反侧好一阵之后，发出轻微的鼾声，可是就在这时他的脸开始动了，嘴角向外，鼻子、眉毛慢慢挤在一起，似乎像在笑。洪修源盯着屏幕，然后开始快进，在那些快进的片段中，不同的脸一张一张显现出来，那些脸简直太丰富了，有的欢乐，有的悲伤，有的诡异，有的惊奇，有的邪恶，有的恐惧，一句话，那些脸似乎是别人的脸而不是洪修源的脸。

其实，我一直在做梦，这是一个我永远无法摆脱的噩梦。在那个梦中，有一个城市要被灾难所毁灭，我本来已经逃了出来，可是就在城市的外围，我被一群豺狼虎豹追赶着，它们逼着我回去通知那个无知无觉的城市，这种赔本的事儿我他妈的当然不干，可它们疯了一般一直追赶我，直至它们变成我身后无边的大火。洪修源如同亲眼所见一般地说，每一次，我都是在大火即将烧光整个城市的时候大叫着醒来。后来，我想，也许一切都是因为那些脸，他们就在那个即将被消灭的城市里，如果我不去找到他们，那些豺狼虎豹就永远不会放过我。洪修源说到这儿停住了，韦波借着微弱的亮光，看到洪修源呆板而肥胖的脸，还有无奈与恐惧的眼神，他暗暗地有些吃惊，他想，这是那个传说中冷漠无情杀伐果断的洪修源吗？他似乎只是一个孤独无助的老人。

几十年了，我一直在过这种日子，每个白天我都在和人斗，和整个城市斗，到了晚上，我就和我的梦斗，我真的痛不欲生。洪修源面无表情地说。

那么舅舅，您去医院看过吗？韦波这时问。

我去过无数次，他们总是让我做各种检查，然后说一些模棱两可的话，我觉得他们都是骗子。洪修源摇摇头说，我这里虽然也有几个私人医生，但他们更像江湖郎中，医生没有一个好东西。直到前一阵的某一天，我忽然无法自己起床了，才明白自己真的时日无多。

灯亮起来，墙壁上那个屏幕倏忽消失，屋子里又变得亮白而简单。看着周围空空如也，韦波忽然想起了佛教的某些教导，也许这个世界真的万事皆空。

所以，我不想这么无奈地熬下去，如果你掌握不了这个世界，不如有尊严地自行离去，我可不想成为一个插满管子的行尸走肉。洪修源说。

理解，我非常理解，舅舅。韦波说。他见过医院中那些长年卧床不起、痛不欲生的人。

那这事儿就拜托你了，我自己是办不到的。当然，我这么做，也是耍一个小把戏，你知道这是一个考验我手下人的最好的机会，那些所谓的自己人是最难搞懂的，所以我想只有在最后关头，才能看清他们的真面目。所以，也有另一种可能，那就是哪一天我忽然不想死了。洪修源说到这儿不禁阴险地笑起来，一时间，他的脸上又恢复了那种捕食者的从容、自信与狡猾。

韦波听到这儿，皱皱眉认真想想，然后又问：这么说，这终究就是一场游戏？

　　整个人生难道不是一场游戏吗？游戏是不能忘记的，不正是这个城市的至理名言吗？洪修源反问。

　　韦波最终和洪修源草签了一个合作协议，他虽然心里充满怀疑，但是这种协议没有不签的理由，能够接于洪修源的整个商业帝国，即使只有万分之一的希望，这也是无比的诱惑。韦波只清楚了洪修源表面的用意，但是洪修源深层次的想法还是无从得知，他心里明白，这很可能是洪修源在利用他，但是他更明白的是，如果能被洪修源这样的人利用，就说明他有价值，这件事值得干。

　　签完字，洪修源又摁了一下手中的遥控器，于是那个简单而白亮的房间消失了，四周的幕布全部落了下来，阳光全方位地照了进来。韦波马上发现自己位于一个圆形大厅的中央，头顶、周围都是透明而巨大的窗子，透过那些窗子，韦波可以望到这个无边无际的城市，各种建筑以庞大的弧形姿态被置放在城市的边缘。洪修源久久地望着这个城市，过了很久他才说：我老了，这个城市未来是你的——韦波听完心中一动，他低头看了一下洪修源那双苍老得皱皱巴巴的手，变得有点殷勤地说：舅舅，城市还是您的，但是如果您愿意让我分一杯羹，做外甥的当然可以效犬马之劳。

7

　　韦波拿着协议回去之后，一直觉得难以置信，他认真思考了一周，决定去找孟有纪。

初冬的傍晚，孟有纪刚刚从健身房出来。天阴阴的，一股难闻的味道弥漫在城市上空。孟有纪穿着一件大衣走进一个路边的咖啡馆，她要了一大杯咖啡和一块小面包坐在了一角。

这是她很爱的一家咖啡店，安静，小巧，灯光也好，还有很温暖的音乐。每次锻炼完，她都会在这里消磨一下时间，随意看看街上匆匆下班的人群。

韦波坐在另一个角落，他一直盯着孟有纪。孟有纪很难找，她的手机已经停机了，看样子她已经不打算跟外界再发生什么联系。韦波让人查了很久，才发现孟有纪的行踪。他今天是特意来碰孟有纪的，已经在这里坐了整整一个下午。

韦波站了起来，他走到孟有纪面前，叫了一声：有纪——

孟有纪抬起头，很惊讶地看到他，不禁笑了起来，叫道：小波——

好久不见，你还好吗？韦波坐在她的对面开门见山地问。

还行吧——孟有纪说着，长长的睫毛低垂下来，脸上有一种意兴阑珊的神色。

两人不咸不淡地说了一会儿，韦波正想着怎么开口，孟有纪此时抬起头主动问韦波：找我有事儿吗？

韦波笑笑点点头，于是他实话实说，跟孟有纪谈了那份协议，还有他的想法，孟有纪一边听脸一边就红了起来，韦波说完了，两人之间沉默了很久。

你是说，让我干掉他？孟有纪难以置信地问。

是的，这是病人自己的要求。韦波淡定地说。

小波，你搞错没有，我是医生，不是杀人犯。孟有纪说着眼中一下子涌起泪光，她的神情中不仅有愤懑，还有委屈和难过。

韦波闻言一笑，他伸出手去握孟有纪的手，孟有纪有点赌气地抽了回去。

有纪，我当然知道你是医生，而且是个好医生，我来找你帮忙不过是去拯救他。韦波非常温和地解释说，我已经跟这位老板的私人医生聊了，据他介绍，病人有个很大的问题，就是从不面对现实，他顶多去医院检查，但是对于医生的诊断连听都不听，他一直相信自己能把控自己的命运。但是，很可惜，根据最新的诊断，他已经是多种疾病缠身，命不久长，完全丧失了自控能力了。

孟有纪默默听着。

这一次是他亲自叫我去的，看样子他已经明白了自己的处境。他其实是个非常孤独的人，身边没有任何人可以信任，甚至连孩子都没有，所以，我的想法是让你去做一些有关临终关怀的工作。韦波说着，语调有些沉重，他甚至想到了自己的老年。

孟有纪闻言，心中的气渐渐消了。

其实，你什么也不用做，就是陪着他走向生命的终点，我知道你对此有过认真的研究，我记得关于临终关怀你说过一句话，不是走向死亡，而是好好地活到终点。韦波说。

孟有纪听到这儿，终于点点头。

你天天陪着他看看远方就行，真正的杀手是上帝，我们等着他老人家下手吧。韦波最后说。在这一刻，就连他也感到了生命的某种无奈。

　　孟有纪决定去看看洪修源，去之前，她认真做了准备，想好了几套预案。

　　洪修源已经住进了医院，这是一所高档的私人医院，它掩映在一个西式的庞大的秘密花园之中，外人的目光总会被高高的围墙挡住。在全身疼痛难忍的情状下，洪修源不得不放下一切，来这里进行彻底的身体检查。可是在内心之中，洪修源对自己并不抱太大希望，人还是了解自己的，他知道，经过这么多年的讳疾忌医，他的身体已经撑到了极限。他说不出哪里不好，但是就觉得哪里都不好，哪里都不舒服。出于自尊或者恐惧，洪修源决心不再做徒劳的反抗，他觉得忍受各种不必要的治疗式痛苦是无聊的，他看惯了别人临终前生不如死的状态，希望别人能帮助他结束这一切，他是真的这么想的。

　　洪修源的房间很大，与他的办公室相反，他的病房里摆满了书，那些都是他一直想看却没来得及看的书。

　　孟有纪在屋外观察了两天，然后她作为临终关怀机构的雇员和洪修源的主治医生谈了他的病情。主治医生是个很有经验的中年人，他也是正经的科班出身。他说这个病人的案例很有趣，作为医生也是多年仅见。这个病人有着极强的自我控制能力以及自我暗示能力，他多年的体检结果一直很糟糕，但是他就是毫无理由地认为自己没病，身体很好。可是，他有个毛病克服不了，就是长期失眠。他从来都是睡浅梦多，每当睡着后他就会不断做梦，在梦中他能看到无数张脸，那些脸充满了各种负面情绪，怨恨、悲愤、不满、不甘心、自怨自艾。终于，他在抵抗了多年之后，被这些梦中的脸击溃了。从某一天起，他就感到身体很难受，所有地方都难受，他终于不得不面对问题本身，来到医院检查，结果发现他自己的判断确实是对的，他的身体查出患了各种疾病，高血脂高血压，心脏也有大问题，现在又怀疑他还患有癌症，正在确诊。

所以说，强大的洪先生垮了，在我的印象中，他是我们这个城市最战无不胜的人，但是你看看他现在，相当颓丧只求速死，人真是渺小。主治医生不禁感叹一声。

那您对他身体的总体评价是——孟有纪问。

医生闻言摇摇头，说：很不乐观，洪先生可能随时有事，他的身体里隐藏着各种炸弹，我们不知道何时会爆，但是肯定会爆。一句话，洪先生正在死去。

一缕沉香的味道，悠远而有些甜香，室内，古琴之声绵长、坚韧。洪修源正倚在床头看一本历史书，他看到南北朝一段，书中写到刘裕嗜杀，萧道成惶惶不可终日，洪修源边看边替古人担心。此时，门响了，洪修源抬起头，门打开，一个穿着白大褂的女医生微笑着走了进来，他上下打量了她几眼，然后面无表情地问：你是谁？

我是你的心理咨询师。孟有纪微笑着回答。

洪修源一愣，但是他转念一想，马上心领神会，他知道她是来干什么的了。

你行吗？洪修源又看了孟有纪一眼问道。

没问题。孟有纪淡定地说。

你不害怕？洪修源合上书又问。

孟有纪笑了笑，司空见惯地说：只要您不害怕就行。

洪修源听了，脸上肥厚的肉中挤出一丝笑容说：小美女，有胆色，我喜欢。

孟有纪就这样平静地和洪修源相见了。与预计的相反，洪修源并没有那么难相处，他不霸道也不蛮横，反而显得有点出乎意料的和善。其实，这很自然，洪修源知道孟有纪是来干什么的，他想反正这是人生的最后一段时光，他就变得相对坦然而随意了。

可是孟有纪却有自己的方案。她每天来了什么也不做，就是陪洪修源闲聊，她知道老人最大的问题就是孤独，别管多么权势熏天多么坚定要强的人，当他走向衰老，他的生命一点点消亡时，那种脆弱的无力感、孤独感都是无法阻挡的。从某一天起，孟有纪开始改造洪修源的生活氛围，她给洪修源买来很多鲜花，在书架上摆上各种各样的手工艺品，只要天气好，她就会把洪修源拉到宽大的阳台上晒太阳，然后一边给洪修源煮着咖啡，一边跟他聊这个城市最不着边际的八卦、传奇和段子。

不久，孟有纪发现了洪修源一个几乎毫不遮掩的秘密，那就是为了安眠，洪修源是要服安眠药的。每到傍晚，孟有纪下班的时候，他的副手韩时光就会准时带着一个异常艳丽妖娆的女子走进洪修源的房间，韩时光总是双手交叉带着讨好的笑容站在离门很近的地方，那个女孩子则会风骚无比地走到洪修源床前，展现出她姣好的身材，一般这时洪修源都会流着口水，睁大他的小眼睛，脸上露出一丝贪婪的顶级捕食者的神情。

　　渐渐地，在孟有纪的细心照顾下洪修源起了一点小小的变化，他逐渐放松下来，脸上有了一些快乐的神色。对于他来说，这确实是一段少有的时光，他既不用算计别人，也最不怕别人算计他。他一生在充满敌意的环境中奋力苦斗，虽然他几乎干掉了所有人，但是根据作用力和反作用力的原理，他的身心也遭受了不可逆转的重创，他得的种种不知名的病就是他最终的报应。

　　一个清晨，大风吹走了盘踞在城市一周的雾霾，孟有纪按时穿着白大褂出现在洪修源病房的门口。洪修源还是早早就醒了，他坐在阳台上看着医院中宽阔的草地。孟有纪走进屋，屋子里有一股美女的香气，她走到阳台上，看到洪修源的咖啡已经喝了一半，她在他的身边坐了下来。

　　洪先生，昨晚睡得怎么样？孟有纪问。

　　还能怎么样，如同往常一样。洪修源有些气馁地说。每天早上都是他最衰败脆弱的时候，夜晚那些层出不穷的脸依然到来，这些年它们到来的力度越来越强，次数越来越多，他早已不胜负荷。

　　孟有纪陪着洪修源看了一会儿风景，然后就从口袋里掏出一个小小的药瓶递给他，那是一个精致小巧的玻璃瓶，上面有个灰色的铝盖。

　　洪修源接过来，仔细看了看药瓶，问道：什么？

　　这是国外医疗机构的最新发明，"生活接受剂"，刚刚到货。孟有纪说。

　　什么意思？洪修源问。

就是说，吃了这种药，您就能接受生活本身，不管它是好是坏，无论你是否面对生死。孟有纪非常平静地说。

洪修源认真看着那个小药瓶，他臃肿的脸上出现了一丝笑容，他想，也好，到了该接受一切的时候了。想到这儿，他拧开瓶盖，毫不犹豫地倒出两粒药吞了下去。

孟有纪开始了她的临终疗程，她每天都有规律地给洪修源服药，洪修源没有丝毫的抵触与怀疑。很快，药效就显现出来了，洪修源越来越平静，即使他还是睡不好，也不再那么烦躁，在孟有纪的指导下，他开始试着沉住一口气，接受那些不断出现的脸，而不再与它们打斗抗争。孟有纪把更多的书一本一本拿过来，有《圣经》《古兰经》和佛家经典，还有各种传奇、戏曲、杂剧、小说，数量非常多，种类非常杂。之后，她开始给洪修源读书，她按照自己的意愿来读。洪修源饶有兴趣地听着，这些书都与他原来计划想看的完全不同，尤其是一些宗教经典，他原本根本不信这些。但是这一回他并没多说什么，就是耐心地听，当成故事听，偶尔发发议论。慢慢地，洪修源竟然听得有些着迷了，他逐渐品出了故事的味道，有些故事显得深刻而悠远，许多道理令人回味无穷。

你说，书中的那些事情是真的吗？洪修源有一次曾情不自禁地问。

看您怎么想吧，我觉得那些故事代表了先民们对于过去那个世界的经验的集合。孟有纪说。

他们就这样一点一点读下去，有一天，孟有纪无意中谈论起洪修源梦中出现的各种脸，她让洪修源确切描述，洪修源对那些脸是熟悉的，他讲得很清楚，孟有纪没怎么费力气就把那些脸一一画了出来。孟有纪之后就拿着那些脸让洪修源看，让他回想那些脸是否在现实中都有主人。洪修源很快就说出了一大部分脸的原型，而剩下的脸他怎么也想不出来。

您发现了吧，这些脸都特别不高兴。孟有纪说。

是的，我早发现了。洪修源对于这点很清楚。

有什么办法，让他们高兴起来吗？孟有纪问。

洪修源听了不以为意地一笑，说：这有什么办法，他们不高兴是他们的事情。

画像之后的几天，一件重要的小事儿发生了。

那是一天早上，洪修源感到口腔里右边一阵疼痛，然后嘴里冒出一股血腥味，他张开嘴一吐，一颗牙掉了下来，他用手托着自己的那颗牙，仔细端详，他从没有见过一颗牙的完整形状，况且上面还带着血丝。他有点不知所措，但是很快就平静下来了，他想这应该是一个偶然事件，没什么大不了。可是他错了，紧接着，他的牙一颗接一颗掉落，直至最重要的一颗大门牙也以迅雷不及掩耳之势掉了下来。他终于惶恐了，他这个人并不怕死，但是当他看到自己镜子中原来那张饱满而肥肉纵横的脸逐渐瘪下去，并且一张嘴还缺一颗大门牙时，他实在受不了了，那样子太奇特太难看了，他用一生换来的威严荡然无存，剩下的只是一副欲说还休的，受了冤枉又无处表达的神情。这颗掉落的大门牙把洪修源彻底击垮了，他立刻让韩时光联系市里最好的牙科医院，他要去种牙。

孟有纪陪着他去了市里的口腔医院，那个医院确实不错，当然价格更不错。这显然难不倒洪修源，他有的是钱，可是洪修源遇到了意外的困难，由于现代科技太过发达，那些可供选择的牙冠材料太过丰富，它们似乎都一样好，看不出什么区别。于是，孟有纪看到了洪修源的软肋，在这件事上他的选择困难症犯了，面对着那些琳琅满目的种植牙简直无所适从，他定了又推翻，推翻之后又再定，反反复复，一直拿不定主意。孟有纪当然不着急，她每天就耐心地陪他选牙，绝对地袖手旁观。

恐慌继续着，洪修源的牙继续在掉，医生们找不出什么原因，他们真的不明白是什么让洪修源的牙如同秋天的树叶一般纷纷落下。洪修源刚刚平稳的情绪逐渐低落下去，孟有纪找到了主治大夫，他们讨论良久也想不出什么办法，只是决定再次给洪修源进行检查。主治大夫还是那句话：我们知道洪先生要出事儿，但是我们不知道他要出什么事儿，何时出事儿。

这天清晨，孟有纪进门的时候，洪修源依然是一宿无眠。他斜靠在病床上，眼睛红肿，半张着嘴，大门牙缺失的位置特别明显。孟有纪按照惯例向他问了好，然后煮了一杯咖啡递给他。洪修源接过咖啡，他的手微微有些颤抖，孟有纪看着他老态龙钟的脸，心中有一股隐隐的不忍。

她走到洪修源的床边，在一把椅子上坐下，低声问：洪先生，又没睡好？

洪修源点点头，眼中泛着死鱼一般的光。

这一回还是那些脸来打搅的您吗？孟有纪小心翼翼地问。

洪修源点点头，他闭上嘴，过了一会儿，忽然告诉了孟有纪一个他从未提起的梦。

那是一个不断发展的梦，如同一个猜不到结尾的故事。一开始，在那个梦里，他正在玩弄一个少女，他奋力蠕动着，牙齿长久地停留在那个少女粉红色的乳头上。她最柔软的部位令他非常兴奋，他觉得那比天下最好的草莓还诱人，比天下最顺滑的奶油还香甜，他疯狂地折磨她，蹂躏她，他清晰地记着自己肆无忌惮的笑声。这个梦最初一直是他最得意的梦，在那个梦中他一直是胜利者，从未遭受过失败，他就如同一头威风凛凛的雄狮在尽情戏弄他的猎物一般。他在醒来之后，曾经努力地回忆过，在现实中确实出现过这么一个小女孩儿，她相当不起眼，只不过是为了获得一个烂电影中小配角的小演员而已。他确实干过她几次，那滋味真是鲜美，他本想过一阵就给她一点施舍，让她演几个配角，可是没想到那个女孩子非常脆弱，她为了一件小事就自杀了，死之前她留下了一份遗书，上面只写着一行字：你们会遭到天谴的，我不是那种人。虽然她的自杀完全不关他的事，但是他第一次感到有点可惜有点内疚，他从心中升起一丝从未有过的怜香惜玉，他由衷地感到自己可能真的有点喜欢那个女孩子——她那种清纯无比的肉体和精神上的纯真简直让他太难忘了。

本来他以为，那个女孩子走后一切就万事大吉了，但是他错了，她依然出现在他的梦里，只是她似乎一点点在变化，她不再那么驯服，变得有些挑逗，有些狡猾，后来她开始冲撞、奔跑，如同一只狐狸一般围绕着他引诱他，他每一回都在梦里上当，控制不住地跟着她跑，直到她把他引入密林之中，他惶然不知归路，她则悄悄消失。

这之后，那个女孩儿很长时间没再出现，不过最近她又回来了。这一回，她穿着另一个时代的衣服，衣袂飘飘，长发迎风而舞。他在梦里还是跟着她走，她走得很快，比任何之前的时候都快，他几乎追不上，不禁奔跑起来，然后就摔倒了。在梦中，他发现自己掉进一个巨大的洞里，此时那个女孩儿走进洞来，她面无表情，手里拎着一把金色的榔头，她伸出手，死死摁住他的头，慢慢地用榔头一颗一颗把他的牙认真地敲掉。

就这些了？孟有纪问。

就这些了，每回结局都一样。洪修源相当溃败地说。

那么，这个女孩子到底是谁呢？孟有纪又问。

我想，她不是一个真实的人物，她是虚拟的，也许就是电影之神的化身。洪修源有些恐惧地说。

孟有纪听着，完全不知道如何回答洪修源。孟有纪感到洪修源彻底地"怕"了，这个霸道了一生的成功者，似乎终于感到了恐惧，好像有一种力量回答了他过去的所作所为，这种力量让他丧失了不可一世的自负。

两天之后，孟有纪再次来到医院，根据洪修源病情的发展，她做出了方案调整。可是当她来到病房门前时，发现韩时光正附在门口悄悄向门内张望，他撅着浑圆的屁股聚精会神地看着，如果再多一条尾巴，他就真的很像一条狗了。孟有纪在他身后等了半天，他依然无知无觉。

韩总，您在干什么？孟有纪过了好长时间终于忍不住奇怪地问。

韩时光回过头看到孟有纪，把手指竖在嘴唇上，非常神秘地说：

嘘，小声儿点儿，老爷子在谈事儿，谈了很久了，他不让人进去。

孟有纪点点头，她又问：这两天，洪先生睡得好吗？

不好，而且连安眠药都不吃了。韩时光忧心忡忡地说，我在这儿守了两天两夜了，就怕有事。

孟有纪嗯了一声，她相当感慨地看看韩时光，她发现他的眼睛确实红红的，脸上全是疲惫之色。孟有纪劝韩时光回去休息，但是他坚决地摇头表示没事儿，孟有纪只好坐在外面的长椅上和韩时光一起等。洪修源的房门关得紧紧的，他一直在和什么人密谈。韩时光不久就睡着了，他的鼾声小而轻微，看得出他累坏了。两个小时之后，门开了，一个神情猥琐的矮个儿男人走了出来，他的眼睛似乎有点儿斜视，他警惕地瞥了一眼孟有纪，就摇摇晃晃地离开了。

孟有纪走进了洪修源的病房，洪修源坐在沙发上，头发凌乱而灰白，他的脸色阴沉，样子显得非常颓丧，茶几上有一本很古旧的线装书，那是他自己带来的书。

您这两天过得怎么样？孟有纪谨慎地问。

洪修源没有回答，他反问孟有纪：你知道他是谁吗？

不知道。孟有纪摇摇头。

他是这个城市最著名的算命先生。洪修源说。

孟有纪嗯了一声。

我前一阵一直在看宋史，有一件事让我印象很深，有一个造反的家伙一开始声势浩大，后来兵败如山倒，最终他和自己的几万人一起被官兵在一个洞里抓住了。洪修源皱着眉说，这一阵，我的梦里总是有那个洞，我觉得有些奇怪，于是把算命先生请来，他掐指一算，然后说，那个造反的家伙命跟我一模一样，而且我现在正好是待在一个洞里。

那您打算怎么办？孟有纪不动声色地问。

洪修源不说话了，他陷入了长长的沉默，孟有纪发现他的脸色越来越灰暗。

天谴，我觉得这正好应了那个女孩子的诅咒。洪修源边说边抬起头看着天花板，然后他张开没牙的嘴又说，我他妈的这是活该，我玩弄了一辈子电影，这回，她回来报复我了！

看着如此绝望的洪修源，孟有纪完全理解了他的意思。现代版的他，虽然没有被人在洞里捉住，却被人在医院的洞里敲掉了大部分的牙，这是一种莫大的羞辱，一种逐渐让人感到惨痛的报复。两人再次沉默了，很久之后，洪修源长叹一口气，然后对孟有纪说：孟医生，我要忏悔！

什么？孟有纪没听明白。

我要忏悔，虽然我知道忏悔已经不能拯救我了，但是我想，也许它能在我去往地狱的时候让我不那么难受。洪修源说。

8

就这样，洪修源忽然变了，这一回他动了真格的。

孟有纪认为洪修源变化的原因只有一个，那就是物极必反，当一个人的生命走到尽头时，他一生中压抑的良知往往会跳出来。孟有纪觉得，即使像洪修源这样的城市捕猎者也不能完全做到忘却人类情感，她猜测，他在骨子里是爱电影的，他只是因为现实中的利益，才放弃了电影中最本真最崇高的艺术追求，他现在打算接受电影对于他的最终审判。

为了使自己的忏悔更专业，也更彻底，洪修源化名加入了"忏悔学院"的课程。这个课程是他自己在网上发现的，他大部分时间参与在线教育，极少的时候会去现场听课。从某一天开始，洪修源宣称自己要进行某种秘密的思考，于是他拒绝了一切人的拜访，包括孟有纪。孟有纪每天依然按时到来，但每天都会吃闭门羹，每当她看着洪修源紧闭的房门时，还是觉得有点不可思议，她觉得一切变化来得太快了，他到底怎么了？他在干什么？

与此同时，股票市场在悄悄走好起来，这是一个极为罕见的现象。股市已经在底部趴了很多年，这一回也不知道为什么慢慢地开始持续向上。很多人开始注意，议论，然后犹犹豫豫浅尝辄止地加入进去。

赵晓川终于有了展示身手的机会，这些年他在股市里一直持续苦斗，虽然屡有斩获，但是要说赚得盆满钵满也不是事实。可这一回他彻底抓住了机会，由于长期研究和潜伏，他比绝大多数人更具市场嗅觉，他敏锐地判断到股市的起涨点，看准几只新兴产业的股票，毫不犹豫地全仓杀入。

由于眼光独到，赵晓川很快就取得了惊人的战绩，这个行业就是典型的N年不开张，开张吃N年。不久，赵晓川的战绩被人添油加醋地传颂起来，又过了一段时间，经过各种一夜暴富的梦想所导致的以讹传讹，赵晓川就摇身变为城市中的股神了。赵晓川开始得意扬扬起来，他现在才知道小人得志是一件多么令人愉快的事。他溜溜达达走在路上时也能笑出声来，他很少这么高兴，他太喜欢那种博弈中胜利的感觉了，尤其喜欢那种由于胜利而被人尊重的感觉，只有在这种时刻他才感觉到他也可以主宰生活而不总是被生活主宰。

一个幼虫变蝴蝶一般的建筑，咋咋呼呼地站在城市很显著的地段。也就是这个欣欣向荣的城市才敢如此尝试，才敢把建筑做成这个样子，这来自人们暴发户式的自豪感和非理性自信，他们觉得自己有钱而且敢于创新，他们无所畏惧，相信自己能战天斗地，以至于撼动未来。

一个西装革履的男子在蝴蝶大厦旁的街道上费力地往前走着，另一个家庭妇女外面胡乱罩了件外套，里面是明显还没有换过来的睡衣，她顶在男人的面前，撕扯着推拉着，奋力阻止他前进的步伐。他们争论着什么，先是小声后来大声，接着发展成争吵，最后那个家庭妇女歇斯底里地叫了起来。但是这个城市太大了太广阔了，人们也就是远远地看他们一眼，就埋下头继续走路。

一排各种各样的男人或者女人坚定地向前走着，他们的对面无一例外都有人伸出手试图阻挡他们向前，阻挡的人显然比前进的人多，他们有男有女，有老有少，有的神情严肃，有的不知所措；两个阵营的角力者一开始都是对视着不说话，然后在某一刻忽然爆发出强力的争吵，他们吵架的声音越来越大，最后似乎变成一片片黑色的鸟群，飞向四周。周围的人们终于开始惊讶了，他们停下脚步议论纷纷，这个城市确实有看热闹的习惯，只是因为热闹太多，他们的口味已经被惯得十分挑剔，除非是别出心裁、声势相当浩大的热闹，一般他们是不会花时间多看上一眼的。

忏悔学院位于蝴蝶大厦的十二至十四层，忏悔的人们一批接一批就是从这里走出去的。他们如同种子撒向这个城市，之后促使另外一批又一批的人走进来，他们学习、痛哭、洗心革面后再走出去，重新进入社会。这个循环本来运行得十分顺畅，因为这个城市做的缺德事儿太多，的确需要忏悔，但是由于忏悔人群的急剧扩大以及忏悔人个体经历、素质的不同，忏悔教程不久就表现出了让人无法接受的弊病。这事儿太像传销了，忏悔人回去之后一般都是找自己的亲朋好友先下手，他们不断劝说周围的人改头换面，重塑自我，那种殷勤和热忱先是让人感动，进而让人怀疑，要知道这个城市可是极其自信的，它自以为是地认为自己是这个世界中最伟大的城市之一，每个市民也都觉得自己极牛逼极成功，所以他们听不得不同意见，听不得劝诫批评，一般来说点火就着，闻过则骂。他们认为自己光荣正确伟大惯了，怎么可能有缺点呢？洗心革面这事儿轮不到自己啊？

基于这种心理基础，被劝说的人们其实特别不爱听忏悔者唠叨，但是他们碍于情面，一直全力忍着，但是凡事总有个限度，从某一天起，大多数人烦了，他们决定反抗。当每一家有个别忏悔者出现时，家里人先是警惕、戒备，如果看他早出晚归，并开始以宏大的借口教育大家要为这个世界做事时，他们就群起而攻之。他们与他开始了无尽的辩驳，忏悔者一般都非常坚定，如同打了鸡血一样亢奋，他们的胸中涌动着无比的激情，满脑子都是抛却自私为别人奋斗终生的想法，这种想法本来确实是高尚的，但是令人可疑的是，它太过强力以至于完全压制了个人私利。从人性角度来说，个人利益是不容易放弃的，一件事至少得两者兼顾，才能把它长期做好。可是，忏悔者忘我了——他至少暂时忘却了自私才是永恒的人类本性之一，他们这种过于纯粹的想法就不免引起争论，然而，没有争论是不伤感情的，即使是在亲人之间，如果对一个问题长时间争论，就会造成无尽的麻烦，求同存异的事儿是很难做到的。这种争论逐渐蔓延开来，从一个家庭到另一个家庭，然后变为城市中两种人群的辩论，忏悔者与阻挠者，他们的辩论话题极为广泛与芜杂，如同社会中的其他辩论一样，人们争着争着就说走题了，理性逐渐消失，非理性慢慢占了上风。

　　这一天清晨，孟有纪正推着洪修源慢慢走在一段步行道上，穿过宽大的喷泉广场，得走好长一段时间，才是蝴蝶大厦。洪修源今天要去现场听课，但是等到他们来到广场的时候，才发现广场上到处是人，他们完全走不过去。看得出，广场上的人分为两拨。一部分人精神饱满，正努力挣扎着准备走向蝴蝶大厦，另一部分人则神情紧张，如丧考妣一般奋力拉拽着前进中的人。这明显就是忏悔者以及反对他们的家人，两拨人相互劝说着、争论着、拉拽着、叫骂着，整个广场形成一阵阵低沉的噪声，而喷泉会不时地赶来凑趣，每当音乐响起，泉水就好似天真无知的少女，飞上天空翩翩起舞，把人群覆盖在湿润的氛围之下。

孟有纪和洪修源一直旁观着这种奇特的景象，过了很久，洪修源才说：孟医生，这种景象特别像人类面对忏悔的两种态度啊。

孟有纪点点头，她说：的确是，忏悔本是一个相当抽象的话题，却被城市活生生地表达出来了。

所以说，现实永远比电影精彩！洪修源咧咧嘴笑了起来。

那您还进去忏悔吗？孟有纪问。

当然了——洪修源收起笑容坚定地说，我要衷心地忏悔，不然这辈子就没机会了，我跟这些人不一样。

9

很奇怪，不知道从何时开始，洪修源的睡眠慢慢好了起来。一开始，他晚上能睡上比较充足的两三个小时，后来能睡到四五个小时，再后来中午他也能犯困了，偶尔还能睡个囫囵觉，要是之前，午觉对他从来都是奢望。忽然有一天，洪修源一下子睡了很久，他只是中间起来吃了一口东西，喝了一点水，然后就接着睡。孟有纪好几次进屋探望黑暗中的洪修源，只见他面容平静、呼吸匀称，孟有纪判断一切正常，她想，也许他正在补他几十年没有睡好的觉呢。

清晨，当孟有纪再次来到医院时，洪修源已经醒了，他正端着咖啡坐在阳台上，看着冬日的暖阳。孟有纪拉开门走到阳台，空气中有些寒意，但是少有的新鲜，天是蓝的，阳光很直接。

洪先生，睡得好吗？孟有纪问。

睡得很好。洪修源很肯定地说。

那您幸福吗？孟有纪俏皮地又问。

当然，良好的睡眠让人非常幸福。洪修源说着，一丝温和的笑容挂在他的脸上。

您变了，这真的很奇妙。孟有纪看着洪修源花白的头发由衷地说。

洪修源点点头，他喝了一口咖啡说：我昨天在网上听了一首老歌，那声音很纯洁，应该是那个女孩子唱的。

就是常常出现在您梦中的那个吗？孟有纪问。

是的，让我高兴的是，她在音乐里至少是愉快的。洪修源颇感安慰地说。

那太好了——孟有纪说着伸出手拍拍洪修源的手，洪修源低下头看着孟有纪白白的光洁的手，忽然温柔地一笑说，我特别想跟你好好谈谈，小美女。

孟有纪于是也去煮了一杯咖啡，然后两人就坐在冬阳下聊了起来。让孟有纪没有想到的是，洪修源向她谈起了他的过去，他讲述自己如何从一个平民，通过努力、钻营最终站在了这个城市的顶端，他最辉煌的事情是他创立了最大的电影公司，这个电影公司几乎垄断了整个市场。虽然他拍过的电影都很差，但是人们屈服在他金碧辉煌的攻势下，渐渐习惯、喜欢上了这种被金钱奴役的生活。

可是，他并没有在生活中取得全胜，虽然在白天他予取予求，但是他最大的失败在夜晚。由于失眠，他做过无数的梦，每个梦几乎都让他喘不过气来。一个经常来折磨他的梦就是在那个洞里，每次他都被花样百出地抓住，其中一次他看到了自己的结局：人们把他五花大绑吊了起来，然后如同对付一只乳猪一般把他点燃了，在火烧起来的那一瞬他痛哭起来。

后来，当他醒来之后，他努力琢磨这种泪水到底是为谁而流。想了很久之后，他确定这种泪水是为了电影流的，他发现自己的内心深处竟然是爱电影的。

孟有纪认真听着，洪修源所描述的和她了解的他完全不一样，她觉得每一个人都是异常复杂的。

我知道我的时间不多了，因此我想告诉你一个秘密，你知道这个城市未来的结局是什么吗？这时洪修源忽然说。

孟有纪听了一愣，她奇怪地看着洪修源，问：怎么，难道您知道？

我当然知道，它在不久会完结于一场巨大的生态灾难。洪修源振振有词地说。

何以见得？孟有纪问，她内心里显然不相信。

那是有一次在拍外景时，我在这个城市的边缘看见了那个毁灭时的景象，后来它在我的梦中反复出现，这个城市被击溃后的惨状太恐怖了。洪修源说到这里，眼中透出一种眼见为实的恐惧。

孟有纪不动声色地听着。

我为此制作了一个拯救整个城市的方案，这是我能为这个城市所做的最后一件事。我想把它交给你，你保存好，等待着那一天的到来。洪修源这时又说。

孟有纪抬眼看看洪修源的神色，他显得很严肃也正常，只是晴空之下，这个话题怎么都显得有点超现实。

您为什么要拯救这个城市呢？孟有纪耐心地问。

因为我祸害它的时间太长了，我想补偿。洪修源说。

您为什么交给我呢？为什么不交给其他人呢？比如您的外甥韦波。孟有纪问。

因为我不相信任何人，洪修源说，这个城市里的其他人都太自私了，我深深地了解他们，比如我的外甥韦波，他和我一模一样，都是极度冷酷功利的人，我们没有人交心，也没有任何真正的朋友，如果没有利益的话谁也不会拯救这个城市。但是你可以，据我对你的观察，我觉得你有一个与众不同的灵魂，你是我平生仅见，我别无选择。

孟有纪拿了方案，回到自己的家。出于好奇，她立刻打开了洪修源的那个方案，不过她确实没想到，后面的三天她几乎都为此待在书房里。她一直在读那个方案，那是一个做得极其庞大又极其精细的方案，看起来不是一朝一夕可以做成的。方案分了很多部分，在方案的第一章，它精确描述了城市被生态灾难摧毁时的情形，描述者似乎亲眼看到了一样，孟有纪怀疑地想，这是真的吗？这就是那些常常出现在洪修源头脑中的场景吗？

可是谁做的这个方案呢？显然不是洪修源，这不大可能是一个人做的，孟有纪被这个方案的宏大、异乎寻常的想象力以及超级准确的细节所折服。难道洪修源还有一个庞大的幕后团队在很久之前就开始工作了吗？她怎么没有发现一点蛛丝马迹？

三天之后，孟有纪看完了。她很疲惫，脑子昏昏沉沉的。她来到客厅，躺在沙发上闭目养神。很久，她才睁开眼，慢慢起身走到窗前。外面是一片灰色的世界，什么都看不清，人们如同在仙境之中飘浮一般。已经很多年了，这个城市从一开始能见度的下降直到逐渐被雾霾淹没，起初还有人叫唤，有人说怪话，但是不管用，没人搭理，因此很快人们就习惯了，就如同人们习惯城市中其他不正常的事情一样，这是他们生存的本能，反正他们也没有能力解决问题。那也不能老不高兴吧？老不高兴还活不活？于是他们干脆选择了乐观——他们自欺欺人地管这叫作正能量。

与其说孟有纪相信了这个方案，不如说她是被这个方案感动了，方案所表达的情怀是这个自私的城市所不具备的，方案既宏大又细致，还充满想象力，但是同时，孟有纪也觉得那个极其宏伟的方案似乎少了什么，但是一时又想不出是什么。

孟有纪试了几次，都一直无法压抑那种疲惫之中隐隐的激动，她很想跟别人聊聊。于是，孟有纪给男朋友打了一个电话，男友很久之后才回，他非常忙，不是在手术就是在门诊，他们说了点日常事务，听起来有点不咸不淡。孟有纪本想多说两句，但是男友显得相当心不在焉，孟有纪暗暗叹了一口气，只好放下电话。他们俩就这样，孟有纪习惯了，而且他们是同行，也都能理解彼此的工作状态，她觉得他们俩在一起也就是合适妥帖，没什么所谓的激情，就连在一起做爱也是公事公办，但孟有纪总是很认真地告诫自己这就是生活的真谛，平庸沉闷才是生活本身。

可是，那一天怪了，孟有纪怎么也平静不了，她甚至觉得自己有些躁动。她强迫自己休息一会儿，可是脑子特别兴奋，就是睡不着。她无所事事地蜷在沙发上，呆呆地望着窗外，一个小时、一个小时地熬过去，但是那种倾诉的愿望却一点也没有消失，反而是更强了。孟有纪犹豫了好久，她终于站起身走到电脑前，打开了电脑。

孟有纪有一个隐秘的爱好，她没有对任何人讲过，那就是她对性是很感兴趣的，而且对那件事有一种莫名的渴求。她不觉得那件事有什么不好，相反，她觉得那是一种男人与女人之间很美妙的交流方式。但是男友的状态总让她有点郁郁寡欢，他太忙了，忙到完全无暇顾及她。于是，孟有纪学会了一个"坏的"办法，那就是"偷吃"。她会极偶然地出去寻找陌生人做爱，这些人都是她在网上随机找到的。孟有纪相当谨慎，她找的网友必须符合她的条件，帅一点健壮一点当然最好，但是对方必须结过婚，而且从外地来这个城市出差的更好。每一回双方在网上谈好，她都会把人约在一个比较好的饭店见面。到了饭店，她总是要和对方先在大堂吧里坐一会儿，两人聊聊天，看看双方的感觉，如果一切正常，双方谈好互不纠缠的约法三章之后她才肯做事，有时她看着不对就找借口撤了。

很快，半个小时之后，孟有纪就在网上发现了一个看起来还比较满意的目标，看着那个闪动的头像，孟有纪微微一笑，她的心怦怦地跳起来，一种摆脱无聊与乏味状态的冲动，让她很快就离开了自己的房间。

两天之后，孟有纪又去找了洪修源。

天依然是阴的，但是有风，霾消失了很多。洪修源穿了一件大衣独自坐在冷冷的冬天里，孟有纪推开房门走到宽大的阳台上，冷风吹过来，她不禁打了一个冷战。庄园中的树在寒风中瑟瑟发抖，地上路径惨白，给人一种大势已去的感觉。

我又看到她了，这一回她还冲着我笑来着，然后撒腿就跑。洪修源半仰着头说。

孟有纪知道他说的是谁，她问：那她把您带去哪儿了？沼泽还是山洞？

这一回是天空——洪修源指指头上的冬天。

孟有纪无声地笑笑。

方案你看了？过了一会儿，他又问。

看了。孟有纪说。

感觉如何？洪修源问。

非常非常棒，包罗万象，异常宏大，非人力所为，而且不是短时间内做出来的。孟有纪说。

洪修源点点头，两人深深对视了一眼。

有时，人与人之间还是能相互理解的，对吧？洪修源笑笑问道。他的内心忽然有一种感慨，他这辈子似乎从未被别人理解过。

孟有纪在瞬间也有一种感动，她看着洪修源那张浮肿苍老的脸，然后忽然问：我能抱抱您吗？

当然，当然，我的小美女——洪修源如同一个慈祥的老人一样说。

孟有纪走过去，她蹲下身，抱住洪修源的腰，然后把头埋在洪修源的双腿上。洪修源伸出手，轻轻地抚摩着孟有纪的长发，那种青春的气息似乎一下子涌遍他的全身。

我真的没有想到，您把我感动了，您竟然拯救了我。孟有纪这时伏在他的腿上说。

怎么会，你不是被人派来拯救我的吗？洪修源竟然有点顽皮地笑起来。

我爱这个城市，但是这个城市太自私了，太功利了。我没想到，您的计划是迄今为止最伟大最无私的计划，所以我也打算为这个城市做点什么。孟有纪说着仰起了头。

洪修源听到这里眼圈忽然红了，他情不自禁又伸出手轻轻地、轻轻地抚摩着孟有纪光滑的脸庞，他几乎无言以对，只是喃喃地说：你知道，我曾经是个坏人，我现在依然是一个坏人。

可是，您忏悔了，这就足够了，这是通往天堂的阶梯。孟有纪由衷地说。

洪修源闻言，脸上罕见地露出一丝羞涩的笑容，他伸出一根手指，在孟有纪高高的鼻梁上滑过，他过了半天才说：你是我见过的最好的女人——

孟有纪笑了，任何女人听到这种赞美，没有不高兴的。过了一会儿孟有纪又说：不过，我还有一个问题，即使是这么用心的方案，似乎也还是有一点纰漏。

哦，是吗，有什么纰漏？洪修源关心地问。

根据我对这个城市的了解，我觉得相比于环境灾难，人的道德灾难更可怕，这个城市最大的问题是道德沦丧，可是在您的这个拯救方案中并没有提出预防这种灾难的办法，所以即使您把这个城市从生态灾难中拯救出来，它还是要灭亡，灭亡在人自己的手里。孟有纪说。

你的意思是如果人心坏了，人最终会彻底杀死自己？洪修源问。

是这样。孟有纪非常肯定地说。

洪修源点点头，他觉得孟有纪说得有道理，他自己就是一个毫无道德底线的人，他谙熟于如何用道德换取利益和权力，并因此成就了一切也获得一切。洪修源皱着眉想了想，然后说：这个好办，我给这个方案添加一个拯救开关好了。

10

赵晓川感冒了一次，他在一个干净的青年旅馆里躺了几天，这几天他很难受，头疼打喷嚏还发烧，他如同一只丢在角落的垃圾桶一般无人问津，就连打扫卫生的服务员也都一直没有进屋。一周之后，赵晓川好了。他洗了一个澡，晃晃悠悠去楼下的餐厅吃了夜宵，望着窗外深深的黑夜，他想，我他妈就是死了都不会有人管。

于是，他琢磨起有人管的正常日子是什么样。在这个城市中，所谓正常的生活无外乎有一份稳定工作，买一套房子，然后娶妻生子。工作他肯定不会去找，他已经自由惯了；房子他现在倒付得起首付，最近股市还不错，他颇赚了一些钱，虽然没有别人传说的那么多，但是足够他嘚瑟一阵子了。可关键是房子买给谁呢？得有个女主人啊，此时，他想起了孟有纪的建议，找一个爱你的人结婚，找一个你爱的人做情人。对于一般人来说，孟有纪的建议相当不靠谱儿，但是孟有纪确实是这么认为，而赵晓川想来想去，决定接受孟有纪的建议，这两人都是奇葩，这个世界也是有了奇葩才有意思。赵晓川接着想，如果结婚是第一位的，那么如何去找爱我的人呢？赵晓川回顾了在他身边常常转悠的那几块料，有文青，有大龄剩女，还有离异的半老徐娘，都多多少少有点神经病的气质，动辄叫嚣发作，不定遇到什么事儿就无厘头地哭闹一阵。最终，他想出了一个馊主意——选秀。

他的想法是这样，把找对象和结婚一块儿办，他既要找一个合意的姑娘，也要举办一个异常轰动的婚礼，这样才符合他新晋的股神身份。他打算花钱请一个最著名的相亲节目帮他来征婚，让他们找来一些喜欢他的姑娘，然后让姑娘们在现场进行PK，表达对于他的爱意。他会在远处看着视频观察，根据自己的喜好指令现场的主持人挑选四个候选新娘，之后他会乘着直升机飞到现场，经过三轮的考查，亲自挑选其中一个作为新娘，当场闪婚。

这是一个相当花钱、相当招摇的想法，但赵晓川异常兴奋，他甚至把自己未来的婚礼命名为"最具想象力的婚礼"，他认为这事儿基本上就等同于一个轰动的行为艺术，刺激，醒目，连新娘是谁不到最后都不知道，这他妈的太有趣了。还好，这个城市的伟大就在于，只要有钱，一切皆有可能，当赵晓川给方方面面付钱之后，制作单位就轰轰烈烈地开始行动了。

一个月后，规模盛大的选秀活动如期举行。这个城市肯定是有人爱赵晓川的，但实话说，绝对没有那么多。可是选秀那天，来的人却真的不少。原因也简单，第一，赵晓川聘请的团队敬业，他们忽悠来了很多人；第二，这个城市的人爱看热闹，今儿这场热闹既有爱情因素，还有搞笑因素，最损弄个和股神亲密接触，所以值得闲人们一看。

九点，选秀准时开始，秀场搭在一个公园的大草坪上。寒风中，十六名佳丽登台，她们穿着艳丽的旗袍，扭动着身躯，瑟瑟发抖地绕场一周，这让所有穿大衣的人都觉得冷。很遗憾，这十六个女孩中能看得过去的也就七八个，剩下的基本上都是歪瓜裂枣，生生凑的。大家走完一圈之后站成一排，就开始回答主持人的问题。所有问题都和赵晓川有关，比如，你为什么爱赵晓川，他有什么地方吸引你，你对他有多了解，能否讲一个有关赵晓川的故事。女孩们的回答五花八门，但是无一例外都提到了股票，她们认为赵晓川不畏艰险，多年来奋战在股市第一线，这种刀头舔血的生意很少能有幸存者，像他这样屡战屡胜超越市场的人实属凤毛麟角，他不愧为这个城市最聪明的家伙之一。

赵晓川一直在郊外的一个农庄看着直播，女孩儿们的回答让他非常满意，看来这一阵股市的飞升已经让他股神的光芒闪耀在整个城市。所有人都需要被别人承认，任何一个草木一生的人也需要被关注，赵晓川完全不想这是他花了钱才买到的完满的答案，他只是单方面觉得他终于被这个城市认可了，他依靠自己的能力，既获得了自由也赢得了尊重。

十点半，四个长得不那么难看的女孩子被挑选了出来。紧接着，邀请的乐团，负责伴舞的舞蹈演员准时到位，现场迅速重新布置完毕，手持花朵的准备喝彩的群众也安排好了。于是，导演给赵晓川打了电话，他在电话里对赵晓川高兴地说：赵先生，一切搞定，就等您了。

好嘞，等着啊，下面看我的哈——赵晓川高叫一声，飞也似的跑出电视间。

赵晓川乘坐的直升机起飞了，很快，它就降落在市区的一个大厦顶部。赵晓川下了直升机，由人陪着坐进一辆黑色的礼宾车，直奔选秀现场。车很快停在公园门口，赵晓川刚一下车，被钱收买过的围观群众立刻鼓起了掌，赵晓川微笑着向周围招手致意。之后，他在人们的簇拥下走向选秀现场，那姿态很像北方的某个胖子。到达秀台下边的时候，秀台上的主持人故作兴奋地大声喊道：各位，我们今天的主角，股神赵晓川先生到啦——

掌声再次响起，赵晓川志得意满地走上台，主持人三步并作两步走过来，紧紧拉着赵晓川的袖子怕他跑了似的说：赵先生，请您谈谈现在的感受。

赵晓川气定神闲，他环顾一下四周，清了清嗓子，然后说：这个时代好啊——

噢——底下的人们欢呼起来。

赵先生，再问您一个问题，您觉得股市能涨到多少？主持人说。

一万点，我认为一万点指日可待。赵晓川信誓旦旦地说。

牛逼——底下的人们再次狂叫起来。

赵晓川看着台下沸腾的群众，他的脸上不禁洋溢起标志性的坏坏的微笑。他扭过头开始上下打量那四个选定的姑娘，可惜，由于节目组太敬业，他们请的化妆师可劲儿打扮那几个灰姑娘，结果使她们化出来都是一个模子，赵晓川一时有点分不出谁是谁。赵晓川反复看了一会儿，他果断地一挥手说：那什么，还是考试吧。

一问一答又开始了，这回还是三道大题，每道题里面又有十道小题。姑娘们继续舌灿莲花地回答着，别说，这几个选出来的还真不白给，她们兵来将挡水来土掩，每道题都答得令赵晓川既满意又意外。正当赵晓川享受着作为主宰的快感时，台下一个打扮得异常妖冶的职业伴娘忽然怪叫了一声：不好了——

所有人都吓了一跳，目光转向伴娘，伴娘此时抬起头，挥动着手机失魂落魄地说：股市不知道怎么了，所有股票都往跌停去了。人们闻言立刻愣了，几乎所有人都立刻去抓身上的手机，之后迅疾地纷纷议论起来。赵晓川也马上掏出手机，他只看了一眼马上就呆若木鸡了，不好，所有的股票都狂泻不止，这绝对不是好兆头。赵晓川头脑飞快地转起来，他只犹豫了一下，就决定抛弃新娘回去处理股票。

于是，赵晓川果断地跳下台，他冲着雇来的那个司机说：跑——

台上的众人依然莫名其妙，主持人眼睁睁看着赵晓川快跑到公园门口时，才明白赵晓川是要玩真的。他拿着话筒，着急地大喊道：赵先生，你不能跑啊，今天是你大喜的日子。

赵晓川扭过头大声回答道：别他妈的扯了，我必须跑，我股票加了杠杆了，得回去止损。

就这样，赵晓川临阵脱逃了，其他的看客也都一哄而散，几乎所有人都回去卖股票了。赵晓川盛大的婚礼在瞬间无疾而终，四个准新娘被干巴巴地剩在那里，节目组只给了每个人两百块钱的打车补助。那四个女孩儿刚开始还强作欢颜，因为镜头还照着她们，可不久她们就哭了，她们抱在一起哭成一团，她们基本上都是大龄剩女，特别想嫁却总是找不到合适的，这回她们本以为有机会了，可谁想那个选秀的王八蛋就那么不负责任地溜了，把她们扔在寒冷的冬天里丢人现眼。与此同时，几乎整个城市的人都看到了这一场充满了闹剧色彩的结婚直播，他们都为准新娘的失落乐不可支，同时也都深深地感慨：这个赵晓川是真他妈的不靠谱儿啊，难怪这个城市里的人天天撵得他像兔子一般跑呢！

雾霾肆虐着，只要到了冬天，它就如同一口无法清除的浓痰匍匐在这个城市的身上。恶心，真他妈的恶心。把这个城市比作什么好呢？一个欲哭无泪的妇人，人们一开始戴口罩，买空气净化器，躲在家里不出门，到了后来完全处之泰然了，这其实就是现实造就的英雄主义，滑稽而真实。可是孟有纪从未适应过，她从小学的是理工科，后来做了医生，她知道她所处的环境是非常不好的，掩耳盗铃改变不了事实，她眼睁睁地看着这个城市越来越脏，人心变得越来越坏，内心之中有一种深深的忧虑感。

就在雾霾侵扰之际，意外终于发生了，洪修源死了。他是在睡梦之中离世的，第二天清晨当护士去病房时才发现。孟有纪闻讯匆匆赶到，她是第一个赶到的人，洪修源躺在床上，他的面部表情非常安详，看不出任何痛苦，他坚硬的八字胡软塌塌地趴下了，这个威风凛凛的电影大亨终于向上帝缴械投降，他离去了，只是不知道他的灵魂去了哪里。天堂还是地狱，这是一个问题。

孟有纪哭了起来，人毕竟是有感情的。韦波姗姗来迟，他作为唯一的继承人是下午才出现的。所有人都已经聚集在太平间门口，韩时光、洪修源公司的高层、洪修源的律师、孟有纪。韦波面无表情地走过来，所有人都站起身看着他，他们知道他现在已经是他们的老板了，韩时光的眼睛红红的，他悲痛的表情绝不亚于亲爹离世。韦波本想做出一副痛苦的表情，但是他实在做不出来，因为他根本不痛苦，他只是暗暗松了一口气，看来这份合同结束了。

是韦先生吧？洪修源的律师走了过来。

韦波停下脚步侧头看着他，律师走过来自我介绍，我是洪老板的律师，我们一会儿能否单独谈谈？

那当然。韦波点点头，随即转身走进了太平间。

太平间很大，很空旷，他跟着一个医务人员走到一大排柜子前，医务人员把一个长长的抽屉拉开。洪修源就躺在那个抽屉里，他安详地闭着眼睛。韦波定定地看着洪修源，他本以为自己会在一分钟之内转身离去，但是他没有，他看着安静的洪修源瞬间想起了他辉煌的一生，人生的意义到底在哪儿呢，他想。此时，他听到身后传来一阵音乐的声音，他侧耳听了一会儿，辨别出是那首著名的《乡村骑士间奏曲》。

这是洪先生生前的吩咐，这首曲子就作为他走之后的音乐。医务人员这时解释说。韦波无动于衷地点点头，但是不知为什么心里却长长地叹了一口气。

傍晚，曲终人散，所有的人都撤了，只剩下韦波和孟有纪，他们坐在洪修源曾经的病房外。韦波放松下来，他觉得自己这时应该哭，但是还是找不到哭的理由，他只是皱着眉，看着空空荡荡的楼道，他忽然觉得这个世界很没意思。既然人都有终点那为何还要开始呢？

看样子，这个城市将来会是你的。孟有纪首先说。

是的，我想会的，今天仅仅是个开始，以后的时间长得很。韦波有些寂寥地说。

孟有纪悄悄看看手中的一张纸条，那是洪修源给她留下的，嘱咐她保存好那个方案，她并没有马上告诉韦波。

我小时候有一个爱好，特别喜欢看漫画，这爱好一直没丢。做生意之后，由于机缘巧合，我开始收集各种漫画，我记得有一次我遇到一本顶级漫画，那是我特别特别喜欢的一本漫画，它画了一个舞蹈演员的一生。我当时大喜过望，鉴定无误之后，打算用自己的一半漫画去换。韦波这时忽然不着边际地讲起了过去的事情。

孟有纪认真听着。

可后来结果很不幸，我被人骗了，就在我咬牙切齿之际，我舅舅派人来了，他告诉我说这一切都是他安排的，这一回他打算给我上一课。韦波说到这儿苦苦一笑。

因此你一直非常恨他？孟有纪问。

也许吧，后来，我曾找人去说项，希望换回漫画，可是被我舅舅严词拒绝了，在那一刻，我确实非常恨他。韦波淡淡地说。但是他的眼中没有恨意，只有某种空洞、冷漠和麻木。

那再后来呢？孟有纪问。

很奇怪，只是过了很短的时间，我就不那么恨他了，我知道他是用他独特的方法，告诉我这个社会是怎么样的。韦波说着略带嘲讽地又一笑，要说，我现在反而有点感激他，当我在商场上拼杀多年之后，我才觉得他给我上的那堂课价值连城。韦波说着向长椅上一靠，由于他只穿了一件西装，一会儿铁质长椅就传来一股彻底的寒冷。此时，韦波终于明白了，他那么恨洪修源，就是因为他们两人太像了，洪修源是他在某种程度上的隐秘的偶像，可是世间事就是如此，彼此相像的人往往彼此憎恨罢了。

那个修改好的方案最终到了孟有纪手里。某一天，雾霾弥漫，整个城市的天空黑得跟锅底似的，一个快递小哥全副武装，穿得如同要去救援核泄漏现场一般，他骑着电动摩托车，勇敢地突出重围来到孟有纪的楼下，按响门铃之后，他上了楼。孟有纪打开门，小哥戴着头盔和大口罩，他借着楼道里昏暗的灯光，从大包里拿出一个纸袋子递给孟有纪，孟有纪低头看着寄件人，上面工工整整写着洪修源三个字。

怎么可能是他呢？他已经不在这个世界了。孟有纪自言自语地说。

这个我们管不了，我们能管的就是一个字，送。小哥自豪而执着地说。

孟有纪淡淡一笑，签了字，收了件。她打开纸袋，里面是一个有些厚重的移动硬盘。

硬盘中果然是修改好的新方案，孟有纪又把新方案仔仔细细研究了一遍。研究完，孟有纪再次抬起头看到天空时，它没有丝毫的改变，依然是无尽的沉重的灰色。洪修源的预言可能是真的吗？孟有纪问自己，当她第一次看到方案时，方案中的所有细节似乎都和现实离得很远，但是现在她明显感到自己受了方案的暗示和影响，她觉得现实越来越逼近方案所描述的末日情景了。

洪修源没有看错人，孟有纪的确拥有一颗伟大的心。她自小生活在这个城市，重视情感，热爱生活，她很少功利，也敢于担当，能够在适当的时候做出一些她认为对的事情。新方案拿到手之后没有几天，孟有纪终于决定，她要向这个城市的人们说出一直被无视的事实，她希望人们思索，她不想看到这个城市像洪修源所说的那样，毁于视而不见的生态灾难。

孟有纪走上街头，她戴着大口罩，开始向人们分发调查问卷，里面有十几道题，比如什么是晴？这个时代天气预报之中的晴和过去的晴有什么区别？大雾和雾霾是一个意思吗？风和日丽这个词在这个城市还存在吗？什么是阳光的味道？大部分人拒绝了答卷。这很正常，人们既不愿意耽误挣钱的时间，也不愿意面对现实；有一小部分人忧心忡忡地回答了，他们皱着眉，一边思考一边说，孟有纪就拿着签字笔记着，那些人回答完，都不无担心地反问一句：这个世界会好吗？孟有纪听了，只好耸耸肩，无奈地笑笑，她也没法回答，她真的不知道。

两个月后，一段制作良好的视频出现在网络中，名字叫作《阳光的味道》，视频中一个女孩子在蓝天下快乐地舞蹈，那是孟有纪，她在不同的地点根据不同的音乐跳着不同的舞蹈，有的快乐，有的悲伤，有的犹豫，有的坚决，还有的悲天悯人。人们看不出这是哪个城市，地点究竟在哪儿，但是重点是各个地点的天都是蓝的，绝对纯净的蓝，不作假，纯天然。在视频中，孟有纪提出了她问卷中的所有问题，什么是蓝色，什么是晴，大雾和雾霾有什么不同，问题之后，是一些对于城市雾霾的基本调查，其形成的原因，解决的办法，还有解决问题所需要的时间。在视频的最后，孟有纪站在一个阳光普照的阳台上晒被子，被子被搭上晾衣绳之后，她抱住被子，深深地吸了一口气，然后仰头对着蓝天说：这才是阳光的味道，那不是久违的妈妈的味道吗？

视频轰动了，几乎在瞬间就传遍了网络的各个角落，城市中的人们由于深受雾霾之害，所以马上轰轰烈烈地讨论起来。什么是阳光的味道？人们说不清，但是他们可以想象、思考。他们开始回忆在遥远的过去，在还看得到阳光的时候。那是什么样的日子呢？很快，人们想起来了，那时，阳光总是不请自来，具有无法捉摸的颗粒感，常常一点一滴地打在人们的身上；那时的阳光还具有氤氲的覆盖性和穿透性，它会冲破各种阻拦，在雨后、雪中、初夏、晚秋等任何时间里出现，一句话，那时的阳光是无敌的，它从来不能被阻拦。

孟有纪的目的达到了，人们确实开始了思考，可是，事情并不那么简单，随着时间的推移，孟有纪的视频在这个城市引起了轩然大波。

人们问完那些初步的问题后，进行了进一步的反思。他们很快发现，视频中后面一段讲的问题更重要。比如，雾霾是怎么形成的，谁是罪魁祸首，谁应该负责，难道就不闻不问这么听之任之下去？网络上开始了广泛的讨论，工业排放、汽车尾气、建筑扬尘、供暖废气都上了名单，之后牵扯的面儿越来越广，比如工厂的超标排放与唯利是图，环保部门的软弱与无能为力，管理部门的视而不见和得过且过，需要治理的方面太多了，一个环保问题其实是整个社会的问题，哪个部分都不是一天能解决的。人们越讨论就越清醒，可是越讨论也越迷惘，任何一个小方面的小问题最终都能演化为一个大方面的大问题，谁也不知道从哪里开始才是对的，慢慢地，网络上形成了无数种混杂而毫无结局的论战，公说公有理，婆说婆有理，整个城市再次吵成了一锅粥，城市中的人们又陷入了不断撕裂又融合的珍珠翡翠白玉汤状态。

争论期间另一个偶然事件发生了。某一天晚上，国外一个著名的文化城市发生了恐怖袭击事件，恐怖分子同时突袭了几处人群聚集地，几百人死亡受伤。这一令人发指的屠杀事件马上影响了全世界，一股悲伤、愤怒的情绪席卷开来，离忧城也不例外。无论如何，尊重生命是个最基本的原则，任何以崇高的借口滥杀无辜的行为都是不能容忍的。城市中，人们开始探讨这个事件涉及的人类的中心问题——信仰问题，不同信仰的人如何相互尊重，如何和睦地相处、平等地共存。纪念活动次第展开，城市中的一个纪念塔在夜晚变成了受袭国家的国旗颜色，很多人来到塔前献上了表达哀思的鲜花。

一个星期之后，插曲平息了，于是，人们又把注意力转移到雾霾之上。可是，令人大跌眼镜的是，这一回舆论矛头完全反转了，人们没有再讨论雾霾的成因以及各个责任方，而是开始对孟有纪破口大骂。

这当然是经过深思熟虑和周密准备的，骂人的队伍由几个方阵组成。第一方阵是散兵游勇，他们就是网络上的暴民，他们看不惯一切事物，对于任何事情就是一个字：骂。管你是做好事还是做坏事，只要你做了事情他们就骂，即使你冲进火场救人也有人说冲进去的姿势不对、为什么救的人那么少，总之他们什么也不做，就是骂，如同当年的义和团。第二个方阵可以很明显地看出是由雾霾相关利益方组成的，他们被人指斥应该为雾霾的形成负责，所以他们跳出来是可以理解的，他们认为孟有纪说得没有道理，雾霾的成因并不是他们的产品、企业、行业造成的，他们拿出各种数据有理有据地说明他们不是主要责任方，同时巧妙地把矛头指向了别的方面，总体上来说，他们说话的方式是克制的、理性的，但是他们说得对不对就无从得知了，因为他们毕竟是专业人士，能驳倒他们的也只有其他专业人士，但是根据这个城市的习惯，此时，其他专业人士不是沉默就是已经被收买了。来自第三个方阵的批评是最无法阻挡的，因为他们都是科学家，他们从不同学科从不同角度批评着孟有纪的谬误，无疑，他们是最权威的，因为那些物理、化学公式不会错，而且他们的态度是诚恳的、简明的，就是从科学的角度出发指出孟有纪的错误，告诉人们雾霾不是那样形成的，目前大气中的污染物质应该是什么，如何去测量，他们的说法让人觉得无法辩驳，让人觉得他们是理性的，是冷静的。

孟有纪早有准备，她坦然承担起各种指责和谩骂，坚定地捍卫着自己的观点。她毫不屈服，充分显示出一种女性的特殊的伟大，那就是，一旦她们作为理想主义者行动起来，她们往往就比首鼠两端的男性更加具有牺牲精神。孟有纪在对战的过程中，表现出她是这个城市最坚定的捍卫者之一，她以理想主义和环保主义的姿态，凭着一颗伟大的同情心，为了保护人们自己的利益和那些无知、无畏、残忍、愚昧的人开始了持久的战斗。

不过，孟有纪还是低估了这个城市愚昧的力量，这种力量往往是历史中最强大的，它超过创新、怜悯、宽容，具有最大的破坏力。战斗正酣时第四方阵忽然掩杀而至，他们是私德批评方，他们就如同饿狼猛虎，丝毫没有同情心。他们完全不愿正视孟有纪所提的问题和她本质上的善意，而是直接攻击孟有纪的个人生活，他们一上来就挖出了孟有纪的过去，很明显，过去的那场医疗事故的纷争对孟有纪很不利，他们拿着那些材料指出，孟有纪之前就是一个可能的故意杀人犯，后来他们又查出孟有纪辞职之后为一个臭名昭著的电影大亨洪修源提供服务。由于洪修源在这个城市的名声非常不好，几乎是自私贪婪的代名词，因此他们就开始主观臆断：什么人能为洪修源服务呢？一定是帮凶走狗。私德批评方的无逻辑是强大的，而且在这个城市只要言之凿凿、意志坚定，那么再大的谎言也一定会得到同意和赞赏，人们被信口雌黄的方式洗脑惯了，他们对理性的、逻辑的、需要花时间思考的事物从来都是厌烦的，他们只对那些声嘶力竭、宣布自己无比正确并重复三遍以上的声音感兴趣。于是，在这种非理性的环境下，许多中立的人慢慢转向了，他们不再支持同情孟有纪，不再思考她提出来的问题，而是开始怀疑她这种有缺陷的人出来预言灾难一定是带有某种不可告人的目的。

11

夜晚，孟有纪独自坐在房中。她一直在等男友张捷，本来今天约好了一起吃晚饭、看电影。但是就在六点多的时候，张捷来了电话，他遇到一个紧急手术，整个晚上都得搭进去，他爽约了。

孟有纪无聊地坐在房中，她连灯都懒得开，她给自己开了一瓶红酒一直在慢慢地喝。音响中传来她喜欢的音乐，那音乐哀伤、缠绵，这使她倍感孤独落寞。八点，墙上的挂钟敲响了，孟有纪的头有些晕晕的，她明显觉得自己有点喝多了。她走到卧室，随意地趴在床上，过了一会儿，她又翻身坐起来，走向书房。她打开电脑，开始上网，她习惯性地进入了一个同城网站，聊了大概一个小时之后，她决定出去一趟散散心。

很快，孟有纪来到离家很近的一个四星级饭店，她穿着黑色的羊绒大衣，戴着一顶灰色羊毛毛呢礼帽，帽檐压得低低的。一会儿，一个瘦瘦的三十多岁的男人走过来，他看了她一眼，然后叫了一声她的网名，孟有纪笑着点点头，那个男人坐了下来，两人攀谈了十分钟，双方都彼此感到满意，就一前一后走入了电梯。

他们一同走入了一个房间，门刚一关上，那个男人就毫不犹豫地扑了过来，他开始强吻孟有纪，孟有纪也给予了他同样强烈的反应，同时，她的体内有一股压抑了很久的火熊熊燃烧起来。

我没想到，你这么漂亮。那个男人脱掉孟有纪的衣服时说。

孟有纪妩媚地看着他，她正把他想象成别的人。

你喝酒了——那个男人压上来的时候闻到了孟有纪嘴里的酒味儿。

快点，别废话，我等不及了——孟有纪说着一把搂住了那个男人。

他们折腾了很久，对战了很多个回合才罢手。双方都累得筋疲力尽，但是都很满意。休息了一会儿，那个男人伏过身来，他看着幽暗中孟有纪闪闪发亮的眼睛问：宝贝儿，你饿吗？我们去夜宵怎么样？

行啊，我也饿坏了——孟有纪说。

男人嘿嘿笑了起来，他打开灯，开始穿衣服。孟有纪还有点意犹未尽，她坐在床头，穿上藕荷色的胸衣之后，点燃一支烟慢慢地抽着，灯光下她的皮肤显得异常洁白光滑。那个男人回头看了孟有纪一眼，他一愣，然后又仔细看了她一眼，有点惊讶地问：你是孟有纪吧？

是啊——孟有纪也一愣，你怎么会认识我？她问。

你现在可是名人，网上都是你的照片。男人笑笑，他饶有兴趣地又问，你也干这个？干的时间长吗？

孟有纪闻言哧地一笑，吐了一口烟圈说：什么叫我也干这个，这是性欲，我的性欲有问题吗？这是人的基本需求。

男人听着点点头，然后又问：那你有男朋友吗？

有，但是他太忙了，我老见不着他。孟有纪说，而且我对熟人没兴趣，他们总是让我想起我从事的专业。她说完又若有所思地抽起烟来。

男人听了有点心疼，他伸出手抚摩着孟有纪的肩头和脖颈，之后又情不自禁地把手伸进了她的内衣当中。

怎么着，再来一次？孟有纪看着男人的手似笑非笑地说。

可是，孟有纪完全没有想到，她这一次寻求安慰与关注的城市之旅，让她终于摊上事了。那个男人在孟有纪完全没有防备的情况下，偷录了一段孟有纪抽烟的视频，还有他们两人对话的几个片段。那个男人回去之后，出于炫耀之心，把视频发给了他的一个朋友，告诉他自己遇到了那个搞环保的女医生，而他的这个朋友又马上发给了另一个朋友。视频飞速地转发出去，终于，它落到了一个痛恨孟有纪的网友手中，他恰好属于私德攻击阵营。

于是，视频被公布到网上，立刻引起了极大的轰动，人们震惊了，有人欢喜，有人悲愤。私德攻击者异常兴奋，他们本来就认为一个道德上有缺陷的人是不配出来讲话的，他们的基本逻辑是一个坏人或者缺德的人是不可能说出真理的，虽然这完全不合逻辑，但是他们就是这么坚定地认为。他们一直就指责孟有纪有"杀人"的前科，本来就天然地怀疑她是不义的、坏的、带着不可告人的目的。现在，他们终于找到了证据，他们为此欢欣鼓舞，总算为自己的破口大骂迎来了正义的证明。当然，悲愤的人也大有人在，就是那些支持孟有纪的城市居民，他们本身是相对理性的，一直主张面对问题本身去治理雾霾，一直反感这个城市经久不衰的辱骂文化，但是孟有纪不检点的私生活干扰了话题的方向，被一些真正恨她的人利用了，那些人本来就是雾霾的始作俑者，他们从雾霾的成长之中获得了很多利益，却为了利益不想治理雾霾。这些支持她的人无不感到失望，因为道德缺陷怎么着都是缺陷，除非撒谎，缺陷是不会变为花朵的。正是因为这些原因，视频公布之后，舆论完全一边倒了，私德攻击方取得了完胜，他们以无逻辑的道德批判证明了他们的正确性，支持孟有纪的一方被这个节外生枝的情节打蒙了，他们一时集聚不起力量，无法组织有效的反击，只好沉默了。

与此同时，孟有纪的男友张捷也看到了视频，这位长期文质彬彬的医生男友愤怒了。他其实一直忍受着孟有纪，他和孟有纪两人彼此的情感基础并不牢靠，两人在一起就属于社会上说的那种般配，但是真正的燃烧般的情感却从未在两人之间出现过。孟有纪还有一个不可告人的癖好，那就是她一直暗暗喜欢父亲型的男性。由于种种复杂的原因，在某一个雨夜，孟有纪在实验室里向她的老师投怀送抱，导师用他颤抖的双手接纳了孟有纪。孟有纪自此时不时与导师相聚，除了讨论业务问题，就是做那件事，孟有纪的欲望比较强烈，而导师也宝刀不老，比起年轻人还更温柔一些，因此孟有纪还很享受那种鱼水之欢。张捷曾经非常怀疑孟有纪和她导师的关系，但是孟有纪一直矢口否认，可是张捷并不傻，他觉得这里一定有事儿，但是经过反复思想斗争之后，他决定忍了，他这人很念旧，不想和孟有纪就这么掰了，很想给孟有纪一个改过自新的机会。本来张捷的做法是相当宽厚的，这说明他还是愿意接纳她的，可是这一次孟有纪的行为令张捷大失所望，作为一个男人，他的自尊心已经让他不能再忍了，于是他毫不犹豫地掉头而去。

孟有纪为此痛哭不已，她忍受不了这种双重打击，尤其是男友的离去，人毕竟是有感情的，她虽然不曾热烈地爱过他，但是两人厮守了那么长时间，她习惯了。和他在一起的日子就是生活本来的样子，平淡而充实，忙碌而偶有甜蜜。她虽然对生活并没有什么奢望，但她也不希望失去本该属于她的最基本的东西，比如，一份情感，一份依靠，一份看得到的未来。

孟有纪哭了睡，醒了又哭，她昏天黑地过了三天之后，决定跟她的老师谈谈，在这种时刻她需要一种坚定的支持和一双温暖的臂膀。她约老师见面，老师答应了。下午，她草草梳洗了一下就去了咖啡厅。天很阴，风很冷，孟有纪穿了一件薄薄的羽绒服走进咖啡厅，她随意点了一杯咖啡，当她在窗边坐下时还是感到特别难过，她看着咖啡液面上的那个心形一点一点消失时，心都快碎了。

孟有纪等了很久，直到过了约定的时间老师还没有出现。

傍晚，咖啡店的门打开，一个上了年纪的女人走了进来。她很瘦但是很精神，头发花白，眼睛亮亮的，穿了一件黑色羊绒大衣，她进门之后扫视了店内一眼，看到了孟有纪，她走向吧台先点了一杯低因美式，然后拿着咖啡直接走向孟有纪。当她出现在孟有纪面前时，孟有纪大吃一惊，师母？孟有纪不禁叫了一声，然后马上站了起来。

坐——师母笑着对孟有纪说。

孟有纪愣了，她的心中涌起一种不祥的预感。

孟有纪依言坐下，师母也坐了下来，她喝了一口咖啡，然后抬头端详了一下孟有纪，孟有纪的脸色很不好，头发胡乱梳着，一副落魄的样子。

你好点吗？师母关心地问。

孟有纪点点头，眼泪差点下来。

师母轻轻叹了一口气，她低下头，用手下意识地摸着桌面，过了一会儿才下决心说：有纪，你老师不会来了。

孟有纪听了这句话，脸如同火烧一般，迅速红了，她什么也说不出来。

我知道你们之间的事情，师母非常淡定地说，但是你这么年轻，还有很长的未来，而你的老师已经老了，身体和精神都欠佳，我说的你懂吧？

孟有纪极为窘迫地点着头，一句话也不敢说。

师母又慢慢喝了一口咖啡，她看着阴沉的天空，很久之后又长叹一声：我们真的都老了，我当年也年轻漂亮过，在国外读书的时候还有很多洋同学追我呢，可我还是跟着你的老师回国了。

孟有纪羞愧得简直想钻到地缝里。

一会儿，师母放下咖啡站起身，孟有纪也连忙站了起来。

我们只能相守着过完这残余的一生了，世界是你们的。师母说着伸出手拍拍她的肩膀，Take Care——她说完之后笑了笑，坦然地昂首而去了。孟有纪呆呆地站在原地，一直目送师母的背影远去，直到师母出了门，她才委顿地坐下来，她看着对面那杯孤零零的咖啡，不禁悲从中来，忽然又一次号啕大哭起来。

夜晚，孟有纪穿着睡衣拿着一瓶红酒坐在卧室的地板上，房间里很乱，到处都是她的衣服。她光着脚，头发披散着，双肩靠在卧室的墙壁上。空气中是一种极其孤寂的味道，孟有纪终于知道她被这个世界彻底抛弃了。

离孟有纪两米处的地板上就是那件藕荷色的胸衣，它依然柔和、魅惑，只是这一次显得形单影只。孟有纪拿起酒瓶大大地喝了一口，本来一切很平静，所有的困苦都来源于那次与陌生人莫名其妙的纠缠，仅仅是一次，她的人生就彻底改变了，孟有纪想。她站起身走到一个五斗橱前，她打开抽屉，翻了半天才找到一把剪子，她晃晃悠悠走回来，再次坐下。她有些粗鲁地拽过那件胸衣，开始用剪子狠狠地剪它，她恨它，其实她是在恨自己。可不知怎的，也许是剪子钝了，也许是喝了酒手上没劲，孟有纪就是剪不动那件内衣。孟有纪努力着，失败着，再努力，再失败，于是她又开始哭，她想起自己一直磕磕绊绊的情感生活，与男友寡然无味的日子，与老师带有崇敬之情的隐秘之恋，还有与陌生人之间也忐忑也激情四射的性狂野，但是最终她被自己的生活方式打败了，这件藕荷色内衣就是一切的明证，它非常讽刺非常坚定地摆在她的面前，她就是无法抹杀它、剪除它，它代表了一种被全城人都知晓的耻辱，它的存在似乎是在说：既然你做过了，你就摆脱不了，它永远在那里。

孟有纪就这样受到了完美而沉重的打击，她被赤裸裸地扒光呈现在世人面前，她得到了这个世界最为巨大的嘘声。

　　韦波进门的时候，孟有纪正坐在一堆杂物中发愣。她凌乱的头发只在脑后用手帕草草一绾，脸上没了往日的那种神采，眼皮有点肿，表情中有种压抑不住的沮丧。

　　来了——孟有纪看到韦波，了无生趣地叫了一声。

　　来了——韦波站在门口点点头。

　　自己找地方坐吧——孟有纪看看四周摊摊手说。

　　韦波看看周围，哪里有地方坐，他逡巡了一下，然后深一脚浅一脚地走过房间，在沙发的一角挤着坐下。房间中，地上几乎堆满了各种各样的日用品，尤其是一摞一摞的书，孟有纪戴着一副旧手套翻捡收拾着，忽然她从图书之间拎出一双旧旧的芭蕾舞鞋，她把它拎到空中转着圈看了半天，才感叹一声，说：唉，我原来还学过跳舞呢——

　　是啊，我记得你跳得很好。韦波由衷地说。

　　对了，还有这个。孟有纪想起了什么，她放下舞蹈鞋，搬开一摞书，拿出书中间一张压着的照片，照片是孟有纪、韦波、赵晓川三个人的合影，那明显是小学时代，貌似他们刚刚参加完运动会，三个人开心地笑着，不知道为什么赵晓川缺了一颗大门牙，这反而使得他笑得最辉煌灿烂。

　　韦波看到照片，忍不住乐了起来，赵晓川的傻缺样，以及童年时代的纯真与无拘无束瞬间感染了他。孟有纪也跟着笑起来，但是她只笑了两声眼睛就湿润了，她咬着嘴唇也说不出什么来，拿着照片的手有点颤抖。韦波无奈地看了她一眼，然后说：要不，我帮你收拾吧，我看你的东西真的不少。孟有纪闻言点点头。

韦波于是开始帮忙，整整花了大半天，房间里才算收拾利落。收拾完，孟有纪和韦波坐在阳台的落地窗边抽烟，冬日的阳光穿过浓重的雾霾有气无力照进来，如同一个阳痿的男人偶然抖擞一点精神一般。他们两人之间放了几本很旧的漫画书，那是孟有纪好不容易翻出来送给韦波的。

真下决心走了？这时韦波抽着烟问。

是的，走。孟有纪认真地点点头。

去哪个城市呢？这些家具和书怎么办？韦波问。

家具反正是租的，书都寄给我爸妈，我还有些日记全都烧了。我哪个城市也不去，我要离开这个世界，去虚拟世界——孟有纪坚决地说。

韦波无语，孟有纪的决绝真的出乎他的意料，他听说过很多人都去了虚拟世界，那是因为他们对于现实世界腻了，失望了。

看样子，这里已经不让你有任何留恋了？韦波又试探着问。

是的，这个世界让我的心冷透了。孟有纪异常灰心地说。

韦波看着痛苦的孟有纪心中涌出一阵难过，他没有想到就在洪修源离开后这段短暂的时间里，孟有纪会遇到这么多的事情，她几乎是在瞬间就把自己推到了这个城市的对立面，连他都没有反应过来，他感到异常的无奈，网络世界的力量简直太迅猛太强大了。

对不起，我来晚了，我也不知道事情会发展成这样。你知道我平时很忙，很少上网的，当我知道这件事时，它已经这样了。韦波内疚地解释着。

小波，谢谢你，你不用内疚，这事儿真的跟你无关。孟有纪闻言，伸出手拍拍韦波，她说，其实，我找你来倒是有另一件事，这事你帮得上忙。

什么，尽管说。韦波说。

孟有纪站起身，走到里屋，一会儿她拿出一个牛皮纸袋。我把洪先生临走前给我的一个方案交给你。她说。

什么方案？韦波奇怪地问。他是第一次知道洪修源有个方案。

洪先生预言说，在不远的将来，离忧城将毁于一场灾难，所以他做了一份有关这个城市的拯救方案。孟有纪说。

韦波听完不置可否，他心想，这怎么可能呢？这个城市不是好好的吗？

我舅舅会拯救这个城市吗？他一向是吞噬这个城市的，他才是这个城市的灾难呢。韦波怀疑地说。

但是，这一回，他确实这么做了。孟有纪说着把那个硬盘递给韦波，韦波接过来掂一掂，还挺沉，他顺手放在脚下。

说实话，我也不知道洪先生的预言是不是真的。孟有纪接着说，我只觉得洪先生的行为令我异常感动而已，他在离去之前几乎变成了另外一个人。不过，如果你能按照这个方案重建这个城市，你就会拥有一个崭新的世界，这应该是一个对你有足够吸引力的梦吧？

韦波听到这儿，心里总算动了一下，孟有纪说对了，这确实是他的兴趣所在，如果未来他有机会建立一个全新的世界，他绝对可以为此冒一把险。

好吧，那有空的时候我看看。韦波最终带着同情心回应道。

放心，这个方案一定不会令你失望的。孟有纪继续说，另外，我会在新的世界里留下一个投射，未来如果你在执行方案时遇到难以索解的问题，可以去问她怎么办，她拥有我赠予的一部分信息，这些信息也是洪先生赠给我的，当然新世界中有的问题是可以解决的，而有的问题则不能解决，有的设置更是不能更改的，这要看你的运气了。

韦波再次点点头，关于投射的事情他也听说过，许多去虚拟世界的人都会在现实世界留下投射，就如同一个物体在阳光下的投影一般，但是韦波依然没有决定是否应该相信什么。

当孟有纪把所有的事情都交代完之后，韦波起身告辞了。在告别的那一刻，韦波完全不知道说什么好，他本能地想说再见，但是知道这不现实，他不可能再见到她了。韦波缓缓掐了烟，他站起来，走到沙发上穿上大衣，一个又一个系上扣子，然后慢慢地走到门口。孟有纪并没有起身，她就坐在窗前懒懒地抽着烟看着他。韦波转过身，在光影下，他看着孟有纪那副落魄而不修边幅的样子，伤心的泪水几乎夺眶而出，他想了想，然后说：你走的那天，我和晓川去车站送你。

好的。孟有纪淡淡一笑。

韦波又踌躇了一下，然后一字一顿地说：其实，我一直有话想对你说。

不用了，我知道你想说什么，可惜，时过境迁了。孟有纪摇摇头，再次无力地笑笑。

韦波点点头，他推开门，走了出去。当韦波走在那长长的旧式走廊当中，听着自己的皮鞋敲打着水泥地面时，他的眼泪再也忍不住扑簌簌流了下来，他知道很多的告别都是永别，这一次也不例外，他少年时代那个最爱的人将会永远离他而去，失去的将永远失去，那些时光不会再回来，他们不会再在同一个世界相见。

分手时分终于到来。孟有纪确实独自离开，她拎了一个拉杆箱来到车站，送行的只有两个儿时的好朋友韦波和赵晓川，他们三个人聊着过去的事情，仿佛什么都没发生一样。

开往虚拟世界的列车还有很长时间才到站，他们表面上热络实际上小心翼翼地聊了好一阵，赵晓川终于忍不住问：有纪，你必须走吗？

孟有纪无奈地点点头。

其实，你可以留下来，也许熬过这一段就好了。赵晓川劝说道。

孟有纪听到这儿，眼圈红了，她回想着一切，真有恍然如梦的感觉。韦波与赵晓川对看一眼，两人走过去，同时搂住孟有纪，孟有纪在两个儿时朋友的怀抱中小声哭了出来，她被彻底击溃了，不仅仅因为这个城市的恶毒，还因为自己摇摆的情感，就在她离开的这一刻，她依然觉得这个城市如此之大，唯有爱情终不可寻。

火车来了，那是一辆银白色的子弹头形的火车，车身极精细极光滑，一部分用现实材料制成，另一部分来自于虚拟的视觉景象，据说在开往虚拟世界的途中，现实的部分会慢慢消失，虚拟的部分会覆盖全部列车车体。

车门打开，穿着制服的列车长探出身拿着电子阅读器验了票，孟有纪拎着拉杆箱走上火车，在门口，她回过头望向两个老朋友，泪珠还挂在脸上，但是她还是奋力地扬起笑容，冲着两人挥手说：永别了，老朋友，希望你们在这个世界过得更好。

韦波和赵晓川都应声扬起了僵硬的笑容，不自然地挥起了手。

记住，如果未来真的有个新城市，它一定是有信仰的——孟有纪非常坚定地说。

这位旅客，临走之前，您需要播放什么音乐？此时列车长非常礼貌地问。

《奇异恩典》吧！孟有纪说。

列车长闻言一挥手，车门关闭，孟有纪的身影一闪就不见了。瞬间，虚实结合的列车响起了音乐，整个车身抖动起来，车的现实部分开始收缩，虚拟的部分逐渐扩大，几秒钟之后车嗖的一声就在两个人的视觉中消失了。

两个人站在空空荡荡的站台，望着一无所有的远方，心中都充满了遗憾与感伤。

你说，到了虚拟世界，她能找到真正的爱情吗？赵晓川问。

在现实中无法实现的，在别的世界可能吗？韦波怀疑地反问。

12

若干年后，雾霾终于彻底地、毫无悬念地统治了大地。

它们成为了城市时空的主宰者，往往在人们不知不觉的时候到来，然后悄悄地没有缝隙地覆盖了一切。只要它们来临，从地至天，全部变得雾蒙蒙、灰突突的，人不见了，建筑没有了，狗也走丢了，飞机甚至都不能起飞。

每到雾霾天，人们不是戴着口罩出门，就是颓丧地躲在家里。城市中常常会出现某种不祥的宁静，之后就是一阵突然的人们共同形成的咳嗽声。那咳嗽声一般先从一个城市的角落起飞，之后就会如同打哈欠一样引发其他人的共鸣，各种咳嗽声携起手来，由小变大，如同乌鸦一般飞升而起，瘟神一样扑向广漠的灰色天空。由于这种咳嗽声特别有特点，带着离忧城的某种醉生梦死、某种颓而忘忧、某种置生命于度外的自嘲，因此被其他城市命名为"离忧咳"。

"离忧咳"的终点并不美妙，它的短期目标是各种呼吸道的疾病，长期看就是各种花样繁多的癌症了。但是离忧城的人们乐观惯了，他们因为雾霾浓重到无法治理的地步，于是就变换了一个思维，他们不知道从何时开始学会了欣赏各种疾病带来的苦痛，他们先是带有娱乐色彩地分辨出雾霾的不同口味，然后就开始大胆地谈论各种死亡的独特——那是不同的癌症所赋予的花样翻新的死亡。离忧城的人们越来越坦然，他们达到了可以一边号叫一边治疗一边歌颂死神的地步，即使在他们快完蛋的前一秒，那些吹捧的嘴也不会停息，后来有人甚至声称雾霾是这个伟大城市所展现的无与伦比的美丽了。

没人再谈论孟有纪，即使她当年所说的全部对了；当然没有人再出来谩骂，因为孟有纪之后就再也没有人出来为这个城市说话了。那些偶尔良心发现的人都记住了孟有纪的教训，他们想：活逼该，这个城市的人真他妈的贱，有人替他们说话，他们还要干掉人家，那就干脆让他们去死吧。其实这些明白人的想法，与天空中的老天爷的想法如出一辙，他老人家琢磨：呀嚼，这么多年过去了，这个城市真扛造啊，也真敢造啊，都这模样了，还昧着良心说假话继续折腾呢？也不治理各种污染源，天天就拿嘴对付，行吧，给丫再上点特殊的霾，让孙子们死个痛快。

　　就这样，雾霾一次比一次浓重地到来，一次比一次感觉不一样，终于某一天，城市的白天如同夜晚一样伸手不见五指，空气的味道闻起来好像什么烧着了一般。一辆高速列车奔驰千里，来到城市的边缘时不得不放慢了速度，由于实在看不清，高速只好变为龟速，列车一米一米地挪动着，最终停了下来。列车想等待雾霾散去后，再放心大胆地前行，可是雾霾哪里肯走，它反而变得越加浓厚了，后来，一个在车上待了十几个小时的工厂业务员终于忍不住发飙了，他绝望地看着周围浓重得如同鼻涕一样的雾霾，拿出纸和笔开始写诗了。他的诗是这样的：我他妈的要写诗了，我本来不会写诗，是你们逼我写诗的，雾霾为什么越来越严重？这到底是天堂还是地狱？雾霾为什么越来越重了？你们原来不是吹牛逼能治理吗？雾霾为什么越来越严重？吹牛逼的人都去哪儿了？

　　这孙子其实不会写诗，他不过是在泄愤而已。他写了一部分，把诗递给旁边的旅客，其他旅客一看，这诗好写啊，我也会，于是就接着写，慢慢地诗越写越长，几乎整个车厢的人都把他们的愤怒表达了出来。几个小时之后，有关这个城市雾霾的最长的诗歌诞生了，它是由整个列车的乘客们写的，那些诗稿摞起来几乎有一人多高。列车依然停在轨道上，人们为了抒发内心的愤懑开始一一朗读那些诗稿，很凑巧，那天列车上的人都是大嗓门儿，他们的声音合起来响彻云霄，渐渐地，城市里的人们都听到了，他们冒着呼吸毒气的危险，从窗户中探出头来听着，那些声音庞大而混杂，人们费了九牛二虎之力，只听清了一句：雾霾为什么越来越重，这话彻底击中他们的心怀，这也是他们心中久久不能挥去的疑问，他们思考着、感叹着、呼吸着，然后也不约而同地加入了这种来自远方的呼喊，所有的声音终于聚在一起，它们变得越来越大，如同雷声一般在雾霾埋葬的城市中来回荡漾，久久不愿离去。

当然，没有人知道，这是这个城市最后的呼喊，它如同一个人面对死亡时，终于敢说出真话一般。

列车事件像以往所有的事件一样，还是归于平静。

春天终于来了，它拖着蹒跚的脚步就像一个嫖娼多年、千金散尽的浪荡公子一般，一步一回头地走进了城市。人们早就盼望着春天的到来，因为到了春天就会刮风，风对这个城市太重要了，它几乎是雾霾唯一的对手。人们开始虔诚地祈祷，不久，人们的乞求管用了，风从四面八方刮进城市，雾霾坚韧地抵抗了几天之后颓然散去。人们在第二天果然看到了蓝天，于是就欢呼雀跃地走出了家门，他们走向公园、河流，还有露天餐馆，马上开始无忧无虑地娱乐起来。风继续刮着，城市中人们的心情从阴暗快速地转为明亮，城市管理委员会看到这个情况，适时地出来提出给整个城市放一个

"春风假期"，这是一个讨巧的办法，本来他们一直吹牛逼一直治理不好雾霾，人们的怨气越来越大，但是现在老天爷给力，不如做个顺水人情，让城市中的众人舒缓一下心中的闷气，而且管委会也特别了解这个城市的人们，他们的忘性特别大，只要有两天晴天，放几天假，他们马上就会把雾霾抛在脑后，自嗨起来。

管委会果然猜得不错，人们确实欢乐起来，风也快乐地刮着，可是谁也没有想到这是这个城市最后的快乐。风一直刮，一直没有停，一天、两天、一周、两周、一个月、两个月，风力越来越大，一开始风只能吹动树上的花朵，之后可以吹动稍粗的树干，再之后能摇动挺立的旗杆，到了后来简直可以撼动一些低矮的平房了。不知何时起，空气再一次污浊起来，人们慢慢发现，坏了，高兴早了，才出虎穴又入狼窝，这回是扬尘来了。不久有确切的消息传来，说在离城市很远的西北边陲，有一股力量无比巨大的飓风已经把那里的尘土与沙砾全部吹了起来，那是几个世纪以来未见的大风，它们把整个沙漠吹上天空直奔离忧城而来。

城市再次陷于忧惧之中。某天晚上，大风呼啸了一夜，第二天早上人们一出门，发现天地都已经变为黄色，所有的道路、建筑、景观、车辆都被黄土覆盖了。

风继续刮着，它一点一点依然在加强，黄土的打击不同于雾霾，它更富侵略性。人们又一次恐慌起来，他们虽然在春天里多次见过扬沙天气，但是这样大规模地下土还是太令人震撼了，他们开始呼吁专家们出面找出解决办法，专家们在压力之下紧急开了会。在长达一个月的会议后，专家们终于露面了，这回他们决定说实话，他们告诉城市中所有的人，从今以后，雾霾确实不会再光临，但是这种大风却要持续很多年，扬沙也会越来越多，最终的结果是——这个灯红酒绿的城市将被沙土覆盖。一句话，离忧城将会彻底忘忧，不复存在。

专家们这次真的没有撒谎，大风持续刮着，一年之后，离忧城已经处于被摧毁的边缘，空气已经无法呼吸，水源本就不足，仅剩的库存水也被大面积地污染了，石油的使用以及电力的获得更加重了污染。人们终日无法出门，只能躲在家中看着漫天黄沙哀叹，整个城市在沙土之中弥漫着一股逐渐迈向死亡的气息。

终于，有人开始逃跑了，第一个是个哮喘病患者，第二个是过敏症患者，然后是第三个第四个，最后所有的人都开始疯狂地逃离这个城市。

一场史无前例的搬家运动展开了，房子搬不走，卖了或者扔了，剩下的都搬。整个城市的搬家公司接到了无穷无尽的订单，然后搬家公司的运输车辆就陆续上了路，它们从各种住宅、别墅中搬出各种家具、衣物、日用杂物、珍禽走兽，接着一起向南方开去。人们的目标是距离"离忧城"八百公里以外的另一座巨型城市"南星"，多少年前那里水草丰美，气候温润，十分宜居。近年来虽然也常常遭受沙尘、雾霾的突袭，但是好歹还是能待下去，比离忧城强很多，大多数人选定了那里作为暂时的寄居地。

这种逃跑持续了三个月之久，百分之九十的城市居民离开了这座即将死亡的城市，只有百分之十的人们由于各种各样的原因选择留下来坚守。韦波就是留下来的人之一,他目睹了离忧城溃败的完整过程,一开始他也是不习惯雾霾的侵扰,但是如同城市中的大多数人,他觉得虽然空气不好,可跟他的关系不大,据说这雾霾再严重也重不过吸烟,雾霾天出门顶多是多吸了几次二手烟而已。他被这种传说麻痹着,直到当年孟有纪跳出来大声疾呼,他才意识到也许雾霾真的是个问题。但是,他的脑子中都是他的那些生意,对于这些社会事件他是非常麻木的,他的唯一目标就是做大、发展、赚钱。虽然他对孟有纪的行为很佩服,但是内心里多少也认为孟有纪多此一举,他很了解这个城市的人,他们很贱很操蛋,冒着风险为了他们的利益出头露面,他们是绝不会领情的。很可惜,孟有纪一意孤行犯了众怒,那种怒火发得太迅速太剧烈,他连帮忙的机会都没有,孟有纪就被逼离去了,这让他既无奈又伤感,还有一种深深的颓丧。

可是让他没有想到的是,若干年之后,孟有纪的预言应验了。雾霾先是轻描淡写地骚扰,时时不请自来,渐渐地,它变得来得久去得迟,直到有一天他出门上班时,愕然发现,城市的白天几乎变成了黑夜。此时,他这才明白,原来孟有纪并不是主观臆想,而是有先见之明的。很快,他敏锐地感觉到周围的环境是跟他的生意和利益有关的,这种相关性虽然不能精确地计算,但是还是能大致感受到。可他又能怎么办呢?雾霾属于公共事件,这应该是城市管理委员会的事情,他不过是个企业家而已。

其实,这个城市的大部分人都像韦波一样,他们确实思考过,但是又无奈地高高挂起。可老天爷没有再给离忧城机会,他在众人醉生梦死无知无觉中，出其不意地把沙尘暴派来了，一刮就是两年。韦波眼睁睁地看着城市从欢歌笑语、灯红酒绿变为哀伤四起、死寂一片。沙尘暴比雾霾暴力得多，所有的沙砾都像是一把把砍向这个城市的星月弯刀，本来这个城市是很坚硬的，无论从内到外，但是架不住每天天上下刀子，这些刀子毫无顾忌、毫不停歇地砍向任何事物，随着时间的推移，城市的事物无论丑的美的，长的短的，薄的厚的，大的小的，最后都溃败了，颓唐了，崩塌了。这个宏伟的城市——本来拥有诱人的幻象，迷人的场景，魅惑的故事，最终落得黄乎乎苍茫一片，任何利益、价值、审美，包括吃喝拉撒都完了，人类赖以生存的一切都被黄沙覆盖了。

三个月，整整三个月，离忧城充满了哀伤。因为即将的分离，亲朋好友们聚在一起一遍又一遍地告别，每个人的脸上都挂着颓丧和迷惘，他们真的不知道未来能去哪里，能过怎样的生活？大难临头各自飞，他们只能照顾最亲近的那几个人，其他人则只好弃之不顾，任他们自求多福。他们聚集着，一遍又一遍地喝酒，回想着他们一起度过的光辉岁月，经历的旖旎风光。慢慢地，城市的街道中布满了各种酒瓶，它们如同被掏空的灵魂一样仰躺在大街小巷，后来醉酒的人们再也喝不下去，就在无意中发明了另一种告别方式——他们互赠气球，寓意是希望对方远走高飞，飞到具有光明的地方，结果每个酒鬼的手中就又多了数十种颜色各异的气球，它们代表了这个城市最后的殷切期望。

覆巢之下安有完卵，离忧城溃败之际，韦波的生意也遭到了毁灭性打击。他的主营业务房地产、游戏、影视，这些曾经欣欣向荣的行业，当没有人群作为依托时，都成了镜中花水中月。各种住宅都已经搬空，原来人来人往的商业写字楼中，那些满嘴英文的真假鬼子早已销声匿迹；影院干脆关了；网上的游戏人数锐减，那些人都忙着搬家呢，谁还玩游戏？韦波参股投资的大部分项目也都崩盘了，著名的系列西餐厅、KTV歌城、庞大的shopping mall、一个刚刚拿下的民营医院，还有经营了很久的高尔夫球场都完了。

韦波走过空荡荡的医院，往日气势汹汹的患者和焦躁易怒的医生再也不互相对峙，楼里只剩下几个打扫卫生的清洁工；原来最高档的高尔夫球场，绿草如茵的地方已经被黄沙覆盖了一半，人工湖早就无法寻觅；几乎所有的餐厅也都打烊了，黄沙漫天，沙子都吃够了谁还来吃饭？最可惜的是忏悔学院也完了，忏悔是衣食无忧时的调味品，当灾难来临之际，就没人再忏悔了，都是逃命第一。只有韦波控制的一个电商平台还在赢利，那个网站的员工已经搬到地下三层办公，他们每天最忙的业务就是快递离忧城残留的一些有价值的物品去别的城市，以给逃跑的人们留作纪念。

韦波的心中充满了愤懑和不解，他想：就这么完了？这也太快了，一切简直无法阻挡，似乎就在转瞬之间，一切都塌陷了，就好像那句话：眼见他起高楼，眼见他宴宾客，眼见他楼塌了。如果没有亲身经历这次危机，他真的不能想象它的力量是如此巨大，速度是如此之快。他在空荡荡的城市中不断反思着自己的失误，没错，一开始，他根本没把生态的威胁当回事儿，他反应慢了，因为这个城市曾经遭遇过种种危机包括严重雾霾的袭击，但是它都安然无恙，人们照常花天酒地醉生梦死。可是这一次，谁都没想到沙尘暴的攻击是致命的，这个城市毫无还手之力，只有极个别人先知先觉地跑了，其他人全都被闷在了一起。韦波心中有着一股强烈的不服气，他不相信他奋斗了二十年的世界就这样樯橹灰飞烟灭，甚至连反抗的机会都没有，他作为这个城市最优秀的青年才俊，还从来不知道输字怎么写呢！

所有人都在告别，这真有点兵败如山倒的感觉。韦波戴着帽子、口罩默默地走过一条又一条的街道，每家每户的门口都挤着一些相拥而泣的人，韦波冷峻地看着他们，他的心情很复杂，一开始，他对他们充满了不解，甚至觉得他们是懦夫是Loser，遇到困难撒腿就跑，后来他被感染了，毕竟兔死狐悲、唇亡齿寒，再后来，他竟然产生了一种强烈的想拯救他们的愿望，他在一生中很少想到其他人，但是在这个最后的时刻，他才发现其他人的死活与他息息相关。

他开始寻找赵晓川，他是他在这个城市甚至这个世界中唯一的朋友，他们的关系既简单又深刻。他一直牢牢记着那个远去的预言，他一生无法停止的不安全感，总是让他希望在关键时刻有一双坚定的手可以支撑他。多年的商业生涯让他有一种隐秘的焦虑，他并不是什么时候都能看得清这个世界是什么样子的，所以每当他遇到重大的问题时，他的第一反应就是去找赵晓川商量，他觉得他是这个世界上最聪明的人之一，他一定会有办法，比如这一次，当沙尘暴吞噬了整个城市的关键时刻，他完全地不知所措。可是他找了很久，就是无法找到赵晓川，到了这时，他才忽然醒悟过来，赵晓川是一个永远在奔跑的人，从来都是他来找他，而他并不知道赵晓川某时某刻会在城市的哪个地方。

韦波开始开着一辆越野吉普在城市中仓皇地狂奔，原来拥挤的街道再也不拥挤，它们变得异常宽大和冷清，车漫无目的地穿过不同的街区，掀起阵阵黄沙。莉莉娅就坐在他的旁边，她无奈地看着韦波，无神地看着这个曾经熟悉的城市，这确实是世界末日，人口凋零，尘土扑面，一切烟消云散，只可惜人们明白得太晚了。

终于，韦波看到了人。他把车停在一座废弃的商厦前，一个失魂落魄的家伙正坐在紧闭的商厦门口，他穿着一身皱皱巴巴的西装，脸很脏，领带歪着，衬衣的前两个扣子已经没有了，看起来像是被谁揍了一顿。

那个家伙手里拿着一只口琴在伤感地吹着，他吹得很好，韦波摇下窗子，在风沙中听着，他吹的是《夏天里最后一朵玫瑰》，反反复复不断地吹着，到了后来他忽然忍不住掩面抽泣起来。

过了很久，等他平静一点，韦波才从车窗中关心地问他：兄弟，还不跑吗？听说更大的风沙还在后面呢。

那个家伙抬起头，睁着一双红红的眼睛说：马上就跑，我在这儿工作了快十年，想当年这里真是人山人海。他说到这儿，眼中露出一片回忆之色。

韦波听了心中也一阵黯然，他又问：你见过赵晓川吗？

吹口琴的家伙想想说：就是那个一直在逃跑的家伙？

是的。韦波说。

见倒是见过——他肯定地说，不过那是很早以前了，他从这里匆匆跑过，好像有什么心事，不过后来就再也没见过。

谢啦——韦波摆摆手，摇上窗子，重新发动汽车，再次上路。

韦波就这样一天又一天，在路上胡乱寻找着。城市中的人越来越少，风沙越来越大，直到有一天，当韦波把越野吉普开到一个建筑的后面躲风时，莉莉娅才有些怜惜地开口问他：小波，你一定要继续找下去吗？

不然怎么办？韦波看着窗外的风沙，一脸茫然地说。

别找了，我们也跑吧，要不然来不及了。莉莉娅伸出手握着他的手说。

韦波听完，沉默良久，然后摇摇头说：不，我不想跑。

为什么？莉莉娅问。

韦波皱着眉说：我能跑到哪儿去？我所有的一切都在这里。

这我理解，可是你是一个聪明人，这个城市完了，识时务者为俊杰这句话你总理解吧？莉莉娅柔弱地劝说道，此刻她显得那么善解人意。

韦波无语。

过了一会儿，莉莉娅凑过身，她睁着细长的眼睛仔细端详韦波，她惊讶地发现，韦波的眼角竟然有一滴泪水，这是她与韦波交往以来头一次看到他的眼泪。一时间，莉莉娅的心似乎也碎了，她伸出手轻轻擦去韦波的泪，然后把头伏在他的肩上，韦波伸出手搂住她的肩膀。

你怕吗？莉莉娅喃喃地问。

怕，怕极了。韦波低低地说。

你说过，你很讨厌这个冷血的城市。莉莉娅说。

是，我是说过，可奇怪的是，到了今天，当它溃败之际，我发现我还是爱它的，深深地爱它。韦波说。

赵晓川消失得无影无踪，韦波下决心独自面对这个问题。

晚上，黄沙继续狂舞，韦波来到地下三层，这是一个巨大的书房，关上房门，外面什么声音也不会听到。书房中的灯光很温暖，韦波打开音乐，一阵悠扬的钢琴曲飘了出来，韦波在音乐之中踱着步，这里就是一个世外桃源，可以让他在末世之中有些许的放松。一会儿，他停在一个超大的书架前面，整个书架摆满了他多年来搜集的各种连环画，他顺手拿出一本随便翻着，连环画中一个胖胖的小家伙在和一个胖胖的小女孩儿做功课，两人都红光满面的，面前还放着两只大大的苹果，这幅夸张的漫画不禁使韦波笑了一下，似乎瞬间让他回到了过去。这个书架上的每一部连环画都代表着这座城市的某一段或显著或微不足道的历史，只可惜现在这个城市的历史正面临着毁灭而人们却束手无策。

可是，就这么离开这个城市吗？他扪心自问，内心中那种深深的不服气又跃动起来，为什么就没有那种漫画中的英雄来拯救它呢？想到这儿，不知为什么孟有纪清秀明媚的面庞忽然浮现在韦波的眼前，他的心怦然一动。

韦波走到书桌前，他翻了很久才从众多抽屉里一个不起眼的角落拿出一个移动硬盘，这是若干年前孟有纪离开之际送给他的，他几乎忘了它的存在，但是今晚他突然想起来，孟有纪好像告诉过他，这里有个什么计划，它是有关这个城市的。

　　韦波打开电脑，把移动硬盘连接上。让韦波没有想到的是，他的不经意之举开启了一扇新世界的大门，那个几乎被他遗忘的计划让他大吃一惊。

　　整个计划非常非常宏大，他花了一个通宵才粗粗浏览了一遍，计划分为几个部分：第一部分其实就是一个预言，它预言离忧城将毁于一场突如其来的生态灾难；第二部分则是一个十分庞大的对于城市的重建方案，以及对于如何实施建设的指导原则；第三部分则是有关人文的，它设想了城市重建之后，城市中各种法律以及制度安排，社会保障措施，福利计划什么的；第四部分是一些专项的说明和片段信息，专门对于遗漏的地方给予补充；第五部分则是动态的，可以让方案设计者不断加入新的内容，它暗示这个新的城市是可以无限扩展的。韦波看得头昏脑涨，这个计划绝非人力能为，它太庞大太详细了，很多地方都有详尽的提示和说明，韦波觉得这对于一个人来说也许是一生都读不完的计划，有时方案中的一句话似乎能覆盖一个图书馆的内容。不过，即使如此，对于重组一个城市来说，它还是显得相当简陋，很多方面并没有覆盖。

　　韦波被震撼了，他想起已经去世的舅舅洪修源，他被他那种重建这个城市的决心所震撼，他不得不佩服他舅舅的高瞻远瞩，他竟然是这个城市中看得最远最明白的人之一。与此同时，韦波也感到了某种幸运，那就是这个城市看样子是有机会被拯救的。

　　风沙稍微小了些，太阳极其偶然地露了出来，在城市的上方出现了那么一块不大不小的蓝天。城市似乎偷偷松了一口气，一些人走出来，开始在城市的街道上摆上长椅，他们赤身裸体躺在上面晒太阳，他们忘却了季节忘却了工作，只想享受一下这份难得的晴空。另一部分人则恰恰相反，他们穿着打扮如同在沙漠中的阿拉伯民族，裹着头巾穿着长袍，他们在拼命地准备着生活物资，他们断定这里将成为楼兰古国那样的风沙之城，但是打算留下来，继续努力生存下去。

一队骆驼走过城市，走过未来的沙漠，走过难得的不像黑夜的白天。韦波坐在一头骆驼上，他是被一个前职员邀请去看一个沙漠海市蜃楼的表演的。阳光很晒，他戴着墨镜，穿着长袖。他的前职员正是在大风袭来之后的一年变为一个行为艺术家的，这个小伙子本来就有些神神道道，大风袭来之后，他和一些同伴机智而敏锐地找到了赚钱机会，他们发明了一种特殊的表演，就是在沙尘暴的天气下，在空气中展现出人工的海市蜃楼让人们进行观赏，因为整个城市随时可以把黑天作为幕布，所以他们的表演场所就变成了无限大，他们只需要制作人工的海市蜃楼的场景即可。这项表演很快就轰动了整个城市，它不仅极具想象力而且展现了人类在自然面前不屈的精神，几乎所有人都想看一次这种表演，尤其是那些即将离去的人，他们对这个城市还是充满了留恋，因此这门表演意外地火了起来，它成为颓世中一束特殊的光彩照人的焰火。

韦波今日得到的是贵宾票，表演场地选择在了一个曾经的十万人体育场，那里原来是一个标准的足球场，后来大风疯狂而至，足球场很快变为一个废墟一般的地方。实景海市蜃楼的表演团队位于足球场的中央，当自然风或者巨大鼓风机吹起沙子的时候，就等于幕布拉开，那时演出就可以开始了。

到达包厢时，韦波发现莉莉娅已经在那里等着他了，两人相视一笑。

今天的节目内容是什么？莉莉娅问。

据我所知，是回忆，回忆我们这个城市的美好过去。韦波说。

根据天气预报，今日会有短时大风，果然，不到半小时，大风再次光临，整个城市渐渐黑暗起来，很快就变得如同黑夜一般。就在呼啸的风声中，韦波和莉莉娅裹紧包厢中预备好的长袍，戴上观看节目的特殊眼镜，仰头观看。沙尘尽情飞舞着，在天地间形成一层厚厚的沙幕，用于制作海市蜃楼的激光投影机开始工作了，韦波和莉莉娅先是看到一片蓝色，之后在那片蓝色之下，一个广大的城市显现出来，那些曾经异常熟悉的建筑一一浮现在眼前，之后是著名的公园、湿地、水域、飞翔的水鸟、街道上欢乐的人们，耳畔中还传来人们遥远的歌声……

一个小时之后放映结束。风沙小了，天一点一点从黄沙中露出蓝色，渐渐地，尘沙下降，蓝天慢慢扩大，阳光再一次成功地穿过艰难险阻，呈现在人们面前。风暂时退了，刚才的一切，仿佛就是梦一般，是人们夜间的梦，也是他们真实的白日梦，这个城市终于成功地把白天变成异样的夜晚，但是他们却再也不能把这种异样的夜晚变成白天了。韦波和莉莉娅久久不愿说话，就在刚才他们完完整整回顾了这个城市的过去，从它的初建到它的壮大到它的辉煌，它对抗自然的坚忍不拔，它穷凶极恶的灯红酒绿，以及它最终的衰败。

怎么会这样？到底哪个才是幻象？过去、现在，还是未来？莉莉娅停了半天终于叹了一口气。

韦波望着那一小片蓝天不言语。

走吧，我们离开这里吧。莉莉娅这时劝说道。

韦波侧过头看看莉莉娅，你下定决心彻底放弃这个城市了？

那怎么办？这里没有希望了，不如转移。莉莉娅有些伤感地说。

可是，我还不打算走。韦波艰难却坚定地说。

为什么呢？这里有什么可以留恋的呢？莉莉娅不解地问。

我就是不甘心，不甘心把这个城市白白地拱手让人。韦波看着小小的蓝天说。

莉莉娅听完默不作声，她心事重重地凝视着布满黄沙的城市，过了好一会儿，她忽然哭了，她捂住自己的脸先是小声地哭，然后就呜呜地大哭起来。韦波看着莉莉娅，心中涌起一种难过，他伸出手轻轻拍着她瘦瘦的脊背，此时他的心中扬起一种末世的感受，过去总有很多末世传说，谁想到当末世来临完全是另一副模样——空旷、绝望、寂然，没有任何的杀伐惨烈。

小波，你知道吗？我是爱你的，非常非常爱你。莉莉娅一边哭一边说。

韦波闻言眼圈也红了。

在这个世界，我没有爱过别人，只爱过你，你对我就像氧气一样。莉莉娅发自肺腑地说。韦波一边听一边不断地点着头，莉莉娅的用心韦波完全能明了，他对自己在这段关系上的投入还是很有信心的。

但是，你知道，这个城市完了，如果你不走，我不可能跟你在这里耗下去，覆巢之下安有完卵？我还有我的父亲，他已经决定走了，我必须做出选择。莉莉娅痛苦地说。

理解，我非常理解。韦波平静地说。他知道莉莉娅跟他说的是实话。

如果你一定要留下来，我们只好暂别。我跟父亲谈过了，决定过一阵就一起离开这里，但是，你放心小波，我早晚会回来的。莉莉娅泪如雨下地说。

没问题，亲爱的，你做得对，别的城市会有更新鲜的空气，祝你好运。韦波非常诚恳地说。

莉莉娅继续哭着，但是韦波却依然平静，他想，这是他们之间必然的结局。他很了解莉莉娅，在她文艺的外表下，她完整地继承了她父亲的冷静与理智，她跟随她的父亲离去理所应当，这个时候迅速逃亡才是最有利的选择，困守孤城只是死路一条，而且她当然更爱他。

不过，在你走之前，我有一个请求。韦波这时说。

你说，什么请求？莉莉娅抬起红红的眼睛问。

我希望买下这个城市。韦波出其不意地说。

莉莉娅完全不明白韦波为什么要这么做，韦波也没有告诉她个中缘由，不过莉莉娅决定帮忙。

莉莉娅的离开完全可以理解，她无法再忍受这个城市，就如同一个用坏的东西，早晚是要扔的，她从小就一直生活在一个可以得到无限资源的环境里，她习惯了旧的不去新的不来。不过，莉莉娅毕竟是女人，女人总会在某一刻是讲感情的，所以她决心帮助韦波去做好这件事，即使她一点也不理解。

如果在离忧城辉煌的时刻，买下离忧城的要求绝对是荒诞的，也不会有人愿意卖掉这个欣欣向荣的城市。但是正是因为有了灾难，使得一切皆有可能，这就好比大厦将倾之际每个人逃命都是第一位的，那么所有的身外之物都会变得无足轻重。

于是，这笔生意很快做成了，管委会很迅速很轻易地卖掉了离忧城。原因之一当然是莉莉娅从中牵线，不过，管委会也不傻，他们秘密地开了很多次会议，经过各种计算，他们非常肯定地认为这个城市已经毫无用处，不如当作废品卖掉。况且，韦波提出了一个他们并不期待的绝好的条件，除了支付一笔巨额的款项之外，他还可以每年都向管委会交税。韦波确实抓住了关键，这是管委会最在意的事情，他们原来在城市中的种种作为就是为了逐利，为了能够得到不断增长的税收，现在韦波主动提出来，谁还能抗拒这等好事？管委会最终决定与韦波签约，他们觉得这是一笔好买卖，他们向韦波承诺，只要他按时交税，他就可以在这个废弃的城市里为所欲为。

签约仪式是在城市当中仅剩的一块绿洲中完成的，那块绿洲本来是专门给这个城市的管理者或者有钱人休闲用的，但是经历了长久的风沙摧残后早已黯然失色，树与草木都是绿中透黄，黄中渗着惨绿。签约那天，天公依然不作美，风沙嗷嗷地叫着，莉莉娅的父亲在一众人群的陪伴下来到签约地点，签约的桌子被放在那片人工湖前，但是由于风沙的侵蚀，湖水已经变得窄小单薄，很像当年大漠中的那种"月牙泉"。签约现场的每一件摆设都有人用力摁着，风太大了，巨大的签约仪式背板由五六个精壮小伙子死死踩在基座上，桌子也有人扶着，连签约的合同也都是由秘书认真地用胳膊压住，仅仅露出签约使用的纸面。字很快签好了，之后响起零落的掌声，人们拍了两下又赶紧去摁桌子和椅子。虽然风沙肆虐嚣张，但这一次在室外签约是管委会坚持的，他们还是很有原则的："人定胜天"喊了那么多年，不能轻易向大自然认怂不是？因此当他们把这么伟大的城市贱卖的时候，他们依然喊出了新口号：打造沙漠新世界。

签约仪式结束后，管委会的人和韦波潦草地握了握手就迅速消失了，其他的工作人员飞快地把各种桌椅板凳搬走也撤了。似乎就是瞬间，人走物去，刚才的一切好像就是一番一闪即逝的幻象。韦波孤零零地站在"月牙泉"旁边，看着狂风中苟延残喘的湖水，回想着当年广阔的湖面。

这时脚步声传来，韦波扭过头一看是莉莉娅，她穿着长袍，戴着墨镜，在风沙中安静地走到他的身边。

韦波低下头，看到她的手里拿着一个物件，这是什么？他问。

这是羌笛。莉莉娅说。

韦波低头细看，那羌笛是竹子做的，笛身细长，双管并排用线紧紧地缠了，莉莉娅的手紧紧握着。一会儿，莉莉娅拿起笛子吹了起来，那笛中透出来的声音呜呜咽咽，很委婉，韦波侧耳细听，曲子不熟悉，音调中有一股低沉、压抑和左思右想，很久，莉莉娅一曲吹毕，韦波内心里涌起一种莫名的感伤。

这个曲子叫作什么？韦波问。

《极夜》，我的新作。本来是我的一首即兴的古琴曲，我给改编了一下。莉莉娅说。

韦波点点头，他会意了，这个城市长久以来的风沙让每个人多年都拥有了极夜的体验，白天彻底明白了夜的黑，这是一种多么惨痛无比的生活。

原来古语有云，羌笛何须怨杨柳，春风不度玉门关，现在倒可以改为，羌笛常常怨杨柳，狂沙总度玉门关。莉莉娅感叹了一声。

韦波无语地听着。

小波，其实这几年我们处得不错。莉莉娅说着摘下墨镜，她的眼睛肿肿的，一看就是哭过的样子，这一回我先走一步，如果你扛不住了一定记得来找我，我在另一个城市等你。

韦波听了，凝重地点点头，他说：好的，我记住你的话，亲爱的。

一片孤城万仞沙，你独自守城辛苦了，多保重。莉莉娅说完，走过来在风中紧紧地拥抱了韦波。韦波抱着那熟悉的纸片一般的身体，心中一瞬间也有一些伤感。

莉莉娅走了，她是跟着最后一群人离开离忧城的。他们离开时，汽车浩浩荡荡，扬起的风沙几乎可以和自然的风沙媲美。大概有十分之一的人留在了城市里，他们因为种种原因决定与城市共存亡。当最后的车队穿过城市时，剩下的人们站在尘沙掩盖的各种废弃的建筑旁，神情各异地看着这些离去的同伴，他们有的人面无表情，有的人勉强微笑着，还有的缓缓挥着手，人们之间是相互理解的，留下的和离开的人们心中都洋溢着一种无法抑制的生离死别之感。

　　两天之后，韦波头戴着安全帽，穿着一身蓝色工作服，胡子拉碴开着一辆皮卡来到城市的南部。那里本是一块商厦的建筑用地，但是现在已经沙化。韦波停了车，他走下来，关上车门，摘下风镜在风沙中眯着眼睛四处观望。不一会儿，只见另一个穿着工作服的人从风沙中走出来，他矮墩墩的显得很结实，脸色黑里透红，他正是洪修源的副手韩时光，两个人见面之后紧紧地握手。

　　怎么样，人来了吗？韦波这时问。

　　来了，韦总。韩时光非常积极地回答道，他说着向后一挥手，大声叫了起来，兄弟们，来吧，韦总到啦！

　　随着韩时光的叫声，一群人在风沙中出现了，他们都穿着深蓝的工作服，头戴安全帽，接着又是另一群，一群再一群，慢慢地，韦波的眼前人越聚越多，一个小时后，人终于来齐了，韦波抬眼望去，狂风中已经站了很多的建筑工人，简直看不到头。

　　韦波看着庞大的人群，他的嘴角慢慢露出笑容，他跳上一个小小的沙丘，冲着眼前的人群大声说：兄弟们，机会来了，从今天开始，让我们一起重新建造一个伟大的城市吧！

13

　　这就是韦波的如意算盘，他打算重建这个城市。

　　那天晚上当他翻出洪修源宏大的方案后，确实被震撼了。他惊讶地发现，与洪修源相比，他差得太远了。到了现在他才明白为什么他的舅舅——那个他曾经痛恨过的家伙，才是一个真正伟大的商人，虽然他卑鄙无耻，但是他具有一种常人所不具备的广阔的胸怀和长远的眼光，他真正的本领并不是攫取而是奉献，是有勇气创造一个新的世界。

在方案中，洪修源打算建造的城市是一个世界上最干净的城市，他最具天才性的想法是——用一个天罩把新城市罩起来，把风沙或者雾霾都隔绝在外。这个城市可以从几条地下隧道，和一条人工大运河通向外界，连接几百公里以外的另一个特大城市，这就如同在火星上建造一个可以适于人类居住的环境一样。

韦波拿着洪修源的方案冥思苦想了很久，最终他决定动手建立这个新世界。很显然，这是一个极其冒险的方案，但是这又是一个极其辉煌的方案。韦波一直处于矛盾之中，最后那种商业中的冒险精神说服了他，算了，拼一把，为了那个触手可及的新世界，韦波想，直到这时韦波才明白，真正伟大的商业梦想并非纯功利主义的斤斤计较，实际上它是与某种潜在的理想主义激情息息相关的，他这么做，是他骨子里太爱这个城市了，当然，他更不会否认新世界那种不可想象的垄断利润对他的强烈吸引力。

韦波于是找到了韩时光，韩时光当时正在给留下的一些人做地下工程，目的是为了躲避未来更大的风沙。韩时光从小生长在一个贫苦的山区，当他离开大山来到这个城市后就深深爱上了它。他能在这个城市站住脚完全是靠着自己的吃苦耐劳，忠诚守信，拼命工作。他所拥有的一切都在这个城市中，他也不愿意看着这个城市就这么被无情地抛弃。韩时光不想走，于是为了在荒漠化的状态下生存下来，他只好沿袭了一种古老的地道战的思维。还好，韦波此时来了，他把那个计划原原本本告诉了韩时光，很显然，韦波的计划更宏大、更昂扬，更具有创新与抗争的气质，与他所做的事情相比几乎有天壤之别。韩时光毫不犹豫地答应了，并且异常真诚地表示了衷心，他发自内心地说：韦总，咱们他妈的干吧，这个旧世界太欺负人了，咱们就干出一个新世界来，你说怎么办吧，我都听你的！韦波看着韩时光那双小而明亮的眼睛，心中一阵感动，这算患难之交吧，他想，这样的人真的可以用，看来我舅舅确实眼光独到，打天下需要这样的人。

宏大而艰苦的建设开始了，几乎所有城市中剩下的人听到这一异想天开的方案时都给予了最热忱的欢呼，人们都明白这件事的意义，这是唯一的拯救这个城市的方法。建设新世界在技术上是没有什么问题的，人类目前已经能完全应付星际的恶劣的生存环境，地球上的活儿基本属于小儿科，不在话下。韦波让庞大的工程师团队仔细研究了那个计划，人们慎重调研之后很坚决地断定它简直无懈可击，那种精密、精确、细致，几乎是人力不可为的。韦波在工程师团队给予肯定性的汇报时，忽然明白了为什么在古典力学时期，很多科学家认为上帝是存在的，那是因为宇宙的精巧设计实在超乎人类本身的智能和想象，他现在就是这种感受。

为了对抗自然的不断冲击，韦波争分夺秒几乎雇用了所有能够雇用的人。这个新世界团队夜以继日地赶工，很快工程就初具规模，人们在原来庞大城市的边缘都挖上了深深的极为宽大的壕沟，壕沟中钢筋林立，水泥浇筑，经过一年的拼命施工，所有的基础建设全都施工完毕，最后也是最关键的步骤来临了，那就是进行新城市的闭合运行——把天罩合龙，之后就是让天罩中的新世界运转起来。

合龙的日期经过严格挑选，根据气象部门的预报，大概有一周时间，城市会迎来一个沙尘暴的空窗期，因此合龙的日子选了这一周中天气最好的一天。

合龙的那一天，韦波和韩时光早早来到了天峰大厦，两人在顶层的办公室里喝着咖啡等待着，今天的办公室非常热闹，人非常多，方方面面为天罩工程做过努力的人都被邀请过来观看合龙过程，每个人都知道这是这个城市最伟大的时刻，它即将在这个时刻之后迎来重生。

九点整，城市的四周传来隆隆的机械轰鸣的声音，声音越来越大，人们屏住呼吸向天空张望。不一会儿，动人心魄的一幕上演了，在人们的视线中，从遥远的地平线，一个巨大无比的玻璃罩缓缓升起，它像一只处心积虑的手掌，柔和而坚定地伸展开来。随着它的升起，城市的地面和长期覆盖的沙土都不禁震动起来，就连空中的天峰大厦的顶层也感到了明显的颤动，接着，从城市的另一面第二个玻璃罩也对称地升了起来，之后，是第三个，第四个，它们从东南西北四个不同的方向带着巨大的轰鸣，慢慢向天空攀缘。很快，四个玻璃罩都升到了空中，它们停顿了一会儿，然后以同样速度向空中一个既定的点缓缓滑动而去，在快要交会的时刻，它们又停止了，这一次它们停留的时间很长，在那个漫长的时刻，天空呈现出一幅令人难忘的宏大的几何图形，那是人类无比辉煌的理性景观，又过了很久，玻璃罩才再次开始前进，这一回它们的速度明显慢了很多，它们一点一点几乎不为人察觉地向前移动着，就当人们都快忘记了它们在滑行时，它们终于合并到了一起。在那最后的时刻，天空中发出一种如释重负的孤零零的声音，碰——！

就在合龙的一瞬间，天峰大厦的顶层欢声雷动，人们一起呼喊起来，并且把工程帽扔向空中，他们知道新的时代开始了。这确实是离忧城与生态灾难展开的最后一次对决，在这场旷日持久的复杂的斗争中，人们经历了无数次失败之后，终于找到一个极具冒险精神的方案，他们打算把离忧城做成一个上帝的培养皿。根据洪修源的方案，整个城市封闭起来之后，覆盖的天罩上面会装上一个巨大的过滤系统，它可以吸走已经沉淀的风沙，过滤空气，过滤水，其实就是把城市变为一个超级净化器，长期对离忧城进行净化处理，从理论上讲，只要净化的能量不缺乏，离忧城就可以变为地球上最干净的城市。天罩中的新城市当然可以天天拥有蓝天，这是用最新的投影技术来完成的，工程技术人员只是把天罩的顶层变为幕布而已，他们接下来要做的工作，不过是每天持续不断地在幕布上投射各种不同的蓝色而已；另外，为了迎合人们对于阳光的需求，新城市还可以提供人工太阳进行人工照明，一个太阳不够的话，两三个都没问题。当然，天罩系统还是超级智能的，如果发现天罩之外的自然天气不错，天罩可以自动开启，让人们欣赏自然的蓝天并且享受自然风，因为城市设计者非常清楚，对于蓝天的追求不仅是人们千百年来的生理需要也是一种审美需要，人们的这种愿望必须得到满足，而如果大自然的风沙袭来，天罩只要一关闭，就可以御敌于国门之外了。

不得不说，这是一个完美的方案，从构思到可执行性都无可挑剔。经过艰苦的努力，在人们坚忍不拔的奋斗精神与伟大的科技的帮助下，离忧城终于蜕变化蝶，它被人们包裹起来了，变成一个无与伦比的新世界。

新世界的外壳做好之后，新世界的内容是什么呢？第一位的肯定是保证干净，因为旧离忧城受够了种种污染与沙尘的侵袭，人们脱离了长期的生态灾难后痛定思痛，"打造最干净的新世界"成为了必然的第一目标。除此之外，那些保障人们衣食住行的基本设施和各种措施要尽快恢复，这是人们生存所必需的。那么怎么让这个城市与原来不一样呢？怎么让它从本质上更有趣更焕然一新呢？韦波再次认真研究了洪修源的方案，在他提供的几个备选方案中，有一款非常独特，它打算把整个城市做成一个真人游戏公园，就是把游戏全部现实化，让人们如同游戏中的人物一样在城市里按照游戏人物的逻辑生活下去，这套方案甚至还想好了新兴城市的一个口号——"B种人生才是伟大的人生"，这个口号的意思是人可以一辈子在游戏中生活徜徉而不用醒来。

韦波被这个最奇特的方案深深吸引着，它太好玩了，如果新世界建成那样，将会是一个人类从未见过的地方。想想看，所有人都在玩，一辈子玩下去，这不是所有人的梦想吗？这样的地方一定会满足各种年龄段人群的需要，自由，开放，充满出其不意的可能性。如果把各种谋生的工作与游戏结合起来，人们一边工作一边玩，直到生命的结尾也一定会乐此不疲的！还有更重要的一点，一个可以尽情游戏的世界，必然会刺激人们贪玩的本性，那样韦波就有很大的可能赢取持续不断的高额利润，这对几乎花光了所有的钱才建成这个新世界的韦波来说是十分重要的。

经过慎重思考，韦波下决心采取这个方案，理由很简单，风险与收益成正比，这个方案是所有选项中最冒险的，也是收益最高的。他既然已经冒险建立了一个新的城市，干脆就把冒险进行到底，只有这样他才可以让一生最大的冒险成为最伟大的投资。

按照原方案的设计，城市被划分成不同的区域，每个区域都有自己的独特之处，也都有它完善的规则，每个新居民进入这些区域后都必须遵守区域的规定。城市的控制中心就在天峰大厦，在中心里可以观察到每个区域中公共区域的现时状况，看到人们怎么生活、工作，如何游戏，并且随时根据人们的需要提供各种服务，一句话，整个城市都被极高的科技智能覆盖着、监控着和保护着，如果某个区域遇到问题，中控区既可以调集城市中的资源和能量予以帮助，也可以单纯依靠系统自身的力量来自行修复。中央控制区的强大的计算机系统还会不断刷新每个区域的游戏程序，不断升级区域中的各种生活方式。总之，新世界的科技含量是异常惊人甚至出位的，用超乎想象来形容完全不过分，这就是洪修源的初衷，用最高级、最强大的科学技术创建最新的城市。

当然，在现实操作时，韦波只采用了洪修源的一部分方案，因为洪修源的方案再细致，也只是一个静态的思考结果，可是一个城市的重建是动态的，很多新生事物是逐步发展出来的，方案并不会完全预料到。韦波只能一开始按照方案的大方向去做，等具体事情出现之后，再具体分析具体处理，尤其是某些细节只能随机应变，或者另行创建。另外，还有一点更关键，韦波不是洪修源，他们虽然有着许多商业上的共同点，但是毕竟是两个不同的人，因此洪修源的一些想法并不对韦波的胃口，韦波在新城市的创建过程中，虽然几经犹豫还是果断地对方案进行了调整。他想，还是要结合自己的想法与利益建设一个属于自己的新世界，这个非常重要，因为他才是这个新世界的主人。

14

　　天是蓝色的，尽管天罩之外的天昏黄无比。

　　太阳是亮的，尽管天罩之外的太阳遮遮掩掩。

　　每当夜幕徐徐退去，各种街灯依次熄灭时，新的干净的离忧城就会迎来一个太阳初升的仪式。一个古装大力士站在城市一座大厦的顶层，他拉开一张巨弓，然后把一支带着火焰的箭射向不远处另一座大厦顶层，当箭到达之后，一支屹立的模拟火箭被点燃，之后带着呼啸飞向天空，当它到达天际时，会轰然爆开，在空中形成一股灿烂的焰火。这是一个信号，此时，人工太阳升起来了，它远远地从城市的地平线不疾不徐地向上攀升，很快它就会到达自然界太阳应该到达的位置，并且在接下来的一天里，严格按照真实太阳的轨迹运行下去。

这就是每天新离忧城独特的、高科技含量生活的开始。

新离忧城是非常热爱太阳的，如果某一天是个重要的节日，它就可以升起两个、三个或者更多的太阳以示庆祝。要知道新离忧城的居民都是某种程度上的幸存者，他们多年以来受够了雾霾以及风沙的荼毒，已经很少见到太阳了，因此，当他们能够依靠世界上最先进最伟大的科技名正言顺地享受阳光时，他们都倍感欢欣。相当极致的，他们曾经把后羿射日的游戏改为"后羿求日"，他们要求只要大力士射出一支箭，这个城市就相应地升起一枚太阳，最后，那一天这个城市一共升起了九枚太阳，这个游戏其实没有太大的实际意义，它只是代表了人们脱离了旧世界奔向新世界时渴望重新受到阳光沐浴的某种心情。

"太阳帮"的游戏精神得到了新城市的照顾，同时他们的做法也鼓励了"月亮帮"。这是另外一群人，他们热爱月亮，由浪漫的中产阶级、文艺青年、不可救药的艺术家以及长期的酗酒者组成，他们认为月亮绝对是生活中不可缺少的一部分，每天晚上，如果不能看到月亮，那么这一天就是不完美的，甚至是不可容忍的。城市当然也痛快地答应了他们的要求，于是一个月亮公园建成了，每晚都会有人在这里聚会，公园里升起的是人工月亮，它一点不比真实的月亮差，甚至更大更亮更显柔和。每当人工月亮腾空而起，很多人都忍不住大声赞叹，然后他们开始唱歌，朗诵，拿出各种酒精饮料畅饮，夜半三更当所有人都喝高时，就会有人大喊：再来一个月亮要不要？要——于是，第二个月亮又升起来了，此时，人们就赶紧租用公园提供的一种飘浮圈——那是一种刚刚发明的能够浮在空气中的游泳圈，套上之后人可以如同宇航员一样在空气中飘动起来，喝醉的人们一边晕晕乎乎地飘着，一边喊着：我们要去月亮了，我们要去月亮了，月亮在等我们啊，在等我们啊，它是那样美丽啊，那样美丽——他们的叫声响亮清脆，常常通宵达旦，让听到的人觉得他们真是幸福。

新城市的一切令韦波相当满意，按照目前的状况来看，他的冒险初步成功了。

整个城市自由开放、充满活力，高科技带来了从未有过的洁净、智能，以及难以想象的生活可能性。新城市就是一个企业，作为一个企业的掌舵人，韦波很清楚下一步是建立一个良好的管理体系，然后顺畅地运行它，这样才能保证新城市的长治久安。根据洪修源的原始方案，韦波建立了一个B种人生总公司，总公司负责整个城市的日常运行，它的主要任务是提供一些公共服务，比如，照顾人们的衣食住行，提供相应的医疗、保险服务，当然，它也会进行相应的管理工作，以保证城市可持续地运营。韦波的目标是要把城市建成一个酒店式游戏公园，让每一个游戏者都一直沉浸于游戏，而把其他的世俗事务全都交由B种公司来打理，那样游戏者就会久久不能醒来。总公司下辖一些子公司，每个子公司负责城市中的一部分区域，这些区域中的游戏类别和游戏者具有相对的相似性，每个区域除了公共法规之外都有自己独特的规矩，区域中的人员必须遵守，否则就会丧失区域的游戏权，会被请出区域。当然，各种区域是可以自由流通的，游戏者在玩腻了一类游戏后完全可以去另一个区域玩另一类游戏，只要事先提出申请即可。另外，城市中的所有游戏都会被定期刷新升级，这主要是为了吸引游戏者能继续玩下去，每个游戏中的佼佼者都会得到各种各样的奖励，有时甚至是可以终身游戏的允诺。

实践证明，洪修源的设计方案是相当科学的，尤其是他把一个城市完全交由商业规律来支配时，它运行的顺畅简直是不言而喻的。这个道理很简单，商业规律瞄准了人类的本性，让人们按照市场规律来交换相应的利益，满足自己的需求，这样可以做到皆大欢喜。由于新离忧城是按照一个成熟的规则建立的，很快它就兴旺发达起来。新世界平衡、稳定，从方方面面都能进行合理的资源配置，伟大的科技把自然的灾难封闭在外，还提供了花样翻新的不同的新生活，人们可以把这里当作上帝掷骰子的试验场，为所欲为，打个比方，它有点像一个神奇的"鱼盆"——就是韦波小时候在连环画上看到的那种，当把鱼盆注满水时，鱼儿就会活动起来，各种各样奇妙的景象就可以产生了，并且恣意生长。

与此同时，韦波还做了另一件事，他决心要为这个新城市设立一个精神偶像，这是他认真思考过的，他了解偶像的力量。

一个城市必须拥有它独特的城市精神，而这个最新的城市具有游戏的本质，它有着与众不同的口号，比如：游戏即生活，游戏就是人生，游戏是永远不能忘记的。这些口号与旧的城市教化有着明显的冲突，在过去，这样的说辞是会被强烈质疑的，人们认为不分晨昏地游戏是玩物丧志，各种游戏是另一类的精神鸦片，而新的城市必须要改变这种观念，必须让所有参与游戏的人在思想上放下最后一丝顾虑，确认其人生的意义——那就是游戏同样可以完成人生意义。这是一种极其必要的思想，是一种对于游戏脱胎换骨的认识，只有这样整个城市才能持续不断地赢利，整个城市才能随之不断扩展，这才是韦波最终的目的。

因此必须建立偶像，要以偶像为表率推广游戏精神，这就需要一个充满喜剧色彩，一个全然游戏人生的家伙站出来成为人们生活中的偶像。这个人应该是谁呢？韦波很自然地想到了赵晓川——他最好的朋友。其实，赵晓川就是游戏精神最好的体现，他戏梦人生，奔跑不停，这是一个多么恰当而鲜活的形象，对于他来说奔跑与游戏互为镜像，他居于中间千百次重复、辉映、照射，展现了一个繁复而多样的人生。

韦波想好之后就着手去做了，他的方法是循序渐进徐徐而图之。

不久，其他城市逐渐知晓了新离忧城令人惊讶的变化。虽说新离忧城的环境是封闭的，可是它的通信却是畅通无阻的。当这个城市在静悄悄进行大规模建设时，外界完全不关心，很显然，在大部分人眼中，这个城市毫无继续存在的可能，它被大自然消灭只是时间问题。可是就在不经意间，新城市建成了，有人开始感到了惊艳。

无论如何，新离忧城具有一个非常有想象力的外观，它看上去神秘、挺拔，如同一枚定海神针一样直插风暴的中心。渐渐有消息散播出来，说那里是一个纯粹欢乐而且无比醉生梦死的地方。外面的人最初还是比较怀疑的，他们想，真的有那样的地方吗？不是吹牛吧？再后来，更令人惊诧的消息如同南迁的候鸟阵阵扑来，据说那个新城市的宗旨就是"玩"，如果真玩起来就可以玩一生。人们开始被触动了，因为是人就喜欢玩，玩是人类最大的爱好，如果不是生存逼着，没人愿意去工作。按照一些传言的描述，新的离忧城已经实现了这一愿望，有钱可以玩游戏，没钱可以在游戏中打工挣钱，挣了钱之后再玩，这是一个完美的自我循环过程。

于是，离开的人开始试探性地向新离忧城回流，一个缓缓的回归潮隐隐出现了。新离忧城发现这一趋势后，采取了非常开放的态度，B种人生总公司来者不拒，对于短期的旅游、游戏的人群热烈欢迎，而对于想回来长期居住的，更大开方便之门，B种人生总公司知道这些人就是未来利润的源泉，他们的存在保证了新离忧城的可持续发展。

就在新离忧城走向再次繁荣之际，莉莉娅却处在纠结迷惘之中。

他们是经过长途跋涉才到达南星城的。南方的环境确实比北方好很多，气候温润，河湖遍地，霾虽然也时不时入侵，却总是削弱很多。因为离忧城大量溃败而来的居民，南星城里早已人满为患。这些环境难民虽然带来了大笔的财富，但是同时也占有了南星城本来就捉襟见肘的资源。市内的宾馆、饭店全都爆满，租房价格暴涨，二手房的交易异常火爆，房价日新月异。南星城的本地居民开始产生了抱怨，他们感觉到日常生活受到了打扰，不久，南星城在压力之下，不得不采取一些临时措施限制外来人口的拥入，这也难怪，一个城市再怎么宏大，它的承受能力总是有限的。

莉莉娅是最后一批到达的，他们到达时遇到了南星城的一件大事，那就是经过N年的建设，那座伟大的跨海大桥终于建成了。为了庆祝大桥的通车使用，南星城将举办一个盛大的全城庆祝仪式，因此不管是城内居民还是游客都被要求必须无条件地、充满热情地参与这个庆祝仪式。莉莉娅他们的车队在城市的边缘被拦了下来，他们停在了一个巨大的停车场，主要是为了办理进入南星城的证件，这是南星城最新的管控措施。由于办理相关手续需要不少时间，车内的乘客和驾驶员们被要求下车，然后发给每个人一个彩色的塑料巴掌，他们被告知，十点钟，当全城的庆典开始时，他们要跟着停车场上大屏幕里的歌舞做出整齐划一的庆祝动作——挥动那种塑料巴掌，弄出巨大的声响。其实，这个要求不过分，不过是为这个新城市的新成就鼓劲儿而已，既然来人家里做客，为主人做点贡献也是应该的。几乎所有人都答应了，每个人都乖乖地接过戴着红箍的大妈发的塑料玩具，半开玩笑半好奇地等着，但是莉莉娅看了一眼那个拙劣的玩具之后，断然拒绝了，她觉得她丢不起那个人。可是一个大妈非常有耐心，她和颜悦色地劝说道：小姑娘，麻烦你配合一下，好吗？我为什么要配合？莉莉娅瞥了一眼大妈，从鼻孔里问。这是你该做的。大妈耐心地说道。我凭什么该做？莉莉娅用眼白看了一眼大妈反问。你们新来这个城市，这个城市要接纳你们，管你们吃管你们住，你们不该为它做点什么吗？大妈振振有词地反问。莉莉娅刚要反驳，就听车内父亲的声音传过来，他低低地说：接过来，按照人家说的去做。莉莉娅回过头看着父亲那张有些苍白的脸一时愣了，她只好不情愿地接过了那个橘色的塑料巴掌。

十点，庆祝仪式开始了，莉莉娅能看到天边那座伟大的跨海大桥有庞大的鸽群飞起，之后就是港口外的海天一色了。此时，停车场的大屏幕上出现了一个活力四射的女孩，她肤色黝黑，打扮时尚，非常酷地在屏幕中又唱又跳着，她很年轻，比莉莉娅小七八岁，具有一种天生的明星气质。所有人都根据要求在她的劲歌热舞中挥动着巴掌，那声音异常响亮整齐，充斥了城市的上空，大妈们无限热爱地看着那个女孩儿，她们好心地告诉新来的人们，看见了没，这就是我们这个城市的第一公主，多洋气多健康，多么无所不能。

莉莉娅仰头看着那个比她更年轻的美女，她无奈地挥动着手中的塑料巴掌，心中涌起一股深深的屈辱感还有一种刻骨的忌妒。这时，莉莉娅的父亲费力地从车中钻了出来，他站在莉莉娅的身边伸出厚实的手掌，拍拍她的肩头，然后低低地说：女儿，沉住气，这没什么，这毕竟是别人的城市。莉莉娅闻言点点头，她的眼中泛起一股隐约的泪光，然后非常卖力地挥动起塑料巴掌来。

这就是新城市给莉莉娅上的第一课，它迅速而坚决，深深打击了她固有的自尊和公主病。

来到南星城之后，莉莉娅的父亲很快就卧病在床。他是呼吸系统出了问题，本来，老先生的身体也还可以，六十多岁也是正当年的时候，但是人是不能闲的，当他丢掉了离忧城，来到八百里之外的南星城做了无所事事的寓公之后，病就来了，而且病来如山倒，几乎是一病不起。

　　莉莉娅的心情一直不好，除了父亲的病，和韦波的分别也让她非常伤感，但是这是她的选择，她必须承担。不过，莉莉娅的优秀就在于她不仅仅是一个文艺青年，她虽然曾经高冷且不谙世事，但是这并不代表她对于这个世界的侵袭与变换毫无还手之力。莉莉娅受过良好的教育，她很聪明，又由于家庭多年的耳濡目染，使她具有准确的判断能力，和相当的应对事情的勇气。莉莉娅很快就开始转变角色，她懂得一切必须向前看，未来更重要，新环境必须要适应，她着手代替父亲做一些在南星城长期待下去的准备工作。但是，事情并不如她想象的那样顺利，现在的巨型城市都有一套完整的自我运行的系统，井井有条，缜密细致，其他外来因素想随意加入几乎是很难的。因此，她的家族虽然手握巨额财富，但是如何再创辉煌却成了来到南星城之后的第一难题，他们现在只不过是一群远方访客而已。几经商量，她和父亲成立了一个投资公司，打算进行各种新兴项目的股权投资，他们都认为这是未来一个最有潜力的商业方向。

　　不久，当父亲的病稍稍好了一些，莉莉娅就敏锐地投身到新城市的花样翻新的社交活动之中。她知道，此时此刻她已经不再是城市的第一小姐，不再是众星捧月，所以她必须主动做出改变。她悄然而刻意地收敛了自己的脾气，开始游走于各种高级聚会之中，她举止高雅，谈吐不俗，很快，她的文艺范儿受到了城市中公子阶层的瞩目。这个城市以商业著称，很少有像样的艺术家，缺乏深厚的艺术氛围，所以莉莉娅的稀缺性一下子显现出来，她不经意地在几次小圈子的聚会中展现了她的钢琴才艺，当圈子里的人们从头到尾地谈论生意时，那种安静而动人的钢琴声确实引起了别人的注意，几乎就在很短的时间内所有人都暂停了谈话，把目光投向她，莉莉娅是敏感的，就在人们向其行注目礼的那一刻，她的嘴角扬起一丝不易察觉的微笑，她知道她已经成功地重新吸引了人们的注意力。

就在莉莉娅处心积虑想站稳脚跟时，有一天，她非常偶然地看到了离忧城最新的新闻照片，那是一些旅游爱好者打算去沙漠探险路过离忧城时偶然拍下的。拍照的时刻恰好沙尘暴稍息，真实的蓝天露了出来，在蓝天下，一片黄土中一个崭新的城市屹立起来，它在太阳下散发着亮晶晶的如同钻石一样的光，这是一个人类对抗自然的坚定的符号。莉莉娅看到它时，她断然地感到一种人类伟大的决心和无与伦比的智慧。

于是，莉莉娅在大为惊讶之后拿起了电话，这应该是分手之后莉莉娅第一次给韦波打电话。当接通电话后，莉莉娅毫不犹豫地深情地叫了一声：小波，亲爱的，你还好吗？

亲爱的，我还好——韦波微笑着在那头说。

我想你了，很想你，我要去看你。莉莉娅说着，鼻子一酸，眼泪差点下来。

亲爱的，我也很想你，欢迎你来看我，我还记得你的承诺呢。韦波听到莉莉娅的声音也很感慨，但是他一如既往地稳定，就好像什么也没发生一样。

好的，我会找个机会过去，你那里一切还好吧？莉莉娅充满关怀意味地问。

相当好，好得很有趣，来了你就知道了。韦波略带神秘地说。

游戏如同夏日生长在树上的花朵，层层叠叠开放起来。

这是一个充满游戏的城市，每个游戏似乎又可以充满人的一生。城市的每个街口都竖立着一目了然的大屏幕，屏幕不断变换画面向居民或者游客介绍城市的区域划分以及各个区域中的游戏项目还有所有的游戏角色，人们可以站在屏幕前选择之后前往，或者什么都不选，直接闷着头走进任何一个游戏，先玩起来再说。

新的城市除了良好的规划，还奉行一个先进的原则叫作"自组织"。每个区域中除了预先设计好的游戏之外，还有一些空白空间留给那些自我创生的游戏，这些游戏是人们在游戏中突发奇想产生出的点子，然后由游戏者自发组织起来，开发、设立、运行，直至游戏蓬勃发展。令人没想到的是，这些自发的游戏先是一小部分玩家喜欢，但是很快就聚集起人气，受人喜爱的程度后来居上超越了许多离忧城的固定游戏，它们如同野草一般在夏日的荒原上野蛮生长起来。

最令人感到不可思议的一款游戏叫作"宽恕时间"。一开始它并不是一个真正的游戏，只是一段时间，人们要求在这段时间内，只要不触犯法律底线，什么事情都可以做，什么角色都可以扮演，而且不受惩罚。这本来是一个异想天开的关于极度自由的想象游戏，后来真的有一帮嘻哈少年开始尝试起来。很快，这个游戏就令人惊异地吸引了越来越多的人，原因说起来既简单又奇怪，那就是这个游戏可以完全无视道德底线，人们能够恣意妄为。于是，人性当中那种隐藏着的负面的东西被激发了，这个游戏迅速盛行起来，许多人非常喜欢这个放肆的游戏，因为它更自由更无法无天，对于人性的约束可以达到最少。

渐渐地，"宽恕时间"变味了，它被人们发展为一个坑人游戏，在这个游戏中有人坑人，有人被坑，还有更多的人在一旁看热闹。这太奇葩了，它已经从"恶搞"发展为"搞恶"，奇怪的是，参与的人却越来越多，坑人的家伙本来就不缺，这是这个城市长久的传承之一，可是，令人意外的是，愿意被人坑的家伙也不少。经过调查发现，这些人是城市中的"灰暗主义者"，在他们眼中世界是灰暗的，生活是没有前途希望的，也是没什么意义的，他们在遭受了生活长期的虐待之后，已经不介意怎么活下去了，因此，这些懵懵懂懂闯进"宽恕时间"的家伙就成了被坑的对象，他们不仅无所谓，甚至有一部分还有SM的快感，要是每天不受到虐待，他们还不痛快呢。游戏中最多的当然是旁观者，他们的产生也得益于这个民族历史上的冷漠传统，现在不过是换个形式看人被坑而已，这些家伙每天早上起来的头一件事，就是打开手机看坑人新闻，接着就开始看区域网络每天十点的坑人游戏直播。于是，一个优秀的游戏形成了完美的闭环，有人愿意充当操纵者，有人甘愿被骗，有人则愿意围观，还有人愿意广泛传播。

就这样，这个坑人游戏在见怪不怪中风行起来，游戏中的人们乐此不疲，异常兴奋。这个游戏的独特之处在于它充满了偶然性，不像那些预设好的游戏玩多了总会发现某些规律性，这个游戏可不一样，游戏者就是一个人走在路上，待在房间里，任何事情都不做也可能被动参与进来，他不知道何时就被人坑了，或者何时把别人坑了，这两者的身份还会不时改变，此人在这个环节被坑，可能下一个环节就会坑人，人们一关一关不知不觉地前进，早晚有落入陷阱，成为他人猎物的时刻，最不济他们还可以成为出谋划策的观众，这就使游戏达到了洪洞县里无好人，好人全部完蛋于洪洞县的完美境地。

渐渐地，越来越多的人涌入这个游戏，有恶作剧专业玩家、职业旁观者、失意者、懒惰者、无聊者、无知者，甚至有抑郁症患者和自杀者，每个人都抱着自己的目的，但是在游戏当中又慢慢变得漫无目的，只是顺着游戏的惯性一往无前。不久，由于游戏参与者达到了一定规模，在游戏者的强烈要求下，一个"宽恕时间特区"在城市中的某个区域建立起来——这个特区专门实行这种互坑的游戏规则。由于整个城市是智能化管理的，特区运行不久，中央控制系统就发现"宽恕时间"受欢迎的程度远超区域内的其他游戏，所以中控系统迅速调节了区域中游戏所占资源的比例，其他预设游戏的时间被缩短，而更多的服务、资源都投向"宽恕时间"，这种基于大数据统计的市场反馈行为，又进一步激发了"宽恕时间"的发展。

可是就在一切肆意生长之际，"宽恕时间"的弊病也显现出来。由于没有约束，一股说不明道不白的恶慢慢蔓延开来，很快，游戏中公然出现了劫掠式的蒙面飞车党，他们的目的就是窃取人们的游戏币。这样的事情逐渐增多，有人报告了区域的安保部门，但是当安保部门带着牛头马面开始在区域中稽查时，飞车党却无影无踪了。安保部门束手无策，这本来就是一场游戏，有人扮成飞车党很难说有什么不对，而且那些人得到的只是一些游戏币，这可算不了什么大事儿。另外还有人举报说，那些飞车党就是一些家伙在酒后临时组成的，他们在区域中乘着摩托车飞驰一两个小时就自行解散消失了。最关键的是，这里的一切行为从名义上都是被宽恕的，所以至少在名义上每个人是什么都可以做的，只要不真的杀人越货、触犯刑法即可。可是什么能被宽恕，什么不能被宽恕，这个界限是没人清楚知道的，因此安保部门在几次示意性的搜寻之后就非常明智地打了退堂鼓，他们走之前还特别客气地向游戏者们表示了敬意，毕竟居民或者游客都是来花钱玩游戏的，即使飞车党也是如此。

由于安保部门的不作为，"宽恕时间"终于有了梁山的味道，似乎时时都会有拦路的李逵跳出来，他们不管对方是坑人者、被坑者还是旁观者，全都一把拿下，把他们变为短时间内绑票的对象。这些李逵以恶作剧的名义向众人打劫游戏时间，不答应的话，就通过速降通道把他们送到各种很难找到出口的迷宫里，这实际上就是"宽恕时间"里的一种黑吃黑，类似的事情在几千年的历史中层出不穷灿烂辉煌，但是此处李逵们的喜剧性在于，他们使游戏更复杂更有趣了，参与者更费脑子，他们不仅要琢磨自己处于什么状态，成了什么角色，还要提防这些六亲不认的梁山好汉。

不过，世界从来不是单向的，"宽恕时间"游戏者的类别当然也是非常丰富的。有一部分参与者的初衷并无恶意，他们来到这里就是为了享受一下极度自由的滋味，并不想坑谁，可是他们来到这里之后，发现这里与想象的大相径庭。还好，这些人见到种种梁山恶习并没有退缩，他们决定反抗，打算对坑人游戏的互坑风格进行反制。很快，他们建立了一个"好人小组"，好人小组的目标很明确，就是要为"宽恕时间"的"清洁"做贡献，他们认为，即使拥有被宽恕的权利，但是也要在"宽恕时间"中建立道德和相应的充满善意的游戏文化，游戏者必须尊重一些美好的传统，甚至应该拥有信仰。他们冒着被坑的危险，开始在"宽恕时间"内进行大规模的游说活动，由于他们的行为代表了人类另一方面的特征——自律、良知、理性，所以也很有一部分人受到了感染，主动参与其中，使好人小组扩大起来。但是他们的行为马上遭到了其他游戏人群的反对，他们认为这帮傻逼是多管闲事，沽名钓誉，好人小组的做法明显与"游戏精神"相悖，而这种精神正是整个新城市立身之本，双方为此展开了激烈的论辩，谁也说不服谁。

　　争论当然没有结果，争论从来都是徒劳的，只是鸡同鸭讲然后一拍两散。于是有人开始行动了，从某天起，一些魂不守舍的懵懂者总是被一些匿名者拯救，这些懵懂者不是初来乍到，就是二逼已久，他们是坑人游戏的最佳对象，如同童话中的小白兔。那些拯救者莫名地出现了，开始对小白兔们进行帮扶，告诉他们远处的道路多么崎岖坎坷，提醒他们小心大灰狼的獠牙，要避开陷阱所在之地。同时，飞车党也受到了打击，当他们再次飞驰而来时，就会有一种特殊的弹弓出现，它由大大的木架制成，上面装有强力皮筋，当飞车党呼啸着来抢夺人们的游戏币时，那些大弹弓就会迅速发射，子弹是包裹在塑料袋里的西红柿酱、沙拉酱以及臭豆腐的混合物，那些子弹非常准确地打在飞车党的身上、车上，这不仅让他们疼得大叫，浑身散发出某种难闻的气味，还能清晰地标记出抢劫的车辆以警告路人。几次较量下来，飞车党大败亏输，这些肆无忌惮的飞贼最终被那种独特的气味熏得几乎痛不欲生，已经不大敢出来恣意妄为了。

这些搅局的事情最终被查明是那个立志要改变风气的好人小组所为，"宽恕时间"中的大部分坑人游戏爱好者听到这个消息立马都气炸了。这他妈还了得，这个世界上怎么能允许有这些虚伪的好人存在呢？游戏爱好者的这种反应是有历史传统的，在旧离忧城，人们完全看不惯善行的出现：我操，就你丫是好人？就你丫行善积德做好事？相比之下就我们不是人？不可能，他们做好事一定另有目的，不行，必须干掉这帮子伪善的好人！于是，游戏爱好者打算给予好人小组以迎头痛击，他们自发组织起来，很快就设计出各种专门针对好人小组的圈套。他们最先想起的是旧离忧城的经典战例，找人在各个路口扮演大爷大妈，让他们随时准备倒地，吸引好人的注意力，只要他们走过来伸手一扶，倒地者就立刻大声哭叫，污蔑好人碰倒了他们。在旧离忧城，他们就是通过这简单的一招，把好人一网打尽，致使他们很快烟消云散的。

15

夜深了，韦波根本睡不着，他坐在自己宫殿式的别墅里发呆。

在偌大的别墅里，只有一部分房间富丽堂皇，其他许多房间都是空的。韦波并没有一口气把所有装饰做完，他很有耐心，当他不知道该怎么利用某些房间时，就让它们空着。没事儿的时候，他会独自走到那些空房间，一间又一间地转悠，他会思索一些商业上的事情，也会思索这个城市的发展方向，有时他会突发奇想，瞬间决定把一个房间做成什么样子，赋予一种什么样的内涵，有时他又会思路枯涩，好像对着某种无尽的虚空，觉得一切都束手无策。

有一个房间，他布置得很漂亮，里面挂满了各个朝代的服装，从汉唐到两宋再到明清。不知道为什么，他一直对不同时光中的不同人生充满好奇之心，他曾想如果真的有轮回，他应该选择不同的朝代试试别样的生活。

也许是家族遗传，多年来，韦波一直睡眠不佳，在旧离忧城的时候，他就常常在晚上开着车去环路上兜风，直到疲倦已极才回来休息。新离忧城建成之后，他的失眠症变本加厉了。他依然常常晚上出去，只不过他不再开车。他的新做法更符合这个游戏城市的本质，他会戴上一个面具，化装成一个古代的秀才，在城市中悄悄游荡。他走过街道，穿过人群，划船漂流在运河之上，仔仔细细从另一个角度观察着这个他处心积虑建设起来的城市。

人总是孤独的，有时富人比穷人更孤独，政客比屌丝更寂寞。新离忧城建好之后，韦波的压力持续增加，城市的规模越扩大他的压力也就越大。他把所有的钱都投入到城市的建设当中，在这个胜者为王败者贼的世界里，如果他赢了，这就是一次伟大的投资，他将名垂城市史册；如果他输了，这就是一次丧心病狂的赌博，他将被扫进历史的垃圾堆。他要做各种各样的衡量，要进行各种各样的选择。但是一个人的智能与能力总是有限的，他常常会面对各种难题陷入迷思。此时，他最好的朋友赵晓川消失了，这个长期的倾诉者也是他最好的倾听者消失了，韦波没有人可以商量，没有人可以讨论，这让韦波的不安有增无减。在夜晚，每当韦波看见街头那些欢乐的人，总有一种压抑不住的羡慕，他觉得他们比他更幸福，更踏实，更拥有支撑，而当他抬头看到这个新的，闪闪放光如同宝石一般的城市，他就情不自禁地有些惶惑，他一直隐隐觉得，所有的一切都太顺利了，新离忧城早晚会遇到无法跨越的问题，到时他该怎么办呢？

这天夜里，韦波又出发了，没有随从，没有别人，就是他自己，夜晚是他一个人的时光。他戴着面具，头顶幞头，穿着一袭白衫，信步走上街头。依然是灯红酒绿，依然是逍遥快乐。

他手摇一把纸扇，冷眼旁观着繁华的街景。人们在游戏人生中流连忘返，时而欣喜若狂，时而唉声叹气，时而屏息沉思，时而张口结舌。没有人在意他怪异的打扮，人们都会认为他不过是一个游戏中的人罢了，韦波漫步很长时间，走过数不清的街道，在一个拐角处，他抬起头看到一串大大的红色灯笼从上往下挂着，一面旗幡上写几个大字：马大师。韦波犹豫了一下，然后抬腿走了进去。

在一个小小的典雅的庭院中，四周郁郁葱葱，一个瘦瘦的家伙坐在庭院中央，头顶是一盏极其梦幻的吊灯，面前一张四方桌，桌上摆着笔墨纸砚以及周易八卦之类的书，他喝着茶好整以暇地坐着。韦波走上前，只见那个家伙长了一张极长的马脸，有一双极其狡猾的滴溜乱转的大眼睛，眼珠子似乎要从眼眶出溜出来一般，嘴上极不严肃地斜挂着两撇小胡子。

马大师？韦波问。

正是在下。马大师威严地点点头。

在等人？韦波问。

客官，我等的是你，山人今天傍晚心血来潮，掐指一算，午夜时分必定有贵客来访，所以我一直在这里等着，你终于来了。马大师振振有词地说。

韦波听完，忍不住笑了，他觉得这家伙真的有点意思。

既然如此，那咱们就聊聊？韦波又问。

好吧，那您说，我听。马大师迅速地回答道。他心里同时暗暗松了一口气，心说，妈的，今天可算开张了。

一辆由葵花组成的玩具战车出现在"宽恕时间"，它公开代表了一种力量——好人，不像坑人者，坑人者往往都在暗处，他们出现在明面上。葵花战车显然经过设计，它具备了两种功能，一种是救援一种是反击，当它看到懵懂者即将掉入陷阱时，它就会飞驰而至，把他迅捷地救起，而当它遭遇飞车党、李逵们的袭击时则会自动予以反击。平时没事儿时，它就不厌其烦地出来扫街，它顶部最大的葵花会打开，变成一个大喇叭，大喇叭里会先是传来一段悦耳的歌声，接着就是一个沙哑的声音开始有关道德的叫嚣：游戏者们，放弃坑人吧，让我们一起治疗这个互坑的世界吧！那声音如果总是不断重复，还真是有点招人烦。

一辆，两辆，三辆，葵花战车不断出现，它们越来越精致，性能越来越强大。战车上的弹弓非常科技化，准确率大大提高，每当飞车党呼啸而至之时，葵花战车就会升起弹弓，把一发又一发的带有色彩的液体子弹飞速地射出去，被击中的飞车党往往会从机车上跌落下来，摔个嘴啃泥，关键是打到身上的色彩很久也褪不去，这就好像古代在罪犯的脸上刻字一样，这个威慑力可就大了，即使没有任何底线的游戏者也不愿意在他的脸上写上"坏人"两个字，因为人和动物的区别是，人再怎么卑劣也还是有自尊的，也还是要脸的。

不过，坑人者并未因此而后退，他们的力量还是无比强大的，他们随即采取了反制措施。这是一种道高一尺魔高一丈的对抗，坑人者开始设计更复杂、隐蔽的游戏来挑战好人小组，很多游戏还把被坑者当作诱饵专门对付好人小组。好人小组确实也感到了难度，在他们看来，整个宽恕时间就像一个未知的雷区，他们每天驾驶葵花战车去救人时，自己也必须小心翼翼，雷区中的陷阱实在太多了，如果不慎掉入，就甭想再回来了！

宽恕时间里的斗争持续着，慢慢常态化、白热化，这种斗争对方方面面造成了影响，最终也影响到了韦波。

韦波是个精明的商人，他买下离忧城时也许是有一点想拯救它的冲动，但是归根结底，他还是觉得重建离忧城对他有利可图。经过一段时间观察，他惊奇地发现，与其他区域相比，"宽恕时间"是最挣钱的，这个区域的利润增长速度出乎意料地高，参与游戏的人数一直在呈几何级数增长，这让他既意外又兴奋。

但是，很可惜，宽恕时间的利润在达到一个峰值后就开始下降了，起初所有人都以为这种下降是个偶然现象，可是后来利润持续下降，慢慢形成了一个趋势。韩时光得到正式的财务数据后，马上找到了韦波，向他报告了这一情况。

老板，宽恕时间的利润正在持续下降。韩时光小心翼翼且有点忧心忡忡地说。

怎么会？韦波吃了一惊，他从一大堆文件中抬起头问，前一阵，它的利润不还是快速增长吗？

是的，可是这一阵来参与游戏的人明显减少了。韩时光说。

什么原因？韦波问。

据我们观察，好像是好人小组惹的祸。韩时光说。

他接着把中央系统观察到的好人小组的行为一一告诉韦波，根据他的分析，正是因为好人小组的存在使坑人游戏的坑人实现率大大降低了，一句话，被最终坑害的人少了，游戏不那么可乐那么好玩了，玩的人也就少了。

老板，我们怎么办？韩时光请示道。

韦波想想说：这样，给每个到宽恕时间参与坑人游戏的人降低游戏手续费，那样来的人就会增加。

好的，老板，我马上去办。韩时光恭谨地说。

可是令韦波和韩时光没有想到的是，手续费调整之后，虽然更多的参与者蜂拥而至，但是由于游戏的成功率进一步降低，导致游戏的娱乐性逐级下降，依然有大批的游戏参与者在失去耐心之后纷纷离开了。不用说这还是好人小组在作怪，韩时光带着人，认真蹲点进一步调查发现，好人小组有一整套应激措施，如果坑人者队伍扩大，手段加强，他们也会在人数上扩大，在反击力量上增强。韩时光于是让B种公司负责"宽恕时间"的区域管理者，减少了有利于好人小组的公共服务，并全方位对他们进行挤压，但是不管用，好人小组似乎就是活雷锋，他们摆明了任劳任怨任打任骂的态度，毫不利己地，坚韧地覆盖了整个区域。

韩时光无奈之下再次找到韦波，向他告知了上述情况。

老板，这种情况我们不能容忍吧？韩时光问。

当然不能，我们不能眼睁睁看着利润就这么降下去。利润是这个城市的生命线，没有利润我们喝西北风吗？这个宏大的城市没有利润怎么维持？空气，水，食品，都经过最严格的处理，人们生活在这里的每一天都是要花钱的，没有利润这个大培养皿里的人们怎么活着？韦波反问。

那我们怎么办？韩时光请示道。

韦波皱起眉，他站起身在办公室里踱着步。我有点奇怪，这些好管闲事的家伙是怎么来的呢？他们又不挣钱，为什么会那么无怨无悔？韦波自言自语地说，他实在想不明白。

是啊，我也弄不清楚。韩时光说，不过，有一点相当奇怪，那些人的产生似乎与整个系统有关。

系统？韦波更不明白。

是的老板，根据科技部同事们的研究，他们比较肯定地认为，整个城市系统拥有一种更高级的智慧，只是到目前为止他们对它还不十分了解，但是他们已经观察到，城市会有一些自发的智能行为，举个例子，像那种葵花战车，我们完全不清楚它们是何时产生，怎么产生的。合理的推论是，这件事是城市系统干的。韩时光困惑地说。

韩时光提出的问题确实难住了韦波，他也是百思不得其解。不得已，韦波又去查阅了洪修源的设计方案，由于那个方案太过广大，他查了很久才在一个小小的备注中发现一条重要信息，整个方案好像做过一次重大修改，修改之后，方案给城市加了一个应激反应开关，备注对这种应激机制语焉不详，只是约略说当城市原初认可的一些基本原则被破坏时，这个应激开关会自动打开。看完这条备注，韦波才明白，他忽略了一个非常重要的事实，那就是这个城市应该具有自我意识，其智能含量很可能远远超出他的想象。这种智能是城市建立之后自发形成的，它不可阻挡，而且拥有自己的运行逻辑。

韦波深深吃惊了，思之再三，他打算去问个究竟。

16

一片残垣断壁，好像大火刚刚烧过的样子，震天的喊杀声渐渐远去。

溪流、河水，还有大片的森林从韦波的眼前一一闪过，他穿着白色的盔甲，手持长剑，骑着一匹白马缓缓走过恍然如梦的一切。

韦波分不清这是梦是游戏还是真实的人生，分不清这是过去现在还是未来。他下了马，摘下头盔，一步一步费力地在废墟中走着，大火的味道，它烧毁了所有的木头、画卷以及岁月。韦波慢慢感到气喘，他抬起头望向四周，刚才的景象都消失了，大雾弥漫，只有一段倒塌的城墙矗立眼前。

就在这时，韦波听到了脚步声，浓雾中一个小女孩儿出现在废墟的顶端，她穿着一身翠绿的纱裙，系着一条白色腰带，梳着两条长长的辫子，眼睛细长而亮，袖口停着一只翩翩欲飞的白色蝴蝶。当她看到韦波时，她把一只手指竖在嘴唇上，轻声说：小点声哈，秦军刚刚过去。

韦波点点头，他侧耳倾听，那种喊杀声确实在远去。过了一会儿，小女孩儿一笑，一步步向他走过来。

听说这里是虚拟世界的入口，对吗？韦波问道。

是的。小女孩说。

每天从现实世界来的人多吗？韦波又问。

不少，他们有的从梦里来，有的从游戏里来，他们有的坐火车，有的骑马，还有的乘时光飞行器呢。小女孩儿笑嘻嘻地说。

你叫什么？韦波笑着问。

小芃。小女孩回答说。

渐渐地，大雾稍散，韦波定睛凝视小芃，过了一会儿他才慢慢肯定，这个小女孩儿他竟然见过，她曾出现在他小时候看过的一幅连环画中。

你一直守在门口做什么？韦波好奇地问。

收票呀——小芃笑着说，收取进入虚拟世界的门票，把现实世界的时间和空间都收走。

韦波听了暗暗纳罕，心想，原来是这样的啊。

对了，你能告诉我，整个世界到底是什么样的吗？韦波又问。

这个很简单的，整个世界分为三块，现实世界、虚拟世界、中间介质世界。小芄说。

韦波点点头，这回他真的感到有点惊奇了，看来有太多的事情是他完全不了解的，他忽然想也许孟有纪真的去了一个特别美好的地方。

你来到这儿有什么事儿吗？小芄这时问。

我想去虚拟世界找孟有纪。韦波说。

做什么？小芄问。

我想请教她一些问题。韦波说。

那你还想回到现实世界吗？小芄问。

当然。韦波点点头。

你办不到，你只有把你现实世界的空间和时间都交给我，才可以去虚拟世界，之后你就会待在虚拟世界里永远回不来了。小芄说。

韦波听明白了这个逻辑，他于是皱起眉头开始想办法。

这样吧，如果你有什么问题，我可以让它帮你去问，只有它才可以在各个世界穿梭。小芄说着，指指袖口的那只白蝴蝶，它似乎听懂了小芄甜细的话语，开始乖巧地扇动起翅膀，慢慢浮到空中，此时，韦波的眼前出现了一片极为柔和的光，使他的全身被覆盖在一种宁静和虚幻的气氛中——

韦波那天得到了答案。

他的问题是，为什么新城市会自动产生一些不顾及自我利益的人，这太令人费解了，完全和人性相反。

韦波问完问题之后，那只蝴蝶就出发了，不久那只蝴蝶飞回来，带回了孟有纪的回答。她是这么说的：这个城市确实拥有高级智能，它存在一个应激机制，那些毫不利己的好人有一部分是游戏者，他们是自然人，但是另一部分好人则是由城市系统制造产生的，他们是无法让人分辨的机器人。这个产生好人的设计确实与她有关，当年她就已经意识到，相比于环境灾难，其实人的道德灾难更可怕。于是，她劝说洪修源修改了城市的设计方案，在最终方案中增加了一个拯救开关，当城市的道德底线受到冲击时，它会自动开启，定期制造出一些好人，这些最高级最精密的机器人，毫不利己专门利人，这是人做不到的，但是这些机器人可以作为榜样深深影响人类，致使人类反思。

孟有纪的回答让韦波相当震撼，他回来之后就一直在思考。他没有想到新世界的设计是那么独具匠心，他不得不佩服孟有纪的理想主义精神，也很意外洪修源在离开世界之前的做法。但是与此同时，他发现他也必须面对选择，这个设计对于他来说太书生气了，在他看来，虚幻的道德很少能产生现实的意义，在新离忧城，目前最重要的就是生存，它意味着新城市必须及时赢得利润，只有利润才可以维持这个世界进行正常的运转。但这个应激反应与他最重要的目标冲突了，那些层出不穷的好人正在阻止他的赚钱计划，只要这些所谓的好人存在，一个最赚钱的游戏就会变得不再赚钱，最终它会影响这个城市的存在。

思考良久，韦波决定再次去找小芃。

这一回他挑选了城际列车的方式。他跟着列车从地面钻上天空，又从天空降入河湖，然后重回地面。车到站他下了车，只见人群涌动，大家都行色匆匆，他在车站的中央大厅等了好半天才看到小芃出现了，她戴着一顶俏皮的白色小帽子，耳边有两个大绒球，穿着一个亮黄色的冬装，脚蹬一双白色长靴，那只白色蝴蝶依然在她的袖口扇动着翅膀。

你们那边现在是什么季节？韦波好奇地问。

这一阵大家忽然喜欢上了冬季，所以就一起选择了冬季的生活。小芃歪着头，非常可爱地说。

真好，你们真自由，连季节都可以选择。韦波有些艳羡地笑了起来。

这回你找我有什么事儿？小芃问。

还是请帮我问问孟有纪，我打算修改城市的原初设计，这应该怎么办？韦波非常笃定地说。

好的，稍等。小芃说着低下头，她伏在蝴蝶的翅膀前，小嘴里似乎念念有词。

很快，蝴蝶起飞了，韦波看着它穿过人群，翩翩远去。

这一回，蝴蝶去了很久，好像遇到了什么阻碍。韦波不得不在车站大厅的一张长椅上坐下来等待，他很快就感到了困倦，于是昏昏睡去。等他醒来时，小芃依然站在他的面前。

有消息了吗，有纪怎么说？韦波揉揉眼睛问。

有了，她说，城市原初方案的修改权不在她手里。小芃说。

那在谁手里？韦波问。

她说，修改权实际上是在一个超级计算机那里，他居于中间介质世界，是最终设计者，整个方案是洪修源委托他做的。小芃说。

韦波点点头，看样子他还要去另一个世界，这未必容易。

有纪说，她走之前告诉过你，她在现实世界有一个投射，如果你有什么问题，可以去找她，在那个投射者手中掌握着一个重要的密码，有了这个密码就可以去中间介质世界和超级计算机对话，你的问题只有找到超级计算机才能解决。小芃接着说。

没错，有纪确实说过这话。韦波想起来了，可是，投射到底是什么意思？他问。

先想象一个平面，在平面的上方有一个物体，一束光照射到物体上，然后投影到平面上，就是那种景象。不过这个投射相当特殊，有三个特点你必须记住：第一，这个物体本身是变动的，也许还是多维的；第二，这个投影除了表现出被投射物的某些特征外，自己也有独特的运动方式，她在很大程度上是自主的；第三，两者具有生物学上的某些相似性，比如她的行为模式与思考方法也许很像，孟有纪会把她知道的关于新城市的全部秘密传输到她的思维中。小芃清晰地娓娓道来。

明白了，我现在关心的是，我如何找到那个投射者？韦波思索着问。

小芃听了说：投射者是个很奇怪的人，你去找未必管用，不过据我所知有个人去了会管用。

谁？韦波问。

赵晓川，因为投射者的偶像是赵晓川，你可以让赵晓川去找，他去的话，保证事半功倍。小芃说着笑了起来，她好像是见过赵晓川那个滑稽的样子一般。

韦波听了小芃的回答，再次惊讶了，他感觉到这个世界真是丝丝入扣，同时又异常荒诞。

怎么会是这样？这一切你又是怎么知道的？韦波难以置信地摇着头，嘴角情不自禁地浮起一丝诡异的笑容。

小芃闻言得意地说：因为我有一只可以在各个世界任意穿行的蝴蝶啊，请叫我都知道小姐。

可是都知道小姐，去哪里能找到赵晓川呢？我这位兄弟好久不见了。韦波此时又犯了难。

这个也交给我吧，我知道他在哪里。小芃信心满满地说。

韦波听到这儿不得不心服口服，他看着面前这个闪亮的、充满超现实色彩的小女孩儿，心想，她真是一个无所不能无所不知的精灵，能遇到她简直是生活的恩赐。

17

风沙无限。大风从南至北地吹着，黄沙时时扬起。

天空中和土地上都是黄土，大风横扫中间。

这是一个风沙的世界，这是一个具有充足证据的被惩罚过的人类世界。人类的短视、自私、狡诈，最终都成为自己脖颈上的圈套，可叹的是，当年他们还曾在掩耳盗铃的道路上一路狂奔呢。

赵晓川从地下走上来时，看到了一幅让他瞠目结舌的景象。整个世界都变了，变成了他完全不认识的黄色，风沙漫天，大漠深远，全然是一幅古代的西域场景。他看看脚下的土地，不再是水泥，不再是大理石，不再是那个灯红酒绿的城市，而是一望无际的黄沙。这是怎么回事？这是怎么了？他被自己的眼睛看到的景象震撼了。

其实，这本是一次不起眼的探险之旅。他前一阵在城市的边缘闲逛时发现了一个岩洞，几次浅尝辄止之后，就下决心去看个究竟。他做好了准备，在一个白天从地面挂绳坠入深坑。洞果然很大，他打开头盔上的顶灯一直在黑暗中摸索，不知道走了多久，他通过手电上的微光，忽然发现洞壁上刻满了岩画，那些岩画生动、质朴，具有非凡的生活气息，先是有一只手的印记，然后有一群人在丛林中采集，还有一群人在狩猎；慢慢地，岩画越来越复杂，人群也越来越庞大，他们起初聚集在一起，之后就开始向远方跋涉，最终人群停止了，赵晓川趴在岩壁上细看，此时，他看到了大海，那种用蓝色颜料描绘的远古的大海惟妙惟肖，它在现代的手电光下震荡翻滚，赵晓川静观了很久，如同那群人一样，他对大海充满了敬畏。

终于，赵晓川有些累了，他在岩洞中坐下来长久地休息，他的头脑中一直在回忆那些丰富异常的岩画。他明白，这些画一定是某个时代先民们的记忆与创作，他们肯定有着艰苦卓绝的历史。他们后来去了哪里呢？他们的命运是什么呢？他想。

赵晓川小小的冒险算是成功的，当他从岩洞的另一头钻出地面时，心中还是暗暗松了一口气，可是当他抬起头看到天与地时却大吃一惊，眼前陌生的情景，简直让他怀疑自己是不是到了时间窗口的另一端——另一个朝代的另一个地方？

他一时之间相当惶恐，不过很快，他冷静下来了。他发现自己还是居于现实之中，只是现实变样了，原来的世界被一分为二，一部分成为沙尘暴的仆从，另一部分则被扣在一个巨大的透明的罩子里面。那个罩子就在他面前，如同一个巨型的肥皂泡一样，里面光彩照人，像极了一个跳动的梦幻。

赵晓川情不自禁地走过去，他在风沙中深一脚浅一脚地走向那个玻璃罩中的世界。当黄沙暂时平息的某一刻，他能看清里面的一切都闪闪发光，赵晓川非常惊讶地看着，就好像看着那种具有魔力的水晶球，只不过有人运用天才的想象力和超级行动力，把水晶球变为一个实实在在转动的城市而已。

此时，一个少女从风沙中走了出来，她戴着风帽穿着风衣走到他面前，赵晓川觉得她有点眼熟，尤其是她那双明亮而细长的眼睛。少女摘下风帽，风沙吹过来，但是它们似乎受到了某种力量的阻挡，在她的身体四周乖乖散开。在暗黄的天气下，她的身体散发出一股若有若无的光，一只白色蝴蝶在她风衣的袖口翩翩起舞，赵晓川认出来了，这个美丽的少女应该来自他年少时看过的一幅漫画。

我认识你。赵晓川惊讶地说。

我叫小艿，他们都叫我都知道小姐。小艿笑着说。

你好啊，都知道小姐，找我吗？赵晓川问。

是的，我是专程来找你的。我建议你去对面这个世界尝试另一种生活，如何？小芫指着背后那个亮晶晶的城市笑嘻嘻地说。

赵晓川看了看，他笑笑说：这个应该没问题啊，它太迷人了。

没错，那个新世界很好玩呢。小芫非常肯定地说。

正当韦波在新离忧城高歌猛进时，莉莉娅也在稳步展开自己的新生活。自从上回她给韦波打了电话之后，就一直忙于一些在南星城的基础性工作，并没有及时造访新离忧城。

莉莉娅的父亲身体见好，他已经开始在新城市中四处走动起来，他在做两手准备，一方面是希望东山再起，谋求一个较好的城市管理的职位；另一方面，他自己的投资公司也已经开始运作，正在研究一些有前景的商业项目。莉莉娅悄然洗心革面，她一改过去事不关己高高挂起的做派，开始穿着西服套裙以助手的身份陪在父亲左右，竭尽全力帮助父亲处理各种日常业务。与此同时，她还在社交圈收获颇丰，她的清新文艺范儿已经为她赢得了不少瞩目，许多公子哥如同闻到了花香的蜜蜂，纷纷慕名而来，慢慢在她的身边聚集成了一个松散的小圈子。莉莉娅改变了自己，她不再任性，悄然而敏锐地观察周围，她很清楚她现在手里的牌有多少，她小心翼翼地计算着、挑选着，确保在信息不对称的情况下，获得最大化的利益。

此时，高宇出现了。他比她小了五岁，从小在国外受教育长大。他单纯阳光，开朗帅气，喜欢运动，身体非常强壮。小伙子的教养非常好，对谁都彬彬有礼，而且特别懂得心疼女性，非常有绅士风度。高宇还是名门之后，祖父曾是高官，父亲因故移民，但是父亲非常热爱这个国家，因此从小就对高宇进行传统教育，使他对于中国的一切都感兴趣。在国外的一所名校毕业后，高宇的父亲下决心让他回国看看，先在国内工作一段时间适应一下环境。高宇于是回国了，但是他并没有按照父亲的嘱咐马上找工作，而是加入了国内的一个公益组织，开始参加各种公益活动，去各地当义工。

莉莉娅第一次见到高宇时是在一个高级俱乐部举行的小型舞会上，她在人群中一眼就看到了那个高大、健壮，长得一表人才的男孩子。高宇当时穿了一件黑色英式燕尾服，打着黑色领结，别了一枚银色胸针，这身打扮非常得体、帅气。他们共舞了几曲，莉莉娅随口和高宇聊着，当聊到国外留学经历时，她清晰地辨别出高宇标准的英国口音。曲毕，两人礼貌致意另择舞伴，莉莉娅表面上虽装着不在乎，但是不知道为什么，心却不自主地怦怦跳了起来。

莉莉娅后来悄悄打听了，高宇的条件确实不错，但是并没好到可以让她以身相许的"标准"，尤其是她一听到他比她要小好几岁，就有点望而却步。高宇当然也注意到了莉莉娅，他们从国外回来的倒是不大在意年龄差异。他后来又在不同场合几次巧遇莉莉娅，他开始逐渐地留意起她。高宇觉得莉莉娅很特别，她的身上有一种很古典的气息，沉静委婉，深藏不露。有一次他偶然看到她在一个会所唱戏，只见她一身青衣打扮，在胡琴的伴奏下，气若游丝地唱着，那一句句优美的戏词飘过来，使莉莉娅在灯光下显得异常美丽而哀伤，高宇深深沉醉了，他不仅被那种博大精深的传统文化吸引，也被那种文化氛围中的美人所击中。

可是高宇身边的人一点也不少，他这么优秀的单身海归显然很受欢迎，尤其是现在的女孩子都特别开放，她们的猛打猛冲使刚回国的他简直是瞠目结舌、应接不暇。还好，在乱花迷眼一阵之后，高宇清醒过来，他发现还是莉莉娅最吸引他，她表面优雅礼貌，内心却相当高傲，她对他若即若离并不十分上赶着，这种独特性反而对他产生了强烈的吸引力，他觉得她特殊、神秘而且有趣。

于是，高宇下决心追求莉莉娅，他在国外受教育时所谙熟的讨女孩欢心的手法派上了用场。他开始去刻意等她，隔三岔五给她送上一枝鲜红的玫瑰，时不时陪她去听听音乐会吃吃西餐，每天会打电话跟她聊那种男人看来毫无意义的闲篇儿。

莉莉娅起初是有些怀疑的，但是渐渐地，她肯定这个男孩子当真了。不过，莉莉娅有着既定目标，她知道自己想要什么。她在众人中游走，并不仅仅是在寻找爱情，她更看重的是婚姻，而婚姻典型是一种利益的衡量，它只看哪两种利益合在一起最合适，这不仅要看两人各自的实力还要看他们的背景，她很明确地觉得高宇比她差了一些，他们是不可能结婚的。可是莉莉娅毕竟是女人，除了利益，她也总是被那些虚幻的爱情想象弄得心动不已，也总是抱着那么一丝奢望：也许爱情真的存在，可以让她与白马王子完美相遇。

就在莉莉娅的两相矛盾中，高宇一点一点前进着。莉莉娅一直犹犹豫豫，瞻前顾后。如果单从感觉上来说，莉莉娅当然喜欢高宇，首先，他年轻、健康、帅气，是女人们都喜欢的小鲜肉；其次，高宇出类拔萃，他不功利，简单而阳光，有教养而又细心体贴。终于，莉莉娅在一次和高宇的聚会中，没有把握好而沦陷了。那一天气氛特好，两人喝了不少酒，又推心置腹地谈了很久，后来高宇非常直接地提出了他的性要求，莉莉娅略微迟疑一下就答应了。他们上床了，这果真是一次惊喜之旅，很快，莉莉娅发现了高宇另一个隐秘的优势，那就是他的能力超强，而且他和她做爱是非常和谐的，他非常关注她的感受，愿意让她在整个过程中感到充分的快乐，莉莉娅觉得高宇给自己加了分，只是这个加分的理由她有点说不出口。

凡此种种，使莉莉娅和高宇开始了越来越多的来往，在与莉莉娅的相处中，高宇一点点了解着莉莉娅，慢慢地，他发现莉莉娅的笑容里好像总有点落寞，她和他在一起总是有点心不在焉。高宇猜对了，莉莉娅确实心有旁骛。现在的状况和她的原初目标有着不小的差距，她特别清楚，她无法全然放弃过去的一切，她要走过去的道路，因为这个世界最终还是讲利益的。有时，当她于静夜独坐，看着窗外的月亮时会突然想起韦波，想起他稳定的不带任何负面情绪的微笑，她知道那是她曾经最正确的选择，而现在她却把握不了什么，每到这时她的心中总会闪现过一丝犹疑，一丝焦虑，一丝悔意。不过高宇特别率真，他依然完全坦诚地对待她，越发地被莉莉娅的特质所吸引。他发现，在她文艺的外表下，她能干、坚定、志存高远，甚至有一次，当莉莉娅直白地告诉他，她还在选择，她还没百分之百肯定时，他也坦然接受了，他非常善解人意地表示：他愿意等，他有的是时间。

春天来了，莉莉娅决定和高宇出去春游，他们先开车到东部紧邻的一个城市和朋友集合，然后打算一起去一个著名的山谷赏花。出发那天天气很好，天空是蓝色的，空气清新，风里似乎还带一点甜味，十几辆五颜六色的豪车准时在早上九点浩浩荡荡开上了环城市群的高速公路。莉莉娅与高宇并排坐着，音乐响起，天窗打开，猎猎的风吹进来，莉莉娅心中有一种渐渐洋溢的幸福感。高速公路慢慢向上抬起，它穿越丘陵，如同巨大的翅膀一般凌驾在幅员辽阔的大地上。车速提了起来，就在风驰电掣之间莉莉娅忽然抬起头看到高速公路西边，就在遥远的地平线上，一个亮晶晶的城市赫然矗立着，它在春天的阳光下如同一个巨型的肥皂泡一般不断闪烁着七彩的光。莉莉娅被远方的情景震惊了，那简直是一个她从未见过的景象。

那是什么？莉莉娅情不自禁地叫了起来。

那个应该是离忧城。高宇看了一眼然后说。

是新建的吗？莉莉娅惊讶地问。

是的，据说有人想建立一个世界上最纯净的城市，这个想法挺独特的。高宇赞扬道。

莉莉娅闻言愣了，她忍不住站了起来，身体穿过天窗，风强劲地吹动着她，她目不转睛地看着那个崭新的世界。她想起来了，前一阵她看过离忧城的宣传照，当时她虽然也大为惊讶，但是她觉得多少有点夸大其词，后来她就把这件事给忘了，不过到了今天，当她真的亲眼看到新离忧城时，她断定自己一定是错过了什么。

莉莉娅回去之后，闭门思考了三天。她想起了很多，过去那种高高在上、众星捧月的日子，韦波与她门当户对的情感，她对韦波逐渐加深的眷恋，以及仓皇逃离时的誓言。于是，莉莉娅从轻度爱情美梦中清醒过来，她决定重返离忧城去看个究竟。

当韦波和莉莉娅再次相逢时，轮到韦波大吃一惊了。莉莉娅简直焕然一新，她穿了一件合体的白色西服，下面是一件紫色紧身裙，拎着一个黑色菲格拉慕手包，她的唇是豆沙色的，脸上施着淡妆，还配了一副黑色无框眼镜，她比原来显得健康了，人也比过去丰润，甚至屁股都有点圆了。她的身后跟了两个毕恭毕敬的年轻人，莉莉娅自信满满地笑着，她走过去主动跟韦波握了手，然后打开一个铂金名片夹，递上一张名片。韦波接过来，只见上面写着她的新头衔：南新国际投资集团副总裁。韦波看到这行醒目的字，立刻微笑起来，他由衷地说：亲爱的，你真厉害，士别三日当刮目相看。

莉莉娅也微微一笑，恰到好处地说：小波，我们谁也没闲着，对吗？

那是那是，亲爱的，我知道你从来都是志向远大，高瞻远瞩，这回来我有什么事儿可以效劳吗？韦波似乎在瞬间就回到了过去的那种殷勤状态。

小波，我们集团对新离忧城非常感兴趣，这回是带着十二分的诚意来看看，能不能和创造力无限的韦总合作。莉莉娅亲热而不失恭维地说。

韦波闻言发自内心地笑了，他想，这真是吉人自有天相，他正为现金流的事情发愁呢，银行的贷款一直批不下来，那些狡猾的家伙，从来都是锦上添花，绝不会雪中送炭。韦波想到这儿，由衷地伸出手握住莉莉娅的手对她说：太好了，亲爱的，太好了，亲爱的，我们毕竟是自己人。他说着转过头对着站在一旁，一直笑容可掬的韩时光说，时光啊，交给你一件最最重要的任务，后面这一阵你放下手中的工作，先陪着莉莉娅小姐认真考察一下我们的城市，你必须做到知无不言言无不尽，否则唯你是问。

遵命，韦总，一切包在我身上。韩时光迅速地而恭敬地回答道，然后他向莉莉娅扬起菊花一般的笑容，那笑容真是感人肺腑。

18

赵晓川进入新离忧城后充满了惊奇与欣喜。

这里曾经是一个旧世界，现在已经变得面目全非。虽然还有一些过去的痕迹留了下来，但是更多的是欣欣向荣的全新景象。空气、水、食物都是异常干净的，就连太阳和月亮都是灵动的，可以控制的。人们欢乐地走在大街上，他们的奇装异服以及兴高采烈都让人觉得城市的内核似乎与原来迥然不同了。

赵晓川新奇地穿过一个又一个区域，他发现无限多样的游戏布满了所有的空间。很快，他了解到新世界最基本的一个原则，那就是自由地玩，不受限制地游戏，不受限制地扮演游戏中的任何角色，自去自来，自生自灭，所以这里的人们才如此快乐。城市中各具特色的区域数不胜数，每个区域都有自己独特的规则。各种区域也并非静态，而是不断向外拓展着，每一个来到新世界的游戏者总是能发现适合他的区域。不过，任何一个区域也都有非常深刻的部分，那里通常可以隐藏游戏者的内心，并且拥有一些令人惊异的秘密，当然，如果游戏者总是对一个游戏浅尝辄止，那么他是完全无法发现这些隐秘的角落的。

赵晓川异常兴奋地漫游着，每一天似乎都在不同的世界里穿行。他感觉自己好像走在过去的那种连环画中，色彩斑斓，美景永恒。同时，他还发现，这里的人似乎对他相当友好，当他走在路上时，往往会有人对他微笑，有人看到他会表现出惊奇的样子，之后兴奋地窃窃私语，还有个别的小姑娘看到他竟然会激动得尖叫起来。赵晓川完全不明所以，但是他能分辨出人们对他的态度迥然不同于过去的旧世界，人们看他的眼神充满善意、敬仰、喜悦，这使他如堕雾中却如沐春风。

后来的某一天，当他再次走在大街上时，一个女孩子拦住了他的去路。她个子中等，皮肤白白的，长得乖巧可爱，她有一双大大的眼睛，身材凹凸有致，脑后梳了一个长长的马尾巴，笑起来相当灿烂迷人，给人一种异常明媚的感觉。

你是赵晓川吧？她笑嘻嘻地问。

是啊，你是谁？赵晓川有点奇怪她怎么会认识他。

你叫我小白吧，我是一个游戏推广人。小白说着拿过来一张纸，上面印着各种五花八门的游戏，我负责向游客们或者游戏新手推荐各种游戏组合。小白自我介绍着，她讲着一口柔软舒缓的南方普通话，让人听了很舒服。

你怎么知道我是新手？赵晓川笑着问。

我观察您好几天了，像您这样，每天张着嘴傻呵呵地看着这个城市的，一般都是新手。小白说着向赵晓川俏皮地挤挤眼睛。

赵晓川听了不禁哈哈大笑起来，他觉得这个女孩子相当有趣。

可是，你又是怎么知道我是赵晓川的呢？赵晓川这时又问。

这个说来话长——小白故作神秘地笑笑，如果我没有猜错，您离开离忧城有一段时间了，这里发生了许多翻天覆地的变化您并不知道。

这个没错。赵晓川诚实地回答道。

赵晓川就这样和小白认识了，小白于是带着赵晓川在新城市中轻车熟路地转悠起来。赵晓川当然很享受这个悠闲的过程，小白很乖巧也很能说，她对城市的方方面面都很熟，只要赵晓川有所问，她都能滔滔不绝地回答出来。赵晓川对小白的印象可以用新鲜来表示，她就如同这个新世界一般，不仅光彩照人而且处处给予人不同的惊艳。

三天之后的一个上午，小白把赵晓川领入一个陌生的区域，他们走过几条街区，在一个拐角处，赵晓川忽然在一个楼层的侧面发现了一幅巨大的涂鸦，一开始他还没看清，但是很快，他就发现那层层颜料涂抹的正是他自己的脸，他一时有点恍惚，他抬头看看人工太阳，确认这并不是在岩洞当中，小白则站在一旁看着他笑而不语。

紧接着，就在离这座楼不远的地方，在一个书店中，他看到了一个民谣专场的海报，海报上除了介绍演出信息，下方竟然是他的头像，那是一张他二十岁时的照片，照片中，他的脸显得清秀，头发却任性地参着，头脑中似乎充满叛逆的想法。他异常奇怪地走出书店之后，面前恰好有一辆长长的拉着众多游戏角色的电瓶车经过，此时他发现，就在车头，贴着自己的另一个大幅头像——那是三十岁的他，正在张着嘴傻呵呵肆无忌惮地笑着。

怎么回事？这是我啊，这到底是怎么回事？赵晓川终于忍不住问小白。

小白笑了笑，她说：您当然不知道，在这个新世界您已经变为一个偶像了，这里一直有您无尽的传说，我就是您的粉丝之一。

赵晓川难以置信地看着小白，于是小白就告诉了他事情的原委。据小白介绍，新世界有个规矩，每当自然界风沙稍息，蓝天出现之时，这个罩子中的世界总要把天罩开启一阵通通风，这就好比一户人家总要开窗子一样，因为新世界中的人毕竟原来一直生活在自然界里，并不习惯圈养，所以不时吹吹自然风不仅是一种生理需求，也是一种审美般的心理需求。

可有一次，当新城市再次开启天罩之际，忽然飞来很多报纸，那些报纸遮天蔽日如同飞鸟一般大片大片落在新城市的各个角落。人们感到了好奇，因为新世界几乎没有报纸了，它们早被网络消灭了。人们捡起报纸，那果然都是旧世界的报纸，报道的都是N年以前的如烟往事。很奇怪，那些报纸都是同一日期的，报纸上用了很大篇幅在探讨一个非常严肃的话题：这个城市最应该宽恕谁？在参与讨论的众多文章中，几乎所有人都提到了赵晓川，他们一致认为赵晓川是被冤枉的，最应该被宽恕。不仅如此，他还是一个充满未来色彩的、自由的形象，他以不断奔跑的姿态证明，他从不同流合污，他的游戏人生是一种真正的批判，绝缘于城市污秽的精神河流，成就了一种独树一帜的生活。

没想到，新城市的人们被旧报纸的论述吸引了，这里的人一直在寻找存在于新世界的意义。新居民们随即开启了广泛的讨论，各个区域的各种观点众说不一，但是讨论方向无不指向生活的终极问题。就在讨论期间，一个民谣歌手突发奇想，写了一首叫作 *desperado* 的歌，这首歌异常优美还略带伤感，于是很快就在整个城市中传唱起来。音乐往往是最容易打动人的，新城市的人们被共同激励了，他们放下观点的分歧与语言的纷争，开始了一场轰轰烈烈的寻找赵晓川的活动。这是一次象征性的运动，人们其实是在寻找他们终生渴望寻找的本质与价值，最终的结果是当然没人能找到赵晓川，不过，作为这个运动的产物，各种有关赵晓川的文艺节目蓬勃发展起来，歌曲、广播、故事、小说、绘画、影视都有。就这样，赵晓川的事迹被不断重述并且广为流传，他被戴上了多顶高耸入云的帽子，成为新世界中自由与理想的象征，在某个著名的游戏区域他的卡通裸体雕像矗立在门口，那个区域的口号是：去他妈的，让我们将游戏进行到底吧！

赵晓川异常惊讶地听着小白的故事，他感觉她完全是在谈论另一个人，他莫名地想起过去的一句话，一个人的蜜糖另一个人的毒药，非常荒诞的是，他自己已经从一个城市的毒药变为另一个城市的人参果了，可是那并不是真正的他！这个世界变化得太快了，他只不过是在岩洞中多耽搁了一会儿而已。

我还有一个问题。赵晓川问。

什么？小白问。

这个充满游戏的城市到底是谁建造的呢？赵晓川说。

听说是一个叫作韦波的人，据说他买下了整个城市，然后丧心病狂地建造了这个亦真亦幻的地方。小白说。

赵晓川听了，深深点头，他想，这个世界最难以理解的地方就是有时它竟然是如此严丝合缝，精确搭配。赵晓川当然不知道，他成为偶像韦波正是幕后最大的推手，一切都是精心设计好的。韦波出于纯粹的商业考量，需要赵晓川成为偶像，其实在旧离忧城，赵晓川的行为并不让人特别意外，他从未真正地排斥过规则，也从未排斥过善良，他并不那么具有反抗精神，他只是被人陷害后逃之夭夭而已，但是，韦波刻意塑造了一个传说中的赵晓川。原因很简单：这个城市只有赢利才能生存下去，它需要人们不停地游戏。可是人们不能总是毫无目的、昏天黑地地瞎玩啊，他们在游戏时精神必须得到足够的支撑才能持续地乐此不疲，所以韦波就让偶像赵晓川应运而生了，他代表了一种强大的游戏精神，这种游戏精神被赋予了伟大的人生意义。虽然这个偶像与实际的赵晓川有着很大出入，但这无所谓，它只要能给人们精神上以鼓励，使人们能够效仿就够了。韦波的做法显然成功了，他对于人性对于城市太了解了，他使赵晓川的偶像形象得到了广泛的传播，让新世界的人们对于游戏有了精神上的统一认识。

赵晓川不知道小白是何时走的，那天早上，小白很早就在酒店大堂等赵晓川，他们一起从酒店出发，路上，她还慷慨地给了他几十个游戏币，赵晓川想她可能会把他领到另一个新奇的游戏当中去。可是就在他们从一个区域穿越到另一个区域时，小白就一下子不见了。当时赵晓川从一队松散的游客中走出来，小白就消失了，赵晓川等了半天，直到人群散去时，小白还是不见踪影。赵晓川一开始有点着急，不过过了一会儿他就明白了，小姑娘自己走了，她一定是有自己的想法才这么做的，赵晓川心里有一种小小的但是非常实在的异样，跟这个小姑娘相处的这几天里，他深切地感受到了她的乖巧与可爱，他明确地觉得喜欢她。还好，赵晓川很快就调整好，他这一生见到的离别已经太多，他习惯了。

赵晓川开始独自在新离忧城漫无目的地闲逛起来，所有的簇新的一切依然深深吸引着他。与旧离忧城相比，对于赵晓川来说，最好的一点在于那些跟随在他身后的家伙都消失了，老天爷惩罚这个城市的同时也解救了他，他不用再脚步匆匆地穿过这个城市。相当有趣的是，他发现当他放慢速度时，世界在他的眼中发生了很大的变化，就好比坐火车穿越一片旷野和下车在一个小镇生活一段总是有很大不同，特别是当整个世界被认真翻新一遍以后。

赵晓川尽情地参与游戏，他扮演着各种角色投入其中。没人认出他，在游戏中每个人都有隐秘的不同身份。他累了，就在城市的公共服务区休息，B种人生公司提供非常好的免费的住宿和饮食，这是这个公司的高明之处，它免除了人们的世俗之忧，游戏者只需购买足够的游戏币，专心游戏即可。绝大部分游戏他都闻所未闻，他跟着人们走向城堡、魔窟、仙境、海市蜃楼，他们一起爬过高山、渡过大海，有时还会奔向天空。在游戏中，赵晓川什么也不想，他完全变成了另一个人，就是想着如何闯过一道道难关，如何不被落下、淘汰、干掉。他在游戏中认识了很多非常要好的新伙伴，他们共同奋战面对种种困难，但是从不知道对方到底是谁。这种友情是短暂的，因为危险总是不断到来，同伴在战斗中不断消失，新的同伴又不断到来，直到他自己被消灭。他甚至还和一个不知来自何处的少妇扮演情侣，他们在游戏中似乎找到了某种感觉，那种单纯的不为世俗利益所左右的感觉，有一次他真的在游戏中分心了，他能感到在对方的面具下也有一颗同样火热的心，他很想揭开对方的面具，看看她到底是谁，她在现实中长得什么样子。可惜好景不长，就在他下定决心要在第二天清晨说出有关现实的第一句话时，那个少妇却走掉了。那是一次判断如何穿越沼泽地的军事任务，几个小组意见分歧，最终大家分道扬镳，她不得不跟着她的小组离去。在分开时，那个少妇满身戎装，她情不自禁地向他伸出了手，他只能简单地握住，就算向她告别。赵晓川忽然有一种难受，他想起在现实中，他没有谈过真正的恋爱，但是他明白刚才那种告别的感觉就是恋爱中恋人分手的感觉，在现实生活中这种告别几乎很常见，但是在游戏中则不同，他和她会是永别，他们终生不会再相见，即使相见也不会再认出对方。

终于，带有决定性意义的一天来临了。

说不清这是第几十个清晨，赵晓川已经来到新离忧城很长时间了。赵晓川一直在玩，只是并不是所有游戏都合他的胃口。由于前一个游戏相当乏味，这一天早上出发时，他忽然决定从那个游戏退出来，然后在大街上非常随意地加入到另一个游戏之中。这一回，他被分配的任务是在一个著名的水城之中找到一条唯一的通道，把船划向大海。他到达游戏指定区域，穿上船民的衣服，在起航的钟声响起之后，就开始划着刚朵拉独自前行。水城的水路异常繁复，赵晓川笨拙地划着船，一边费力地寻找着出路，没有地图，没有任何指示，周围都是各种红色的千篇一律的房子，这其实很像一次迷宫之旅，赵晓川觉得自己划过任何一条水路之后往往遇到另一条完全一致的水路，这可让他傻眼了。

就在他不知所措之际，他忽然看到一个独特的黄色房子，在晨光中那栋房子特别扎眼，他觉得这至少是一个非常好的地标，于是就马上划着刚朵拉向房子靠近。可是船很难划，水路又异常别扭，他努力了半天看到黄色的房子还是遥遥地停在远处，还好那房子的窗台上放着众多极其鲜艳的盆花，白色的窗子大开着，就像一种暗示性的召唤悄悄吸引着他，赵晓川费了半天劲终于把船划到窗边。就在此时，通过打开的窗户，他看到鲜明的地中海式的房间中坐着一个人，他的面前放了一套精致的茶具，茶杯里是热气腾腾的英式红茶，他穿着一身白色西服，胸口挂着一朵红花，他叼着烟斗正若有所思地望向窗外，这个人他恰好认识——是韦波。

韦波也看到了赵晓川，他大惊，然后放下烟斗，站起身走了过来。他走到窗边，看着刚朵拉中的赵晓川，他的眼圈一时有点湿润了，这是他世上唯一的朋友，他失踪很久了。

兄弟，真的是你？韦波声音有点颤抖地问。

是我，兄弟，你怎么会在这里？赵晓川惊讶地问。他的眼泪也在眼圈中打转。

我一直在这里啊，有人告诉我，我肯定会重新见到你的，没想到是今天。韦波说着伸出手，赵晓川放下船桨，也从刚朵拉中尽力地伸出手，两个人的手将将能握住却紧紧握住，这两个终生的朋友终于再次相逢了。

兄弟，我一直在找你，我还真有事请你帮忙！韦波认真地说。

在充足的阳光下，赵晓川和韦波坐在马车里昂扬向前。

他们打扮成17、18世纪英式贵族的样子，得意扬扬地聊着天。天上挂着两个太阳，一个是封闭的天罩中的人工太阳，另一个则是区域外的真实的太阳，一个强烈，一个虚弱，它们塑造的奇景让离忧城充满了异常真实的梦幻感。

一个盛装的车夫，赶着四匹漂亮雄壮的高大的白马，卖力地挥动着鞭子，马车几乎要在路上飞起来。车轮滚滚轧过，赵晓川和韦波每人手里拿着一瓶洋酒大口地喝着，韦波依旧拿着他的烟斗，而赵晓川则叼着一根粗粗的雪茄，所有路上的游戏者都可以看出这两个家伙的脸上洋溢着穷人乍富、小人得志的神态，就好像这个世界是他们的一样。不过人们习惯了，新离忧城的人们就这样，他们大多数人都是这么醉生梦死，完全是一副舍我其谁的模样。

可是韦波和赵晓川真的高兴，他们真的觉得这个世界与别人无关，这里已经是他们自己的了，这不正是当年他们梦寐以求的吗？韦波带着赵晓川重新参观了城市里几乎所有的区域，那些区域正在蓬勃发展，如同一串串肥皂泡一样越吹越大，在人工太阳下反射出耀人眼目的光芒。韦波告诉了赵晓川所错过的一切，何时沙尘暴灭亡了旧离忧城，何时他买下了它，何时他开始重建，何时新离忧城最终矗立起来。赵晓川非常认真非常震撼地听着，他知道韦波在做一件伟大的事情，他重建了一个世界，这太难能可贵了。韦波接着告诉他，未来新离忧城将会扩展下去，它会像苔藓植物一样逐渐覆盖在大地上，形成一个巨型的、复杂的城市生物体，在更远的将来，也许它还有向纵向发展的机会，它也许会站起来，慢慢指向天空然后成为天空本身。

赵晓川被韦波这个宏大的计划所打动，这种想法太伟大了，从来没有人把城市当作一个生物来对待，在韦波的描述中，未来城市可以变为一个自给自足、能对抗任何外来风险的各种生物和人工智能共存的有机体，它可以在大地和天空之间浮动，可以自行选择适宜生长的地方，它可以像人一样，行走、奔跑、飞翔，但是居住在其中的人类毫无违和感，甚至无法感知它的任何一丝震动。一句话，城市活了，它将变成人类的一部分。

可是，所有的这一切需要很多钱，无穷无尽的钱——韦波这时喝了一口洋酒说。

那当然，钱是物质基础。赵晓川也喝了一口洋酒说。

但到目前为止，我花光了自己所有的钱，这个城市依然入不敷出。韦波平静地说出了自己最大的困境。

赵晓川闻言一愣：那怎么办？

借钱，管别的城市借钱，管银行借钱，管基金借钱，管所有能借的机构和人借钱。韦波又喝了一口酒笑着说。

这行吗？很困难吧？赵晓川关心地问。

当然，非常困难——韦波点点头说。

赵晓川无语了。

因此，兄弟，有一件事需要你帮我。韦波说。

什么？你说。赵晓川立刻说。

这个城市其实是被一个超级计算机设计出来的，我需要你帮我去找到那个超级计算机，让他对原初设计进行修改，只有这样我才能挣到足够的钱来支撑这个城市。韦波说。

赵晓川并没有完全听明白，但是他很爽快地说：好的，没问题，那我怎么能找到超级计算机呢？

这件事与有纪有关，重建新离忧城的方案是她交给我的，她离开之前在这个世界留下一个投射，听说那也是一个女孩子，在她的手里有一个密码，你去找到她，拿到那个密码，然后就可以去中间介质世界和超级计算机对话了。韦波说。

那为什么要让我去找那个女孩子呢，别人不行吗？赵晓川奇怪地问。

因为根据调查，你是她的偶像，她应该能听你的。韦波说到这儿不禁莞尔一笑，他觉得这个新世界真是太奇妙了，充满首尾相连循环论证的因果关系。

赵晓川听完毫不犹豫地同意了韦波的请求。虽然他还是没太弄清楚什么是投射，什么是中间介质世界，也不确切理解为什么要修改程序设计，但赵晓川觉得他不需要太多理由，只要这是兄弟的事情，他就必须去做。

那天，他们一起畅谈了很久，喝了太多的酒，喝到夕阳西下时，两人都醉了，韦波拍着赵晓川的肩膀说：兄弟，这个世界是我的，也是你的，它是我们的。

赵晓川听了这话很舒心地笑了，他虽然没有任何占据这个世界的渴望，但是韦波能这么说他还是很高兴的，他们是兄弟，是兄弟就可以平分这个世界，这是他从小的价值观告诉他的。另外，他的心中还有一个兴奋点，那就是他终于被人需要了，显然，在过去他只是被人驱赶，却从未被需要过。

为了表示够意思，韦波给予了赵晓川一个有趣的回报，那就是，他可以在新离忧城任意免费参与各种游戏，获得任何想知道的信息。这礼物太棒了，赵晓川异常高兴。夜幕降临，人工月亮升起来，两人拿着空空荡荡的酒瓶并排坐在城市的中心广场上，赵晓川看着这个不可思议的新世界，心中忽然有一种感动，他模模糊糊地想，也许这里就是他最终的归宿。其实，他内心之中一直希望得到一个归宿，他已经奔跑得累了，这种累是别人不能了解的，因为再自由的鸟儿也不可能永远停留在空中，他也有必须降落、歇脚的时候。

19

在沙尘暴毁灭离忧城之前，它还遭受过一次巨大的瘟疫的袭击，这一段往事早已被刻意隐去了。

那时的离忧城还处在异常欢乐的时期，它高速发展了几十年，已经从一个破旧而百废待兴的古城，变为一个极度发达极具混杂性的现代都市。它充满了自信，正如它的名字一般，几乎忘却了烦恼，觉得自己无所不能。可是就在离忧城得意扬扬之际，一个强硬到了极点的对手来了，那是一场浩大的瘟疫，它在春天悄悄潜入了离忧城。

开始，是有个别人发烧咳嗽，接着是大面积的人发烧咳嗽，然后发烧的人中有人病情快速恶化，病患所在的医院虽全力抢救却收效甚微，结果病人很快挂了。随即，得病的人越来越多，患者的病情也越来越严重。刚开始，城市管理委员会还一直隐瞒消息，他们的想法很简单，就是怕引起恐慌，可是当死去的人越来越多时，管委会捂不住盖子了，他们半遮半掩地告诉了公众部分真相，于是乎，离忧城的人们立刻炸了窝，他们马上开上车飞也似的四散奔跑。

可是，那些逃跑的人想错了。原本来自于发达城市的离忧城居民是很受其他各个城市欢迎的，他们虽然牛哄哄让人讨厌，但是他们一直是强有力的消费者，这对拉动地方经济还是有好处的。但是这一回，所有的城市都对他们采取了拒之千里的态度，根本不让他们进城，各个城市的想法很现实：谁他妈的知道他们得了什么病？现在病因找不到，病情又控制不了，万一传染给我们怎么办？因此，离忧城的逃跑者成为丧家之犬，他们各处哀告，却四处碰壁，他们想尽各种办法，改换车牌，乔装打扮，或者投奔更远方还未得知消息的亲友，可最终他们发现，亲友们变为路人的速度那是相当地快，他们忘了这个时代最能抛弃的就是情感与义气了，在危难面前，所有人都只是想着怎么让自己活下去。

留在离忧城的人命运更不好，他们每天都必须面对着恐慌，每天都只能听着死亡数字的上升而毫无办法。要是谁不幸感染了，开始咳嗽发烧，他就哀号一声，迅速离开家人奔向城市的隔离区，自生自灭，而家人也没办法，只能饱含热泪目送告别，他们不能一起陪着送死，家里少死一个是一个。当然，医务人员在这场战斗中还是表现得异常勇敢的，他们面对着不知来自何方的死神一直战斗在第一线。虽然早期也有一些医务人员跑路，但是除此之外，医务人员展现出了无人能及的牺牲精神，他们逐步摸索治疗手段，渐渐减少了死亡比例。管委会也知耻而后勇，他们给予医疗部门强有力的支持，把各种资源全部动员起来，作为医疗部门的后备力量。就这样，在整个城市的努力抗击下，瘟疫进攻的步伐被迟滞了。可是，令人焦心的是病因一直找不到，没有人知道为什么会有那么大面积的人得了看似很普通的发烧感冒之后会迅速死亡，城市中因此谣言四起，甚至还有种种迷信传播开来。

终于，当春天过去，夏天来临之际，这场瘟疫戛然而止。还是没人弄清是什么原因，人们只是大致知道，也许是夏天的高温让病毒消失殆尽。不久，逃跑的人们回来了。再过半年，城市慢慢平静下来，一些病患逐渐恢复了健康。

很快，城市里的人们开始忘却这场突如其来的灾难，但是有些人没忘，其中一部分人是专业的医务工作者，他们不服气，这个城市受到如此大规模的攻击，竟然毫无还手之力，他们特别想弄清楚那些罪魁祸首是谁？他们一直准备着另一次大规模的瘟疫来临之际，与病毒展开决战——他们当然不是期待瘟疫，而是出于一种职业的、高尚的责任感。

　　另一部分人则是一些在瘟疫中遭受沉重打击的人，他们在瘟疫退去之后，也开始自主地调查原因，他们是一些清醒的具有危机意识的人，他们意识到也许这仅仅是自然的一次演习，更大的袭击说不定还在后头呢。通过广泛的调查，他们得出一个重要结论，那就是人类的各种不洁行为，比如吸毒、乱交、胡吃海喝，相当程度地助长了隐形病毒的传播，这种污秽的生活方式是所有疾病传播的主要推动力之一。得出这一结论后，这些人心生警惕，他们自发地组织起来，自称是"生活洁净主义者"，他们坚决要求个人生活的卫生和自律，把干净、卫生当作一种活下去的宗教。

　　这些人一直存在着，他们小心翼翼地存在着，他们对于自然的打击更加敏感，雾霾、沙尘暴也把他们视为更容易摧毁的弱者。当灾难来临时，他们总是率先逃跑，逃离这个肮脏无比的环境，有证据表明，第一个逃出离忧城的家伙就属于"洁净主义"团伙。可是，生活总是有例外，由于种种原因，当旧离忧城毁灭之际，还是有一小部分"洁净主义者"留了下来，他们参与了新离忧城的建设，并且成为这里勇敢的居民。这些残存的"洁净主义者"非常喜欢新城市的干净，他们受够了过去离忧城种种肮脏的恶习，大街上吐痰，厕所里臭气熏天，随处扔垃圾，饭馆里一片狼藉，人们不仅不知道爱护环境，还要常常肆无忌惮地破坏环境，在他们看来，这些都是必须根除的坏毛病。

　　新城市建立之后，各种区域如雨后春笋一般矗立起来，城市中的各种区域是有功能划分的，有的是纯游戏区，有的是人们刻意营造的特种生活区，还有一部分则是B种人生公司提供服务的公共区域。于是，根据"洁净主义者"的申请，他们建立了一个极为特殊的区域，这个区域是为了"生活洁净主义者"制造的特殊生活空间，追求的是绝对干净。在这个区域，人们生活在一个更独特的自我净化系统里面，这是整个新城市最洁净的区域，居住在里面的人都是最小心的，基本上这个区域就是一个大实验室里的小实验室——它的洁净标准是城市标准的十倍。

因此，预防成为这个封闭区域的头等大事，这里的人由于特别干净所以也特别脆弱，他们几乎丧失了抵抗传染病的能力。在这里，为了人们的安全，有一条非常重要的规定，那就是生物人之间不允许直接发生性关系。众所周知，在过去的离忧城，性病和艾滋病四处传播，尤其是艾滋病根本没有治愈的办法，"洁净主义者"就此明白了一个道理，只要两个生物人发生了肉体关系，那就意味着传染性疾病的可能性，他们认为生物人是最不干净的，他们传播的疾病是最无法抗拒的，所以，在"生活洁净区"人们被要求只能和可以自我清洗的机器人做爱。这个要求是有现实性的，"生活洁净区"不仅干净，而且具有整个城市最高级的人工智能水平，由于那些洁净主义者长期在封闭区域中生活，很少与外界接触，所以许多事情需要机器人帮助他们完成。这个区域不仅鼓励发明与科技创新，也不断购买其他区域的各种最新的科技产品，在这个区域，机器人已经能从物质到精神都满足人的欲望了，他们完美无缺，处处远超人类，而与机器人做爱恰好是这个区域最伟大最杰出的发明，正是由于这样巨大的努力，在这个洁净区，人与人之间的疾病传染原则上已经被阻断了。

20

然而，充斥着"洁净主义者"的洁净区域的生活并非一尘不染，虽然那里的环境几乎是这个星球最干净的，那里的科技水平是最高级的，但是其现实生活与其他区域的几乎没什么不同。原因很简单，这里或者那里的人们其思维和情感方式是一致的，人的思想很难被纯净化，头脑中永远是红尘滚滚那一套，他们和区域外的人没有太大的差别，当然他们更高级的地方就是绝对注重环境卫生，不过这只是一种纯粹的利己，这种充满预防的生活只是由于生活在这个区域的人更恐惧更脆弱而已。

在新离忧城有着各种各样的特色区域，有的区域纯粹是游戏，有的区域就倾向于一种独特的生活。洁净区域属于第二种，它有着各行各业，也有各种游戏，人们可以劳动做工，也可以游戏，当然洁净的生活是这个区域的重点。洁净主义者们很多吃素，所以比起那些胡吃海喝的人群，他们总是心更静一点，做事更耐心一些，这多多少少还是与他们的信念有关。

由于这个区域具有最高的科技状态，各种行业都在此被富有创造性地刷新着。比如舞蹈行业，它在这个区域早已日新月异，发展到了让人完全不可想象的地步。纯自然人已经基本退出了这个行业，洁净区域的舞蹈演员大都是进化人，这些进化人其实就是高科技的产物，他们当然是自然人，只是他们的头脑由于加入了电脑生物芯片而更具创造力，他们的身体则被强大的生物技术赋予了更多的力量感、灵活性和延展性，以及其他对纯自然人来讲不可思议的能力。一句话，由于生物技术、人工智能等高科技的飞速发展，人的头脑与躯体变得更加强大与完美了，纯自然人演员落伍了，因此被淘汰出舞蹈这个行业。为了保证表演质量，在纯净区域进行表演的都是人机合一的进化人演员或者干脆是机器人演员，这个区域的机器人绝对是新离忧城中水平最高的，没有之一，他们几乎到了与人完全一致，真假莫辨的地步。

可是即使如此，还是有一些纯自然人演员依然在顽固地坚持演出，他们相当于原来旧离忧城的那些黑车，没有执照，偷偷摸摸自己运营着。他们这么做的原因很复杂，有生存原因，也有热爱的原因，有的人是为了挣钱，有的人是因为从小爱好改不了，而且他们也拥有自己的市场，专门有人爱看自然人的表演。这些观看纯自然人表演的观众也各有原因，大致说来有两种：一种是纯自然人表演的价格还是比较便宜的，他们要价只是进化人要价的五分之一，价格永远是人类选择的强大理由之一；另外，有些人喜欢纯自然人表演来自于他们的变态爱好，这一小部分人似乎特别愿意观看人类原始的笨拙和激情，特别愿意看到纯自然人与进化人和机器人相比时的那种无能为力，那种拼命想达到目标却永远不可能的，既绝望又可笑的样子，他们觉得看到别人陷入困境而无法自拔那才是一种享受呢。

因此，在这个静水流深的洁净区域，两种舞蹈演员泾渭分明，一种堂堂正正，一种偷偷摸摸。进化人演员器宇轩昂，走到哪儿都是一副舍我其谁的样子，纯自然人演员则鬼鬼祟祟，难登大雅之堂。他们来路不明，鱼龙混杂，没有各种证件，不受规则保护，甚至没人知道他们是不是干净的。最要命的是，他们为了吸引观众常常剑走偏锋，故意把舞蹈编排得相当性感、相当挑逗、相当世俗，这种对观众的勾引其实是某种挑战，如果有观众忍不住与他们发生身体接触，也许就会传染疾病，那样，这个区域伟大的洁净原则就可能会被打破，这是绝对不允许的！

阳光很是灿烂，虽然是人工的。

吴一茹睁开眼，从被子中伸出手拉开窗帘，让阳光照在自己软软的床上。太阳似乎很近，这种人工阳光总有一种让人感到不太扎实的幸福感。在她年轻的生命中，时间可以被简单地分为两段，在一段时间里她看不到阳光，另一段时间里她看得到。前一段生活对她来说已经异常遥远了，她几乎忘却了那些生活的具体细节，只是记得自己在一个充满雾霾的冬天狠狠摔了一个大跟头，然后就把很多无用的记忆抛至脑后了。她的后一段生活是布满阳光的，她很喜欢这里的生活环境，空气干净，水是甜的，食物安全，只是这里求生的日子却充满艰辛。她的记忆力实在不好，她查过自己在中央系统里的档案留底，那里有关她的资料也很少，几乎与她想起来的差不了太多，她明白，这多半是她以前的选择。那是一些旧离忧城居民的典型做法，当他们决定投身到新离忧城的新生活之后，就下决心剪除了自己过去的记忆，他们真的想重塑自我，过一种不一样的生活。

九点，吴一茹早餐完毕，她打开窗子，清新的空气飘进窗子，她深深地吸了一口。阳光依然很温暖，人工太阳经过精确的计算已经慢慢升到了预定角度，吴一茹打开一条紫色的瑜伽垫，开始每天的热身瑜伽。她按下屋中的音响，扬声器中传来肖邦的钢琴曲，在那种缓缓的节奏中，她开始舒展自己修长的身体。她的面前是两条正在亲吻的陶瓷鱼，然后是镜子，镜子中显出她光滑而棱角分明的脸，她的嘴唇薄薄的，紧紧闭着，似乎表明她不愿向这个世界多说什么，她不算漂亮，但是看起来有一种深刻的充满沉默的美丽。她背后的墙上是一副十字架，她深深地爱着上帝，相信他会给她最后的救赎。她一边做着动作，一边感到了美好，这是她一天之中最放松的时刻，在这个孤独、安静的小小的房间里，只有阳光、音乐、上帝和她自己，她沉浸其中，在柔弱文艺的、自己的天地里，没有外面世界的侵扰，只有她绵延的不可切割的感性和爱——对于世界的不可掩饰的爱。

吴一茹清楚地记得自己来自于"科技区"，那是另一个特殊生活区，那里除了同样的大量游戏之外，还拥有大量的科学家和工程技术人员，整个区域充满了极度浓厚的科学技术的味道。那个区域最高妙的莫过于人工智能，它生产出来的机器人等高科技产品主要供给洁净区使用。她自己原本是一个机器人设计师，主要工作是负责机器人的设计和生产。在那个区域，生产出来的机器人已经非常先进了，他们和人几乎没有什么区别，只是人们还没有放手让他们进行完全的独立思维，但是他们自己已经渐渐往这个方向发展了。

吴一茹原来的生活就在宿舍、设计室和生产车间三点之间转悠，她的所有精力都放在如何使一个机器人更加优秀上面。某一天，她在庞大的生产车间的一个角落看到了一本书，那本书已经残破不全，它被抓在一个机械手臂中，那是一个已经报废的被肢解重装的机器人，在他被消灭之前，似乎正在看一本书。吴一茹好奇地走过去，从机械手中拿下那本书，翻开一看，是一本哲学普及读物，是有关叔本华的。

吴一茹有读书的习惯，她把它带回了宿舍。晚上她随意地读了起来，那本书写得很好，它介绍了叔本华的一生和他的哲学观点。按照书中的讲法，叔本华是个悲观的家伙，他认为人生是痛苦的而且是无聊的，人的一生就在这两种状态中来回飘荡。但是叔本华给出了他的解决办法，这个办法说来好笑，那就是通过艺术达到解脱和涅槃。吴一茹看完忍不住笑了，她从来没有看过这么不负责任的建议，这简直是拿无招胜有招，艺术那东西对这个特别现实的世界能有多大作用呢？

可是几天之后，当吴一茹再次走进庞大的充满自动化装置的生产车间时，那些隆隆的噪声，那些繁复而精密运作的机械装置，忽然让她有种喘不过来气的感觉，她瞬间就想起叔本华的话，她忽然觉得他说得对，在这里，生命是没有意义的，是痛苦无聊的，她必须离开，去开始一种新的生活。

于是她走出了车间，不自觉地舞蹈起来。她在路上跳，在科学区域的广场上跳，在房间中跳，有没有音乐都不停地跳着，如同穿上了神秘的红舞鞋。她就这样爱上了舞蹈，她不知道为什么会爱上舞蹈，也许就是受了叔本华的影响，他说过艺术能使人在审美中忘却自我，忘却现实，并且获得暂时的宁静和解脱，她牢牢地记住了他的话。

她的生活变了，成为了另一个人，她完全无视了别人的强烈反对。

她放弃了朝九晚五的生活，扔掉了所有专业书，然后迅速地移居到了"洁净区"，这里是城市中唯一的舞蹈圣地，只有这里才有这个城市最纯正的舞蹈，舞蹈才是最伟大的事业。她每天睡到自然醒，之后，就是独自练习舞蹈。没有人教她，她只是在网上跟着一些视频学习。学了一阵之后，她就开始去居住社区的一个舞蹈排练厅看别人排练，偷师学艺。她知道自己是一个自然人，根据这个区域的规则，她没有舞蹈表演资格，对于这一点，她既不解也感到了愤怒和自卑。她一般是在观摩进化人排练之后，自己进行模仿练习，还好，有关练习这件事，洁净区里没人来多管闲事，他们只在乎自然人不要公开表演即可。

吴一茹每天都在舞蹈排练厅刻苦地训练，她资质不错，进步神速。她常常超时长练习，人们总是能看到排练厅的灯光一直亮着，里面传来拉赫玛尼诺夫的第三钢琴协奏曲，偶尔会从窗口闪现出一个穿着芭蕾舞鞋的、瘦瘦的女孩子挥汗如雨的样子。吴一茹的脑子里充满着想象，她觉得自己一直在童话里跳舞，王子如何遇到灰姑娘，睡美人如何苏醒，白雪公主还有七个小矮人欢乐地在一起，她随着音乐不断起伏，身体与思想完全一致，她在自己的世界里一会儿欢乐，一会儿悲伤。

一天上午，她在排练厅门口看到了一个伟大的芭蕾舞演员，她叫辛辛，是一个著名的进化人演员。据说当她还是纯自然人时，就已经掌握了所有的舞蹈技巧，而当她通过人工智能和生物技术把自己的头脑和身体刷新一遍之后，她就产生了质的完美的飞跃，到达了别人难以望其项背的地步。由于她的名声太过响亮，吴一茹决定必须去学习一下。吴一茹走进排练厅，站在一旁看了起来，辛辛快三十岁了，她不仅依然保留着青春的朝气，同时也有对于生活更多的理解。她的一招一式，显得那么不可思议，每一个动作都做到了别人做不到的地步，而每一个动作的含义似乎又更加丰富。这是一个晴朗的早晨，阳光非常强烈地照进排练厅，辛辛的音乐用得格外舒缓，她行云流水地跳着，身影几乎充满了排练厅的所有角落，她比阳光更加饱满，她比音乐更加绵延，她似乎在某一段时间撑住了整个世界。

吴一茹看得呆了，今天她终于看到了专业中顶级的芭蕾舞表演。她的心怦怦跳着，她从艳羡、自卑、略感无奈，然后转为一种好胜之心，她想：我也行的，每个人不都是平等的吗？在科学区她设计的机器人从来都是最好的。此时，辛辛停了下来，她走到墙角拿起一块大毛巾去擦汗，吴一茹咬咬嘴唇，毅然走了过去，她走到辛辛身边，声音嘶哑地叫了一声：你好！你是辛辛吗？

是我——辛辛回过头仰起脸，冲她一笑。吴一茹看着辛辛那明净的额头，还有那张天生充满明星气质的脸，一时不知道说什么为好。

有事儿吗？辛辛问她。

吴一茹点点头，过了好半天她才说：将来，也许我会比你跳得好。

辛辛听了这话，忽然咯咯地笑出了声，她上下打量了一下吴一茹，然后开心地说：好啊，小妹妹，常常有人跟我说这句话，祝你好运。

吴一茹点点头，她转过身离去，就在这时只听辛辛在后面好心地告诫她说：不过，小妹妹，我告诉你，如果你是纯自然人就真的没有希望了，纯自然人在这个时代落后了，你必须想办法刷新自己才可以，要不然超越我就是幻想。辛辛说完又快乐地笑了起来，她自信的声音瞬间超越了吴一茹的身体。

那天，吴一茹训练了不大一会儿就回家了。辛辛的话极大地影响了她，她认为辛辛的话说出了事实，很显然，在这个时代在舞蹈这个专业，如果没有人工智能和生物技术帮忙，自然人已经处于绝对的劣势了。在吴一茹平时学习的教学视频中，没有一例是自然人跳的，那些优秀的舞蹈演员不是日新月异的进化人就是迅猛追赶的机器人，纯自然人的动作既呆板又凝重，已经完全无法符合当代的舞蹈审美要求。但是，用最先进的科学技术去刷新自己意味着高额的费用，她原来只是一个工薪族，去哪里搞到那么多钱呢？经过两天艰难的思考，吴一茹否定了自己去寻求智能帮助的想法，她接受了自己是一个低能的自然人的事实，无论她的肢体多么僵硬，头脑多么不灵活，那毕竟是她自己，所有的一切都是上帝赋予的，她热爱本真的、完整的自己，即使她充满缺陷，对于自己来说也是完美的，没有谁愿意自己的身体和思想被他者支配，她不需要被他者操控。

这样，吴一茹就只能面对纯自然人的困境，既然不能进行身体上思想上的刷新，就无法与进化人相比，无法在专业水平上与他们同步，更无法获得舞蹈表演执照，那么练习舞蹈是为了什么？难道仅仅是为了自娱自乐？她当然不想完全的自娱自乐，任何一项艺术的起始可能都有自娱的成分，但是最终都是需要观众的。吴一茹热爱舞蹈，她觉得舞蹈给了她生活的真谛，她同时也热切地希望别人能看到她的舞蹈，关注她，给她掌声。

这些没有答案的问题，并没有阻止吴一茹前进，相反，她拒绝了各种自甘堕落的地下演出——那种演出纯粹以色情吸引观众的注意。她拼命地练了起来，比原来更加努力更加投入，她刻意地忽视比较，她只跟自己比，她想每一天都比昨日的自己强一点就好。可是，人体确实是有极限的，某一天上午，她在做一个大幅度的跳跃动作时跌倒了，她扭到了自己的脚，钻心的疼痛过后，她站了起来想再试一试。她小心翼翼地摆动着小腿，可是由于脚的拖累她的姿势很不好看，一点也不优雅，可就在这时，她看到了阳光照耀下自己在地板上的影子，那个影子简洁、干净，即使她磕磕绊绊，那影子也有一种说不出的韵味，吴一茹看着那个既属于她又不属于她的影子，脑子忽然一震，她第一次想，我为什么一定按照他们的标准去跳呢？我为什么要一直局限于那种童话和传说里呢？我为什么不能想怎么跳就怎么跳，跳自己的舞蹈呢？吴一茹想到这儿有点兴奋，平时她的头脑从来是木讷的、沉静的，但是今天，她感觉自己的思维跳动起来，她终于有了属于自己的新想法。

吴一茹这一天果断地放弃了训练，她回去了。她在家中无所事事，听了很久的音乐，她忽然想起自己还藏有很多漫画，于是就把漫画搬出来，坐在地板上看了起来。

她翻到一本关于猫的漫画，漫画的主角是一只金黄色的猫，它每天都在一个庞大的住宅里奔跑，它一生的目标就是要寻找一扇窗子，据说那扇窗子是通往永恒的夏日的。有一天，它照例来到一扇巨大的百叶窗前等待，到了傍晚，窗子打开时它会一跃而出，它想看看窗外到底是不是那个它追寻已久的夏日，这是它每天的规定动作。但是此时，窗户旁边一个矗立的机械大钟忽然敲响了，随即大钟的中心一扇玻璃门打开，一个美丽的小小的女孩子从门中钻出来，她开始绕着圆圈笨拙地舞蹈，夕阳照在那个小姑娘身上，一片金黄。那只猫看愣了，它久久地注视着她，直到这时它才明白：那个永恒的夏日不就一直停留在它的身边吗？

吴一茹被这个漫画打动了，那只不停追寻的猫，那个舞蹈的女孩子，还有那只大钟以及窗外无限的夕阳，她被画中的一切打动，也被画中的一切融化。此时，她抬起头看看窗外，正好也是落日时分，她看到了新离忧城最有趣的奇景，一个人工太阳一个天罩之外的自然太阳正以同样的速度缓缓落下，整个离忧城似乎被夕阳点燃了一般，处在一片火红的晚霞之中。吴一茹心中忽然有一种必须起舞的感觉，于是她站了起来开始跳，就在夕阳下，在一首不知名的钢琴曲中，吴一茹翩然舞蹈。这一回，没有王子和公主，没有城堡和沼泽，没有大雨和树林，只有她自己。她仿佛进入了那个漫画，化身为那只金黄色的猫，她忘了自己的伤痛，不断跳跃飞腾，她在空中任意舒展，她穿过桌子和椅子的丛林，跳上茶几的高山，然后仰头凝望天空中的机械钟，她一跃而飞，化身为那个小女孩儿，她晃动、摇摆，迎接夕阳的眷顾，内心充满了喜悦以及恍然大悟的感受。吴一茹奋不顾身地舞蹈着，她在所有的角色中不断轮转，当新离忧城的两个太阳即将落下地平线的时候，她打破几乎保持了一天的沉默，大声地对自己说：我明白了，那永恒的夏日就在这里！

夜晚，孤独的吴一茹焕然一新。她非常清楚地知道，这一天她终于成为她自己。其实，当她走出科学区之后，她就一直在寻找自己，来到洁净区之后，她开始了自己的舞蹈生涯，不过那是别人的舞蹈，是人们多年以来形成的、按照某种固定方式表达的舞蹈。它是很美，但是它属于传统而不属于她。这一回，她找到了她自己的方式，她用自己的心来感受这个世界，用自己的方式来表达自己的所思所想。她因为低下的身体能力反而突破了别人的范围，也突破了过去的自己，她看到一片新的天地，在那个广大的空间里，她似乎可以拥有无限的自由，无论是灵魂上的还是身体上的。

几天之后，吴一茹去网上一查才知道这是现代舞，它早就存在，但她无师自通了。她从自己的经历明白，只要有一颗自由的灵魂和放松的想象力，那么一切都可以成为艺术，一切都可以舞蹈。

吴一茹再次拼命地练了起来，只是这一回，她不再从身体上去攀登一个达不到的高峰，而是开始了自己的创作。她每天会想起很多名词和题目，然后挑选一个开始用自己的肢体来表达。她发现这是一个非常有趣的游戏，因为天底下的名词和概念太多了，抽象的，具象的，比比皆是，她于是就有了无数的题材。但是同时，她也发现这个游戏太难了，因为很多名词无法用舞蹈表达，而同一个名词也会有不同的解释，比如什么叫解放，什么叫自我，什么叫快乐，什么叫希望。

但是，就在吴一茹的舞蹈技艺突飞猛进之时，她被人告发了。

告发者是与她同在一个小区的居民，他们投诉她扰民，理由有二：第一，她是一个纯自然人，本不应该跳舞，但是她每天不顾一切地跳舞，无论是在自己的家里还是在小区的路上，或者小区附近的舞蹈排练厅里，这太过分了；第二，她跳得太难看了，不断地抽搐、颤抖，毫无美感，如同一条得不到水的鱼。在居民的记忆中，舞蹈应该是由人机合一的进化舞蹈演员来完成的专业工作，他们总是会跳得异常优美准确，只有他们才能精确地演绎公主和王子的神话，而吴一茹的怪异的哆嗦和战栗几乎就是羞辱了舞蹈艺术。于是，在众多的声讨中，B种人生公司的管理人员上了门，他们礼貌地告诫吴一茹，她需要尊重一个区域的约定俗成和社会规范，特别是不能羞辱舞蹈本身，这一回他们仅仅是代表大众提出忠告，未来如果还有违反，管理人员就会根据情节的轻重予以处罚，严重的话说不定还会被驱逐出这个异常洁净的世界。

吴一茹听了这话，相当失落，她想，完了，看来人们完全不能容忍她自创的舞蹈，虽然它发自她真实的内心。

21

莉莉娅在韩时光的陪同下认认真真参观了整个城市之后，她下定决心留下来。新离忧城简直太宏伟了，它的设计出神入化，那种想象力是迷人的、令人信服的，具有各种梦幻与迷局充斥其中的魅力。无疑，新离忧城飞速前进着，具有希望和种种巨大的可能性，莉莉娅认为未来只有跟这样的城市融入一起，她的人生才能无限广阔。

莉莉娅很清楚，韦波这一把赌对了，这一回她是从一个专业投资人的理性来评估韦波这一行为的。她知道，韦波承担了巨大的风险，他以眼光的精准抓住机会，化腐朽为神奇，挽救了整个城市，同时他个人的财富估值也大大提升了。

莉莉娅仔细衡量之后，她觉得是时候放弃高宇了。原因很简单，与所谓的爱情相比，她更看重的是自己的未来。她与高宇在一起时确实比较愉快，但是要说那是爱情还是为时过早，他们毕竟才认识没多久。可是她与韦波是有感情基础的，她原来曾真正地爱过他，只是由于世事变迁他才各奔东西，但是离忧城翻天覆地的变化使韦波给自己加上了重重的一枚砝码，显然，现在在她与他的关系中，天平明显倒向了韦波的一边，这笔物超所值的好买卖，非常值得她下力气去做。

不过，莉莉娅很清楚要想和韦波恢复情侣关系并不是一蹴而就的，毕竟，在最困难的时候她离开了他，而当韦波今非昔比后，她才倦鸟迟归。于是，莉莉娅想出了一个好主意，她在新离忧城设立了一个南新投资集团的办公室，对外宣称要开展南新集团的相关业务。她的这一招很妙，摆明告诉众人她要投资新离忧城，作为曾学金融的高才生她十分清楚，严格说，任何企业都是缺钱的，尤其是当企业处于扩张期的时候——她敏锐地发现韦波的摊子铺得太大了。

莉莉娅的做法确实抓住了韦波的软肋，他很缺钱，而且比她想象的还缺钱。新城市的无限风光都是建立在韦波巨大的投入之上

的，他已经把所有的积蓄全部投入其中，几乎分文皆无了，他现在
渴望新的投资就如同沙漠中的人渴望水一样。所以，两个人从根本
上是相互需要的，他们具有全然的共同利益。莉莉娅回归之后一改
往昔的矜持变得非常主动，她借口投资事宜频频与韦波接触，韦波
当然不傻，他知道莉莉娅一石二鸟的想法，她既看好他的人也看好
他刷新过的城市，韦波经过认真的衡量决定重新接受莉莉娅。毕竟
他们曾经有过一段感情，那其中的美好是他难以忘记的，而且莉莉
娅的浪子回头也算不易，新离忧城正在不停地摇摆，它还没有完全
稳定下来，莉莉娅冒着风险毅然雪中送炭相当难得，他寻找类似的
投资人许久了，却一无所获，因此他必须珍惜莉莉娅伸出的橄榄
枝，也许，这就是他遇险坠落之前可以抓住的唯一的援手呢。

　　终于，莉莉娅和韦波再次同居了，她住进了韦波新的宫殿一般
的别墅。莉莉娅进驻之后，惊讶地发现，韦波的别墅虽然很大，但
是有一部分竟然是空的。她开始以女主人的姿态重新进行装饰，她
打算把空着的房间全部填满，按照自己的意思塑造一个浪漫典雅、
花团锦簇、生机勃勃的家。为了提高生活质量，她还找来了很多服
务人员，有做饭的，收拾屋子的，洗衣服的，管理花园的。别墅里
一下子人丁兴旺起来，每天都看得见各种雇员忙忙碌碌地干着活
儿，莉莉娅的目的达到了，她迅速地把韦波冷清的别墅变得热气腾
腾的。可惜，韦波对此却不大关注，他太忙了，几乎每天都是早出
晚归，总是满腹心事地沉浸在整个城市的现在与未来当中。于是，
莉莉娅提出要求，她希望两人每天至少要共进早餐，韦波很随和地
笑着答应了，莉莉娅自此就每天早起，亲自给韦波做早餐。她做着

自己从未做过的事情并且充满欢欣，她学着熬小米粥、煮面条、烤面包、做小咸菜，韦波每每吃到莉莉娅的爱心早点都会情不自禁地夸奖起来，他觉得莉莉娅确实不同了，那个颐指气使的公主不见了，她变成了一个对他充满爱怜的女人，他与她在这样的早晨，完全能放下那些似乎永远放不下的忧虑，简直过得太舒适太暖心了。

　　但是令莉莉娅烦恼的是，韦波仅仅是和她温存了一阵之后，就依然唱起了空城计。他常常好几天不照面，没人知道他去了哪里，他在做什么。莉莉娅先是有些怀疑，但是之后她就自我否定了。根据观察，莉莉娅断定韦波身边并没有其他什么女人，她很清楚他在这一方面一直无可无不可，他对于女人的需求更多地来自于利益。

　　不久，陪伴莉莉娅的任务就落到了韩时光身上，这当然是韦波安排的，韦波清楚莉莉娅确实需要别人的关注，而这种事儿正好是韩时光最擅长的。韩时光由于多年服务于洪修源，因此伏低做小、甜言蜜语，从来都是他的拿手好戏，韩时光坚决地接受了这项光荣的任务，自此，他每天如同一只报时的公鸡一样准时出现在莉莉娅面前。莉莉娅一开始对于这个明显有着底层阶级烙印的家伙毫不在意，但是由于实在无聊和无奈，再加上韩时光的刻意努力和讨好，她没多久就只好接受了他。女人一天要说的话简直太多了，一般男人都受不了，但是韩时光很快就成为莉莉娅最好的听众。莉莉娅从某一天起，开始向韩时光倾诉她和韦波当年的爱情，韦波如何对她呵护、如何对她好、如何为她摘取天上的星星而从不厌倦，韩时光耐心而感兴趣地听着，那张黑胖的脸上总是显出一副特别关注的表情，每每听到精彩处，他会欢快地张开小胖手啪啪啪地鼓起掌来，眼睛中涌出一种类似"终于等到了"式的亮光。韩时光的表现给了莉莉娅很大的鼓励，谁都是需要听众或者观众的，她在韩时光的掌声中滔滔不绝地讲着，事无巨细，一遍又一遍地重复、夸张，甚至创造性地编织一些过去的细节，而韩时光从来没有任何不耐烦的样子，总是保持着盎然的兴趣，就仿佛在聆听某种神仙的生活一样。

就这样，在韩时光卓有成效的工作下，莉莉娅的心渐渐平静下来。她审时度势，决定开始接受另一种生活状态，那就是等待，罗马不是一天建成的，耐心是人生最大的美德，她告诉自己。

一天傍晚，韦波还没有下班，莉莉娅很偶然地来到了韦波的私人游戏室。那是一个很隐秘的地方，韦波把它放在了地下三层的一个角落里。由于韦波的别墅相当庞大，房间也很多，莉莉娅一直没有注意到别墅里还有这样一个特殊的地方。这是韦波的一块自留地，他有时会把自己关起来，玩玩游戏，闭门想想心事。莉莉娅进入游戏室时，以一个女人的直觉感到气氛有些不一样。她很仔细地打量着房间，生怕漏掉任何细节。果然，她看到了一个令她惊讶的景象，就在游戏室的一头转过一面隔墙，一个女孩子的全息雕像赫然矗立，她栩栩如生，好像马上就可以和任何人说话一样。莉莉娅打开电脑，桌面上很显眼地放着唯一一款游戏，那是一个为韦波量身定做的游戏。莉莉娅进入了游戏，她发现那个女孩叫作孟有纪，而整个游戏就是有关她冒险的故事，她如何拯救一个城市，如何被攻打，最终又如何逃脱围追堵截。不知为什么，莉莉娅的心开始痛了起来，她有一种想哭的感觉，她看着她面前那个美丽而虚幻的女人情不自禁跌落到座椅里，她当然知道她是谁，她在过去的离忧城是那么地出名，后来却不知所终了，可她没有想到，她竟然就在韦波的心底。

于是，在第二天早餐时，当韦波一边吃一边看着半空中悬浮的立体游戏新闻时，莉莉娅忍不住发问了。她告诉韦波她去了他的游戏室，然后问韦波：小波，你认识孟有纪？

孟有纪？韦波听了一愣，他瞥了一眼莉莉娅，然后老实回答说，我认识。

她后来去哪儿了？莉莉娅问。

不知道。韦波事不关己地喝了一口粥说。

那她为什么会在你地下室的游戏里？莉莉娅问。

韦波听了没有说什么，过了一会儿他笑笑说：那就是一个游戏而已——

如果是这样的话，你能不能把那个游戏卸载了？莉莉娅进一步地问。

韦波闻言又沉默了，他拿起面包吃了一口，面包和黄油的香气深得无可置疑。韦波盯着面前莉莉娅做的丰富的早点，他抬起头认真地看了莉莉娅一眼，从莉莉娅的脸上他看到了他从未看过的表情，哀怨、感伤、忌妒、委屈。

那个，就是一个好玩的游戏而已。韦波再次笑着耐心地解释道。

不行，我受不了。莉莉娅说着，眼睛之中慢慢涌起了泪水。

韦波明白她的意思，他低下头看到莉莉娅的碗空了，就拿过来，给她盛了半碗皮蛋粥，然后递给她，接着他和颜悦色地说：好吧，那我想想。

还想什么？小波，你为什么不能马上删呢？莉莉娅撒娇地晃着肩膀叫了起来。

韦波笑了笑没再说什么，他接着吃起自己的早点来。莉莉娅看着韦波岿然不动的样子，委屈的泪水一下子流了出来。

吃完早饭，在去往工地的路上韦波一直沉默着。韦波的脑子一直在转着，莉莉娅的表现他当然看在眼里记在心头，他想了很多，这个城市一直在扩大，它正处于快速发展时期，需要各种各样的帮助，特别是莉莉娅那样的帮助。车开到城市边缘，路慢慢变得不好走了，车窗外开始出现大批忙碌的建筑工人时，此时韦波忽然想明白了，他对开车的韩时光说：时光，你不觉得小姐是太闲了吗？他一直管莉莉娅叫小姐。

可能吧，但是小姐每天都在认真地等您。韩时光非常谨慎地说。

你说，我们能不能让她不那么闲？韦波这时问。

您什么意思？韩时光听出弦外之音，立刻竖起了耳朵。

我的意思是，如果小姐有事儿做，我不是也更从容一些？韦波琢磨着说。

韩时光此时理解了韦波的意思，他点点头，想了想，然后小心翼翼地说：如果有人能多陪陪小姐，她会不会更舒服更安静？

那当然好，而且还得是一种特殊的陪，陪的时间越长越好。韦波说着咧嘴一笑。

韩时光听了这话算是心里有了底儿，他转了转眼珠，顿了一下提出了自己的建议：老板，按照您的吩咐，我前一阵调查过小姐在南星城的一些经历，我知道小姐有位男友，是个海归富二代。韩时光眯着眼睛笑起来。

这个好啊，你去想个办法，让那个男孩子到这个城市来，让他们再续前缘嘛——韦波立刻说。

那您不怕出事儿？韩时光小心地问。

韦波听了忽然哈哈大笑起来，他往车后座上一仰，有恃无恐地说：放心，小姐可是一个聪明人，她懂得孰轻孰重，她现在只不过是太闲了而已。

明白，您就等着我的好消息吧！韩时光心领神会地说，要说，还是您高瞻远瞩，胸怀广阔。

韦波闻言情不自禁地笑了起来，他也觉得自己干得漂亮，他并不在乎莉莉娅会跟别的男友上演什么情感戏码，他要的只是一个能给他带来利益最大化的合作者而已。如果这么做能安慰莉莉娅那颗躁动的心，他何乐而不为呢？

当然，你也别闲着。小姐和那个海归男友在一起的证据要拿到，要保存好，这样，我们永远主动。韦波过了一会儿想想又说。

您放心吧，这些细节我都会注意的，所有的证据都给您留好。韩时光媚笑着，如同一条狗摇着尾巴一样欢快地说。

韦波听了再次笑起来，他的笑声是那么有分寸，那么充满节制和自控，他觉得如果他能如此游刃有余地一步一步走下去，整个世界就会一直在他的掌握之下而不会轻易溜号。

于工然不知道自己为什么叫于工然，她只是觉得自己这个名字真的很难听，像个男人的名字，毫无女性色彩。

她总是作为一个特别重要的他人，生活在他人的生活中，她对他人有很重要的影响。

于工然是一个卓越的智能机器人专家，她居住在新离忧城一个特殊的科学技术区域。这个区域聚集着一些非常高端且极端的科学家和技术人员，他们都聪明绝顶，不相信上帝以及其他怪力乱神的东西，只相信科学本身，他们认为凡是科学不能证明的都是扯淡。科学区与洁净区比邻而居，科学区的大部分科技产品都卖到了洁净区，这造成两个区域的科学技术水平亦步亦趋，只是洁净区更干净更有特色，里面的活动也更复杂有趣，而科学区的生活则比较枯燥，那里基本上没有世俗的娱乐，有的只是对于真理的勇敢追求和对技术的深深沉浸罢了。

于工然的脸不难看，棱角分明，她打扮中性而且不修边幅，看起来很像一个粗糙的男人婆。她爱抽烟，骂起人来也狠，她的主要工作是设计和制造一些参与工业生产的机器人。她同样有一个不为人知的缺点，那就是她有一部分记忆是不清晰的，她不知道这是怎么搞的，只是听说，离忧城有很多人从旧城进入到新城时选择了记忆刷新，也许是那些人觉得过去的事情太痛苦了，因此他们选择了忘却。于工然猜想，估计那时她也是这么做的，但是她依然心存怀疑。

于工然去查过中央系统，按照系统的记录，她的父母是两个伟大的科学家，他们为建设这个伟大的新世界做出了巨大的贡献，他们在研究一个难以索解的问题时跟随一个智能机器人飞到某个飘忽不定的衍生世界，从此就没再回来。有关他们消失的原因系统没有记录，于工然问过科学区域的一些前辈科学家，他们说法不一，有的说那时机器人还不完美，他由于系统错误带错了路，因此使于工然的父母误入歧途，难以返回；但是也有人向她解释：谁说衍生世界不是一个更好的归宿呢？比如，在虚拟世界和现实世界的众多衍生世界中，就有一个理想世界，据说在那里生活可以没有任何担忧和烦恼，她的父母也许只是做出了某种选择而已。

　　于工然还有个业余爱好，就是制作从事专业舞蹈表演的机器人，她的产品往往要与那些经过智能刷新的进化人演员竞争。从理论上讲，她觉得在未来机器人一定能超过进化人，但是目前机器人的技术还有所差距，她制造出来的那些舞蹈演员，力量、耐力、灵活性都够了，但是他们的创造性还是比进化人差了很多。这实在是因为人的头脑太千奇百怪了，他们会在瞬间转过无数个模糊的念头，然后总会在某一刻产生一个最新奇的、从未有过的想法，这种在模糊中展现清晰爆发点的思维能力目前对机器人来说还是遥不可及的。

　　于工然会做许多白日梦，其中一个最古怪，就是去当一个舞蹈演员。可是她清楚地记得父母的愿望，他们都希望她成为一个好的人工智能专家，而不是什么半吊子艺术家。于工然没有选择，她按照父母的要求去生活了，虽然他们一直没有回来。但是她总是能想起他们充满期望的眼神和那种专注的表情，她不断压抑着想成为舞蹈演员的荒诞的念头，这种压制一般不成问题，可每当于工然遇到无法解决的问题时，她的心中就不禁会扬起某种怨恨，她想：这种工作太难了，搞科学技术太难了，这真是我喜欢的吗？我为什么不能跳舞去呢？

　于工然有个妹妹叫作吴一茹，她不知道为什么她的妹妹叫吴一茹，她和她一样聪明，但是思维中却有着质的区别。在于工然的思想中稳定从来是第一位的，但是吴一茹的脑子里思维却总是跳跃的，于工然爱说，滔滔不绝地说，然后按部就班地工作；吴一茹爱沉默，但骨子里都是我行我素，一肚子不合时宜，只要她想清楚了，她就会义无反顾地去做。

　她们曾经一起工作过，彼此是对方最重要的他人。但是在合作当中，她们总是争吵，每回激烈的争执完毕后都会长时间地互不理睬。她们在一个巨大的工厂干活儿，一边是实验室，一边是生产车间。吴一茹每每吵完架总是站在生产车间的门口看着科学区域以外的地方，她一站就是几个小时，眼神飘忽，思绪无边，而于工然则枯坐在实验室的操作台旁，看着摊在操作台上的各种机械零件生闷气。本来，她们合作生产的各种机器人闻名遐迩，其高稳定性、高智能性、高仿真度使同区域的很多公司向她们下了订单，但是她们之间的各种分歧各种吵闹总是使生产时间拖了又拖。

　你他妈的到底想不想干啦？吴一茹站久了之后，于工然都会忍不住向外怒吼。

　吴一茹根本不回答，她不关心什么生产计划，只是歪着头向外张望。

　别再痴心妄想了，你生来就是他妈的一个臭工程师，你生来就是跟这些机械王八蛋打交道的。于工然又骂道。

　吴一茹充耳不闻，她的脑海中反复出现一个跳跃的影子，那是她自己，在舞台的中央尽情舞蹈。

老师，你为什么叫我们机械王八蛋呢？这时，一个坐在一旁的刚生产好的机器人非常冒昧地发问道。

闭嘴，你他妈的好好思考你的人生吧，以后上了生产线干活儿，你就没这么闲了。于工然抽了一口烟恶狠狠地说。

机器人委屈地闭了嘴，他脸上的表情是一副挨骂后的苦相。

吴一茹依然没有反应，于工然把一段机械手臂哐的一下扔到操作台上，然后起身叼着烟走到实验室门口，打开门冲着门外再次叫道：你以为我不知道你在想什么？你别做梦了，你休想去跳舞，那是不务正业，你生来就是一个工程师，一个理科生，一个没有胸也没有屁股的理科生，都没有男人喜欢你，你跳舞给谁看啊？

于工然骂完气哼哼地走回座位，这时另一个刚刚制作好的舞蹈机器人也忍不住奇怪地问：老师，不对啊，在你给我输入的系统里，跳舞就是人生的意义啊，你为什么说那是不务正业呢？

宝贝儿，人跟人不一样，你生来就是美女，你的意义就是负责美和让别人审美；而我们，他妈的就是干活儿的命，说好听点我们是科学家、工程师，实际上我们跟流水线上干活的那些机器没有区别，这个世界就是这么不平等。于工然耐心地教导着她喜欢的舞蹈机器人。

喊，我不服，您说得太极端了——这时，刚才挨了骂的工业机器人一边翻书一边接下茬儿说。

有你事儿没有，多看会儿书能死啊？！于工然扭头呵斥道。

赵晓川一直在密切关注着吴一茹和于工然。

为了完成韦波交代的任务，他认真进行了准备和研究。随着调研的深入，赵晓川非常惊讶地发现，他要对付的这个投射不是一个人而是一对孪生姐妹。

为了慎重起见，赵晓川决定耐下心来，打算步步为营地做事。他每天来到中央监视系统，仔细观察于工然和吴一茹日常的生活。他事无巨细地看着，可是，越看有些事儿他越糊涂，记录中本来说明她们是在一起的，但是实际上，她们却生活在不同的区域，而且似乎还生活在不同的时光里，有时在白天他只能看到其中一个人，而另一个人只会在夜晚到来，他真的不明白这是为什么。

在中央系统中，赵晓川也查到了她们父母的一些资料，他知道他们曾经是非常优秀的科学家，由于某些原因他们一去不复返了。与其他科学家不同，他们是信仰上帝的，当他们向女儿告别时，留下了一本《圣经》，那应该是科学区唯一的一本《圣经》。

22

不知为什么，这一段时间以来总是有关于新离忧城的消息传到高宇的耳里。不管是他在帆板训练基地，还是在做志愿者，抑或是参与一个创新的管理培训课，新离忧城的各种传说都相当缤纷多彩。

有一次他晨跑经过一个体育场，看到一帮半大小伙子在玩篮球，高宇兴之所至停下来加入了他们。他本想凭着在国外大学多年的训练应该不费力气，谁想那帮孩子打得倍儿棒，没对抗一会儿他就上气不接下气了。

半场休息时高宇已经累趴了，他一边擦汗一边对小伙子们说：行啊，兄弟们，真有两把刷子！

这算啥？一个高挑的小孩儿傲气地一笑，说，我将来去离忧城，和那些great player去PK。

great player是指谁？高宇没听明白。

就是离忧城游戏里的那些great player，他们会在那里等你一辈子，小孩儿认真地解释说。

小伙子的话给高宇留下了很深的印象，看样子离忧城是一个神奇的地方，那里到处是不可多得的游戏，这太令人神往了，高宇想。

不久，另一件奇怪的事情发生了，那就是莉莉娅不见了。高宇到处寻找莉莉娅，但是她就是踪影皆无。高宇尝试着不断给她发微信打电话，可是她就是不回应，很快，有小道消息传来，有人说莉莉娅去了新离忧城。

高宇是真的喜欢莉莉娅，从个人的口味上来说，他一直喜欢比他大几岁的女孩儿。莉莉娅文艺、多情，时而愁苦时而若有所思，与周围青春靓丽的女孩子们相比，她那么直接、那么赤裸裸，她高傲、优雅，有一种难以忘怀的古典美，当然，她还有一种高宇看不明白的深沉，不过也正是如此，高宇才觉得她越发神秘。还有一点，那就是莉莉娅给高宇的性感受很独特。在这方面，高宇非常直接，他想要什么就直接表达，可是莉莉娅对于这件事却似乎羞于启齿，从来不主动提及。但是上床之后，她却变成了另一个人。她一开始总是欲拒还迎，慢慢地褪去羞涩后，她就毅然决然地迈向高峰，当她高潮来临之际，她会抛去平时一切的伪装，不管不顾地尖叫起来，那种尖叫声粉碎了平时莉莉娅精心编织的一切，还给高宇一个没有伪装，只有真诚与无敌欲望的最单纯的女性。

种种原因之下，高宇决定去新离忧城寻找莉莉娅。

果然，当高宇走进新离忧城时，他被震撼了。这个城市太有想象力了，它就如同许许多多的梦幻叠加在一起旋转生长成的一般，那些花样翻新的区域代表了不同的创新生活，那些层出不穷的游戏简直太好玩了。高宇发现，那个小伙子说过的篮球游戏确实存在，在游戏中，现实的玩家可以扮成一个篮球队的队员任意和各种不同时代的篮球高手过招，那些高手或许是虚拟的，或许是高科技机器人制作的复制品。在比赛中，一个游戏者可以不断学习，找出自己和高手的差距，也可以尽力和高手PK以衡量并展现自己的能力。高宇迅速被这些游戏吸引了，他在眼花缭乱之中刚想投身进去，忽然想起，他来这里是找人的。

很快，高宇得知了莉莉娅的下落，有人非常主动地告诉高宇，莉莉娅在一个叫作天峰大厦的地方租了办公室，这个大厦是整个城市的中心，庞大的中央管理系统就在这里。

一天早晨，当人工太阳精确地升起之后，高宇异常潇洒地走进了莉莉娅的办公室。他穿了一件黑色休闲外套，里面是一件蓝白条纹衫，他挽着七分袖，露出结实的小臂，深咖色条绒裤被他的长腿完美地诠释着。莉莉娅正在电脑前工作，她抬头看到他的那一瞬觉得被晃了一下，她不禁啊的一声叫了出来。高宇踩着黑白贝壳鞋闲庭信步一般走过来，他露出令人心醉的阳光一般的笑容，对莉莉娅热情地说：Lisa，我来了，你怎么走都不说一声？

莉莉娅无言以对，看着年轻俊朗的高宇，她的惭愧之心油然而起，想了半天才有点气短地说：我的工作重心转到这里来了。

好啊，这说明你的事业越做越大了，有什么我可以效劳的吗？高宇继续热情不减地问。

莉莉娅相当尴尬，她犹豫了好一会儿，才下决心说：小宇，我们分手吧，我们好像不大合适——

Lisa，我不接受你这个分手理由，我打算把你追回来，我喜欢你。高宇笑嘻嘻的，一点也不生气地说。

不行，这绝对不行，我已经有男朋友了。莉莉娅有点着急地坦白道。

高宇听了一笑，他说：Lisa，你这么优秀的女人有男朋友很正常，我不怕参与竞争。

可你完全不是他的对手。莉莉娅听了摇摇头，她觉得面前这个小孩儿太异想天开了，他根本不知道他要面对的是谁。

Lisa，你可别小看我，你新男友能给你的也许我无法给你，但是我给你的他也无法给啊。高宇非常自信地说。

就这样，高宇在新离忧城待了下来，为了追求莉莉娅，他开始在游戏中打工。

由于高宇打的是零工，所以他的时间是弹性的。他总是出其不意地去找莉莉娅，就如同一个不请自来的客人一样。莉莉娅采取了多种套路对付他，她对他冷淡漠然，他毫不在乎，依旧热情无比；

她和他推心置腹地长谈，解释她目前的处境，他微笑地听着，之后表示理解，然后还来；莉莉娅跟高宇发小姐脾气，可是高宇不急，无论莉莉娅说什么过分的话，他就是微笑着保持礼貌。最终，莉莉娅只好开始躲，但是很奇怪，无论她是去考察游戏项目，还是去调研城市建设，总会在半途中遭遇高宇。

莉莉娅不得已向高宇谈论韦波，她告诉他韦波如何优秀、如何卓尔不群，如何重建了一个濒临完蛋的城市，目的就是让高宇知难而退。高宇总是耐心地听着，有一次，他突然问道：可是，他在哪儿呢？我怎么从来没见过他？

他忙得很，哪像你这么闲？莉莉娅不屑地反唇相讥。

那他晚上干你吗？最近干你了吗？高宇又问。

莉莉娅一愣，她没有想到高宇会问得这么直接，一时有点难以启齿。

高宇认真看着莉莉娅有些发黄的脸色，心疼地说：Lisa，别再撒谎了，你谈论的是一个伟大的企业家而不是你的男朋友，你的状态表明你明显缺乏爱抚了。

莉莉娅听了这话，吹牛的劲头一下子泄了，她的心中忽然涌起一股长长的酸楚，高宇这一回说对了，她已经好久没和韦波亲热了，因为她都很少见到他。

此时，高宇凑过来，莉莉娅条件反射般地想推，但是没用，高宇伸出手把莉莉娅捉住，然后用孔武有力的双臂把她抱了起来。你干什么，莉莉娅压低声音叫了起来。高宇没有回答，他直接把莉莉娅抱到一张宽大的办公桌上推倒了，莉莉娅不敢再叫，但仍和高宇激烈对抗，心中洋溢着一股不知名的愤怒和委屈。莉莉娅的衣服被撕破了，手臂被划破了，渐渐地，她全身开始发软，经过长时间的抗争，莉莉娅不得不接受失败的命运，她终于被高宇按倒在办公桌上开始做那件事。她起初极其不情愿，但是随着高宇冲击力度的加强，她在某一刻突然屈服了，她慢慢地摆脱了世俗中的一切私心杂念、顾虑担忧，逐渐沉浸在一种单纯的肉体的快乐之中。她开始享受，并主动搂抱高宇，她慢慢幻想一些拥有爱情的日子，最后当她的身体奔向狂放的高潮时，她在一种欲仙欲死之中感到一种极度的幸福——那是一种真实的、不可抹杀的、被人关注的幸福。

赵晓川来到了洁净区。

他是经过多次消毒之后才被允许进入这个区域的，进去之前，他听到了有关这个区域的种种传说。但是当他进来之后，他发现这里和他想象的完全不一样。他本以为这里如同老僧入定时的状态，十分宁静，全无杂念，可没想到，这里其实还是红尘万丈醉生梦死那一套。

诚然，这个区域非常干净，但是这里的所有生活与外头几乎毫无二致。这里确实有一些严格的卫生规矩，但是除此之外，这里并没有什么特殊的地方，人们的种种思想还是一致的。

赵晓川到达之后就参加了一个持续三天以上的狂欢。如同新离忧城里的其他区域，狂欢是日常活动之一，这是新离忧城游戏人生的基本态度。这一回洁净区的狂欢题目是"阳光下的我们"，区域要求每个参与者都模仿阳光下的某种人或者事物，这个题目出得很准确，新离忧城的居民对于阳光有着自己独特的感知，毕竟他们经历过那些长久的雾霾蔽日的日子。人们果然很感兴趣，他们花了很长时间装扮自己。狂欢开始后，几乎所有人都出来了，他们暂时放弃了自己在游戏中的角色，变为奇奇怪怪的普罗大众。新离忧城好玩就在这里，一个人可以不时转换角色，体验不同的人生。人们的打扮五花八门，他们有的是太阳，有的是向日葵，有的弄成光线的样子，还有的变成各种各样的动物，后来有一拨豪爽的家伙穿成古罗马人物的样子，晃着膀子从区域的街道上招摇而过，这就激发了人们的欢乐，于是他们越穿越少，最后全都模仿着油画中奥林匹斯山上众神的样子，赤裸着开始了天庭中炙热的狂欢。

整整三天，人们在一种外表、器物、食品极其干净的状况中，纵情声色。赵晓川一直在观察，他也入乡随俗，穿成一棵草本植物的样子，他冷静地看着区域中的人们狂饮、高歌、大笑，如同猿猴一般大呼小叫。赵晓川对这一切感到很惊讶，在他的预想中洁净区应该是一个严肃有余、安静寂寞的地方，但是现实却是相反的，人们的行为远远无法达到洁净。在观察中，他深深体会到一种拘谨自省的氛围建立起来是要花很长时间的，但是如果溃败开始，人们就会以十倍的速度迅速滑向堕落的深渊。

傍晚，两个夕阳同时落下。很多人还搂抱在一起喝酒，赵晓川也拿了一大杯啤酒坐在一个宽大的台阶上喝着，他看着周围众多男男女女匍匐在他左右，他们相互缠绵相互抚摩，说着甜蜜的情话，这让他想起中国古代的酒池肉林，他没想到历史会在此刻以这样的方式重演。天渐渐黑了，他周围的人依然在麦浪一般地起伏，赵晓川喝得有点多，他半躺在台阶上昏昏欲睡。这时，一个醉汉摇摇晃晃地走了过来。

朋友，你为什么不找一个女孩子潇洒一会儿呢？醉汉坐到他的旁边关心地问道。

我当然想找，这儿的女孩儿好找吗？赵晓川喝了一口酒扭头问。

当然，这儿的女孩儿非常好找，她们都是机器人，又特别顺从，她们现在已经跟人一模一样了，而且卫生标准超一流。醉汉说。

真有创意，这个区域太他妈干净了。赵晓川讽刺地笑着说。

其实，这是最干净也是最脏的地方，这儿的人只是想以最安全的方式来体验人类最大的疯狂。醉汉说，之后他又附到赵晓川耳边继续说道，告诉你一个秘密，这里的人其实都很装逼，别看他们平时文质彬彬，实际上他们非常虚伪，他们一直在寻找机会破坏这里的各种准则。

事实证明，醉汉所言不虚。赵晓川发现，这儿的人们确实一点也不规矩，似乎所有人都憋着劲在狂欢中找机会故意破坏规则，故意犯错误，人们利用麻醉物让自己到达完全不负责任的状态是一种特别坚韧的传统。

赵晓川在狂欢中准确地找到了自己的目标，她就是吴一茹。那个女孩子身材修长，表情冷静而坚毅，她的额头是亮亮的，腰总是很直。在这一次狂欢中，吴一茹全程参与了，她如同一条不知名的小鱼，默默无闻地跟在庞大的鱼群后方。赵晓川目光敏锐，根据他的观察，吴一茹一共犯了两个错误，第一，作为自然人她公然跳舞了，那是某个深夜，人们都已经睡去，她在一个空无一人的街头翻然起舞，没有音乐，没有人群，只有灯光，她在酒精的刺激下，不顾一切地起舞。她跳了一会儿，一个高大的黑影出现了，他围绕在吴一茹的身边也跳了起来，那不是传统的芭蕾舞，而是一种令人动容的双人舞，赵晓川即使作为一个门外汉，即使躲在暗处，也看得懂那种舞蹈的热烈与放荡的气质，它奇异多样，不完美却绝对真实震撼。很久之后，舞蹈完毕，跳舞的两人完全喝醉了，他们拥抱在一起毫不犹豫地走向黑暗，赵晓川跟了过去，但是由于道路不熟，他们很快就消失了，赵晓川不知道他们去哪儿了去做了什么，不过根据他们那种饥渴纠缠的样子，他断定他们一定是去做爱了，这是他观察到的她的第二个错误。

清晨，吴一茹从宿醉中清醒过来。

阳光太喧闹了，这是新离忧城独有的双份阳光。

吴一茹的头非常疼，她不知道自己如何回的家。她只记得自己参与了一个疯狂的派对，在派对上她纵情狂欢，开怀畅饮，她似乎好久不那么快活了，在酒精中她忘却了身上长期练习舞蹈带来的伤痛，以及她作为一个能力低下的纯自然人的惭愧。

吴一茹花了很长时间才坐了起来，她走下床给自己倒了一杯清水，她慢慢地把那杯清水喝完，然后开始整理思路。这时她看到自己的手臂上有一道清晰的划痕，她不知道这是怎么弄的，她尽力回忆，之后忽然害怕起来。

她想起来了，她应该是和一个男人做爱了，他身材匀称，臂膀有力，面容和善，他应该是一个典型的自然人。吴一茹想到这儿，心头一紧，她知道她犯了大忌，因为在这个区域，人们普遍相信两个生物人在一起是不干净的，会产生死的危险，就如同当年艾滋病毒传播的后果。吴一茹不禁战栗起来，她紧张地盯着那道划痕，感觉它似乎就在一瞬间扩大了。

也许，是我记错了？吴一茹侥幸地想。

对啊，应该是我记错了，我怎么会做这种事情呢？吴一茹开始安慰自己。

我需要继续休息，休息一下就好了，不会再胡思乱想。吴一茹对自己下了命令。

吴一茹再次躺了下来，她打算继续休息，同时也把自己恶劣而恍惚的记忆抹去。

吴一茹睡去，醒来，再睡去，再醒来。但是，终于，在隔天的下午，她的主观努力遭到了否定。任何想象在事实面前都是无力的，她在自己的枕头底下发现了一条双鱼项链，这条项链不是她的，应该是别人送给她的。吴一茹仔细回忆，最后她断定送给她礼物的就是那个高大的男生。他们应该是在一个篝火晚会上相遇的，他们在一起喝了很多酒，说了很多不靠谱儿的话，如果没猜错，那个男生应该也是一个隐藏的纯人舞蹈演员。他们在一起喝醉之后产生了无法控制的舞蹈欲望，于是，他们逃避了众人的目光，在无人的街角跳起了自己的舞蹈，他们随着音乐扭动、颤抖、拥抱、啃噬、鞭笞，毫无顾忌地表达了奔放的不可抑制的欲求。

吴一茹真的吓坏了，她想到了死，想到了这个区域的规则，想到了自己终将被驱逐出去，并且无家可归。夜晚，她形单影只地去了舞蹈排练厅，排练厅里空空荡荡的没有人。音乐响起来，可她根本无法起舞，她在排练厅的角落里坐了下来，之后就抱着双膝痛哭起来。没错，她触犯了这个区域的有关洁净的戒律，那不仅是生活习惯也是一种信仰，如果这种信仰被破坏，破坏者肯定会遭受灭顶之灾的。吴一茹哭了好一会儿才停了下来，她的头顶在膝盖上，看着自己的小腿开始了祷告，她在念主祷文，她一遍一遍地念，她希望上帝能助她一臂之力，把她从恐惧的深渊中拉出来。

很久，排练厅的门打开了，一股冷风吹了进来，一个身材偏高的男人走了进来，他略胖的脸上带着玩世不恭的坏笑，走起路来有一股拖泥带水且事事不在意的样子，他走到吴一茹面前闲闲地停下来。

你是一个自然人，你离我远点——吴一茹完全没有抬头，她看着他的裤子和皮鞋就能确定，机器人一般都有穿标准服装。

我为什么不是一个进化人呢？赵晓川笑嘻嘻地问。

在我们这个行业，进化人是不会主动跟我们打招呼的，他们看不起我们。吴一茹看着自己的膝盖说。

此时赵晓川蹲下身，他凑近吴一茹说：也许，我是一个可以帮助你的自然人呢。

吴一茹听了这话，慢慢抬起头，她端详着赵晓川，过了很久，才惊讶地问：你不会是赵晓川吧？

正是在下。赵晓川笑着点点头。

你是我的偶像，只是比原来胖了，你怎么会来到这里呢？吴一茹有些莫名其妙地问。

你能先讲讲，我为什么是你的偶像吗？赵晓川忍不住好奇地反问。

吴一茹很爽快地回答了赵晓川的问题，她对赵晓川确实有一种天生的亲近感。她告诉他，她看过很多有关他的书，听过歌唱他的歌曲，还看过描写他生活的话剧。她喜欢他的原因，就是因为他是一个自由的形象，他一直在按照自己的想法生活，别人无法阻挡。

赵晓川饶有兴趣地听着，他知道吴一茹嘴中的那个人并不是他，但他能听得出这个城市的人确实对自由充满了渴望。

吴一茹说完了，赵晓川问她：你好像遇到麻烦了？

吴一茹没说什么，她缓缓把头往后面的墙壁一靠，眼泪就慢慢流了下来。赵晓川静静地看着她，她无声地哭了一会儿，才停止了，她用手擦擦眼泪，睁着一双红红的大眼睛说：对不起，晓川哥，你找我有什么事儿吗？

不好意思，我确实需要你帮我一个忙。赵晓川说，但是，我真的没想到你现在状态不好。

没事儿，没事儿，你说吧，要我帮什么？吴一茹问。

我想去见中间介质世界中的超级计算机。赵晓川说。

吴一茹听了一愣，在新离忧城很少有人知道超级计算机的事，这是一个秘密，更没有什么人知道她与超级计算机有关系。

晓川哥，看来你是有备而来。不过这事儿可不容易，你要想去见超级计算机，是需要密码的，而这个密码我只有一半，另一半在我姐姐手中。吴一茹声音沉郁地说。

赵晓川认真地点点头。

我们两人的密码合并会产生一个新的密码，那才是最终的密码。可是我们姐妹俩早掰了，已经老死不相往来了。吴一茹相当为难地告诉他。

赵晓川听到这儿心想，原来这件事的难度在这里。他抬起头又看了一眼吴一茹那伤感的样子，忽然恻隐之心一动，他问：你还想见几天前的那个男孩子吗？

吴一茹一怔，她问：你怎么知道这事儿？

赵晓川咧了咧嘴，他说：我当然知道，而且一清二楚。

吴一茹想了想，然后很肯定地说：我想见他。

这可是犯规，你已经犯规了，不怕一条道走到黑？赵晓川又扬起他那玩世不恭的笑容。

我不怕，我喜欢他，很想再见他一面。吴一茹坚定地说。

好，有骨气，我就喜欢有骨气的人。赵晓川说，这个事儿交给我了，我就爱看别人破坏规则。

赵晓川和吴一茹畅谈着，但是他们两人根本没有想到，螳螂捕蝉黄雀在后，他们的谈话被人听到了。偷听的人是舞蹈排练厅的管理员，他是一个机器人，他在打扫卫生时捕捉到了一个最主要的信息，那就是有人犯规了，按照他被设置的程序，他必须迅速向区域中心报告犯规者的非洁净行为。

夜很深了，韦波孤零零地走在大街上。

这是一个雨夜，是那种人工雨。这个城市把能想到的都想到了，雨虽然是一种自然现象，但是与风一样，千百年来已经慢慢转变为一种人类的审美需求，这个城市会在适当的时候下上一两场小雨，以满足人们的渴望之心。

莉莉娅早已睡熟了，她从来都是非常规律的，韦波则趁机溜了出来。

很可惜，今天晚上，街道上的人并不多。韦波穿着蓑衣，戴着斗笠，在橘黄的灯光中任意徜徉。寂静中，他好像听到了一首老歌，在老歌之中，他想象着自己身处俗世之外，在一条船上，悠悠地漂荡，漂荡——

漂荡结束时，韦波发现自己来到了一个熟悉的地方，他不禁哑然失笑。每一次，无论他在这个城市里如何漫步，最终总会来到这个地方，他不知道这是所谓的命运，还是因为他去无可去之处。虽然他名义上拥有这个城市，但是每每当他失眠时，他就会感到自己一无所有，赤手空拳。

当韦波走进四合院时，马大师的脸都绿了。马大师由于经营有方，现在的生意比以前好了很多，但是韦波每一次来都会很霸气地把所有其他的客人赶走。虽然没有人愿意被驱赶，但是韦波每一次都会给他们很多游戏币，多么难搞的游戏币他都拿得出来，客人们当然是有气节的，不过当他们一看到这些游戏币，无不如获至宝拿起来迅速溜走。马大师不知道这家伙是谁，只是觉得他太神通广大，又太神秘了。

可有一件事令马大师十分讨厌，那就是这个家伙每回面对他时都重复同一个故事。他当然给了他很多的钱让他倾听，但是架不住他把这个故事几十遍地重复。这个家伙异常雄辩，每次坐下来之后就会滔滔不绝自顾自地说起来。他总是在回忆过去的事情，把一些极其微小的细节当作天大的秘密告诉马大师。可是马大师几乎快把所有事情都背下来了，有些时候马大师在他说到自认为有趣的事情时会把真相提前告诉他，他往往惊奇地问：咦，你怎么知道？马大师闻言简直快哭了，一个事情被人无数次重复他还不知道，那他不就是一个傻逼吗？

这个家伙讲来讲去总会回溯到他童年的一个秋天。看起来，那个秋天对他至关重要，他会讲起那次莫名其妙的大水，他因为不小心掉进水中，然后一条大鱼逆流而上出现在河中，之后他被一个兄弟拯救了，而一个中年人走过来给了他一个终生的预言与忠告。说实话，本来这个故事是挺有意思的，但是如果无数次重复那就好像吃人嘴里吐出来的东西一般。有一次，马大师终于忍不住了，他期期艾艾地对那个雄辩的家伙说：客官，您那个故事是迷信，真的是迷信。那个家伙一听，脸立刻阴沉下来，他停了几秒钟，忽然咆哮起来：放屁，那个是真的，是我亲眼所见，你他妈的乱讲！

马大师立刻吓得什么也不敢再说了，他觉得这个家伙有病，他应该去找心理医生而不是来找他。

韦波踱着方步走到马大师的八仙桌前，今天晚上人倒是很少，在韦波前面只有一个客人在跟马大师聊天。韦波没说什么，他在一旁坐定，静静地听着马大师给客人看手相。那个客人注意到了韦波奇特的打扮，他看了他一眼，韦波微笑着做了一个请的手势。

小雨一直下着，院中灯火辉煌，绿植茂盛，韦波开始整理思路，他准备今晚好好讲一讲。前面的客人不久完事儿了，韦波此时摘下斗笠，脱掉蓑衣，他依然穿着一袭白衣，戴着一个金色的面具，当他正琢磨着从哪里开口时，马大师忽然说：客人，抱歉，我今儿要早点歇息了。

怎么，你不是刚开始营业吗？韦波一愣。

对不起啊，今儿我有点身体欠佳。马大师连连赔笑。

韦波一时不知道怎么办。

此时，马大师拿出一盘子金光闪闪的游戏币，推到韦波面前，他说：客人，这是您上次给我的游戏币，预订了后面十次，我最近确实有点小事儿，不能再为您服务了，这个退给您吧。马大师恭谨地说。

韦波看着那一盘子满满的游戏币，心中涌起一股压抑了很久的怒火，他冷冷地看了看那个盘子，然后不动声色地问：怎么，想跑？

不敢，不敢，真的有点小事儿——马大师连连摆手。

你想清楚了，事到临头可别后悔——韦波低低的声音从面具中传来，马大师听了吓得一哆嗦，这时院中的几只夜鸟不知道为什么一下子从马大师的背后扑啦啦地飞走了。

23

阳光，很好的阳光，新离忧城的双份阳光，一份亲近清爽，另一份遥远柔和。

皮皮起床后，靠在床头，她打开一盒烟，抽出一支叼在嘴上，她熟练地点上烟，深深地吸了一口。她住在一个废弃工厂改建的二楼上，高高的屋顶，宽大空旷的房间，还有一些充满工业感的家具。她拉开窗帘远眺，从二楼的窗中，可以看到城市中忙碌的晨景，有人去参加这一天的游戏，有人去加入某种特殊的从未体验过的生活，还有人就是在街道上闲逛，以看着川流不息的人群为乐。

可是，皮皮觉得没劲，一切都没劲，即使拥有选择的自由，她也觉得没劲。

此时，于工然醒了。她睁开眼，看到皮皮靠在床头，皮皮光滑的长发披散下来，那双浑圆的乳房在阳光下骄傲地闪耀着。于工然忍不住伸出手在一只乳房上轻轻抓了一下，皮皮扭过头看看于工然，抽了一口烟，笑着说：还没摸够？

于工然欠起身，她凑过来，搂住皮皮，然后把头放在她的肩上问道：宝贝儿，晚上睡好了吗？

还好，就是前半段各种杂念如同瀑布一般——皮皮看着外面有点心不在焉地说。

皮皮最大的问题就是觉得没劲。在旧离忧城，她的家庭是开小超市的。皮皮自小学习不好，特别不爱写作业，所有事情对她来说都是对付，只要能糊弄她绝不多花一分钟时间。皮皮酷爱玩电子游戏，总是不分白天黑夜地打，她有一帮子游戏玩伴，大家在一起其乐融融，每天相互鼓励着浪费时间，从那时起她人生最大的目标就是成为一个不负责任的人，随心所欲地活着。皮皮的父母很少管她，他们两人关系一般，交流很少，家庭气氛沉闷、冰冷，两人发生最大的冲突时几乎连架都不吵。家中唯一的指望就是她的弟弟能成才，皮皮的弟弟确实很聪明，他品学兼优，总是不负众望，因此只有当弟弟取得好成绩时家里才有了点欢乐。

皮皮长大以后变得非常漂亮妩媚。她长发，眉眼灵动，脸总是亮亮的，身体充满弹性，一种青春的活力以及那种强烈的女性气味总能勾起男性的冲动。皮皮后来当了一名肚皮舞老师，之后也交了男友。可是她的情感生活并不顺利，第一个男友是个小老板，一开始他看上了她的漂亮，百般追求之后才得到她。可是他把皮皮搞到手后，由于工作比较琐碎繁忙，他放弃了对皮皮的嘘寒问暖，就只注目于她青春勃发的身体。他对她的情绪与所思所想毫不在意，每回见面只是抓紧时间和她拼命地做那件事，仿佛她就是他的工具一般。皮皮逐渐不满意起来，终于，她甩了小老板开始寻觅别的男朋友。她不断地寻找不断地更换，最频繁的时候每两个月就换一个，可是，皮皮的运气并不好，她始终没有找到合适的，她遇到的所有的男人几乎都是一样的。有一次，在一次筋疲力尽的肉体狂欢之后，皮皮带着哭声，指着自己的心质问过其中一个男友，她愤愤不平地问他：你，或者说你们，怎么都不在乎我这儿？

那个男人懒洋洋地瞥了她一眼，然后回答道：你那里能有什么？你不过高中毕业，我只在乎你那儿，他说着毫无廉耻地指了指皮皮的下面，然后就转过头睡觉去了。

后来，旧离忧城遭遇打击覆灭了。在最后的诀别时刻，皮皮决定留下来。她对过去的那种生活失望透了，她觉得没人关注她的内心，那种纯粹的肉体生活她再也不想过了，而且她对于男人也彻底厌倦了。

皮皮赌对了，经过艰难的等待，新离忧城终于建成，她毫不犹豫兴高采烈地加入到新的生活当中。她参与了无数好玩的游戏，在过去的离忧城，她最喜欢的游戏就是"寻找露西"，所以在新城市，她一下子就钻到"寻找露西"的真人版里全身心玩了起来。皮皮是个很聪明的女孩儿，那个游戏她很快就玩通了。于是，她又去挑战其他游戏，不久，她再次获胜。当越来越多的游戏变得熟络以后，她审时度势给自己找了一份工作，这份工作就是陪玩。她每天会扮成一个乖巧的兔女郎，然后来到城市的服务中心，等待出租。她的工作就是提供导游、伴游和游戏伙伴的综合服务，她每天的任务就是陪着新来的游客或者游戏者来打通某一款真人游戏的各种关口。一开始，这工作还让皮皮觉得饶有兴趣，她既可以挣钱又可以游乐，可是皮皮有颗永不满足的心，在某一天，皮皮还是感到疲倦了，工作不再有意思，新城市中的一切不再新鲜。她发现即使这种天天游玩的生活竟然也是毫无意义的，它与她经历过的那种无聊的小超市生活一样，不过是硬币的两面而已。她迷惘了，比原来更加迷惘。

还好，乏味的生活总是有调味品。不久之后，皮皮认识了于工然，这给她的生活添了一抹亮色。她和于工然是在一个生活机器人的博览会上认识的，当时，皮皮正好在做展会的模特，她化装成兔女郎闲逛时看到于工然正在和她自己制造的机器人争论。他们的话题是科学是否能测量一切真理，于工然是个当然的科学至上主义者，她语气坚定，滔滔不绝，她认为凡是科学不能准确测量的都不是真理，但是她的机器人由于不断学习也变得知识丰富、巧舌如簧，他用科学之外的爱、宽恕、怜悯、自由来辩护，认为人的生活中有很多科学无法进入的部分。两人谁也说不服谁，这个城市有一句名言，每一个人的机器人总有一天会像制造者自己，于工然的机器人果然如同她一样特别能战斗，特别善于坚持，并且从来不退缩。皮皮看着两人争论，就好像看到一个人在两边说话一般，她感到了有趣，边听边咯咯地笑起来。于工然此时转头看到了皮皮，她刚好摘下了兔女郎的大耳朵，露出长长的头发，于工然有点看呆了，她觉得这个女孩子真的好美，她妩媚、柔和，有一双欲说还笑的眼睛，她身上的那种女性的风情正好是她特别渴求却永远不会拥有的。

她们很快就同居了，皮皮清楚，于工然是真的爱她，与于工然在一起时，她感到被呵护，被关怀，甚至可以依靠，但是她对于工然的感情会弱很多，她找她纯粹是因为孤独因为迷惘，她必须有个伴儿才能在这种倍感无聊、倍感没劲的生活中坚持下去。

可惜，时间久了之后，皮皮还是发现了问题，那就是她感到被束缚了。于工然的控制欲极强，她把皮皮当作自己的私人物品一般拴在身边，她盯着她，防着她，皮皮觉得自己跟于工然的机器人没有什么差别，它们与她都被于工然全然控制着，只是她比它们更有温度，更具有真实的人味儿而已。于是，从某一刻开始，皮皮决定不玩了，她想逃离，但是跑之前她必须挣一笔钱，只有有了钱才可以去其他的世界，去一个有可能更带劲的地方——虽然她现在也不知道那样的世界在哪里。

不久，头脑灵活的皮皮果然发现了一个商机。由于她的工作性质，她总是在城市中的各个游戏区域穿梭，她敏锐地发现整个城市中"宽恕时间"里的各种坑人游戏正在蔓延，那些游戏的气质非常吸引人，要知道，在现在这个社会能坑了别人而不被别人坑那才是能力和聪明的表现，于是每个区域都开始引进相关的坑人游戏，并且花样翻新，不断升级。如果一个区域一旦引进了这类游戏，游戏者肯定会大增，商业利益也随之提升。但是很可惜，人们不久就发现，这类游戏有着无法攻克的病毒，坑人并不是每次都能成功的，每每到了引人掉入陷阱的关键时刻，总是有些家伙不知道好歹地跳出来救援或者阻止，使得坑人计划功败垂成，这些不赚钱不获利的家伙就是那种可恶的病毒。

因此，那些通过视频观看坑人游戏的旁观者常常破口大骂，他们的乐趣其实就在于观看人们是如何掉入陷阱的，但是那些神出鬼没的病毒却总是出来捣乱，观看者拿这些病毒相当没辙，所以只能以歇斯底里的方式来表达自己的不满。

这些骂人者让皮皮联想起过去的离忧城，有一天她忽然明白了，大声谩骂是这个城市的传统，人们好的可以骂，坏的可以骂，不好不坏的可以骂；天上的可以骂，地下的可以骂，空气中的也可以骂，人们成天张着大嘴，除了不敢骂暴力，其他的什么都敢骂，不骂人毋宁死。这是一种有关辱骂的文化与习惯，所谓的新城市虽然环境上有所改善，可是人们的内心却并无二致，他们还是那样操蛋，任何善良的行为都能被坚决地解构，他们完全不相信这个世界存在任何没有利益的利他行为。他们认为，任何人做任何好事都绝对有自私的目的，人们只有把好人全部揭露、打倒，最终把他们推到自私和恶毒的角落，人们才踏实，只有觉得所有人都跟我是一样的王八蛋，人们才会感到平衡。

我想好了一个主意。皮皮想清楚之后对于工然说。

什么主意？于工然抬起身问。

我们可以联手建立一个智能叫骂广场，这个广场可以让人以骂来消费，我们在这个广场上提供对骂服务、替骂服务，服务可以由你的机器人来进行，这样可以无休止地骂下去，尤其是遇到那些所谓的好人时，更是要大骂特骂。皮皮欢欣鼓舞地说。

连好人都要骂吗？于工然有些疑惑地问。

那当然，因为天底下不存在好人，他们都是假的，至少这个世界是这么认为的。皮皮很肯定地说。

此时的于工然正和皮皮缠绵，她正在兴头上，刚想要用嘴侵犯她充满青春气息的乳房，完全没心思探讨这些。

什么好人坏人的，我只懂机器人不懂人，随你便吧，只要你说好就好。于工然一边忙活一边说。

骂人可是刚需，有刚需我们就能赚钱了。皮皮一边半闭上眼睛一边咻咻地笑起来。

好吧，好吧，你说了算。于工然说着又埋下了头。

赵晓川回到城市的中央区域后，他一直利用中央监控系统观察姐妹两人的活动。他发现姐妹两个人果然从不来往，她们在各自的区域生活，完全不相干。她们总是交替出现，一个如果在白天活动，另一个就一定在黑夜出现，怎么让她们和解呢？这简直是一个毫无头绪的任务。

　　早晨，赵晓川信步走在中央区域的大街上。这是比较特殊的一天，根据天气预报，未来自然界会有十天的好天，因此离忧城确定将在早上八点半开启天罩，让自然风吹进来更新一下空气。这在新离忧城是一件有关审美的大事，所以起早的人特别多，他们赶紧吃完早点，然后走上街头等待天罩开启的那一刻，就如同当年等待日食一样。

　　八点半，天罩终于动了。先是"碰"的一声巨响遥远而沉闷地传来，慢慢地，天罩的四瓣渐渐分开，天空中呈现出一个大大的有些弯曲的十字，自然界的阳光瞬间扑进来，它们就如同劈开虚妄世界的刀，直上直下一往无前。天罩越拉越开，外界的阳光能量越来越强，无论如何那才是自然的力量，人类的创造虽然精巧，但是有时毕竟太过单薄。很快，人们感觉到了风，那是不虚假的、毫无戒备的任意穿过身体的风，千百年来人们已经习惯和它相处，因此一旦分离，他们对它想念无比。

　　人们一起欢呼起来，他们站在街头，站在广场，站在公交车站，站在游戏空间一起向着天空欢呼，这是发自内心的欢呼，只有当整个城市经历了种种不可逆转的苦难之后，人们才真的了解了自然的可贵。赵晓川也站在人群中，他也跟着人们欢呼，他想起旧离忧城的浮华，想起自然的威严，以及新离忧城超乎想象的伟大。就在这时，他忽然在人群中看到了一个人，她是小白，她笑靥如花，小小的鼻子翘着，那对曾让他魂牵梦绕的大眼睛灵动地闪烁着。

　　天罩完全打开了，路上的人慢慢散去。小白站在一帮人的中间，她正手舞足蹈地向人们介绍着什么，赵晓川知道这是她的工作——游戏推广，她就好像这个城市的迎宾小姐，把新来的游客或者游戏者介绍到各个娱乐中心，然后再由各个游戏向人们分别提供更具体的服务。小白说完一段之后，开始带领人群移动起来，他们一边观赏新离忧城的街景，一边向城市深处走去。赵晓川尾随在队伍的不远处，他跟着他们穿过一个又一个特色区域，走过一条又一条大街。良久，队伍终于在一个气派的而广大的建筑前停了下来，那个建筑有一种伟岸而庄严的感觉，它的大门是金黄色的，整个建筑富丽堂皇。

诸位来宾，跟着我喊啊，沙子一袋子金子一屋子。小白挥着小拳头叫道。

众人哄堂大笑，马上接着喊：沙子一袋子金子一屋了。

再来一遍，要有气势哈，沙子一袋子金子一屋子——小白继续喊道。

沙子一袋子金子一屋子——众人跟着喊道，赵晓川也笑着加入其中，可由于他的声音相当大，小白一下子注意到了人群之后的他。她先是愣了一下，然后就冲他挤挤眼睛，可爱地一笑，她接着对着人群愉快地说：来宾们，请进吧，祝你们好运，祝你们发财。

人们又一次笑了起来，他们还自发地鼓起了掌，之后就迫不及待地拥进了金色的大门。

赵晓川也走了进去，里面是一个超级大厅，一群一群的人围在一块又一块的大屏幕前正在大呼小叫。赵晓川走过去一看，原来每块屏幕上都显现出某一个时代的股票曲线。游戏者们根据那些曲线用手中的游戏币下注，可以赌明天、下周或者下一个月的涨跌。赵晓川一看到那些熟悉的曲线，立刻来了兴趣，他回想起自己过去的好时光，在旧离忧城他就是靠股票生活的，在股市高潮中，他还曾经赢得了股神的美誉，并且获得了无数女人的欢心。只可惜，风沙突袭之后，离忧城崩溃了，覆巢之下安有完卵，股票也随之最终崩盘，它在他盘桓于岩洞之时回归到零。在新离忧城，已经没有这种玩意儿，也许是人们对它太恐惧，也许是新世界的游戏过多，这里根本就没出现过股市。不过今天这个游戏的重现，证明人们根本未曾对它忘情，它就如同一个人心中隐秘的倩影一般最终会影响他眼中的世界。

　　赵晓川未加思考就进入了游戏。这个游戏是按照年代来玩的，赵晓川熟悉的年代远远处于后面，他必须先进入股票的"古典时期"，然后一个年代一个年代地玩起，很久之后才能到达他的时代。赵晓川按部就班，一关又一关地过，他毕竟聪明过人，又对现代股票市场相当了解，很快，他就超越了众人遥遥领先，当他感到一切顺利的时候，他抬头看看大厅中喧闹的人群，发现小白又不见了。

　　赵晓川走出股票游戏时，天色已经暗了，华灯初上，赵晓川信步走下建筑宽大的台阶时，他发现了在一把长椅上小憩的小白，她歪着头伏在椅背上均匀地呼吸着。赵晓川走过去，等了好一会儿，小白才睁开眼睛，她先是有点睡醒后的恍惚，看清赵晓川之后，她习惯性地向他一笑。

　　我猜出来了，你是靠进入游戏的人数挣钱。赵晓川说。

赵先生，您真聪明。小白笑笑，这个游戏好玩吗？

好玩——赵晓川点点头。

您还会再来吗？小白问。

当然，我还会来，刚才我赢了，谁都喜欢赢。赵晓川笑嘻嘻
地说。

赵晓川说到做到，他果然随后来了很多次。起初，赵晓川凭着
自己的才华战无不胜，但是从某一天开始，事情悄悄发生了逆转，
赵晓川开始输了，他有点着急，加大力度一次比一次投入得多，但
是事与愿违，赵晓川屡战屡败，最后，在某一个夜晚，当他通宵下
注之后，赵晓川竟然全部输光了。

还好，赵晓川在这个城市有着坚强的后盾，韦波曾对他承诺，
他在新离忧城所有的游戏永远是免费的。于是，韩时光定期给他送
游戏币，一次，两次，三次，五次……一天上午，赵晓川又熬了一
个通宵，但他还是输光了。走出大厅，屋外阳光灿烂，赵晓川疲惫
地走下来，然后随便地坐在一级台阶上。他仰头看看人工太阳，它
柔和而广大，赵晓川的心情有点麻木，昨晚他输在了上个世纪一次
大的金融危机中，他几乎用尽了浑身解数，但还是没有躲过种种飞
刀，最终全军覆没。

此时，一辆车无声地开过来，车停在他面前，车窗摇下来，韩
时光那张忠厚可靠的脸露了出来。赵晓川站起身，下了台阶，走到
韩时光的车边。

赵先生，您的游戏币——韩时光恭谨地笑着。他拎着一个大大
的袋子，赵晓川接过来打开一看，里面全是熠熠闪光的面值最大的

游戏币。

时光，谢谢啊，每次都麻烦你。赵晓川有点窘迫，笑着对韩时光说。

您客气，您有事儿随时吩咐，韦总嘱咐过了，随时满足您的要求。韩时光特别乖巧地说。

赵晓川掂了掂手中沉沉的布袋，他又回过头看看那幢雄伟的、无可置疑的、似乎代表某种权威的建筑，他转身拾级而上，打算去翻本。但是走了几步之后，他忽然哑然失笑，他停下脚步，犹豫了一分钟，然后毅然转过身，又走回到韩时光的车前，对他说：算了，我明白了，那是骗人的，是一个彻头彻尾的陷阱，所有的一切背后都有人操纵。他说着把布袋重新递给韩时光。

韩时光接过了布袋，他憨厚地一笑，向赵晓川确认道：您肯定不再进去了？

不了，看来我一时糊涂了。赵晓川笑笑，坚决地摇摇头。

韩时光点点头，他把布袋向车的后座一扔，然后冲着赵晓川竖起了大拇指，他由衷地说：赵先生果然绝顶聪明，您是第一个想明白并且打算从这里脱身的人。

哦？看来，你清楚这里有猫腻？赵晓川不禁问。

韩时光点点头，他说：赵先生，是这样，这是宽恕时间里最挣钱的一个项目之一。它的魅力就在于，第一，很少有人能明白这是一个圈套；第二，即使人们明白了也难以自拔。

宽恕时间我是久仰了，据说它生发出来的坑人游戏全都精彩绝伦。赵晓川有些向往地说。

是的，它坑人无极限，完全可以娱乐或被娱终生。这个股票项目就是我亲自参与设计的，至今战无不胜。韩时光说着得意地笑起来，小眼睛之中露出一种"天下英雄尽入吾彀中矣"的光芒。

赵晓川听了，一时有些惊讶，他没想到韩时光具有如此头脑和技术性，他忍不住上下打量了一下他，觉得此人真的不简单，他从来都是谦恭的笑容可掬，似乎一直是这个城市的配角，看来是自己小看他了。

韩时光走了，赵晓川独自走在路上。此刻，在阳光下他还想明白了另一件事，那就是小白也把他骗了，这个小丫头不是靠游戏人数而是靠别人输钱来赚钱的，她可能一开始就想给他下套，也许是她了解了赵晓川过去战无不胜的神话后才主动撤的，谁想到他后来却自投罗网。赵晓川心中深深感叹了一声，看来，每个时代的每个女人对于男人来说都是一座大学校。一个女人要想骗一个男人简直易如反掌，她们具有撒谎的本能和取悦男人的天赋，这也许是进化过程中女性练就的生存本能，因为只有这样她们才能在弱肉强食的男性世界中立足。小白给了赵晓川一种强烈的分裂感，她表面上美丽而可爱，内心却相当深远，她的处心积虑简直防不胜防。赵晓川想，何时他才能遇到一个彻底的冰清玉洁、表里如一的女孩儿呢？

24

莉莉娅对新离忧城做了认真而长久的调研，她决定回南星城向父亲李迪当面汇报。

这是一个清新的早晨，空气中带有一丝湿湿的甜味，李迪的身体已经好多了，他正在南星城一个郊外的农庄休养。农庄辽阔，厚厚的一大片草场随山势起伏，一群棕色的马儿在阳光下敏捷地奔跑着，阳光照射在马鬃上闪闪发光，一切显得宁静安详。莉莉娅挽着父亲的手臂缓缓走在围栏外，看着马儿忽远忽近，轻松飘逸的嬉戏。

莉莉娅详细告诉了父亲她所知道的有关离忧城的一切，它的崛起，它的辉煌，它无法估量的未来以及它目前的财务状况。李迪专注地听着，那张长长的脸依然不动声色。

爸爸，您觉得新离忧城怎么样？莉莉娅说完之后试探着问父亲。

听起来还不错，韦波这小伙子确实有能力，也有眼光有胆识——李迪点着头意味深长地说。

那我们能投资吗？莉莉娅又问。

你还爱他吗？李迪反问。

莉莉娅听了父亲的话，看着远方想了一会儿，才慎重地说：如果他有未来，我就爱他。

李迪闻言拍了拍她的手，脸上掠过一丝淡淡的笑意，他说：你成熟了，宝贝儿。过了一会儿，他又说：目前看，韦波这个年轻人确实棋胜一着，他领先我们一步，比我们所有这些老家伙都胆大心细。可是，未来怎么办？建立一个新世界很难，而带领这个新世界往前走更难！你是学金融出身的，投资讲的是确定性，这个城市的未来真的拥有确定性吗？李迪问莉莉娅，也像是在问自己。

莉莉娅沉默了，无疑，她觉得父亲讲的是对的。

另外，最近有人又给我推荐了一个大项目，我看着倒是不错。李迪这时又说。

哦，什么？莉莉娅问。

齐如山的一个项目，在北方沙漠种树治沙。李迪说。

莉莉娅一听就起了怀疑，她问：这种项目行吗？怎么有点天方夜谭的意思？

要是别人，我肯定会打个问号，但是齐如山不同，我了解他的能力和为人，而且离忧城的崩溃让我们每一个人都难辞其咎，他是出来赎罪的。李迪叹了口气。

可是，爸爸，我们总不会为了赎罪而投资吧？莉莉娅说。

那当然——李迪点点头，他深深地思索着，此时他脸上的皱纹显得深刻起来，过了一会儿，他下定决心对莉莉娅说，这样吧，女儿，我们先试探性地小投一笔给离忧城，看看效果，然后再决定是否大规模进入。

叫骂广场很快以游戏的形式诞生了，这个城市好就好在只要以游戏的名义，什么事儿都可以办，就好比以商业的名义干什么都行一样。

这本来也就是一个一般的广场，在过去的离忧城可能是老年人的舞蹈乐园。不过，在新世界，人们利用高科技赋予了它新的用途。它的用途不再是娱乐而是谩骂，谩骂作为城市生活不可分割的一部分是不能缺席的。这恐怕是这个城市最闪耀的特色之一，没有什么是不可以骂的，只有在骂人中人们才可以得到真正的平等，人们的灵魂才能站在或者说降低到同一个高度。人们可以什么都不干，就坐在那里喝着茶叼着烟，以骂来指点江山以骂来实现自我，骂完之后他们才舒坦，才可以自信地拍拍屁股离开，即使回去乖乖地做条哈巴狗也心甘情愿。

叫骂广场就是考虑到这个现实情况，才会如此别出心裁地建立起来。果然，它刚一出现，就受到了追捧，人们纷至沓来。来了之后，人们马上加入到骂人的行列，他们或是参与对骂，或是雇用机器人替骂，自己在旁边观赏。广场中还有一种特色服务就是制作骂人视频，这种视频可以骂得粗俗也可以骂得高雅，可以直接骂祖宗八代、问候各类女性亲属，也可以转着圈骂人不吐脏字以彰显文明本色。视频制完毕之后，会配好昂扬的音乐发送给购买者，由于这种骂人视频属于创新产品，所以特别受欢迎，购买者的小心思在于毕竟有时当面骂人会遭到对方的强力反抗，而且由于这个城市的骂人传统，反抗者有时还颇具能力，因此购买者如果把骂人视频发送给被骂者，或者在一个公共区域公布，他既可以解气又避免了一不小心走麦城的可能。就这样，由于叫骂广场准确地击中了客户的需求，所以参与者越来越多。按照这个趋势，根据新离忧城与时俱进的特点，说不定这里未来可以发展成一个成熟的商业"骂"区也未可知呢。

赵晓川来到了科学区，他在这个区域看到了很多令他瞠目结舌的科技发明，飞翔在身边的无人机，川流不息的机器人，复杂无比的可以拆装的楼宇，有智能的植物和野草，还有水底的特色金鱼——它可以跟随光照的强度变换颜色，赵晓川深深为科学技术的发展所折服，它们的日新月异已经使这个世界超越了想象。

赵晓川最终在科学区的眼花缭乱中发现了叫骂广场，他带着一种好奇在广场上足足坐了三天，之后他被深深震惊了。在他的眼前，那些庞大的无知无觉的人群，成天聚在一起，他们唯一的一件事就是谩骂，他们什么都骂，任何好事坏事都骂，只要这个世界上存在的都可以骂。他没想到，即使科技已经如此飞跃，可是人们肮脏暴虐的心却丝毫没有变化。赵晓川皱着眉，心中涌起一阵一阵的怀疑，他情不自禁地回忆起过去的城市，那时的情形和这里完全一致。

只有一个人对赵晓川表示了关心，她是一个公共服务机器人，负责在广场上给大家倒咖啡，每次她过来时，若有所思的赵晓川总是对她客气地笑笑。

没事儿的，先生，习惯就好了，很多人刚来时也不习惯。女性机器人有一次在倒咖啡时悄悄安慰他。

你说，人能一直生活在恶意当中吗？赵晓川纳闷儿地问机器人。

这个问题我不知道怎么回答。机器人摇摇头诚实地说。

那我换个问法，一个充满恶意的环境能产生什么？赵晓川又问。

机器人想了想，很肯定地说：应该是狼——

对，没错，那我再问一下，狼吃同类吗？赵晓川问。

人不还吃过人吗？机器人客观地反问。

他们正聊着，赵晓川抬起头又看到了一个似曾相识的情景。一个女孩儿站在广场中间，一群人围着她对她大骂，女孩儿无辜地看着周围的人，脸上满是委屈的表情，不一会儿她就潸然泪下。赵晓川心里异常不忍，这时机器人又善解人意地解释道：先生，别急，她就是一个机器人，她不会真的难过，她正在按照自己的程序运行呢。说着，机器人还微笑起来。

可是，赵晓川的思绪并没有停止，他看着那个哭泣的女孩儿，头脑中孟有纪的样子不禁浮现出来。他臆想着，这也许是一个模仿孟有纪被攻击的游戏，人们依然像过去那样喜欢欺负一个弱女子，那曾经是多么辉煌灿烂的攻击啊，人们就凭他们满嘴喷粪的功夫生生毁了一个好姑娘，这真是众口铄金、积毁销骨的完美一战。赵晓川齿冷地坐在长椅上，他喝着咖啡，晒着离忧城的双份阳光，人群中不时爆发出讥讽和怒骂，人们或彼此怒目，或者动手厮打。看着这人间乱世，一股少有的悲伤洋溢开来，赵晓川忽然想起这个城市的未来，他隐隐觉得不能让这个崭新的城市重蹈覆辙。赵晓川第一次想起了自己的任务，韦波后来向他认真解释过任务的起因，韦波认为原初设计中的有些细节是没有必要的，是反市场的，必须修改。比如，其中有一个"拯救"开关能产生充满善意的好人，他们毫不利己专门利人，这反而制约了市场效率。在旧离忧城中，赵晓川本来是十分反感那些虚伪、恶心的"好人"的，他当年就是被伪善的上司所陷害的，但是现在，他发现自己不得不重新思考这一切。如果一个世界连伪善都没有仅仅只有恶，它会怎么样呢？如果一个世界仅仅只有一个赚钱的功能，剩下的只有嘲讽、谩骂、欺骗，那将是一个多么可怕的世界啊！

就这样，在漫天辱骂声中，在纯洁的人工阳光和混浊的自然阳光下，赵晓川第一次怀疑了，他开启了不曾有过的反思。

新世界一个最大的特点就在于，它绝对尊重市场，任何一个人都可以创造一款新游戏，只要有客人来玩，只要能想办法让它运转下去，并给B种人生总公司上缴管理费，公司就会给予支持，直到这个游戏曲终人散，不再赚钱为止。一句话，只要赚钱，你就拥有创造的自由，赚钱是这个游戏城市里最不能忘记的本质和意义。

叫骂广场的项目挣钱了，它不挣钱才怪，这是皮皮想出来的主意，她很聪明，她并非能算出什么艰深的数学题、物理题、化学题，只是更了解这个世界罢了。其实，城市的现实早就证明只有具有这种生存智慧的人才能在这个世界上游刃有余地混下去。

可是皮皮还有另一个特点，那就是她天生随意，这就使她不具备日常人们所期望的稳定性。某一天，皮皮并没有在叫骂广场看场子收钱，她把事情都交给广场上一个机器人来管理，自己兴之所至去打零工了。她重新扮演成一个兔女郎，陪着一个新来的游客开始游览这个崭新的城市。游客是一个高大帅气的小伙子，他非常阳光，笑起来一口白白的牙齿令人着迷。皮皮第一眼看到他就觉得他与众不同，男孩子也注意到了这个兔女郎言语活泼，性格有趣。当他们要加入"罗拉快跑"那个游戏项目时，皮皮为了穿上运动服摘下了她的大大的兔子耳朵，此时在双份阳光下，男孩子看到皮皮细长的眼睛、长及腰肢的头发，不禁惊叹了一声说：美女，你真好看！男孩子说完笑了起来，他的笑容如同春天里的风一般荡漾开来。

皮皮听了这句话，不知道为什么，她的眼泪一下子差点涌出来，她马上想起她之前不喜欢的生活以及历任不靠谱儿的男友。

其实，无论怎样，我还是喜欢男人的。皮皮忽然莫名其妙地对他说。

男孩子听了先是一愣，随即笑着赞美道，你就是上天留给男人们的尤物。

皮皮很感动地一笑，她冲那个男孩子说：谢谢，我们去玩罗拉快跑吧，终点见！

就在说出这句话的一刻，皮皮决定逃跑，逃离现在的生活与情感。

于是，皮皮奋力奔跑起来，她如同一个现实中的罗拉一样自顾自地一路狂奔，她一直觉得自己的生活是没有意义的，不管是过去，还是现在。她本以为换一个新环境会好些，但是没想到一切换汤不换药，虽然这个城市比原来更干净，更现代，科技更发达，可是生活的无聊与荒诞并没有丝毫改变。她早就不耐烦了，但是她一直不知道应该何时逃离，逃向何方。不过这一回，闹钟响了，是那个男孩子摁响的，当一个真实的、具有活力的男性个体出现在她面前时，一切遮眼的云雾都消散了，她断然觉得其实男人更好，她对于男性的力量更热爱，对于他们的拥抱更渴望，她原始的本能又恢复了，她发现，原来她的内心中始终希望自己能找到一个更好的男人。

皮皮很快跑到她和于工然同居的地方，她拿走了自己所有的化妆品和属于两个人的所有存款，彻底地逃之夭夭。皮皮就这样跑了，她不知所终，什么也没给于工然留下，哪怕是只言片语。

傍晚，于工然下班回来之后，发现了异样。她打电话给皮皮，可是电话就在家里；她出去到游戏中以及叫骂广场去寻找，踪影皆无，皮皮就如同根本不曾存在过一样，人间蒸发了。于工然只好回家，她干等着，茶不思饭不想，每天打开门等待着，到了第十天，于工然断定皮皮抛弃了她，不辞而别，她躲的就是她。

可是，她为什么走呢？于工然想了很久还是毫无头绪，她开始回忆过去。她想起她们在展览会偶遇后，在N次游戏中变得烂熟，后来，她们开始闲聊，皮皮对于于工然的创造性工作很感兴趣，她觉得在未来机器人会统治全世界；于工然则向她倾诉了自己的烦恼，她和她的妹妹曾经如何相依为命，又如何发生了激烈的冲突。于工然慢慢迷恋上皮皮那种女性的风情，她的表情、笑容、动作和肢体，她想起在一本厚厚的古代字典中，她曾看到四个字"楚楚动人"，她想，这个成语恰好适合皮皮，而这一切正好是她一辈子缺乏的。渐渐地，于工然开始喜欢起皮皮来，直到她深深地爱上她。

但是，皮皮还是走了。于工然很痛苦，她的一辈子看来就是与别人分离，最先是父母，之后是妹妹吴一茹，接着是皮皮，于工然生命中最重要的他人总是悄无声息地离她而去，就好像她不存在一样。为什么？他们为什么这样对我？我对他们那么好！于工然百思不得其解，最后她愤怒了，她的结论是这个世界对她不公平，没有丝毫的、怜悯般的公平。

我操你妈，操你妈的生活！于工然想到这儿忍不住大声骂了起来，然后一头冲进了自己创造的叫骂广场。

她在叫骂广场奋战了整整三天，骂人也被别人骂，她没有雇用机器人参战，完全是靠自己，她充分发挥了自己所有的才能，把天底下最脏的骂人话全都骂了出来。三天后，当她冲出脏话与恶毒的海洋时，已经累得筋疲力尽，她刚一走出人群，就匍匐在地上，昏昏睡去。

夜晚，于工然醒来。夏夜的风是那样的清凉，广场恢复了宁静，骂人的人海已经消失。街灯错落有致地亮着，橘黄的光坚韧地照射下来如同某种不可抑制的信仰，一个工业机器人正在不远处好心地盯着她。于工然睁开眼，过了一会儿，她才感到身下水泥的冰凉，此时，于工然看着空空荡荡的广场，心中升起一股纯然的孤独感，她的眼睛有些发酸，都走了，她想，所有的人都走了，这个世界似乎只剩机器讲感情。

此时，不远处传来一阵声音，于工然抬起头，看到一个男人正坐在灯下的长椅上，他手里拎着一瓶啤酒，一边喝一边看着她，他的脸上带着一副无可无不可、随便这个世界怎样的笑容。

今宵酒醒何处，杨柳岸晓风残月啊——那个男人感叹了一句。

于工然欠起身，抬起头看看天空，天上明月照人，那是人工月亮，比起真实的月亮它既明亮又圆润，她看了看那个男人，似乎有些面熟。

喝点？男人晃晃手中的啤酒问。

于工然点点头，她爬起来，走过去，坐在男人的旁边，男人从脚下递给她一瓶啤酒，她用牙齿咬开瓶盖，仰头喝了起来。很快，两瓶酒下去了。男人又掏出一根烟递给她，她接过来点上，深深吸了好几口之后，于工然转过头看着男人说：我认识你，你是我的偶像赵晓川。

是啊，这是一个很奇怪的事情，我竟然是很多人的偶像。赵晓川笑嘻嘻地说。

你在这个城市的影响力很大，他们都说你是从来不会停止奔跑的人，他们还说，不管多么狼狈，你总是面带笑容。于工然说。

哦，原来我是这样啊，有趣！赵晓川笑着说。

其实，你还帮过我呢！于工然又抽了一口烟说。

是吗？说来听听。赵晓川好奇地问。

于工然说：我的业余爱好是制作舞蹈机器人，按照习惯，机器人制作完毕，我给他们输入基本的学习程序后，就任其发展。可是有一次我发现，某个最新生产出来的机器人跳的不是芭蕾，而是芭蕾以外的东西。我感到了奇怪，就问她怎么回事，她回答说，老师，我看了你收藏的漫画，她把那些漫画拿过来我一看，全是有关你的漫画，有关你自由奔放的一生的。

赵晓川听了哑然失笑，他喝了一口啤酒不禁说：好玩，好玩，我自己的生活也太令我神往了。他边说边想起了自己过去的日子，其实那种居无定所的日子他早都厌倦了。

就这样，我偶然间做了一个更高级的机器人，她因为看了你的漫画，拥有了更强大的思维能力，进而能够进行自我创造，所以你在不知不觉中帮了我，谢谢。于工然坦诚地说。

不客气，这是我应该做的。赵晓川有点啼笑皆非地说。

那晓川哥，你来这个区域干什么呢？此时于工然问。

这一回，我是专程来找你帮忙的。赵晓川说。

是吗？于工然有点惊讶，说道，请讲。

我想拿到你手中的密码，然后去中间介质世界跟超级计算机谈谈。赵晓川直截了当地说。

王丁然听了一惊，她想想，告诉他说：其实，密码在两个人手里，每个人一半，但是我们已经不可能再见面了，她背叛了既定的道路和人生，自己逃走了。

赵晓川点点头，他说：这件事我知道，这样吧，我如果帮你一个忙，你能帮我吗？

25

吴一茹东窗事发。她与自然人做爱的事情被举报了。

在纯洁区，为了所有人的福祉，举报是被鼓励的。无论是饭桌上，还是娱乐场所，无论是私人谈话，还是某个公共平台的随意发言，只要是有关洁净问题的都在举报之列。举报的名义相当崇高，谁不想洁净，谁没吃够旧离忧城的肮脏之苦？举报手段当然很隐秘，对象也很丰富，可以是熟人朋友甚至是亲戚当然更不拒绝陌生人，这种宏大的举报范围充分体现了这个区域宽广的视野、博大的胸怀。

吴一茹因此被隔离了。她被孤零零地送到"仁爱"医院，这个医院是一个特殊的医疗机构，专门治疗那种纯自然人之间相互做爱的病人。医院对待病人也是分级的，有的病人是初犯，病情不重，这样的病人医院主要是采取感化、教育与治疗相结合的方法，思想工作第一，同时观察有无发病征兆；有的病人是二犯、三犯，而且病情明显，那就必须进行严格的治疗，疗程不仅长，还要吃大量的药；更有甚者是屡犯不止，病情很严重，这样的病人一旦被发现就不能随便出院了，他们必须生活在一个很小的密闭范围内，然后进行长期治疗，这种病例中有的能治好，有的不能治好。能治好的，恐怕要被送出洁净区域，让其自谋出路，治不好的只有一条路，那就是被区域的管理人员上报给B种人生总公司的管理部门，然后被单程火箭发射到太空中，让他们自生自灭，一去不复返。

吴一茹住院之后，就被彻底教育了。她穿着蓝白条的病号服一层一层参观了各个级别的病人区以及对于他们的治疗方式。确实，她发现很多人是治不好的，人类的确从里到外都是脏的，尤其是在旧离忧城时代，在大瘟疫和大雾霾的毁坏期，空气、水、食物没有任何一样东西是干净的，人们因此在身体中储存了大量的脏东西，而新离忧城的环境水平的急剧提升，又使人们的免疫能力过快地下降，这样的攻守不平衡，就使新离忧城的人们更担心疾病的反攻倒算，尤其是那些说不清道不明的新型疾病。吴一茹看到那些苦苦挣扎的、濒死的病人时自己也害怕了，她看到那些绝望的脸，那些痛苦的表情，真的不希望自己也这样在痛苦中日复一日等待死去。有一天，她还被医护人员带领着参观了一个小范围的告别仪式。那一次有七八个初级病人，一个高大的男护士带着他们来到一间密室的外边。这是一个单层玻璃的密室，里面的人看不到他们，而他们看得到里面的人。人们正在进行无望的告别，吴一茹听不到他们在说什么，但是他们那种无奈、灰暗、垂死都不挣扎的样子她看得清清楚楚，他们聊了很长时间，吴一茹他们也看了很长时间。这时，男护士抬起头看着他们这些初犯的病人，教育他们说：这些人没救了，他们的病完全无法医治，就要被送往火星，他们都知道自己已经没有未来了。

吴一茹听了男护士的话，心头一震，男护士接着说：所以，你们要好自为之，记住，作为一个人最大的好处就是你有未来，有未来你就有希望。你们和群交的动物不一样。

之后，吴一茹被送到一个单独的房间。吴一茹确实是吓坏了，那些人告别的场景一直在她眼前晃动，她开始后悔，并为自己愚蠢而肮脏的行为哭泣起来。她由衷地觉得，她应该遵守这个区域的法则，那些法则其实就是为了保护干净，这对所有人都好，毕竟在旧离忧城时代人们有过巨大的教训。吴一茹决心痛改前非，一定要治好病，还好，她目前的病情还不算重，只是偶尔底下有点瘙痒，医生安慰她，只要坚持治疗，一个月之内就能好。

某一天，当吴一茹在多梦的早晨醒来时，发现她的房间门口坐了一个人。他长相普通，身材结实，样子很平和，他穿着蓝色的制服，衣服的左上角印着编号。

你是谁？吴一茹欠起身问。

我是还晨，是机器人。他说。

你来做什么？吴一茹问。

他们让我来陪您——还晨诚实地说。

吴一茹听了，淡淡一笑，这是她来这个医院后的第一次微笑，她想起来，这个医院确实自称他们不仅是高度科技化的还是高度人性化的。

　　的确，提供机器人服务是医院长时间实践后采用的一招，医院很准确地抓到了病人的心理，其实大部分人犯规都是因为欲求不能满足造成的。虽然新世界已经非常发达了，相关的机器人情感服务早就可以在网络预订，只要下单，机器人会自动上门服务。但是，由于种种原因，区域中的每一个自然人并不能十全十美地获得良好的服务，进而无法得到情感与性方面充分的满足，这就可能使人们在急切之间发生情感错误，而当监管不到位时，这种情感错误就会慢慢泛滥起来。特别是，自然人长久以来形成了相互做爱的习惯，他们心理上依赖这种习惯，就像瘾君子之于毒品一样。因此洁净区除了加强各种智能监管——比如到处安插各种长着顺风耳的机器人，还在一些公共区域，比如医院、疗养区、休闲娱乐区当中提供一些公共费用买单的机器人服务，用来满足自然人可能突发的欲求，从而让人们养成和机器人做爱的良好习惯。

　　吴一茹当然没有拒绝医院的安排，相反，她认为这就是医院治疗的一部分。为了治病，也为了排除孤独感，她主动和还晨做爱了，一天若干次。吴一茹努力释放着她一直压抑的欲望，原来当她全身心沉浸在舞蹈之中时，她完全想不起这些。还晨表现得很好，他不愧是这一款机器人当中最好的一种产品，他在做爱时，温柔，体贴，可以无限持续，他的每一次反应都精确而恰到好处，他给了她某种宽广的感官上的快乐。

　　很快，吴一茹就适应了医院的生活，她如同别的病人一样，开始按时吃药，定期进行思想学习，之后和她的机器人一起看电影、散步、聊天。吴一茹的身体慢慢好了起来，她的心情也从被举报的惊惧和对病情的担心中平复下来，她没有选择地喜欢上了还晨，她慢慢体会到医生们告诉她的道理是对的，那种干净的日子是好的，洁净是真理，是一个世界存在的基础，它至少能让人在生理上做到最好的防御。

一切似乎变得好起来，吴一茹越来越正常。她恢复了原来木讷中的平静，头脑中也不再思考什么。不过，有一天她在房间的电视中看到了一个纪录片，纪录片描述了旧离忧城里一个伟大的舞蹈演员辛辛的故事，她曲折的生活道路，复杂离奇的爱情，还有灿烂无比的创作都被娓娓道来。吴一茹完全看进去了，纪录片一共四集，她整个上午都在看，还晨一直很安静地陪在她的身边。纪录片让吴一茹已经沉寂的思绪再次翻腾起来，她想起原来她还是热爱舞蹈的，她曾经历过一种表面安静实际热烈的生活，舞蹈曾是她生活的全部意义。可是，现在的她除了越来越安静，越来越安全，她还有什么呢？她不过是越来越像某种用于装饰的家居用品——比如一束干花，徒有其表，但总归不知所终。

第二天，当吴一茹再次从乱梦中醒来时，还晨还是很安静地坐在屋中的椅子上看书。吴一茹坐起身，拉开窗帘，阳光照进来，吴一茹把头埋在双臂中回忆刚才那种纷乱的梦。

您一定梦到什么了吧？此时，还晨声音平平地问。

是的，我梦到了一个终生难忘的情景。吴一茹抬起头思索着说。

是什么？还晨问。

一个有些罪恶感的场景，我和一个高大的自然人在做爱，然后跳舞。吴一茹有些惶恐地说。她相信还晨，所以和他说了实话。

那是一个什么样的情形？还晨镇定地继续问。

我们是在一片树林里，都很紧张、害怕，还有点兴奋，我们一直在跑，他好不容易追上我，就把我扑倒了。很久之后，我们又开始凌乱地跳舞。吴一茹回忆着说。

这场景很通俗，您竟然很回味。还晨评论道。

还晨的话很准确，这确实是一个通俗而且饱含肮脏因素的场景，吴一茹知道这是犯规，她又犯规了，只是这一次不是在现实中而是在梦里。但是即使如此，即使她已经有了一个正确的医院给予的价值观，她发现，在她内心深处还是怀念与那个自然人的做爱——虽然它不完美，慌乱，没有韵律，冲击力也不够强，甚至有点草草收场，但是她对于他身体的记忆，皮肤上温度的记忆，以及那种能够随时燃烧她的感觉却久久挥之不去。她觉得这种感觉太撕裂了，明明她思想上觉得不对，但是那种超乎寻常的真实感却一直在吸引她——那种身体的吸引，温度的吸引，所有缺点的吸引如潮水一般涌来。

还晨沉默着，吴一茹看得出他在思考着她的思考，现代的机器人已经进步了很多，相比前几代机器人，他们的思维能力有了长足的进步，他们已经能开始真正的逻辑推理了。

你在想什么？吴一茹这时问。

其实，我还无法下判断，但是我觉得您的说法并不坏，一个真实的人和他真实的情感虽然粗粝却是鲜活的，这有一种生活的味道，而且它反完美，有时只有虚假才是完美的。还晨说。

你说得太好了，哲学书真没白看。吴一茹听了忍不住惊讶地叫了起来。

吴小姐，自从陪伴您以来我学到了很多东西，我一直在努力模仿、学习人类的情感和思想。后来我发现，如果我想真正成为一个人，就必须学会接受他们的优点和缺点，尤其是缺点。这是人与我们最大的区别，因为有时人的缺点反而会成为他们最大的优势。还晨非常认真地说。

赵晓川回到公共区，他在中心系统调出了洁净区狂欢日三天的录像，他认认真真看完，发现了他需要的信息后，就决定回去找吴一茹。

再次见到吴一茹时，是在洁净区的仁爱医院。赵晓川先是在门口看到那个写着"洁净一生，珍爱人生"的超大屏幕，接着就被带到了接待区。在这里访客是和病人严格隔离的，访客穿着统一的白色防护服，而病人则穿着统一的蓝色病号服，双方隔着厚厚的玻璃通过电话交谈。赵晓川在一个座位坐下，摁了一下访客按钮，他面前的屏幕马上跳出来一系列的问题，他填写了访客信息和要会见的客人。不一会儿，吴一茹出现了，她走到他的对面，拿起了电话。

你被人举报了？赵晓川问。

是的。吴一茹简单地回答道。

身体怎么样？赵晓川又问。

还好。吴一茹说。

你上回让我办的事，我办妥了。赵晓川说，我去中心系统查了，在狂欢的第三天你确实喝醉了，之后在篝火晚会中你一直和一个男舞者在一起，他是一个自然人，你们两个的确犯了规——你们做爱了，这也是你来到这里的原因。

吴一茹听着，脸上扬起了一阵红晕。

按照系统的记录，他似乎并未离开洁净区，如果是这样，根据洁净区的严格追踪、除菌准则，他早晚会被发现，我猜他也应该会被送到这个医院来。赵晓川接着说。

吴一茹听到这儿深深吸了一口气，她忽然有点莫名的紧张。

与赵晓川见面之后，吴一茹回到了房间，她的内心翻腾着，久久不能平静。呆坐良久之后，决定把此事告诉还晨。她说完，还晨很平静地问她：这么说，那个犯规的男人也会来到这里？

是的，有这种可能。吴一茹慢慢点点头说。

从此，吴一茹开始了等待。她知道这是不对的，但是还是盼望着他的到来。这是一种一天比一天心焦的等待，真正平静的生活其实是最没有希望的生活，一旦人有了希望，他就会产生各种各样的躁动。吴一茹先是睡不好觉，吃不好饭，之后，她就觉得心中有一团小小的火苗开始燃烧，那火苗越燃越大，使得她全身开始燥热。于是她向医院提出要求，她想练习舞蹈，她想用这种外在的手段压制内心的不平静。这种无理要求当然被拒绝了，在洁净区自然人是不能跳舞的。但是医院还是人性化地处理了这个问题，他们转而允许吴一茹做瑜伽。为了散发心中的热浪，吴一茹接受了，她每天都来到医院的大庭院中，在那棵古老的树下，铺上瑜伽垫认真地练习着。吴一茹的瑜伽是有功底的，她的动作有力又优美，舒展而自然。很快，偌大的医院病区都注意到那棵大树下那个打扮清凉的美女，不管是病人还是医生，每天都享受一般看着她在那里跳跃、摆动，都觉得那是一幅赏心悦目的画面，也都希望那种画面能继续下去。

某个夏夜，风轻轻吹着，这不是自然风，是温柔的人工风。吴一茹坐在大树下，区域的灯渐渐熄灭，医院的病人和医生都去睡了，吴一茹在闭目打坐，此时，还晨悄悄走了过来，他走到吴一茹面前，静静坐下。

吴小姐——还晨语调平和地叫了一声。

什么事儿？吴一茹闭着眼睛问。

我想告诉你，他来了——还晨不紧不慢地说。

吴一茹听了，心咚地一跳，她慢慢睁开眼睛问：真的？

真的！还晨很肯定地回答。

吴一茹瞬间就跳了起来，她深深吸了一口气，然后毫不犹豫地对还晨说：走吧！我们去找他。

还晨也马上跳起来，他认真地说：好的，遵命，我带您去。

他们两人走进了医疗大楼，楼里很安静，只有个别值班的护士，他们进了电梯，又下了电梯，走向住院区。他们路过无数相同的房间，看到无数相同的房门，他们越走越远，楼道似乎像江河一般漫长，他们上上下下不同的楼层，楼层像丘陵一般起伏跌宕，最终，他们在一扇没有任何特殊标记的门前停住了。此时，吴一茹的心怦怦怦狂跳起来，她举起了手，想敲响白色的房门，却又犹豫了，她扭头看着还晨。

吴小姐，敲吧，他就在里面。还晨平静地鼓励道。

吴一茹听了还晨的话眼睛有点湿润了，她知道这一步就是千里之外，她不知道未来她要过什么样的生活，但是她没有退路，她感激地看着还晨，觉得他真是一个很好的朋友。

还晨，谢谢你，谢谢你陪了我这么长时间。吴一茹真诚地说。

吴小姐，不客气，这是我的职责。还晨也微笑起来。

吴一茹终于敲响了门，可是无人回应。

她推门走进去，屋子里黑漆漆的。半天，灯才打开，一个男人醒了，他下了床，然后迷迷瞪瞪走到她面前。他高大，英俊，身材健壮，面色有点苍白，他在揉眼睛，吴一茹盯着他仔细看着，努力回忆着那个疯狂的夜晚，可惜，那一晚，她确实喝得太多，实在有点记不起来了。

是你吗？吴一茹问。

你是谁？男人不解地反问。

我是那天晚上和你跳舞的那个自然人。吴一茹颤抖着说。

男人一愣，他迅速揉揉眼睛，定睛一看，立刻叫了起来：是你！你是那天晚上的那个女孩子！

对！是我。吴一茹继续颤抖着说。

太好了，我一直在找你，以为这辈子再也见不到你了。男人说着扑过来，一把紧紧抱住了吴一茹。

在他宽大温暖的怀抱中，吴一茹瞬间融化了，她虽然记不清他的面容，但是这个怀抱是她熟悉的，他们一起犯规，在犯规之后继续共舞，他与她的舞蹈拥有共同的自然人的味道，更接近真实的人的内心，更呈现了人的真实的自我。他们舞蹈时无关外界，身体和心灵合而为一，与此同时，她还可以成为一个全然独立的个体，充满执着，任意反叛，这种优美的悖论使她觉得，那一晚她在他的怀中似乎度过了整整充满曲折与矛盾的一生。

你叫什么名字？吴一茹问。

我叫阿宽。男人说。

吴一茹听到这儿，终于忍不住哭了，她呜呜地大声哭起来，眼泪喷薄而出，她觉得她太委屈了，她几乎被这个世界压抑了一辈子。

赵晓川再次来到洁净区。

吴一茹还在医院的那棵大树下做瑜伽，医院的人们还是慢条斯理地欣赏着。

一切没什么变化，一切还是那么地一尘不染，似乎这个世界从头到尾从里到外都永远是那样优美洁净。赵晓川带着那副惯常的玩世不恭的笑容，走过草地，走到吴一茹面前。

晓川哥，你又来了。吴一茹笑着说。

我听到了一个好消息。赵晓川笑嘻嘻地说。

是的，谢谢你提前通知我。吴一茹由衷地说。

他情况怎么样？赵晓川问。

他身体倒是没什么问题，只是被化学阉割了。吴一茹平静地说。

什么？赵晓川听了一愣。

他们给他吃了药，让他长时间内不能做爱，因为他上回是主动犯规的一方，这是应有的惩戒。吴一茹说。

赵晓川马上就明白了理解了，这个世界就这样，表面上堂堂正正，实际上冷漠残忍，不择手段，无所不用其极。

吴一茹此时看看四周，然后她对赵晓川悄悄地说：我们商量好了，打算找机会一起离开洁净区。

哦？你们不打算继续治病了？我听说在洁净区待太久的人适应能力都很差，外部环境对你们是很不利的。赵晓川皱起眉说。

管不了那么多了，我们先离开再说。吴一茹说，她看看赵晓川关切的神情就接着解释，晓川哥，你知道我原来到这个区域是为了什么吗？我就是为了追逐自己的梦想，我想跳舞。可是，到了这里我才发现，原来梦想也是分阶级的，不同阶级有不同的梦想。在这个所谓的洁净的世界里，自然人是二等公民，我们不配拥有舞蹈的梦想，这不公平！

我理解你这种不公平的感受，当年我逃跑的时候也常常这么想。赵晓川回忆起自己真实的过去。

直到有一天，我发现，我不用被指导被规范，只要跳出自己就可以了，我自己的舞蹈同样伟大，还更加真实。所以，我最终决定离开这个洁净区，离开这种压制，去获得真实，我要跳自己的舞蹈而不是别人指定的舞蹈，我想，即使最不起眼的蝴蝶也有舞动的资格，也可以拥有美丽的资格吧。吴一茹滔滔不绝地说，她的脸显出一种莫名的兴奋。

太棒了，你真勇敢！赵晓川由衷地赞叹道，每个人谈论起自己的梦想时都是那么的令人感动，可是，你们究竟打算去哪儿呢？赵晓川又问。

哪里能容忍我们，我们就去哪里，直到找到一个合适的地方。吴一茹斩钉截铁地说。

那未来，你们打算怎么生活？赵晓川又问。

我们可以组成一个纯自然人舞蹈团去挣钱，我们要跳自己的舞——那种特别自由的，由我们自己发明的舞蹈。吴一茹信心满满地说。

赵晓川听了不禁频频点头，他看着吴一茹那清秀的带有棱角的脸百感交集，她的勇气令他钦佩，这种勇气既来自于爱情，也来自于人类对于选择和自由的渴望。

我觉得你的想法不错，目前看，除了洁净区其他区域很少有职业舞蹈演员，你们去了也许会有优势，能有一定的市场，不过你们要小心，尤其是注意身体。赵晓川说。

放心，晓川哥，我明白，谢谢你的关怀和之前的帮助，现在该轮到我帮你做点什么了。吴一茹这时感激地说。

26

莉莉娅回到新离忧城后，把父亲李迪要投资的消息告诉了韦波，韦波听了一开始当然很高兴，但是随即得知第一期的投资金额相当小，几乎是杯水车薪，这又不免让他暗暗失望。莉莉娅还无意中提起了齐如山的那个沙漠项目，韦波马上判断出这个项目应该是他最大的竞争对手，他没想到与过去的老板以这种方式再次相遇，这颇让他感慨世事因果皆有妙缘。

莉莉娅其实很想帮助韦波，虽然这一回开头不那么惊艳，但是不代表未来没有机会，她知道这是万里长征的第一步，一切不能着急。她相信，只要努力去做，她就会得到更大的成果，那样她的价值就会越来越高，早晚超过那个虚拟游戏中的女医生。

于是，莉莉娅更加忙碌起来。作为一个战略投资人，搞清楚一个项目的根本情况是必需的，她全身心地投入到全城各种游戏的调研中。她要把所有的细节都搞清楚，每个游戏是如何运行的，公共区域是如何管理的，城市的未来规划如何，特别是B种人生公司的真实的财务状况怎么样。这不仅是为公司也是为她自己，她当然想投入韦波那富有的怀抱，但是她也必须证明这种富有是可靠的、长久的，这样，她和他拥抱起来才能不分心，才能彻底地沉浸在爱情之中。

令莉莉娅没有想到的是，就在她奔忙之时，也有人开始给她帮忙了，他就是高宇。甭说，高宇毕竟是高才生，他的帮忙卓有成效。莉莉娅由于时间有限一般只能对一个游戏做近距离的观察，可高宇采取了一个笨办法，就是去每个游戏里认真地玩，一个一个去打通关。游戏玩通之后，高宇会认认真真记录下他的体会、感受，还有攻略，然后汇总给莉莉娅。他的报告很翔实，事无巨细地说出他所了解的一切：这个游戏吸引人的程度怎么样，它最好玩的部分在哪儿，游戏中都有什么样有趣的人物，玩的时候有哪些诀窍，它未来的商业前景如何。高宇的这些第一手的资料非常珍贵，他不断地提供给莉莉娅，莉莉娅每回拿到都是爱不释手。其实她从未要求

高宇这么做，她甚至还多次推托，但是高宇毫不气馁，他就是一片
丹心地为她着想。

人心都是肉长的，终于，莉莉娅被感动了。高宇以他的阳光、
开朗、善意和体贴让莉莉娅再也无法否认他的存在，莉莉娅偶尔也
会回忆起那次非自愿的做爱，那次做爱中她整个心绪的转变让她久
久回味。高宇确实孔武有力，确实有某种男性强大的力量感，但是
他对她不仅是简单的身体上的覆盖，而是有一种难得的精神上的慰
藉，他使她如同一株许久没人注意的植物得到了意外的浇灌一般。

后来，又发生了一件让莉莉娅更受冲击的事。那一天是一个
特殊的日子——莉莉娅的生日，这是她第一次在新离忧城过生日。
莉莉娅和韦波约好在一个西餐厅吃晚饭，莉莉娅精心打扮之后，很
早就去了。可她等了很久，韦波才姗姗来迟。韦波落座之后，马上
递给莉莉娅一个鸽子蛋般的钻石作为生日礼物，莉莉娅看到钻石时
忍不住尖叫起来，任何女人对于钻石都是没有抵抗力的，可是就在
莉莉娅兴高采烈之际，韦波竟然毫无征兆地转了弯，他表情非常遗
憾地告诉她，今晚他有工作，银行贷款的人来了，他只能稍坐一会
儿，然后要去接待客户。

莉莉娅的情绪一下子从天上掉到了地上，她非常郁闷，感觉
到自己被华丽丽地无视了。但是她完全没有表现出来，反而装着善
解人意的样子，微笑着催韦波赶紧去，她还说，这个城市的未来要
紧。韦波心安理得地迅速走了，莉莉娅看着满满一桌子菜坐在那里
发呆，她想哭，但是欲哭无泪，因为她没有理由哭。此时，高宇出
现了，他从韦波离去的门口走进来，坦然走到莉莉娅面前，邀请她

去玩一个经典的爱情游戏，莉莉娅没有选择地答应了。半小时后，他们来到游戏区，穿好角色的服装投入了游戏。那一次的游戏让莉莉娅印象太深了，她就如同在梦幻与诗歌中一样经历了艰险、苦难、暮霭、虹霓，最后他们扮演的两个游戏人物终于在群星之桥上相遇，他们的周围千百只白鹤在飞舞，两个分别一万年之久的有情人长长地拥抱起来。在拥抱中，莉莉娅被感动了，她潸然泪下，隔着面具高宇都能听到她充满复杂情绪的轻轻的抽泣声。

那天夜里，莉莉娅主动去了高宇的房间，她和他上了床，并且和他度过了一个疯狂而愉快的夜晚。

从此，莉莉娅开始处在彻底的撕裂中。她知道她这是脚踩两只船。从纯粹利益的考量上来看，她当然很想上韦波这条船，但作为船长的韦波却并不那么专心，他不大关注她，他的眼睛一直望向大海的前方，她明白他内心最根本的想法，他的那条船其实谁都可以上，他关注的是上船的人能给他带来什么样的礼物，能使他的船走得更远。高宇的那条船无疑代表情感与真诚，他的大度、热忱、无私，使她慢慢有了某种隐秘的依赖感。高宇有一份坚定的与她分担一切、共度时艰的心意，这份抛却了利益的情意一次又一次地感动着莉莉娅，这种情谊的力量有时竟会远远超越种种商业的考量。还有一个方面是莉莉娅无法启齿的，那就是高宇对于她身体上的满足。莉莉娅本来对这种事儿并不在意，她原来甚至还以为自己比较冷淡，韦波由于忙，也很少碰她。但是高宇不一样，他直接、旺盛、有力而体贴，他频繁的需求带给她从里到外深深的影响。那种身体的交融逐渐无法阻挡地吸引了她，她觉得这个人们绝口不提的事情让她越来越快乐，越来越幸福，那种幸福一开始只是一种纯粹的肉体的幸福，但是慢慢地它转变为一种隐秘的心理幸福，她觉得她虽然不再拥有这个城市，但是确实有人关注她、需要她、想拥有她。

终于，莉莉娅不自觉地发生了倾斜。她开始有意无意地透露自己的行踪，有时是暗示给高宇，有时就委托韩时光公开发布南新基金的调研日期表，时间地点都在里面写得清清楚楚。高宇很聪明，每一次都能在莉莉娅希望的时候到来，此时的莉莉娅已经变了，她有些心焦地等待着，她薄薄的乳房、修长的大腿、细细的胳膊、圆润的臀部，都已经开始渴望被高宇捕捉，都渴望那种强有力的一遍遍的爱抚和冲击。高宇到达后，莉莉娅想的第一件事不再是那些公事，而是如何赶紧和他在一起。在一次长长的做爱之后，莉莉娅感到了一种彻底的放松，彻底的享受，那些计算、惶恐、烦躁都淡然远去了，她躺在沙发上面对着赤裸的高宇气喘不止，就在刚才在高潮来临之际，抛却了世俗的利益之后，她面对着纯净的本能与内心时最终确认，他爱她，而她也是爱他的，这毫无疑问。

赵晓川知道皮皮跑了，但是他不清楚皮皮到底去哪里了。每一天这个城市有无数人在改变着生活，交换着游戏，混乱之中夹杂着欣欣向荣，欢乐之中也孕育着痛苦。不过还好，这个新世界有一个特殊的堪称伟大的精神，那就是拥抱变化，这是新离忧城人们的习惯，他们毕竟是从生态灾难中幸存下来的一代，他们不仅从身体上也从思想上都做好了应对一切可能的准备。

赵晓川再次找到姐姐于工然时，她正穿着一件涂满油污的白大褂，坐在实验室的操作台旁边抽烟，操作台上凌乱地摆着机器人的各种零件，胳膊、腿、手掌、半成品的头部，她打算试制一款新型的工业机器人，但是心绪不宁，完全无法工作。赵晓川走进来时，屋子里乌烟瘴气，赵晓川不禁咳嗽起来，他从洁净区刚刚出来，确实已经觉得不适应外面的世界了。

晓川哥——于工然回头看到他，干巴巴地叫了一声。赵晓川发现于工然头发凌乱，眼中还有血丝，满脸都是疲惫的样子。

赵晓川走过去坐在于工然身边，于工然似乎没有说话的欲望，她只是把烟和打火机推给赵晓川，赵晓川拿起烟想点最终又放下。

算了，那个干净的世界已经让我觉得抽烟就是犯罪了。赵晓川自我解嘲地说。

冰箱里有啤酒。于工然用烟指指前方。赵晓川看到空旷的实验室尽头，摆着一个高大至房顶的透明冰箱，里面应有尽有，如同一幅缤纷多彩的生活画卷。

赵晓川走过去，费力地打开冰箱门，拿出一瓶这个城市最新出品的啤酒，他起开啤酒盖喝了一口，冰凉中有一种独特的香气。

我这一阵一直和一茹在一起。赵晓川喝着啤酒说。

嗯——于工然不置可否。

她遇到了一点麻烦。赵晓川说。

嗯——于工然继续低着头。

赵晓川看看于工然，然后又说：她爱上一个自然人，是个高大英俊的男孩子，他们犯规了，于是被送进了医院。但是现在他们已经商量好，打算放弃治疗离开洁净区，去另外的区域生活。

于工然听着，狠狠抽了一口烟，眼中露出一丝恨意，她想了半天才说：她就是个傻子，她不知道在洁净区待久了，去别的地方容易死吗？

赵晓川回答说：我也是这么说的，洁净区医疗条件最好，出了这个区域对他们这些人来说就相当危险。可是她说，她宁可要自由。

于工然听了久久不语，半天才说：她从来就是我行我素，父母的话不听，我的话不听，跳舞有前途吗？那种事儿早晚是机器人的天下。

她都知道，但是她就选择这么去做了。赵晓川说着看了于工然一眼，对了，她说，想在离开之前和你见一面。

于工然听了默不作声，这时赵晓川又说：去吧，你们不能就这样永远不见面了，就算帮我一个忙。

于工然还是不说话。

这样吧，我帮你一个忙，想办法看看皮皮的近况，然后你帮我，怎么样？赵晓川故技重施。

于工然后来还是什么也没说，但是，赵晓川觉得她是默许了。他很快回到了中央区，再次查看了中央系统，经过大海捞针一般的寻找，在系统的公共区域记录中他终于发现了皮皮的踪影。皮皮是和一个游客在一起，她作为一个游戏导游，陪着游客玩了很多游戏。那个游客悟性非常好，一个游戏很快就能上手，然后三下五除二地解决掉。每当结束一个游戏，赵晓川总能从公共系统中看到他异常阳光开心地笑着，和皮皮在街上愉快地说话，而皮皮似乎对他非常着迷，根据江湖经验，赵晓川觉得这个小伙子不简单。果然，在某一天清晨，这个男孩子出手了，他把毫无防备的皮皮卖给了一个游戏，当皮皮无知无觉地率先进入一个永久性的迷宫时，他逃之夭夭。赵晓川发现，这是另一个从"宽恕时间"中发展出来的坑人游戏，这款游戏目前正受到全城越来越多的关注，有很多人正在现场或者通过网络围观这一坑人节目。

很快，赵晓川和于工然来到了坑人游戏的现场。那是一个宏大的环形建筑，类似古代的那种闻名遐迩的斗兽场，建筑的一部分在地上，是几十层由巨石垒成的看台，另一部分则深深地嵌入地下。两人走上看台，他们在一块巨石台阶上坐下。离忧城的双份阳光普照着看台，让人感到广大的温暖，他们向下望去，地下显露出来的迷宫也是由巨石组成，可是那个迷宫黑魆魆的，不时有一阵哀怨的声音以及杂沓的脚步声从迷宫中传来。

游戏看起来很简单，就是传统的龟兔赛跑，可是，游戏中的每个角色都面临着无法解决的困境，他们不仅无法战胜对方，甚至连自己都战胜不了。他们在迷宫的每一条道路中比赛着，只不过乌龟的腿时不时有一条会断掉，而兔子总是在关键时刻睡着，他们没有一个人会取得胜利，同时也永远无法走出迷宫，因为这个迷宫的出口一直在变换。

赵晓川和于工然拿起望远镜认真观看，在他们的视野中出现了种种不同的道路，还有一群一群蚂蚁一般在飞跑的人，那些悲鸣则来自一些摔倒的家伙，他们不是缺胳膊断腿就是马上要昏昏睡去。赵晓川和于工然看了良久，然后几乎同时放下了望远镜，他们环顾四周，发现很多人正在津津有味地看着，样子似乎乐不可支。

除了现场，听说还有网络直播？于工然有些木然地问。

是的，据说，现场观看有参与感，网络直播则能看得更清楚，各擅胜场。赵晓川说。

于工然点点头，她看着那个巨大的如同黑洞一般的地下区域，然后皱着眉问：你说，地狱是不是就是这样？

赵晓川想了想，他说：也许吧，这是一个充满悲伤而且没有希望的地方，没有希望的生活也就离地狱不远了。

她在哪儿？于工然这时问。

赵晓川闻言从兜里掏出一张纸片，那张纸片记载着一个精确的位置。于工然再次拿起望远镜看了起来，找了很久，她终于看到了皮皮，她穿着一件粉红色的戴帽衫，正躲在一个无人知晓的角落，趴在一块石头上呼呼大睡。

于工然看了很长时间，然后才慢慢放下望远镜。

她就这么一直睡下去了？于工然问。

是的，据我所知，她在这场龟兔赛跑的游戏里被迫扮演兔子，但是非常坑爹的是，在这个游戏中，不管兔子乐意不乐意，在奔跑中它总会不知不觉地犯困，然后睡去。睡着的时间并不固定，醒来之后才能和乌龟再次比赛，可那时乌龟早跑远了，等它快追上时，兔子又会困了。赵晓川说。

那就没有赢的可能了？于工然问。

没有，根本没有。赵晓川回答说。

于工然神情阴沉地听着。

也许是发现永远也赢不了，皮皮可能感到了绝望。于是，皮皮后来一直在睡，按照规定，如果长眠不醒这在游戏中无异于自杀，这些在游戏中睡去的人将永远无法结束游戏，所以即使这个游戏被结束她也未必有机会离开，他们会成为游戏化石，与游戏一起被尘封。赵晓川说，这一切都是他在这项游戏的说明书中看到的。

于工然听到这儿，眼泪终于忍不住掉了下来。她的心中酸甜苦辣不断翻滚着，她非常地爱皮皮，因为她可爱，美丽，有着她没有的渴求了一辈子的女性特点。她当然想全部地占有她，控制她，她知道这是自私的，但是一想到别的男性甚至别的女性也会对她感兴趣，她就急不可耐甚至忍无可忍。于是，她把她当成了私人物品，捧着怕掉了含着怕化了，她给皮皮钱、给她需要的所有的东西，想尽办法宠着她，同时也紧紧地看着她，她不想像失去妹妹吴一茹一样失去她，可是皮皮还是跑了。她想，皮皮正是因为她对她好得过分才跑的，于工然特别痛恨自己，为什么她的爱总是成为别人的桎梏。赵晓川看着于工然悲怆的神情，心中也同样感到了难受，他再次觉得这个新世界一定有什么地方不妥。

她就这么完了？于工然不相信地喃喃道。

是的，这是她的选择，看样子她永远不会醒来了。赵晓川肯定道。

于工然闻言，脸上现出十分的绝望和倦意，她忽然感叹了一声：她说对了，这个世界真没意思。

我问你一个问题，假设她能醒过来，你想怎么办？赵晓川这时问。

于工然脸色灰暗，她凝视着黑色的迷宫良久，才说：我会放她一马，宽恕她，让她去过自己的生活。

赵晓川听了点点头，他说：这就对了，你终于开始反思了。其实，你妹妹吴一茹和皮皮都是因为同样的原因才走的，所以，我劝你不要重蹈覆辙。你不妨试着宽恕你的妹妹，你已经失去了一个你爱的人，难道还要失去另一个吗？

27

韦波来到止风镇时风停了。阳光灿烂，远处大漠无边，韦波开着吉普车一路颠簸，按照导航的指引，费尽力气才找到沙漠的边缘。

在苍凉的小镇尽头，在一切都灰头土脸，一切都在破旧沉静的氛围中，韦波停了车。他从车上跳下来，足足花了十分钟，上上下下拍完身上的土，才走向街对面那几间低矮的平房。

平房的门虚掩着，韦波推开门走进去。齐如山正躺在一张破旧的沙发上睡觉，韦波悄悄走过去，他没有打扰他，而是找了一把椅子坐在齐如山面前。齐如山老了，瘦了，他的脸黑黑的，被风沙打得很皱，一张报纸掉落在沙发下面。韦波拿起报纸一看，那是一张传统的地方报纸，上面正好有一版是有关新离忧城的报道，在文章中新离忧城被描述为一个伟大的创造，欣欣向荣繁花似锦，代表未来城市发展的方向。

一会儿，齐如山醒了，他睁开眼，看到韦波就笑了起来，哎呀，这么大的韦总来啦？有失远迎，有失远迎。

韦波也笑了起来，他说：齐总，瞧您说的，我再大，不也是踩着您的肩膀爬上去的？

齐如山闻言哈哈大笑，他起身给韦波泡茶。茶好了，韦波接过茶杯喝了一口，茶水苦涩，硬硬的。

您怎么样啊？这几年。韦波关心地问。

我还行，跟地方政府签了三十年的合同，要把这里种满树。齐如山指指外面远处的黄沙。

您还能活那么长吗？韦波笑着问。

不知道——齐如山诚实地摇摇头，但是总会有人来接着干吧。

韦波点点头，我对您这种极度乐观的精神既感到不解，又感到佩服。对了，您这回找我来有什么事儿？

哦，有一件小事。齐如山说。

您说——韦波说。

听说，你也在争取南新集团的投资？齐如山问。

是的。韦波承认。

这一回，我明确希望你退出，我的理由很简单，这里很需要他们的投资，为了子孙后代想一想，还是投在这里为好，我们谁都不想再看着那些城市一一覆灭了。齐如山叹了口气说。

韦波闻言一笑，他想喝一口水，但是看看那黄色的液体又忍住了，齐总，南新集团是最大的投资集团之一，他们有的是钱，咱们谁也不妨碍谁吧？

不，他们也缺钱，正在二选其一呢。齐如山肯定地说。

韦波沉默了一下，然后说：齐总，商场如战场，战场上可没有交情，这你比我清楚。你为了你的沙漠殚精竭虑，我也为了我的城市肝脑涂地，谁都有活下去的愿望和理由。我想，从理论上来讲，投资谁一目了然，你这里大漠无边，荒凉寂静，我那里红尘滚滚，人潮人海。你很高尚，我很世俗，但是钱是逐利的，它从不会奔向高尚，它只认世俗。

齐如山听了韦波的话深深点了点头，韦波的话几乎无法反驳。齐如山喝了一口茶，他起身走到办公桌前，拉开抽屉，拿出一张宣纸，纸上用毛笔正楷工工整整抄了一篇《兰亭序》，齐如山把那张宣纸递给韦波说：知道这是谁写的吗？

不知道。韦波说。

李迪。齐如山说。

韦波接过宣纸，认真看了一会儿，不禁赞叹道：好字——

看到外面这片沙海了吧，别看它如此巨大，其实，我们都有信心把它治理好。齐如山这时非常平静地说，不过他特别强调了我们两个字。

韦波闻言望向窗外的大漠，那种无边无际的感觉真让他有点望而生畏，但是同时他心想，看来，他低估了上一代人的情怀。

在科学技术区域，蜜蜂在狂舞，那是机器蜜蜂，花朵在怒放，那是人工控制的开放。这是一个充满了人类最先进智能的地方，智能把世界变得神奇而美好，一个灿烂的夏天本来是自然的赐予，但是在这里却越来越可以凭着人的心性任意呈现。

于工然坐在自己的实验室里，实验室的大门敞开，从自己的办公桌就可以看到实验室外生产线一丝不苟地运转，她每天的任务就是自己试验开发不同的新样品，等到成功后，再把样品工业化。

此时，工厂的门打开了，这是一扇自动智能门，一个银白色的小小的飞行器飞了进来，于工然目不转睛地盯着它，飞行器飞过来，准确地钻进于工然的实验室然后转了一圈，认真定位之后，轻轻地降落在凌乱的工作台的一角。于工然放下跷着的腿，掐灭烟站起身，她伸出手，把附在飞行器身上的那个礼品盒抽了出来。

那是一个粉色的包装精良的礼品盒，上面还用彩带系着一个正在起舞的纸质的小女孩儿。打开盒子，是一张卡片，上面写着"给然然姐"，落款竟然是皮皮，日期好像是她逃离科学区以后的日子。盒子里，除了卡片还有一张叠得整整齐齐的白纸，于工然打开，白纸上面写了空气清新剂几个字，下面则是一个配制秘方，秘方的后面还附有一张小小的设计图，那是一种智能喷雾器，就好像那种人工蜜蜂一样。按照随后寥寥数语的介绍，如果把这种新型的"空气清新剂"绑缚在自动喷雾器上，它能快速地围绕着人体飞行，以迅捷的速度进行环境清洁，十分钟之内就能营造一个小小的个人环境，理论上，这种产品可以对付污染，尤其是那种不可救药的雾霾环境。

于工然拿着白纸黑字读了一遍又一遍，她感动了，眼中慢慢涌起泪水，她想起和皮皮在一起的日子，她记起来这个小小的发明是皮皮从一个游戏者手里搞到的，她跟她唠叨过多少次，认为完全可以申请专利，然后开始批量生产，但是于工然觉得这种产品太过小儿科根本没有搭理，没想到皮皮一直没有放弃，她甚至还做了设计草图作为礼物送给了她。

很奇妙，有时一个人的一小步就是跨越人与人之间敌意鸿沟的一大步。皮皮迟到的礼物是相当有力量的，它确实改变了什么，于工然那颗僵冷的心好像被一股瞬间的灼热所击中，它开始融化，先是一点点的，然后加速，之后冰封迅速崩溃，她的心全部重新暖和起来。

怨恨永远不会比爱更持久，怨恨虽然可以随时肆虐，但是当真正的爱到来，它不堪一击，它尤其败退于伟大的宽恕！

于工然终于决定去见她的妹妹吴一茹，这是她们分手若干年之后的第一次见面。于工然关闭了实验室，她把工厂的管理授予了权限最高的机器人。她徒步走出工厂，空气清新，阳光灿烂，于工然大步走在科学区的大道上，她与无数的机器人、科学家相对而过。于工然知道这一回她是去理解另一种生活，那是违背父母意愿或者说违背设定的一种生活，她原来曾经用不屑、愤怒、哀怨、不解的态度来看待那种生活，但是这一回她下决心倾听、观看、学习、改变。

吴一茹与于工然终于见面了，那真是一场风云际会，光影闪动，空间缠斗，出其不意地分离与融合，似乎两个星系在宇宙中兜兜转转之后再次相遇。她们先是拥抱在一起，叙旧、痛哭、叫喊、之后又开始争论、互相批评，乃至谩骂，她们拥挤着，撕扯着，激烈地冲突着却又不想再次分离。

两天之后，赵晓川来到了科学区，就在那个空旷的工厂里，生产线已经停止了生产。

往日喧闹的情景忽然不见了，工厂显得冷清而安静。赵晓川坐在工厂中央的一张沙发上，工厂的顶棚、前门、后门都打开，阳光——离忧城的双份阳光扑面而来，吴一茹和阿宽站在赵晓川的面前开始跳舞，他们两人都穿着厚厚的防护服戴着厚厚的口罩，后面跟着一大群于工然制作的舞蹈机器人。没有音乐，只有两个人口中闷闷的呼和之声，他们跟随着真实的光影随意舞蹈，他们拥抱、跳跃、分离、衬托、疏远、穿越，只有肢体和阳光在表现，舞蹈机器人们从来没有见过这样的舞蹈，他们在后面飞快地学习着，他们也仅仅是比两个创作者慢了一秒，就使创作者的舞蹈发扬光大，并且产生了奇妙的整体效果。

赵晓川惊讶地看着这场荡气回肠的舞蹈表演，这是他一辈子没有看过的表演，吴一茹与阿宽的服装很差也很拘束，但是他们的舞蹈却太自由了，就像人类最伟大的思想一般，天马行空、无拘无束却又一语中的。赵晓川被感动了，他被自由的力量以及人类对于自由的渴望所打动，同时也被人类伟大的科技能力所打动——那些快速舞蹈的机器人让他从视觉上感到科学正在不断逼近它的人类的创造者。

舞蹈结束后，吴一茹和于工然抱在一起痛哭不止，她们俩最终和解了。于工然左手掏出一张白纸递给吴一茹，吴一茹右手收了起来，那是空气清新剂的配方和设计，于工然告诉吴一茹如何在离开洁净区域后，使用这个配方打理自己的小环境，或者也可以在新城市以外的雾霾区，凭配方进行批量生产并以此谋生，这样他们可以坚持他们永远赔钱的舞蹈事业，不至于饿死。吴一茹听了一直哭，她被无私的爱和未来可能的痛苦所压倒，心中百感交集。吴一茹告诉于工然她离开洁净区的原因，她本来是满怀希望来到洁净区的，想在那里成为一个出色的舞蹈演员，但是令她没想到的是，在那里充满了阶级的不平等，她根本没有机会能跳出那种被人承认的舞蹈，而且洁净区表面干净实际上红尘万丈，它充满伪善、假道学，拥有各种假模假式的规定，还要做出各种高姿态。经过长久的压抑，她终于烦了，决心离开那种虚伪的环境，做真实的自己，即使未来她要面对恶劣的环境也在所不惜。

赵晓川其实一直目瞪口呆，他亲眼看到的并不是两个人，她们并不是姐俩，而是一个人在不停地相互诉说、流泪，他看了很久才明白，这是一个人身体中的两个人格，她们之前分离现在又合而为一了。他有很多事情弄不明白，一个人如何在不同时空跳跃、穿梭，这只能说明新世界太神奇了，它有许许多多的东西是人们看不到的、想不清楚的，也许在新的世界中思想能改变一切，甚至是物质和能量的形式呢。

赵晓川最后得到了密码，于工然与吴一茹合体之后，她们把生成的新密码留给了她们的偶像，她们非常感激赵晓川对她们的帮助，并且告诉了他去往中间介质世界的方法。

28

在一个很棒的人造海底餐厅，头顶和周围都是蔚蓝的人造海水，大批五光十色的热带鱼如同天空中盛开的烟花在热烈地游弋着。一个巨大的椭圆形包间的门被打开了，一些穿着讲究的侍者鱼贯而入，他们开始在餐桌上布菜。菜品异常丰富，中西合璧，色彩也极艳丽。侍者们小心翼翼忙碌了一个小时之后，各式菜肴才布置完毕。

不久，房门再次打开，韩时光率领着一群人雄赳赳气昂昂地走了进来。

韩时光的小眼睛第一眼就敏锐地看到那些精美的菜肴，他立刻发自内心地笑起来。他身后的那些人五大三粗，说话声音特别大。大家彼此寒暄之际，抬眼看到排山倒海一般的菜品时立刻惊叫起来：我操，韩总，这是什么菜啊，这么精美，我们一辈子没见过呀——

韩时光转过头，非常有派头地环视了一下大家，然后竖起一根胖胖的手指摇了摇得意地说：诸位，介绍一下，这叫观菜。

哎哟，韩总，什么叫观菜啊？假扮白领的蓝领们一起问道。

韩时光笑嘻嘻地缓缓坐下，他拿出一个雪茄盒，慢慢抽出一根粗大的雪茄，旁边一个小弟走过来马上给他点上，半天，雪茄才点燃，韩时光深深吸了一口，然后非常沉稳地向大家说：这个呢，是当年老佛爷的吃法，这些菜不是用来吃的而是用来看的，就是为了愉悦眼目，这么做才上档次，要吃的菜还没上呢。

我操，这么牛逼啊，韩总已经过上老佛爷的日子了。众人再次诔辞如潮地吹捧起来。

韩时光闻言表面谦虚实则得意地一笑，说：众位兄弟客气了，我是觉得咱们该苦尽甘来了。辛苦这么多年，新城市建成了，咱们也得慢慢学着享受生活了不是?

那是，韩总为了建设离忧城真是劳苦功高，必须享受一下！众马仔继续鼓噪道。

韩时光微笑而镇定地听着大家的吹捧之语，又深深吸了一口雪茄，然后冲门口的服务生一挥手，说：服务员上菜吧，一人先来一碗顶级翅，其他的慢慢来，时间长着呢。

赵晓川拿到密码后，就去了火车站。新离忧城有几个火车站，但是城市南边的那个火车站最特殊，它应该是新离忧城最神秘的地方之一。车站广场上人并不多，从这里出发的火车只开往两个方向，一个是虚拟世界，一个是中间介质世界。去往虚拟世界的人一般都不会再回来，他们也许是对现实世界过于心碎了，而去往中间介质世界的人则有来有往，他们多半是去了解一些事实，探索一些真相。

很快，无线高铁到达，赵晓川登上列车时，一首专门为他定制的《旅行者之歌》轻轻响起。他走过长长的车厢，车厢里空荡荡的，在这趟列车上他只能看到自己，其他旅行者的身份都各自保密，每个人在中间介质世界何处停留，又会去做什么都不得而知。这是根据现实世界的习惯所定下的规则，只有真相知道得越少，世界才越安全。

列车到站，赵晓川下了车，他听得到别人的脚步声却看不到别人的身影。他在站台站定，向右看是现实世界的投影，他可以看到山川、河流、湖泊、大海、动物、人类，向左看则是虚拟世界的反射，一片茫然，一无所有，似乎永远没有尽头。来之前，他看了一些有关中间介质世界的资料，根据资料的介绍，中间介质世界主要居住了一些超级计算机、某些传说中的偶像、似是而非的神灵，还有许许多多被丢弃被忘却的人生片段。这个世界就好比一个大楼里的机房，它并不引人关注，不熟悉的人完全找不到，但是很多秘密都藏在这里，找到这里也许就能把其他世界中百思不得其解的事情一下子搞清楚。

正当赵晓川浮想联翩之际，一个中等个子身材瘦削的男人走了过来，他穿着西装打着领带，脸上带着和蔼的笑容，他缓缓走到赵晓川面前问道：你就是赵晓川吧？

赵晓川点点头问：是的，你是哪位？

中年男人说：我就是你要找的那个超级计算机，我的系统两个月之前就算好，你会在这个时刻到来，所以我来接站。

赵晓川听了哑然一笑，中年男人这时一挥手，一辆亮亮的子弹头一般的银色列车很快从远处开了过来，车到了他们面前，车门自动打开，男人做出邀请的手势说：走吧，上车，去我的城市看一看。

赵晓川礼貌地点点头，随即上车。车门关闭，列车无声而飞速地行驶了起来，赵晓川没有想到，他到达中间介质世界之后还要坐车。中年男人把赵晓川让到一个座位上坐下，赵晓川看着那些可以变形的金属桌椅一直在仔细回想着什么，直到那个男人端来两杯咖啡时，他才开口问道：我们见过，对吧？

哦，是吗？男人喝了一口咖啡不置可否地笑着。

如果我没有记错，几十年前在旧离忧城，某一年秋天在河岸边，河水猛涨，有一条大鱼吸走了全部的河水，当时你就在那里——赵晓川眯起眼回忆着说。

你的记忆力真好，是我，那就是我。中年男人笑着说。

赵晓川点点头，然后说：看起来，你没变。

是这样，不过你却变化太大了。中年男人回答道。

那当然，现实世界中每一个人都是屈服于岁月的。赵晓川回答道。

不知不觉间终点站到了。车几乎是通过一个细长的光滑的线性索道滑入城市的，赵晓川抬起头看着城市的天空，那是非常奇特的天空，一边丰富多彩，饱含自然界的一切，高山、大河、暴雨、骄阳，另一边则什么也没有，好似是绝对的虚无，它们天衣无缝地接在一起，却并不让人感到突兀。

奇怪吗？中年人看着天空问赵晓川。

奇怪，不过奇怪得恰到好处。赵晓川由衷地说。

这就是我们的世界，中年人说，它的特点非常鲜明，就好像是居于现实世界和虚拟世界之间的一幅双向透明的壁画，两边世界的色彩都可以体现出来；我们的世界虽然异常沉默，但是它却可以穿越时间和历史。一句话，在我们这里可以看到过去、现在和未来。

赵晓川饶有兴趣地听着，琢磨着，他不禁浮想联翩。车悠然停下，车门打开，赵晓川走出来，他发现自己是站在一个山坡上，山坡的下面是一个铺展向远方的城市，城市的尽头是一个繁忙的港口，港口中布满了各种各样的游艇、帆船，港口之外就是一望无际的大海。

真美啊，这就是你的城市吗？赵晓川惊讶地问。

是的，没错，这是我每一刻都在的城市。中年人骄傲地说。

它完全超乎我的想象，按照我们世俗世界的想象，我以为这里一定是相当刻板、墨守成规的，就好像电脑中各种线路板插在一起的样子。赵晓川说。

那怎么可能！中年人听到这儿愉快地笑起来，他说，这里既严密又活泼，既秩序井然又自由自在，既一丝不苟又天马行空，这里是一个对的世界应该有的样子。

赵晓川听着深深地点头，他非常认可中年人的说法。两人说着走到山坡上的一把长椅上坐了下来，面前是大片碧绿的草地，阳光照下来，赵晓川认真地享受着。

怎么样，阳光有何不同？中年人问。

我说不太出来，就是觉得很舒服。赵晓川说。

这种阳光首先是自然光，其次是经过人工反射的调节，它随着城市总体的需要可强可弱，就好比你们的地暖。中年人说。

太美妙了，这样的阳光简直就像可以弹奏的音乐。赵晓川说着闭上了眼睛。

一会儿，赵晓川睁开眼睛，他从口袋里拿出一个水晶球，然后把自己记住的那个密码输进去，水晶球随即转动起来，赵晓川把水晶球递给中年人。他接过来目不转睛地看着，水晶球中仿佛天地之间在下一场大雪，雪花漫天飞舞着，过了很久所有的雪花才慢慢落下去，中年人一直认真看着，直到一切都归于平静，他才说：雪花的数目是对的，现在我们可以开始实质性的谈话了。

我是来请你帮忙的。赵晓川开门见山地说。

哦，帮什么忙？中年人问。

我的朋友——新离忧城的建立者想请你修改一下程序，因为在新离忧城的某些区域总会产生一股奇怪的力量。那是一些不请自来的客人，他们自称是好人小组的成员，你知道新离忧城是一个完全依靠市场力量运行的城市，而这些客人的存在确确实实干扰了市场。我的朋友查了很久，后来发现他们既不是游客，也不是游戏玩家，是由系统随机产生的，是由你——超级计算机所控制并生产的。赵晓川说，所以，我的朋友想恳请你修改程序，阻止他们的出现。

原来是这样——中年人点点头，按理来说，这是一个很简单的事儿，你们有进入我城市的密码，我就应该根据你们的指令修改。但是在原初设计中，有这样一个原则，有些地方可以修改，有些地方不能修改，比如，这些无私的好人虽然是系统随机产生的，但我根本无权对那些产生好人的超级程序进行修改。中年人坦诚地说。

为什么？赵晓川听了一愣。

是这样，原初设计者们经过反复论证和实验，把我们这个城市设计成有信仰的。中年人说着抬起手指向远方，赵晓川顺着他指的方向望去，只见远方有一个五颜六色的斑斓的建筑，它似乎不断变换着形状、色彩和光影，一会儿像一座教堂，一会儿像一座清真寺，一会儿又像一座佛教寺庙，一会儿又像一个异常现代的复杂糅合楼体。

你看到那边了吗？在临近港口的地方有一座宏伟的建筑，它是城市中最高的建筑，中年人说，那个建筑是永久的，不可破坏的，是人们每天去朝拜的地方，拥有信仰是居住在城市中的所有超级程序的基本原则。按照设计，每个超级程序都有这样一个善恶开关，根据环境中恶的压力自动产生善的反应，就是产生好人——那是些纯粹的、利他的、世俗世界不可能存在的机器人好人。这个开关不可被修改，如果一旦被修改，各种超级程序包括超级计算机本身就会自动毁灭，那么，我们这个城市将不复存在，作为现实世界投影的新离忧城也将不复存在。

赵晓川非常震撼地听着，这是他完全没有想到的，他似乎能从中年人平和的眼神中看出那种信仰的力量。

中间介质世界的所有城市都是有信仰的吗？赵晓川这时忍不住问。

也不一定，反正我们是这样。中年人平和地笑起来。

那么真有一个更高的存在吗？他在哪儿呢？赵晓川不解地问道。

中年人听了一笑说：他几乎无处不在，你想想你们世俗世界中的各种说法，比如终极关怀、理想、信念、伟大的善，他也许就在每个人的心里，他也许存在于过去、现在和未来，而我们不过是他的一粒种子，这类种子所有的世界都需要。

赵晓川离开了中间介质世界，他在回来的路上陷入了深深的思考。他想起了遥远的过去，在雾霾蔽日的旧时代人们醉生梦死的生活，以及孟有纪清醒的呐喊；他想起了新时代，吴一茹与于工然的悲欢离合，忧心与向往；他想到了未来，城市的以及自己的未来；他还想起了自己的任务，和韦波对他的谆谆嘱托，以及他们蔓延了半生的颠扑不破的友情。但是，这一次他注定无法完成任务了，他有些颓丧也有些内疚，不过隐隐地，他有那么一丝高兴和庆幸，他明确地发现自己的想法变了。原来，他十分讨厌旧离忧城的道貌岸然和假仁假义，他知道那些虚伪的嘴脸下面都是利益，都是男盗女娼。可是现在他不这么想了，新离忧城复杂的现实给了他另一种担心，道德似乎是必须存在的，即使它常常被伪善利用，即使有关道德的叫嚷总逃不脱不道德的归宿，但是，仅仅依靠金钱的法则是无法运行好一个世界的，仅仅靠市场的原则进行利益分配也终将是充满缺憾的，一个好的世界除了利益之外，一定还要有别的，比如公平和正义。如果没有，那么所有人都会利欲熏心，所有事都会沦陷于弱肉强食的丛林法则，那将是人类社会最黑暗的地狱。

真有一个更高的存在吗？有人认为有，有人认为没有，有人则在试图通往崇高的道路上打开了地狱之门。赵晓川原来很少思考这些问题，但是新离忧城的现实让他不得不思考，他在回来的路上努力为自己寻找着答案，他想：那个更高的存在"应该"存在，这不是一个是与否的问题，而是一个"应该"的问题，尤其是对充满坑人游戏的新离忧城来说。他忽然明白崇高不是一种假道学，那种他过去憎恨的、被人利用的、被人假扮的崇高其实原本是个良家妇女，一个城市的确需要它，即使它会带来种种的繁文缛节、种种仪式般的假大空，种种虚情假意背后的性冷淡，但是如果没有，一个城市最终会变为一个充满娼妇的世界，它早晚会由于太过放荡进而自我消亡。

想到这儿，赵晓川发现，他已经对韦波的某些想法产生了深深的怀疑。

29

　　韦波一直在等待着赵晓川的消息，他正承担着所有人都无法想象的压力和焦虑。新离忧城完全是依靠他的巨大投入才建立起来的，其投入的程度几乎让他山穷水尽，可是令他没有想到的是，运行一个新世界更花钱，其实那就是在一个上帝的培养皿里实验人类如何生长的过程，复杂到无与伦比。

　　他很需要钱很需要贷款和投资，也很需要各种运行的游戏能赢利，能自我造血，只有这样新世界才能运转下去。"宽恕时间"曾帮了他很大的忙，一直在为他赚大钱，他非常希望这个自创的游戏区域能自我生长逐渐扩大开来。可是，事与愿违，利润的增长总是有瓶颈的，那个区域的利润增速在持续下降，原因很简单，好人小组在作梗，他们阻挠了各个游戏的顺利进行，他们的存在打断了流畅的商业过程。这是些目光短浅的家伙，他们虚情假意、充满妇人之仁，完全不理解这个城市的生存之艰难，不知道什么是覆巢之下安有完卵。

　　韦波一笔一笔艰难地归还着短期贷款，长期贷款却一直谈不下来，韦波每天盘算着千百件事儿，最中心的议题就是谁来给这个城市有机体注入新的能量——钱，有时金钱就是生存本身。这种窘况韦波不能告诉任何人，他必须自己承担，即使告诉别人也解决不了问题，就在韦波逐渐走进孤绝之地的时候，一个可能的金主走入了他的视野。

她是魔法时刻公司的女老板林瑞敏。魔法时刻公司是一个著名的全球财富基金，他们财力雄厚专做股权投资，如果能争取到他们的投资，这个城市就有救了。韦波已经对林瑞敏做了认真的背景调查，她是人精中的人精，各种经历太丰富了，她周围出现的各种高官巨贾的名字简直让他眼花缭乱，他十分看重她背后的那个神秘而庞大的资本集团。但是如果按照正常的套路，他拿下投资的可能性很小，因为新离忧城的未来充满了不确定性，所以，他必须剑走偏锋，可是到底怎么办呢？韦波一直在琢磨，此刻，她的私人飞机正飞越太平洋奔向这个新型城市，韦波已经决定要安排一个盛大的仪式欢迎这位可能的最大的金主。

清晨，离忧城的太阳稳稳地照耀着，那是特有的双份阳光，一份遥远而模糊，另一份真实而灵动。韦波和莉莉娅在一起吃着早餐，他们很少能在早餐时间相聚，一般都是莉莉娅起得早，韦波起得晚。韦波一直心不在焉地吃着，莉莉娅看着韦波心事重重的样子，于是不禁问：亲爱的，怎么了？

哦，没事儿啊。韦波笑笑，过了一会儿，他喝了一口燕麦粥，忽然问莉莉娅，有一个老朋友要来，你说我送她什么礼物合适？要特别一些的。

他头一回来这个城市吗？莉莉娅问。

也不是，她年轻时是在这个城市度过的。韦波说。

这个不难，莉莉娅想想说，人都挺容易怀旧的，你送他一段与过去相关的礼物？

哦，这倒是一个好主意。韦波由衷地点点头。

深夜，韦波依然睡不着，他起身穿上睡衣，独自来到自己的三层地下室。此刻，一切安静下来，韦波给自己倒了一杯红酒，点燃自己的烟斗，然后打开了音乐。地下室充满怀旧的氛围，很多旧离忧城时代的典型场景凝固在空间中。韦波在一张宽大的英式小花的沙发上坐下，一个木制的啤酒桶作为茶几摆在面前，韦波按开遥控器，孟有纪的丽影瞬间跳了出来，她从他的眼前走过，走向房间的远处，去敲一个病人的房门。韦波注视着她，看着她在过去的时光里走来走去。

早上莉莉娅的话给了他启发，他打算做一个新的游戏，用来欢迎那个最大的金主，但同时，他还打算卸载自己的这款旧游戏。他这么做的原因很复杂，前一阵他看了一份有关"宽恕时间"中好人小组的调查报告。报告很详尽，里面包括了好人小组出现的原因、时间、地点，好人小组的组成成分，以及发展趋势等。根据调查报告的说法，好人小组的兴起是有一个过程的，一开始好人小组主要是系统产生的机器人，后来一些自然人加入其中，慢慢地，人越来越多，好人小组的队伍逐渐壮大起来。韦波惊讶地注意到，一部分好人小组的成员竟然是以孟有纪为偶像的，他们似乎是在模仿当年的孟有纪，打算做出拯救新离忧城的努力。韦波看完文件掩卷深思，这是一个他万万没有想到的事情，孟有纪——他心底最隐秘的天使已经开始阻碍他的发展了。韦波认为那些好人小组太过书生气，他们根本不知道这个城市面临的问题是什么，他们自以为高尚实际却短视的做法早晚会断送整个城市。

因此，为了整个城市，韦波决心与过去告别，过去虽然值得留恋，但是当它和未来渐行渐远甚至背道而驰时就必须果断抛弃。可是到了最后一刻，当他要亲手卸载整个游戏时，他内心深处还是感到了真切的疼。这是很久以来，他第一次感到疼，感到他要彻底失去某种最珍贵的东西。他终于明白自己比想象的要深得多地爱着她，他其实一直在这个游戏中和孟有纪虚拟地生活在一起，他和她从未真正地分离。

可是，现在一边是整个城市，一边是业已消失的过去，天平的失衡是明显的，孰轻孰重一目了然。韦波想到这儿深深抽了一口烟斗，又举杯喝了一口酒，然后对自己说：现实点儿，人需要先活下去。于是，韦波拿起了遥控器，他找到了那个卸载按钮……

几分钟之后，韦波从地下室走了出来，他步伐有些沉重地迈过长长的黑漆漆的楼梯，上到一层客厅，他找到了自己的手机，在黑暗中拨通电话，很快电话那头一个乖巧而恭顺的声音传来，韦总，有何指示？那是韩时光。

时光，这么晚了还不睡啊？韦波轻声问。

您不也没睡吗？随时听候您的吩咐。韩时光乖巧地说。

韦波满意地笑笑，他接着说：对了，我问你一件事。

您说，什么事儿？韩时光问。

小姐的行踪，你一直关注着吧？韦波问。

当然，按照您的吩咐，每一天都有详细的记录，分分秒秒都记得很清楚。韩时光一丝不苟地说。

那就好，那就好——韦波在黑暗中满意地点着头，他的声音虽轻却在空空荡荡的屋子中意味深长地传得很远。

30

风沙渐渐沉落，污浊的天地间本来如同上帝倒置的一个器皿混沌无比，不过还好，当风慢慢止息，天地就恢复了它最初的一点清纯模样。

新离忧城的天罩在这一天上午十点缓缓开启，根据天气预报，自然界又将迎来一个持续两周的好天气。人们再次欣喜地拥上街头，去努力感受一下自然的恩赐，谁在瓶子里待久了都闷得慌，别管那瓶子有多舒服！

赵晓川回到了现实世界。这是一趟相当漫长的旅程，他先是在现实世界经历了洁净区和科学区的奇遇，之后又去了鲜为人知的中间介质世界，他遇到了很多奇怪的事情和人，这让他想了很多，有些令他感悟，有些令他怀疑，有些让他相当迷惘。

赵晓川来到了天峰大厦，韦波正在大厦顶层的办公室里等他。他走进办公室时，正好遇到离忧城的天罩开启，两人略略寒暄几句就站在窗边观看天空中的奇景。那天罩先是如同莲花一般一部分一部分地绽开，然后分成四瓣向东西南北四个方向徐徐退去，随即自然风吹了进来，它的力度远远超过离忧城人工风的温和，似乎整个大厦都感到了摇动。

这真是一个神奇的城市。赵晓川感叹着说。

是啊，为了这种神奇我们付出了无比艰辛的努力。韦波也笑笑说。

赵晓川点点头，然后说：你托我的事情我一直在跑，最终的结果只有一句话，超级计算机的原初程序有一部分是固化的，目前看来，我们无法修改它。

韦波闻言微微皱起了眉，这不是他期盼的结果，按照他的理解，在这个世界只要谈条件，没有办不成的事情。他把赵晓川让到沙发上，两人喝着茶聊了起来，赵晓川一五一十地告诉韦波，他如何去了洁净区、科学区，如何遇到吴一茹和于工然，拿到密码之后他又如何去了虚拟世界，与超级计算机会面，以及超级计算机给予的最后的回复。韦波听得很认真，尤其当赵晓川强调这个超级计算机是一个中年人，而且这个中年人他们竟然见过。

真的？你肯定吗？韦波非常惊讶地问。

我肯定，就是当年我们小时候见过的那个人。赵晓川毫不迟疑地说。

韦波托腮沉思，他回忆起那个神奇而灿烂的秋天，那场无人知晓的大水，以及那条通体幽蓝的大鱼。他不可能忘记，那是他记忆中印象最深的一件事，那个中年男人给予他的预言他至今依然牢记，而他的形象依然历历在目。

如果超级计算机真是那个秋天里的男人，这说明了什么呢？韦波想不明白。

这也许就是关于宿命的某种表达吧，也许我们的过去和未来对于某些人来说都是固定的，都是一目了然的。赵晓川猜测着说。

这很难说得通，但是我却无法不相信。韦波觉得赵晓川的想法是对的，他不禁又回想起那个中年人和他说话的样子。

说实话，这一趟旅程让我重新思考了很多问题。赵晓川这时又说。

哦？怎么讲？韦波问。

哥们儿，我想了很久，有一个请求。赵晓川此时正色说道。

什么？你说吧，咱们俩谁跟谁。韦波笑笑说。

我希望，你能放弃修改原初程序的想法。我知道你很看不惯"宽恕时间"里那些不着调的好人小组，可是，在我看来一个完整的世界里需要善和更宽广的道德存在，按照超级计算机的判断，原来的离忧城表面上虽毁于生态灾难，实际上是毁灭于人类的自私、冷漠、功利。当一个世界缺乏道德的约束和善的呵护时，它将一事无成。赵晓川说。

韦波听了赵晓川的一番言辞之后愣了，他从未想到赵晓川能说出这样的话。从他认识赵晓川开始，他就是玩世不恭的，他嘲讽任何的规则、规矩，对每一次的突破几乎都毫无例外地加以赞美，可是这一回他反而以一种保守主义姿态出现在他面前——他可能连保守主义这样的词都不甚了了。

韦波起身，他点上烟斗抽了起来，他长时间地踱步并且沉默不语，思考良久，当整个房间都充满了烟草的味道时，他才转过身对赵晓川说：兄弟，有些事情你可能并不太明白，这个城市目前最现实的就是要活下去，而要想活下去就要挣钱，因此那些日益蓬勃发展的好人小组就必须消失。举个简单的例子，一个面包师做面包不是因为道德，而是为了自身的利益交换，这就是现实。我认为有关善的想法总体上是幻觉，它们不能自给自足，善往往会被利用和破坏，因为人都是自私的，因此我们最主要的是对付私欲，只有满足私欲、管理私欲，这个世界才可以顺畅运行。善其实毫无作为，用道德管理一个世界最终都走向缺德，用善作为人类仰望的峰顶最终都归于伪善。

韦波坦率地拒绝了赵晓川，他的一席话也让赵晓川深思，因为他自己从未这么深入地想过类似的问题。

赵晓川回到了自己的房间，在这个新世界里他很高兴有一个属于自己的地方，这是韦波无偿赠送给他的，他为有这样一个小小的归宿一直深深地感激韦波。

谈话完毕之后，赵晓川想了很多，他从一个世界的建立想到了应该过什么样的生活。他想起他之前的、现在的、未来的生活以及他与韦波颠扑不破的友情。他虽然表面上潇洒自如，实际上对自己的生活不无抱怨，他常常觉得自己是一个永远的局外人，没有任何一个时代是他的时代，他从来在任何时间和任何事情上都是旁观者，从未真正地参与生活。奔跑虽然给了他自由，但也断送了其他应有的选择。这一切外界无从知晓，人们有关他绝对自由的传说只是他们的主观臆断而已。当他痛苦时，他只能对韦波倾诉，而韦波从来都是认真倾听的，这使他更加珍惜这个世界上他仅有的财富：友谊。

可是，未来，这个世界将会怎样呢？他又能为这个世界做点什么呢？赵晓川晚上辗转反侧，久久无法入眠，他发现自己正站在一个十字路口，向左或者向右都会失之毫厘差之千里。

第二天赵晓川再次找到了韦波，他说出了自己想了一宿的一个办法，他说：兄弟，你昨天的话让我想了很久，我觉得也很有道理，但是我经历的事情让我觉得也许应该从另一个角度考虑问题，这样吧，不如我们做个试验怎么样？

哦，你说。韦波说。

我们可以打一个赌，看看善是否能独立存在，而且能否影响世界的运行。赵晓川说。

韦波一听觉得有趣，他问：怎么打？

赵晓川一笑说：我打算为你拍一部电影，电影的投资来自这个城市的众筹，我的目标是拍出一部好的电影，向你证明仅仅因为善，这个城市就可以积极行动起来，善是具有社会效用的。

韦波听了，轮到他沉吟了，拍电影这件事可太难也太扯了，有钱、有人、有资源、有能力都未必能拍得出一部好电影。赵晓川作为他最好的朋友，深深地知道韦波的内心里曾经是多么地爱电影也多么地恨电影，在他过去的经历中，他与他舅舅洪修源很大的一部分恩怨就是在此。赵晓川根据自己的观察判断，在这个表面上全然自利的游戏城市里，人们依然会热爱伟大的电影。在这些没有头脑无知无觉的游戏人群中，虽然有很大一部分是吃洪修源的垃圾长大的，但是他们依然会有向善之心，依然渴望美好向上超越功利的事物。正是基于这种猜测，赵晓川想向韦波证明，即使没有超级计算机的生产，善也是天然存在的，也可以自行其是，在这个丑陋的充满恶的世界里，善绝不会一事无成，道德总会不时闪光。

韦波考虑了一会儿，终于点点头，他笑笑说：好吧，兄弟，还是你了解我。既然如此，这个赌我打了，我们赌什么？

这个赌约的价码是这样，如果在可预见的未来，那部好的电影真的出现了，我希望你停止修改原初程序，在这个城市给善一席之地，给好人一席之地，对道德进行修补和重建。赵晓川说。

韦波听完再次动容了，赵晓川的建议让他万万没有想到，按照他对赵晓川的理解，他根本不是那种人，他从来都是挑战而不是去捍卫。他依然清楚地记得，在旧离忧城时代赵晓川是多么蔑视伪善，他恣意地奔跑，几乎就像一个现代版的堂吉诃德一般想用自己的游荡冲击那种腐朽的沉默、虚假的笑容，各种言不由衷的高调与假话。赵晓川的言辞深深刺激了他，作为一个人，即使在各种利益的羁绊之下，他依然有着隐藏很深的人类的基本情感。这一回，当赵晓川打算去拍一部好的电影时，他一下子怦然心动，这确实是一种压抑在他内心的真正的愿望，是连他自己都没有勇气说出来的愿望。韦波想到这儿下了决心，他向赵晓川伸出手，认真地说：好吧，兄弟，我同意，如果那部好的或者伟大的电影出现，我就让步，即使这个城市要完蛋也在所不惜。

赵晓川闻言由衷地笑起来，他想生活真的给了他一次机会！

31

韦波决定跟莉莉娅摊牌，这事儿他犹豫了很久，但是他一旦想做，就打算速战速决。

韦波第一次用了很大精力亲自准备了一次令人惊叹的晚餐，他让人把餐厅布置得异常浪漫温馨，四周摆满了鲜花，餐桌上、餐边柜上、角柜处、茶几上都点上大大的蜡烛，所有的银饰餐具全擦得锃光瓦亮，屋子里打扫得一尘不染。他请来了城市里最好的西餐大厨，打算做一次真正的法式大餐，侍者雇了四个，有人负责上酒，有人负责上菜，有人端汤，有人换盘，轮番服务。他还专门找来一位专业钢琴师弹琴伴奏，并且细心地告诉城市控制中心，要把这两日的人工月亮调得亮一些。

夜晚，月光如水一般静静地照进来；屋中烛光闪烁，氛围浪漫旖旎，钢琴师坐在房间的另一头，在他的指尖下优美的乐曲起伏着，如同轻轻的海浪一样生生不息。韦波专心致志地陪着莉莉娅吃饭，从头到尾都非常温柔体贴。整整一顿饭，莉莉娅都极为感动，这是她来到这个城市之后韦波为她准备的最浪漫的一次晚宴，她先是有点奇怪有点意外，但不及多想，心就被满满的感动和幸福淹没了，她觉得韦波心里是有她的。

四个小时，韦波没提任何其他的事情，就是和莉莉娅聊风花雪月，聊他们过去的美好时光，聊他们曾经拥有的一切。

午夜十二点，钟声敲响，韦波抬起头看看大钟，当他再一次举起酒杯时，莉莉娅已经喝得有些醉了，韦波看着莉莉娅温柔地笑着说：来，亲爱的，我再敬你一杯，我要衷心地谢谢你。

莉莉娅举起杯，脸上洋溢着幸福的笑容。

感谢你为这个城市做出的巨大努力！韦波说着一饮而尽，莉莉娅也毫不犹豫地举起酒杯干了。

侍者见状，又走过来给两人斟满。此时，韦波静静放下杯子，忽然长叹一声，他有意看了一眼莉莉娅，颇为烦恼地说：可是，亲爱的，我最近过得并不好。

莉莉娅闻言一怔，她情不自禁地伸出手压在了韦波的手上，疑惑地问：怎么了，小波，刚才不还是好好的吗？什么事儿让你烦呢？

韦波听了苦涩地一笑说：焦虑，亲爱的，我想只有你清楚，其实我每天都生活在焦虑之中，因为我根本不知道这个城市能否撑下去，它是否还有明天。

莉莉娅睁大眼睛，神情凝重地倾听着。

所以，亲爱的，现在只有你能帮我了——韦波这时非常恳切地说。

怎么帮？莉莉娅马上问。

你，能从这里搬出去吗？韦波说。

啊——莉莉娅一下子愣了。

事情是这样。我有可能搞到一笔重要的投资，投资人是魔法时刻公司，如果它们的全球财富基金能投我们的话，这个城市就有救了。我现在正和他们谈，很巧，魔法时刻的老板是一个女人，她五十多岁，离婚，她的第一段爱情和她唯一的女儿都诞生在旧离忧城，所以，经过投资部门的研究，我现在最好的博弈策略就是去跟她谈恋爱，然后"嫁给她"，我的陪嫁是整个离忧城，而她的聘礼则是取之不尽用之不竭的资金。韦波微笑着非常有逻辑地解释着，他的脸上逐渐洋溢起一副事成之后的兴奋感。

莉莉娅听懂了，她完全懂了，这就是一场鸿门宴，浪漫与温情在瞬间远去，她的眼泪几乎马上要喷薄而出，但是她却生生忍住了。

小波，干得漂亮，这真是一笔好买卖。莉莉娅满脸通红地说。她表面上也很亢奋。

没错，这是一个好机会，一个上天赐予的机会，如果我能搞定那个女人，就等于搞定了这个城市的未来。韦波继续憧憬着，他仿佛看到了新离忧城轻松前进的日子。

太棒了，这他妈的真是四两拨千斤！莉莉娅忽然一拍桌子仰天大笑起来。

韦波继续微笑着看着莉莉娅，他拿起酒杯耐心地摇着，然后又抿了一口，说：所以，亲爱的，这个忙你一定得帮我。

莉莉娅闻言满脸堆笑，她眉毛上挑，眼睛几乎睁圆了，字正腔圆地说：帮，必须帮，谁让我们拥有伟大的爱情呢！

太好了，你真是够意思！韦波感动地说，另外，出去之后，你也可以放松一段时间，不必老惦着我。我听说你一直喜欢一个小鲜肉，你跟他多交流交流，不是也挺好吗？韦波非常善解人意地说。

莉莉娅听了频频点头，她的脸上洋溢起春光，眼神也荡漾起来，似乎有无限的幸福在等着她，但是此时，她的心里一下子长长地泄了一口气，她想，看来他全都知道。韦波没再多说什么，他十拿九稳坐在莉莉娅对面，他想：这回应该毕其功于一役了吧？我当然什么都清楚，就连你们每次会面的时间地点我都了如指掌。

好的，就这么定了，祝我们双方都越过越好！莉莉娅笑靥如花地说。

当然，为我们双方的进步共同举杯，干杯！韦波满面真诚地说。

莉莉娅把酒杯举了起来，她和韦波狠狠碰了一下，酒杯发出叮的一声巨响，莉莉娅一饮而尽。随即，她晃晃悠悠站了起来，她竭力平衡住身体，缓步向卧室走去，身后韦波忽然又声嘶力竭地对她喊了一声：亲爱的，我祝你幸福。莉莉娅头也没回地摆摆手。韦波的声音如同一把刀子一样戳在莉莉娅心中，莉莉娅踩着高跟鞋一步一步走在这个城市最昂贵的地毯上，但是她的脚却钻心地疼，如同那条美人鱼上岸时那样每一步都能走出血来。

夜深人静之际，韦波不知所终。

月光华美，莉莉娅一分一秒也睡不着。这真是一个惊心动魄的夜晚，她的人生发生了翻天覆地的变化，她竟然完全没有预料到，她似乎在瞬间就被神灵的巨拳打入了地底，她在巨大的痛苦中变得麻木，变得轻如鸿毛，世界和自己好像都粉碎了，没有一点一滴的物质值得存在。

许久，莉莉娅推门而出，她走到宽大的露台上。月光万般包容地照射下来，莉莉娅带着她最喜欢的点翠头面，一脸戚容地面对着生生不息的河流。水声在一片漆黑之中传过来，莉莉娅情不自禁地想起了过去，那些辉煌的、浪漫的、拥有一切的日子，在那个年代，整个世界和生活都是属于她的，她可以随心所欲为所欲为。良久，莉莉娅忽然哀叹一声，然后她对着河水幽幽怨怨地唱了起来：偶然间心似缱，梅树边，似这般花花草草由人恋、生生死死随人怨、便凄凄惨惨无人念，待打并香魂一片，守得个阴雨梅天——

声音缥缈，渐行渐远，莉莉娅的断肠之诉如同形影相吊的旅人孤独地消失于大千世界。

夜安然睡去，没有人在乎一个失去世界的人如何哀痛，即使她曾拥有这个世界。莉莉娅慢慢走回屋中，屋子里伸手不见五指，她打开一盏暗淡的廊灯，走到梳妆镜前，缓缓坐下来。莉莉娅抬眼望去，镜中，一个古典美人遗世而独坐，她粉面红唇，锦罗玉衣，脸上却充满了无尽的悲伤。莉莉娅看着镜中的自己，如同看着一千年前一个同样命运悲苦的女孩子一般。她终于哭了，眼泪哗哗，好像天河决堤了一般奔涌而出，她哭了很久，泣不成声，伤心欲绝。之后，她擦了一把眼泪，回过头望着别墅深处的主卧室，那种巨大的悲伤化作了一个无聊的、无奈的、悲愤的疑问，她想，那个新来的女人会睡在床的哪一边？然后，她又咬牙切齿地继续想，不管她睡在哪边，她是不是应该放一把火把那张床烧掉？或者连同这个统治城市的宫殿也一起烧掉？

　　莉莉娅非常淡定地离开了韦波的别墅，她直到最后的一刻还是保留着大家小姐的风范。

　　她深深知道，所有这一切都是实力的游戏。这个世界就是这样实际，没有实力就没有表演的权利，她暗暗下决心，她总有一天要回来，而且还要按照自己的方式回来。

　　清晨，韦波还在昏睡，莉莉娅没有惊动任何人，拎着一只皮箱孤身一人走出屋外。她一无所有地走在大街上，当她看到熙熙攘攘的游戏人群以及整个伟大而辉煌的城市时，她心想，只有弱者才掉眼泪，我不会面对这个灿烂的城市有一丝一毫的哭泣！

　　莉莉娅没有别的去处，她主动去找了高宇。他们见面的第一件事还是做爱，但是这一回莉莉娅非常主动，她要求自己在上面，她不再被动不再摆出一副娇滴滴不大情愿的样子，而是开放而直接地暴露了自己的性欲，她掌控着局面，熟练地操纵着整个过程，高宇一边抱着莉莉娅的双腿，一边吃惊地看着她，莉莉娅拼命地扭动着身躯，她的长发就如飘动的旗帜一般来回挥舞，他觉得她跟以往的每一次性爱都不一样。

几次之后，莉莉娅方才满足，高宇溃不成军，累得迅速睡去。

傍晚，高宇醒了，他睁开眼，看到莉莉娅赤身裸体地站在大大的落地窗前，她的身材很好，腰细肩窄，小巧的乳房相当挺立，乳头在夕阳下呈现出一种粉色的质感。高宇起身走过去，莉莉娅拿着一只烟斗在像模像样地抽烟，她细长的眼睛中有一股坚定的光，神情老谋深算，一阵阵带有香气的烟雾从她略带笑容的嘴角慢慢升起。

Lisa，你在看什么？高宇走过来紧紧搂住莉莉娅的身体问道。

小宇，你看远方，那是什么？莉莉娅指向远方说。

夕阳啊，离忧城独特的双份夕阳。高宇司空见惯地说。

你说，我们为什么不能拥有这个独特的城市呢？莉莉娅又抽了一口烟问道。

问题是，这个世界表面是我们的，但是实际是他们的。高宇笑着说。

莉莉娅闻言什么也没说，只是又深深吸了一口烟，但是马上她咳嗽起来，她并不习惯抽烟，只是在模仿而已。

高宇伸出手轻轻捶着莉莉娅的背部，他笑着劝道：Lisa，别学着抽烟了，那不是什么好习惯。

莉莉娅回过头冲他一笑说：我想学，我喜欢那种掌控一切的样子。

第二天，莉莉娅找到韩时光时，他正在造船，那其实是一种最新的游戏。莉莉娅提出要去赏月，因为新离忧城刚刚刷新了人工月亮。韩时光毫不犹豫地答应了，他非常殷勤地邀请莉莉娅尝试一下正在试制的新船，莉莉娅愉快地同意了。船很快划了过来，他们随即登了上去。那是一条龙船，船很宽大，分为上下两层，雕栏画栋，古色古香。船启动，一层的众多水手认真而整齐地划着，莉莉娅和韩时光站在二层船头，莉莉娅抬头凝视着又大又圆的人工月亮，此时船中央的龙旗缓缓升起，大船顺着宽大的人工运河缓缓而下。

我从没想到人类的手工会比自然更美。莉莉娅看着月亮悠悠地说。

那当然，这个版本的人工月亮是目前我们新离忧城最先进的产品之一，它充分体现了人类智慧。韩时光有些得意地说。

韩总，这种月光下总得有点音乐吧？莉莉娅问。

放心，这条船为客人们想到了一切，给您备着呢。韩时光听了，马上一点也不打磕巴地说。然后他一挥手，随即乐声响起，那是现代人仿古人词意的一首古琴曲，曲声悠扬，缓缓飘向水面，船上所有的人都屏息而听，似乎一起陶醉了。

时光，我突发奇想啊，你说，如果把这个城市交给我们会怎么样？莉莉娅这时忽然问。

韩时光听了一愣，他赔着笑对莉莉娅说：小姐，您能说得更明白一些吗？

我的意思是咱们两个人联手，如果我们南新集团拿下整个城市的股权，你来运营它如何？我知道你是一把挣钱的好手。莉莉娅风轻云淡地说。

可是，小姐，我现在正在运营整个城市呢。韩时光听了欢笑起来，脸上的谄媚充分地洋溢着，他的心中却怦怦狂跳起来。

那可不一样，未来我会给你一部分股份，那样你就是主人了。但现在你不过是一个打工仔而已，人不能永远当一条狗吧？莉莉娅一针见血毫不留情地说。

韩时光听了，他脸上的肉抽动了一下，但是他没有丝毫的着恼，反而笑得更甜了，他说：小姐，您看，我就是一个来自山区的苦大仇深的孩子，能混到现在这个地步我特别满足，我的长进多亏韦总的提携，真是感激不尽。当年还有洪总，像爹一样对我，说实话，我愿意给你们有钱有权的人当一条狗，我高兴，发自内心地高兴。

莉莉娅听了韩时光坦率的回答，忍不住尖声笑了起来，她的声音穿越了月夜就好像真遇到特别好笑的事情，她一边笑一边拍着韩时光的肩膀说：妙，时光你说得太妙了——韩时光也跟着笑起来，但是他的笑声稳定而有分寸绝不敢超过莉莉娅的笑声。这时莉莉娅又转过头对他说：时光，你的忠心确实是好的，我很喜欢。不过，我的建议你再好好想想，谁会跟无比的财富有仇呢？

午夜，当龙船慢慢滑向城市黑暗的尽头时，城市已经彻底安静下来。莉莉娅下船离开，韩时光在船舱中独坐，他拿了一杯啤酒喝着，面前的电视屏幕中正在播放一场重要的足球赛。

莉莉娅走后，韩时光一直沉默不语，不得不说，莉莉娅的话深深打动了他，谁的内心都有那种不可抑制的欲望，去占有整个世界应该是动物界雄性动物最本能的追求。韩时光觉得这个城市有他无数心血，正是他拼死拼活白手起家建立了它，它应该至少有一部分属于他，这才公平。可是，这个世界从来就不是公平的，总是一小部分人吃定一大部分人，韩时光想到这儿，不禁在内心中哀叹一声。

龙船慢慢划着，在月光下，船上龙旗飘飘，在灯火阑珊处，船在岸边缓缓停了下来。

32

就这样，赵晓川开始去做一件复杂而特别不靠谱儿的事情，他想来想去，自己可以利用的资源只有一个，那就是他竟然是这个新兴世界不断升起的偶像——当然他并不理解这是怎么回事儿。

起初，当赵晓川刚回归时他很高兴，新城市让他感到振奋、昂扬，这里干净、漂亮、自由、开放，似乎可以为所欲为，他几乎马上就觉得自己找到了最终的归宿。当韦波请他帮忙时，他义无反顾地去了，忠于友情对他来讲是天经地义的事儿，被人需要特别是被兄弟需要的感觉也总是好的。可是后来，他逐渐发现了问题，新离忧城的外表虽然改变了，但内心依然故我，它依然有着与旧时代一模一样的缺点，自私、冷漠、沉默于恶，却暴怒于善。赵晓川终于意识到这样下去不行，他必须帮这个城市一把。

很可惜，韦波并不这么想，对他来说，抽象的道德议论是没有意义的，居于第一位的是生存问题。确实，他在赵晓川劝说的那一刻动心了，他想起了梦想、激情、诗和远方等等非常动人的景象，这是谁内心都不会缺乏的，于是他迅速答应了那个赌约。但是到了晚上，当他冷静下来独处之时，他明确地后悔了，他觉得他不该被自己的情感所左右而放弃理智，即使面对着自己的兄弟也不允许。

因此，韦波决定变卦。赌局应该仅仅被当作事物发展过程中的逗号，这个城市最需要的还是现金流，原初程序必须被修改。韦波当然想起了他和赵晓川之间多少年来那种颠扑不破的友情，这一点让他有些伤感，甚至有点恐惧。他清楚地知道，如果他出尔反尔，也许他们的友情就到头了，这是他极其不愿意看到的，但是当他反问自己，能否因为友情而放弃整个城市？他的回答是否定的，这个城市是不能被放弃的，即使他放弃了自己也不行。

夜晚，韦波再次独自走上街头。沉静的夜如同世界的尽头，韦波愁肠百结。这一阵，似乎所有的事情都一股脑袭来，纠缠在了一起。

魔法时刻的女老板来了，但是谈判并不像想象的顺利，对方也是见多识广精明无比，韦波的种种示好都被那个胖女人四两拨千斤地挡了回来，对方摆明了要的就是利益。他最怕的就是这种人，他们意志坚定，绝不讲情感，只讲利益交换，他自己就是这样的人。

韦波身着一袭白色长衫，脸戴金色面具信步走着。游戏沉寂，生活睡去，这个世界总有安静之时，此刻，好像所有人都完美地度过了今天，只有他还为明天焦虑。韦波闲逛了很久，他又下意识地来到那个小小的四合院，他如同以往一般走上台阶，一推门，没推动，再一推时，发现门已经锁了。韦波阴郁起来，心头慢慢涌起一股火气，三十秒之后，他忽然抬起脚狠狠地踹在门上，大门发出咣的一声巨响，院中依然寂寥无声，韦波紧接着一脚又一脚地朝大门踹去，门狂响着，如同暴风中的柔弱小树，十七八脚之后，韦波累了，他喘着气走下台阶。他站在原地，望着空空荡荡的大街，他断定那个算命大师跑了，连他都跑了，好像这个世界所有的人都离他远去，他彻底孤独了。

良久，韦波拿出电话，他拨通了韩时光的电话。韩时光很快就接了，即使在深夜，他的声音里也没有任何一丝疲惫，他如同白天一样非常勤谨地说：韦总，有何指示？

时光，把那个算命的王八蛋给我抓回来，他跑了！韦波咬牙切齿地说。

遵命，您放心，我挖地三尺也给您找回来。韩时光坚决地说。

抓到之后，好好跟他玩玩。韦波狠狠地说着，同时脸上露出一片狰狞的笑容。

韦波挂了电话，他继续在黑夜中踽踽独行。一阵风吹过来，那是天罩中固定的人工夜风，韦波知道这是新离忧城为了保证明早空气清新开始更换空气了。风越来越大，韦波忽然摘下脸上金色的面具一下子把它抛向了天空，那个面具在风中被吹拂起来，上下飘动着、翻滚着，之后翩翩地飞向无尽的夜空。

我他妈的给你们钱了，你们他妈的为什么还跑？韦波在黑夜中忽然狂叫起来。

很快，狂叫声消失，如同一把锥子投入大海，在黑夜中没人搭理一个因失眠而狂怒的家伙。韦波其实一直处在某种不为人知的困境中，他的内心非常焦虑。新离忧城虽然表面辉煌，但是实际上危机四伏，那种持久的压力几乎使他喘不过气来。韦波每天都在微笑着，他倾听别人说话，既不表示同意也不表示不同意，他从不对人说实话，也不能流露真情实感。所有的问题都相互胶着，比如因为资金的短缺，几个城市拓展工程已经被迫停工，而另一个本来钱景甚好的游戏却正在遭受大幅亏损。他每一天的每一秒都在担心亲手创造的一切最终会落到别人的手里，他就好像走在冬天的一个冰湖上，越走越深，已然没有退路，但是此时他却越来越清晰地听到冰层断裂的声音。这一切都让他特别压抑，他其实特别渴望别人能倾听他说话，即使不能告诉他那些问题怎么解决，只要能听他随便聊聊也好，很可惜，这样的人看来在这个城市并不存在。

马大师并没有离开新离忧城，他只是改换了一个新的办公地点。但是马大师真的不会算命，他并不清楚他要躲的那个人是谁，他在这个新世界是多么地全知全能。韩时光查看了中央控制系统，他很轻松地发现了马大师的踪迹，然后命令几个马仔必须把马大师捉拿回来。

夜晚，马大师刚走到新租的小院门前就挨了闷棍，然后有人很夸张地把他套在一条麻袋里拎走了。在一个空旷广大的厂房里，他如同一枚粽子一样被倒了出来。马大师睁开眼，只见厂房里灯火通明，他看到无数的人在忙碌着，不远处，人们正在建造一条很大很大的木船，那船带着一种非常古典的气息。

韩时光正挥汗如雨地干着木匠活儿，他手里的刨子前后匀速地移动着，刨花四散，一条长长的白白的木板在他的手下摊开。韩时光喜欢干木匠活儿，他从小跟着父亲在山里给人做家具为生，那些艰难的日子既让他感到痛苦，又让他常常怀念。他感谢那种童年的时光，感谢那种痛苦的磨炼以及天神的保佑，多少次他在大雨中，在泥石流中遭遇危险，差点掉下山崖，但是都转危为安。如果没有那些苦难的考验，也不会造就他日后坚韧不拔的忍耐能力，他坚信父亲告诉他的话，吃多大的苦成多大的事儿。

此时，马大师被两个彪形大汉拎着，走了几十米，然后摔倒在韩时光的脚下。韩时光直起身，擦擦头上的汗，略带讥讽地看着脚下的马大师，不禁笑了起来。

我认识你，大家都管你叫马大师。韩时光伸出短粗的手指指着他说。

是我，是我，老板有话好说，您找我有什么事儿？马大师从地上抬起身，连连拱手说。

你很调皮啊，你原来不是在那个四合院待得好好的吗？你跑什么？韩时光问。

老板，我就是换个地方而已，这个城市不是有迁徙的自由吗？马大师不明所以地问。

妈的，你还跟我谈起自由来了。韩时光看着马大师说，别他妈废话，我不管你自由不自由，我只要你回去，回到老地方，给我重新开业。

马大师脸上露出大惑不解的样子，他不明白韩时光葫芦里卖的什么药。

韩时光瞟了一眼马大师，他两根手指向上一抖，一个手下飞快地递给他一张图。韩时光展开图，然后蹲下，把图拿到马大师的眼前，他笑嘻嘻地说：看看这张图，在古代图上这个东西叫作木驴，它是专门惩罚那种出轨的浪荡女人的。你看到了那个尖尖的木锥了吧，就是让女人坐上去，然后噗的一声，她的下身就破了。你觉得你的下面比女人更有容量吗？你想想，如果我们把你当作女人，而且是让它对准你的菊花，那会是什么效果？

马大师看到这儿，脸上露出了恐惧的表情，他哀号起来：老板，老板，饶了我吧，我回去我回去，我开业我马上开业，哪儿都不去了——

乖，真乖！韩时光伸出手，重重地拍在了马大师长长的马脸上，大师，你很有前途嘛，你是可以成为一条好狗的。他说。

您放心，从此之后，我就是您一条忠诚的好狗。马大师真诚地说。

韩时光闻言哈哈大笑起来，然后他一挥手，马大师就被人拖走了。看着马大师如同小鸡子一般被拎出工厂的大门时，韩时光长长地出了一口气，他自言自语地说：妈的，欺负人真愉快。说完，他又投身到热火朝天的木工活儿里去了。

隔天上午韩时光去见了韦波，韦波已经恢复了正常，他正在看最新一季度的财务报表。韩时光小心翼翼踮着脚尖走进韦波的办公室，他告诉韦波事情已经办妥了。韦波点点头，他似乎犹豫了一会儿，才对韩时光说：时光，再帮我去办一件事，去找到一个合适的人去一趟中间介质世界，我还是要修改原初程序，这事儿要严格保密。

赵晓川开始了积极的筹资过程，拍电影最重要的是要有钱，这个时代电影都是由钱堆起来的。赵晓川没有资源，在这个城市除了韦波他不认识其他人，他不想利用韦波的资源，他觉得那样说服力不强，只能依靠自己，因此，从某一天开始，他再次奔跑起来。

奔跑是他的长项，在过去的城市他就是不停地奔跑。只是这一次，他不再是独自一人落荒而逃，而是加入了城市中的奔跑大军。赵晓川发现了新城市的一个新的特点，那就是胡吃海喝的人少了，爱锻炼的人多了，人们总是在清晨、中午、黄昏自发地组织起不同的队伍在城市的公园、水系以及其他自然景观里跑步。无论如何这都是一种朝气蓬勃的象征，这特别直白地说明这个城市还是充满了希望的。赵晓川是在一个森林公园里发现大部队的，当他看到那些大汗淋漓跑着的人就毫不犹豫地加入了进去。跑步的队伍中什么年龄的都有，上自六七十岁的老伯，下至十多岁的小孩，社会职业也异常丰富。跑步真是美好，什么也不用想，只管迈开脚步，头脑马上轻松下来。赵晓川很快就适应了，毕竟他原来跑惯了，他慢慢跟上了大家跑的节奏，手臂也开始有韵律地摆动起来，宽广的丛林从眼前掠过，不远处是城市中最大的湖泊，此时他已心无杂念，深切地感受到一种欣喜，自在，全然简单的幸福感。

跑了不久，对面有另一支队伍跑过来，他们的穿着五颜六色，身上似乎被彩蛋袭击过。就在两支队伍交错而过时，有个男生忽然大声叫了起来：赵晓川——赵晓川一抬头，发现并不认识，那个个子小小的看着很卡通的男生惊喜地叫了起来，你是赵晓川吧，你也来跑步吗？跑啊，跑啊——赵晓川一边扭着头说一边跟着队伍跑远。没想到那个男生忽然掉过头追了过来，他快速跑到赵晓川身边问他：你何时又开始跑步了？躲谁呢这回？赵晓川听得啼笑皆非，他说：我不躲啊，哥们儿，这回我纯粹是为了锻炼。太棒了，你的加入肯定能推动这个城市的酷跑运动。男生说着一巴掌狠狠拍在赵晓川的肩上，然后他冲着远去的自己的队伍嚷道：大家快过来啊，他真是赵晓川！

男生明显是队伍的首领，他的话马上起了作用，那个被彩蛋袭击的队伍本来就已经放慢了速度，闻言立马掉头扑了过来，赵晓川被莫名其妙地包围了，那些彩蛋人看着他七嘴八舌地说：你真是赵晓川啊，你真的存在啊？

是，是，我真的存在。赵晓川讪讪地笑着说。

活的，你是活的！一个中年妇女不停地摸着赵晓川的胳膊十分感慨地说。

赵晓川如愿以偿地融入了这个世界，速度之快以及方式之奇怪是他没有想到的，一个事实被再次证明，那就是他确实是一部分人的偶像，而且这部分人并不少。

那个首先发现赵晓川的男生是个著名的电台主持人，他叫苏苏。他曾是一个摇滚青年，自从这个新世界建立起来赵晓川就一直是他的偶像，在他的直播间、办公室，甚至房间里都是赵晓川的照片。赵晓川毫无悬念地被他拉去了直播间，在他的那档著名访谈的节目中，赵晓川一下子跟他聊了四个小时，由于他请来的嘉宾太特殊了，那天的收听率奇高。在节目中，赵晓川说出了他最大的心愿：他想拍电影，拍一部好的甚至是伟大的电影，因为根据他多年的观察，这个城市不管是在旧时代还是新时代，从来就没有过一部好电影。苏苏听到赵晓川这一愿望时，立马把一个搪瓷水杯摔到了地上，他认为赵晓川戳中了这个城市的痛处，这个城市太缺乏一部伟大的电影了，于是苏苏不顾一切对着话筒大喊一声：听见没有，市民们，你们还在等什么，让我们一起去拍一部伟大的电影吧！

苏苏的这一嗓子几乎是在瞬间就传遍了整个城市，跑步的人们、游戏的人们、餐厅里的食客、大街上的游客们都听到了，人们默念着这句话，足足过了半分钟忽然不约而同地交头接耳起来。这句话确实说到他们的心坎里了，有几十年的时间了，好电影从未在这个城市出现过，他们从来都是看到各种粗制滥造的大片甚嚣尘上，他们习惯了垃圾一般的消费，习惯了自然而然成为被人任意倾倒的垃圾桶。他们从来不思考，只是埋头迎接最低级的搞笑，最恶劣的谄媚，并且承认低俗在他们生活中不可取代的地位。但是有一点是不可泯灭的，他们终究拥有人的内心，他们之所以成为猪是因为他们从未像人一样被对待过，这一回当有人说要为他们拍出一部伟大的电影时，他们岂能不激动？

人们兴奋地议论着，这种议论声越来越大，而且没完没了，以至于它在一天之内传遍了城市的所有角落。这真是奇妙的一天，当傍晚赵晓川再次走在城市的马路上时，城市中有一种稳定的、分贝不高但是异常坚韧的声音在传播，那个声音在城市的任何地方都可以清晰地听到，它瓮声瓮气地在说：赵晓川想拍一部伟大的电影！赵晓川在夕阳中走着，他忽然想这一刻真像他当年漫画书中的一个童话：人们竟在一瞬间知道了一个孩子的梦想，而且还特别赞赏。

这件事一传十十传百，几天之后，有人决定给赵晓川投资，人们投资赵晓川的理由很简单，因为赵晓川既没有剧本、导演，也没有演员、摄影、美术、服装化装道具，所以我们要支持他。这就是新离忧城，充满各种无法解释的可能性，人们从不相信什么，但是一旦他们打开厚厚的猜疑的堤坝，那信任的洪流就会奔涌而出。

赵晓川在网上设置了一个银行账号，捐款纷至沓来，他眼睁睁地看着钱从几千、几万到十万几十万上百万元。他看着每日增长的钱数，心想：这就算开始了，我必须对得起城市中每一个信任我的人。赵晓川开始按部就班地寻找有经验的制作团队，团队中导演是第一位的，他是一个电影的掌舵人，其次是编剧和摄影，他们代表一个电影的灵魂和语言。可是没想到的是，就在赵晓川踌躇满志时，他上当了！由于"宽恕时间"的迅速扩展，他又一次自投罗网，他自以为找到了一拨有理想有激情的优秀的电影团队，但是实际上他被一种有关电影的坑人游戏给下了套！

他所雇用的团队其实就是一拨骗子，他们虽然本身从事电影行业多年，但是他们在旧离忧城时代就养成了不可饶恕的恶习，他们在意的只是开工挣钱，电影拍成什么鬼样子全无所谓，只要捞足自己的那部分即可，管丫最终是什么玩意儿。这一回，他们打听清楚了，知道赵晓川是个棒槌，他们觉得找到了一个城市最著名的冤大头，不骗他骗谁？

创作开始了，赵晓川虽然啥也不懂，但是也明白要先弄一个剧本。骗子们全部聚齐，编剧、导演、摄影、制片什么的都在座，他们装模作样听着赵晓川的创作思路，毕竟他现在是总制片人，手里攥着城市中人们众筹的投资，只有先假装干起活儿来，才有机会把钱从赵晓川手里骗出来。赵晓川完全蒙在鼓里，他等大家坐定后，就开始讲他心中装了很久的一个故事。那是一个有关舞蹈演员的故事，赵晓川讲了一个笨拙而执着的女孩儿，在城市某个不为人知的角落，在毫无希望的情况下，一直苦练，希望实现自己的梦想。她持续努力着，每次被打倒都会再站起来，她为了舞蹈付出了惨重的代价，但是她最终自创了适合自己心灵的舞蹈，并且获得了爱情。

赵晓川讲得很长，很细致，很多细节栩栩如生，人物活灵活现。人们一直默默听着，当赵晓川讲完时，他发现房间中的光已经暗了，原来一整天都过去了，太阳正在西下。赵晓川长长叹了一口气，过去的事情如潮水一般涌上他的心头，他的情绪有些难以自已，就说了一句：诸位，你们先消化一下，我出去走走就回来。说完，他走出了房间。

剩下的人鸦雀无声，大家面面相觑。很久，骗子中担任导演的那个家伙抬起头，环视大家一下问：诸位，我们还骗赵晓川吗？

是啊，我们还骗他吗？大家彼此看着问道。

这是一个好故事，如果拍好了，这是一部伟大的电影。假导演噙着眼泪说。

所有人在一瞬间眼中也浮起了泪光，他们确实是城市中最高明的骗子集团之一，他们一开始的目的就是想骗了钱就走。但是让他们没有想到的是，他们被打动了，这个城市从来没有过如此真诚的好故事，舞蹈演员的经历以及她的追求正好描述了骗子们一直想做而没有做到的事情。说实话，他们本来也是专业的电影从业人员，都曾抱有伟大而不切实际的梦想，他们成为骗子混吃等死实在是现实逼迫的结果，没有人允许他们搞艺术，搞艺术一定是死无全尸，只有行骗、做坏事才能在这个世界问心无愧地生存。但是这一回，当他们意识到有机会真的可以拍出一部伟大的电影时，他们压抑在内心深处多年的良知终于跳出来了。

终于，大家沉默良久之后，假编剧说了话，他说：我有个主意，我们可以拍出一个伟大的电影，但是我们还是用骗的办法。

怎么骗？假摄影之一问。

我们叛变，掉转枪口去坑那些观看坑人节目的家伙，我们一定要让他们觉得我们正在欺骗赵晓川。这样，我们就可以调动这个区域最大多数的群众，参与一个并不存在的游戏，让他们在无知无觉中帮我们拍成一部伟大的电影。假编剧耐心地解释说。

太高了，这招儿牛逼！假摄影之二听了拍案叫绝这是计中计，人民，只有人民才是历史中最傻逼的主体，他们是最好骗的！

33

一条五彩的高帆木船，停在城市最大的港湾。韦波在韩时光的陪同下登上了船，他环顾四周，周围水域广阔，烟波浩渺。

他走进船舱，舱中干净明亮，四周窗户大开，有清风一股一股地吹进来。韦波惬意地坐下来，这两天他的心情不错，他还在和魔法时刻的女老板谈判，虽然艰难，但是双方似乎逐渐接近了一些。女老板作为私人朋友已经去了韦波的别墅好几次，韦波精心安排全力应对，她虽依然不置可否却也有点含情脉脉，韦波知道这种事不能急，事缓则圆。

舱内一应俱全，有茶具卧榻也有水果鲜花，小小的博古架上还摆着一些精巧的手工艺品。这一次是韩时光请韦波去见一个人，这个人据说能去中间介质世界搞定一切，韦波闻言欣然前往。韩时光一直笑容可掬地随侍韦波左右，他告诉韦波，船应该会先通过人工运河，然后到达城市边缘的那个大湖，由于路途较远，船速也不快，韩时光建议韦波可以休息一会儿，他十分真诚地说韦总为整个城市太操劳了。韦波点头应允了，韩时光随即乖巧地退了出去，韦波走到卧榻边躺了下来，他很快就感到了疲倦，这一阵他确实很累，一天能睡着的时间也很少，几乎全心全意都扑在新离忧城上面。

彩船慢慢离岸，旗帜飘舞，韩时光走下了船，然后恭谨地向着大船鞠躬，并且挥手作别。此时，莉莉娅出现了，她带着一票人马泰然自若地走过来，那些人都穿着西装打着领带，个个器宇轩昂，他们是高宇以及她投资基金办公室的人，他们走到韩时光身边停下，都微笑着看着大船离开。

怎么，韩总，韦总是去工作了，还是去游戏了？莉莉娅走过来挑挑嘴角问。

小姐，韦总当然是工作去了，不过工作途中，他应该先休息一下，他太辛苦了。韩时光由衷地说。

没错，韦总真的不容易，应该劳逸结合一下。莉莉娅也善解人意地说。说话间，码头上又响起整齐的脚步声，韩时光扭过头，看到他的队伍也来了，他们都穿着蓝色的工作服，头戴安全帽，显然韩时光的人马更多也更有纪律性。此时，韩时光的脸上情不自禁地浮现出一丝得意的笑容，其实他跟莉莉娅想到一起了，他也很想显示一下自己的存在感和主人翁感，也想告诉对方这个城市有他的一份。

帆船缓缓远行，莉莉娅和韩时光并排站着，他们一直目送着，而此时的韦波已经在船舱中迅速地酣然入眠。

时光，这件事干得漂亮！莉莉娅转过头扬起笑容夸赞着。她似乎并未感受到韩时光队伍的雄壮整齐，那种笑容中好像整个城市已经牢牢在握。

谢谢小姐，愿意一直为您效劳。韩时光依然十分恭谨地说。

将来你好好干，这个城市不会亏待你。莉莉娅非常大方地说。然后她主动向韩时光伸出了手，韩时光连忙伸出双手紧紧握住。

小姐您放心，我一定不会辜负您的希望。韩时光信誓旦旦地说。

莉莉娅随即带着人马趾高气扬地离开了，韩时光一直毕恭毕敬地目送，等到莉莉娅的人登车远去，他手下的一个马仔才走过来拧着眉头问道：大哥，那女人是谁啊，她怎么那么牛逼啊，她为这个城市做过什么吗？

韩时光听了摇摇头一笑，他说：她从没为这个城市做过什么，但是她生存的阶级我们必须尊重。

什么阶级？马仔问。

就是那种一直吃定我们的阶级，我们一直是他们的奴才。韩时光说着脸上的肉抽动了一下。

凭什么啊？他们凭什么啊？马仔不服气地问。

是啊，他们凭什么啊？韩时光微笑着自言自语地反问。

大海上，波涛汹涌。那是真正的一望无际的大海，风正在肆虐，海水铺天盖地一般砸下来。一条古怪的海盗船漂荡在天地间，它颠簸在风浪中就好像魔鬼手中的玩物随时会被捏碎。

韦波醒来时，发现自己正躺在一条古老破旧散发着恶臭的海盗船上。甲板上，桅杆上都是人，人们正在跟风浪搏斗着，海水不断地打过来，像上帝的拳头一般一拳一拳砸在甲板上，船倾斜、摇摆、上下翻滚，时时刻刻都有倾覆的可能。

韦波很害怕，他连忙爬起来加入到人群中，跟着他们一起拉着粗大的绳子固定住主帆，在风浪的拍打中，他偷偷地打量着其他人，每个人都奇形怪状，或者说都不大像人，他们用各种不同的语言叫嚷着或者谩骂着，人们只是偶尔才能相互理解，风浪稍息。韦波看看众人似乎松了一口气，就悄悄问旁边的一个长着鼹鼠脑袋的家伙，喂，老兄，我长得什么样？

你吗？鼹鼠上上下下打量了一下他，你原来应该是一匹斑马——

韦波听完，差点晕过去，他定了定神，又问：我们是怎么跑到船上来的？

这个说来有趣。鼹鼠说着笑起来，一群海盗下了船要进攻我们的城市，而我们恰好从动物园里跑出来，于是我们就偷了他们的船逃跑了。

我们为什么要逃跑？韦波又问。

我们是一些聪明的家伙，好像知道城市里灾难要来，所以我们就提前跑了出来。鼹鼠有点炫耀地说。

那后来呢？韦波又问。

后来我们为了求生，就顺势做了海盗啊，抢了很多船呢。鼹鼠兴奋地说。

韦波听完几乎都要崩溃了，没想到自己竟然干了这么有前途的行业，他忍了忍之后又问：那我们的头领是谁呢？

你说大王吗？在那儿，他就在那儿——鼹鼠忽然高八度地叫了起来，声音里充满无限的谄媚与敬仰。韦波闻言抬起头，看到主帆的正中央正盘踞着一条巨大的章鱼，它紧紧地抓住桅杆，它张开的巨大触角正是刚才韦波拉过的那些湿漉漉的绳子，韦波感到一阵恐惧和恶心，他终于抗拒不了巨大的打击再次晕了过去。

风浪终于停了下来，一切好像从未发生过。

海盗船平静地向前航行着，远方，旭日初升。韦波睁开眼，发现自己还是躺在甲板上，一阵大呼小叫传来，韦波欠起身看到海盗们正在喝酒庆祝。韦波摇摇头，发现头蒙蒙的，好像什么也想不起来。众声喧哗之中，他爬到船舷旁，韦波抬头望去，只见大海无垠蔚蓝广阔，灿烂的阳光铺满海面，韦波想这条船应该是躲过了一劫。就在这时，忽然从海底传来一阵闷闷的巨响，韦波先是一愣，紧接着又是一声巨响，韦波看看海面，一切平静如常，此时众海盗也听到了，他们都有些惊惧地停了下来，不一会儿，响声再次传了过来，那声音好像来自最深的海底，粗壮、嘶哑、巨大，一直向上，直至冲破海面飞向天空。

　　船长，这是怎么回事儿？众海盗放下了酒瓶疯了一般大叫起来。

　　此时，盘踞在桅杆上的那条章鱼被众人的吵闹声叫醒了，他跳了下来，变为一个人形，忽悠一下飞掠过韦波的身边，直奔船边。到了船边，他用触角抓住船舷，头探向海底。这时海底再次传来那种粗犷的声音，章鱼的触角开始在吼声中抖动起来，随着那声音的增大越抖越厉害。

　　海底的吼声慢慢停止了，船长又在船舷边等了半天，才颓然滑回船中。众海盗看着船长愣愣的不敢讲话，船长委顿在船边，面沉似水，若有所思。

　　太阳升起来，船长抬起头看着，仿佛在担心什么事儿会发生。海盗们看看没什么异样，就又开始大呼小叫地饮宴起来。此时，船长忽然大喝一声，都他妈的给我安静一下。众海盗闻言，纷纷停了下来。

　　船长指着缓缓上升的太阳说：兄弟们，别看现在风平浪静，但是两个小时之后，另一场更大的风暴就要来了，我们未必逃得过去。

　　众海盗惊疑地听着。

　　知道刚才海神说了什么？船长严厉地看着大家。

　　什么？海盗们惴惴不安地问道。

　　我们都是罪人，我们注定要遭受天谴。船长低沉地说。

　　为什么？我们不过是为了生存抢了几条船而已。海盗们不服地鼓噪起来。

　　但是，我们把那个城市抛弃了。我们这些人都率先知道了那个城市要遭遇灾难，但是我们什么也没说，就自私地跑出来了。船长环视着人们说。

海盗们立刻没有了声音，他们都知道，这是他们最亏心的地方，无论如何那个城市里有他们曾经最爱的人，但是他们自己都毫无良知地逃脱了。

所以，海神说了，如果我们想活下去，想度过下一次风暴，我们必须派一个人回去报信，告诉他们灾难要来了。船长说。

我们的城市还在吗？海盗们难以置信地问。

船长点点头，海神说还在，灾难正在逼近，但是我们的城市依然无知无觉。

海盗们面面相觑，他们都以为城市早就毁了。他们沉默着不说话，过了很久才抬起头，下定决心一般说：好吧，老大，你说吧，派谁去报信？

船长再次环顾一下众人，这时他饱经沧桑的脸上忽然显出一丝顽皮，他说：我们抓阄。

一条舢板被放下了大船，韦波被丢入舢板之中，这一回他成为唯一的幸运儿。在他不得已跳入舢板之后，船长伏在船边告诉他：去告诉城市里的人，那个火山要爆发了，必须赶紧逃出来。韦波无奈而必然地点着头，海盗们满脸同情地看着他，鼹鼠在那里虔诚地祷告，他煞有介事地折腾一番之后对韦波说：放心去吧，兄弟，神会为你劈开大海的。此言一出，海盗们立刻放声大笑起来。

船走远了，韦波孤独地坐在舢板上，在蔚蓝的天空下，他依然能看得见船上飘扬的五彩旗帜，船长那些粗大的手臂，也能隐隐听到海盗们欢乐的叫喊声。很快，天地间什么也没有了，只有他、大海、舢板，以及无尽的微风。韦波不知道这是怎样的旅程，但是看样子孤独与死亡是不可避免的，只是孤独可以随时到来，而死亡则被命运赋予一种确定性中的不确定性。

舢板在大海中漂了很久，风渐渐大了，浪滚动起来，一次一次拍向他，不知道何时云大片大片地出现，它们慢慢遮蔽了阳光，天地间暗了下来。此时，海底中又传来那种低沉的但是粗犷而持续的声音，它极其巨大几乎可以刺破大海中翻滚的海浪，但是韦波已经习惯了，他就是因为这种声音才被抛入舢板的，他明白不管那声音代表了什么，他总要面对。人类也许就是这样，当他的命运可以看清时，他就会坦然下来，不管前途有多么艰险。

风越来越大，大浪跳跃起来，如同陆地上的高山，先是壁立然后倾倒下来，以拍碎一切的力量砸向渺小的舢板。大浪一遍一遍重复着，韦波的舢板任人宰割一般被抛上抛下，就在万千浪头之后，一个巨大的蓝色的身影忽然腾空而起，它从大浪中钻出来，张着大嘴扑向了韦波和他的舢板。

韦波并没有死，当他再次醒来的时候，发现自己已经在一个四壁无窗的石屋里了。他躺在一张石床上，冰凉冰凉的，旁边一灯如豆。韦波仔细回想，经过很长时间，他还是想起来一些细微的片段，他好像是被一条大鱼吞到肚子里去了，而且他被吞噬的时刻，他发现他竟然认识那条大鱼，它曾经在他小时候出现在城市的河流中。这当然不合逻辑，但是这就是他的人生，人生本来就没有任何逻辑。

就这样，韦波被封闭在一个小小的空间中，这里就像一个活动的监狱，他感觉不到大鱼的运动，自己哪里也去不了，他没有办法，只能接受事实，这是他不能控制的活生生的现实。还好，石屋之中的生活并不完全单调，不久，韦波就在屋子的阴暗处发现了取之不尽用之不竭的藏书，因为无事可做，韦波开始认真读了起来。他很快被书本吸引了，经济学、心理学、历史、哲学，他越读越入迷，越读越感慨。他不知晨昏，困了就睡，醒了就读。由于一个人太过孤独，他开始渴望和其他人对话，但是石屋之中只有他一个人，他就只好跟大鱼说了起来。起初，他只是每天读完书之后才和大鱼说说读后感，但是慢慢地他变为想起来就说，他很能说，有时能滔滔不绝说上几个小时，完全不是他过去谨言慎行的样子，大鱼大多是沉默，只有少部分时候会有呜呜的声音传来，好像是某种回应。日子一天天过去，韦波慢慢觉得石屋之中不再那么黑暗，自己也不再那么烦躁，心似乎也静了不少。有一天，他无意中翻到一本厚厚的旧书，那本书的开头和结尾都没有了，他随手打开一页，在那磨损的半页上面写着如下的话：凡事包容，凡事相信，凡事盼望，凡事忍耐……这句话让他觉得眼熟，他就拿着那半本书读了起来，他每天似乎都明白了一些，也似乎更糊涂了一些。书中的很多话让他觉得字字珠玑，但是也有很多内容他完全不敢苟同，这本书好像是在述说人类伟大的精神传统，里面各种神话、传说、故事层出不穷，他也看到先民们追求幸福生活的努力以及他们追求生命真理的坚忍不拔和忘我的牺牲精神。从书中，他学会了祷告，学会了盼望，某一天，当他踏实地躺在床上，在将睡未睡之际，他忽然觉得自己彻底宁静了，就在这一刻他心安理得接受了命运的安排，因为那本无头无尾的书里说过，上帝连天空的飞鸟都不会让它们饿着，所以他不必担心，上帝早晚会给他指明道路。

终于，在某一天，当韦波睁开眼时，发现自己正躺在沙滩上。他的身下是细细的沙子，海水正不断从远处涌向脚边。他清醒之后费力地爬起身，走上面前的沙丘，此时他忽然看到了一个广大的城市，那是离忧城——一个他曾经热爱过的无比灿烂的城市。

于是，他想起了被从大船抛下时船长对他的嘱托：他必须去那个城市告诉人们灾难要来了。这时，一只海龟爬了过来，它迟钝地停在韦波的脚边，然后缓缓抬起头用绿豆大的眼睛死死盯着他。

有事儿吗？韦波问。

海龟说：有。一天，你只有一天的时间去告诉他们消息，你迟到了。

韦波离开了海龟，他奔跑起来，他说不清为什么奔跑，但是他觉得他必须这么做。可是那个城市看着很近，实际却很远，他拼命地跑着，但脚下的流沙却一点一点带着他向后，这太费劲了，就好像长跑时有人一直在拉着你的腿一样。太阳即将落山，韦波好不容易才来到城市的边缘，那只乌龟一直不紧不慢跟在他的身边，此时的韦波已经大汗淋漓，筋疲力尽，乌龟很酷地瞥了他一眼，只说了一句：赶紧进去吧，你时间不多了。然后就转身离去。

韦波走进城市时，夜幕已经降临，整个城市灯红酒绿，到处是人们喝醉后的大呼小叫，空气中充满着一种腐败、欢乐、淫荡的气质。韦波迈着疲惫的双腿走过街道，当他站在一个红绿灯面前时，他突然对着对面一群搂搂抱抱刚从酒吧里出来的人们喊道：快跑吧，灾难要来了，这个城市马上就会被吞没的。

什么，你说什么？那群人神志不大清醒地问道。

火山快爆发了，这个城市很快就会被覆盖掉的，跑吧——韦波大声喊道。

对面的人听了忽然放声大笑起来，他们一起指着韦波说道：哎，哎，这家伙也喝高了——

韦波非常委屈，他不得不又重复了一遍，我说的是真的，请你们相信我！

那群人闻言再次大笑起来。

整整一个晚上，韦波一直在城市中行走，他穿过人行横道，走过马路，登上立交桥。只见办公区灯火通明，办公室里的人们都在奋力赚着夜晚的每一分钱；他来到娱乐区，娱乐区的每一人都在纵情声色，寻找着彻底的快乐；他来到餐馆，餐馆里高朋满座，人人红光满面满嘴流油，尽力讲着各种黄色段子；他来到电影院，各个影厅全部爆满，所有人都在别人的爱恨情仇中流连忘返。韦波想跟所有的人聊天，告诉他们——也许他们没有明天了，但是，没人搭理他，他们完全不给他机会。韦波最终对一群在游乐园中一直拼命转圈的木马倾诉了衷肠，可是木马们听了韦波的大胆狂言毫无反应，只有一个一直在一旁吃着冰激凌的七八岁的小屁孩儿终于愤怒了，他扭过头，大声反驳道：你这个家伙到底在胡说什么？这个城市欣欣向荣，蒸蒸日上，它怎么可能会被毁灭呢？你这是危言耸听。

　　韦波最终走出了城市，他是被这个城市表面上火热欢乐，实际上冷漠自负的氛围赶出城市的。韦波走了很远，他来到一个能俯视城市的山坡上，整个城市就在他的眼前，它一望无际，灯火通明，但是韦波知道这是假象，当一切都处在最疯狂的喧嚣当中的时候，这反而是一个最危险的夜晚。

　　第二天，韦波是被大风吹醒的，当他睁开眼睛时，他简直难以置信。离忧城覆灭了，它并不是毁于火山爆发，而是毁于不知从何而来的沙尘暴。昨夜还光辉灿烂的城市，今天却覆盖在一片黄沙之下。沙尘暴带着无尽的暴虐与沙砾，充满了整个天地，什么也看不见，只有沙子与沙子的厮杀，只有风与另一股风的比拼。在混沌与惊愕中，韦波起初还能看到一个城市的轮廓，它倔强地挺立着，但是慢慢地它就溃败了，如同夏日中迅速消融的冰雕，在措手不及中完美覆灭。

　　几乎没有听到任何人反抗的叫声，当骄傲自大、罪恶滔天的人们面对自然的惩罚时，全然的色厉内荏，毫无还手之力。

　　韦波目瞪口呆地看着这一切，之后，他忽然哭了。他抱着头，把头埋在膝盖上痛哭起来。他这辈子很少流泪，每当他遇到打击时他总是会职业地不由自主地笑起来，他觉得遇到问题不笑才是一个男人真正的软弱，可是这一回当他眼睁睁地看着面前的城市被消灭时，他感到了心痛异常，他头一回为别人难过起来，这是一种他从未有过的体验。

　　不知何时，韦波的身后响起了海浪的声音，他回过头再次看到了浩瀚无际的大海。此时，那条大鱼又慢慢从海面中浮现出来，它蓝色、巨大、稳重、睿智，韦波知道这条鱼一直尾随了他的一生，它曾经出现在他年少时的河里，现在又出现在他溃败的人生岔路上。韦波抬起泪眼，忽然站起身，愤怒地向大鱼质嚷道：你们知道那些人不会听我的，你们知道他们注定要覆灭，你肯定什么都知道——

大鱼不说话，它摇摇头，然后吸起海水喷向天空，不久天空中就飘来一片片的云，它们飘到城市上方，随即变为瓢泼大雨奔涌而下。沙尘暴几乎是在瞬间就被震慑了，那些沙尘兵败如山倒，被雨水一下子打灭了气焰，雨越来越大，很快整个城市就成了雨中的世界。韦波惊奇地看着，他坐了下来，注视着离他不远的城市，城市逐渐从里到外被雨幕包裹着，过了一会儿，一幅奇景竟然出现了，一片绿色在雨中生长起来，那是这个城市少有的绿色，它绿得让人感动，是那样地青翠欲滴、鲜艳夺目。韦波有些惊奇了，一会儿雨幕中又展现出一片片的美景，女人出现了，她们跳跃其间，一歌一笑都让韦波动心。可就当韦波刚刚涌起愉悦之心时，天空出现了一个弯曲的不易察觉的吸管，它一点一点把雨幕吸起，之后整个雨中的奇景世界都被那种自上而下的力量吸走了，消失得无影无踪。

最终，一切都过去了，风沙消失了，雨中奇景消失了，城市也消失了。韦波伫立沙丘，他向远方望去，那是一个荒芜寂寞的世界，寸草不生，人畜皆无，那里没有任何声响，完全死寂一片。此时那只海龟再一次出现在韦波的脚边，韦波喃喃地问他：刚才看到的是海市蜃楼吗？

是的。海龟淡定地回答道。

真的没有一个人得救吗？韦波失落地问。

也许有吧，海龟不紧不慢地说，每个夜晚总有惊醒的人。

既然知道这个城市注定要毁灭，为何还要我如此艰难地去告诉他们呢？韦波问。

任何生物都值得拯救，海龟说，比如蚂蚁、蝴蝶，你刚才还在心疼那些消失的海市蜃楼，那么，众多的活生生的生命不更值得心疼吗？

可是，这个城市为什么最终不会醒来呢？韦波失落地问。

这是这个城市自己的意愿，那个更高的存在给予人们生命、真理和道路，但是最终得看人们怎么选择，这一切都是宿命。海龟说。

海龟离开了，荒凉的沙滩上只剩下韦波一个人，他不知道这是世界的末日还是一个重新的开始。他在沙滩上颓然走着，忽然，他在沙土中踢到了什么，他蹲下身，扒开沙土，发现是那本他读了很多遍的残破的书，他坐下，打开，随意地读了起来。他很偶然地在一个章节中，发现了他刚刚经历的同样的事情，他仔细读着体会着，按照书上的意思，这个世界上的事情总是有个别人先看到，他们唯一的任务就是告诉世俗他们所知道的真相，而无论世人是否相信，是否行动。

34

韦波登上的那条船是"大海计划"中的一条船，而这个计划则是"宽恕时间"中一趟去往大海的游戏。

城市里模拟的大海就是城市边缘的大湖，而真实的大海就是这个城市本身，它是生活的大海，也是人生的大海。大海计划中有很多条这种船，它们早已不张扬地出发并且在城市的各种水域中游荡以招揽客人。对于客人来说船本身就是一个游戏入口，每个上了船的客人都会被催眠，客人们在睡着之后，他的脑电波就会被一个强大系统发出的信号所控制，然后被引领着共同去参加一个游戏，但是那个游戏相当漫长，而且特别难赢，因此客人们的精神就会在游戏里待上很长时间，甚至有可能无法返回现实，而只要他的精神不回来，他就会永远睡下去，如同那种传说中的睡美人一般。

这一回运筹帷幄聪明无比的董事长韦波上当了，他平时太忙，很多时候只能把握宏观方面，而有些细节是不太清楚的，比如他登上的这条船到底是什么性质的船，他到底要去向何方。莉莉娅和韩时光暗度陈仓，两人联手骗了韦波。

当赵晓川再一次见到韦波时，他正躺在大床上浑浑噩噩地睡着。他的如同宫殿一般的别墅显得空空荡荡，里面没有丝毫的人气。这是他第一次见到他这个几乎是无所不能的朋友如此地无能，有两个护士看在钱的面子上在照顾韦波，但是赵晓川从一进门就能感觉到她们内心中的冷漠是多么锐利和为了钱披挂在脸上的笑容是多么地敷衍。

除了两个护士，所有的服务人员都不见了踪影，往日那个人声鼎沸的别墅变得冷冷清清。赵晓川环顾四周，高大的油画，复古的家具，晃眼的、琳琅满目的银饰，还有繁复的悬挂在头上甚至有些喧宾夺主的吊灯都依然存在，但是此刻赵晓川觉得这一切物质的符号都毫无意义，他忽然有点理解佛家所说的那种空性了。他走过去推开门，走到露台上，站在宽大的露台，他看着这个新兴的繁花似锦的城市，心中明白其实他完全不了解它。

据说，两周前，是一群水手把韦波抬回他的宫殿的。有人告诉他，韦波的精神去一个虚幻的世界参加游戏去了，他的肉体则留下来休息。赵晓川咨询了一个游戏设计师，根据他的解释，现在的游戏已经变得异常复杂，韦波可能是进入了一种精神与肉体分离的游戏，他的精神应该是被引领着去了童话世界——它是一个衍生世界，是一个虚拟世界、现实世界与中间介质世界三者交互作用产生的世界。

赵晓川看到了那条人工运河，他同时也看到了那种高大的木制帆船，这种船最近在这个城市流行起来，人们传说这是城市中一种最新的游戏，只要你登上这种船，你过去所做的一切就会被宽恕。其实，这绝对是一个骗人的高科技圈套，一般上了船的人都会掉入一个陷阱，只要没有外部能量的干涉，这个人的精神就会在一个游戏中一直玩下去，而这种游戏的过程也会被图像反映出来，供那些设计圈套的人观看、欣赏。

赵晓川走了回来，屋子里极其安静，两个护士在很远的有阳光的窗子下低声聊天、谈笑。

没有人再来过吗？赵晓川这时问。

没有。一个护士抬起头特别随便地说，就是莉莉娅小姐刚开始来过一次，安排了所有的疗养方案，之后她就去忙了。

赵晓川点点头，他看着躺在床上他终生的朋友，一阵凄凉油然而生。韦波无知无觉地睡着，这个曾经拥有整个城市的人此时什么也没有了，他的钱不管用了，权力也不管用，他没有亲情和爱情，但是还好，他在此刻依然拥有友情——这是他一生一直在维护的唯一的情感。

赵晓川打算拯救韦波，他不可能有别的选择。但是，如何拯救呢？过了两天，赵晓川想出了一个主意，他租用了一批小型的自主飞行器，每个飞行器都背负着一个影像广告，它们向整个城市重金招聘人才，希望可以结束一个长眠不醒的游戏。

果然，重赏之下，人一批又一批地到来。可是，当他们面对那个最新的坑人游戏时都束手无策，这让赵晓川颇感颓丧。这一天清晨，当离忧城的人工太阳再次升起时，韩时光出其不意地走进了韦波的豪宅。此时，赵晓川正在吃他的早点，护士还没来上班。

韩时光还是西装革履，他的脸上依旧带着那副随时准备执行老板指令的谄媚表情。赵晓川端着粥碗抬起头很诧异地看着他，韩经理，你怎么来了？

赵先生早，您一直在这里吗？韩时光笑着问。

对，我一直在，白天晚上都在。赵晓川说。

您真是辛苦了，按理来说，这是我们做下属应该做的。韩时光很诚恳地说。

哪里，你们好好打理公司的业务就行了，那是韦总最在意的事情。赵晓川说。

放心，托韦总的福，公司一直正常运营着呢。韩时光说。

赵晓川点点头，过了一会儿韩时光又小心翼翼地问：赵先生，您弄清楚我们老板这是怎么了吗?

不清楚。赵晓川摇摇头,据我判断,他应该是中计了,掉在一个陷阱里出不来。

韩时光低着头,开始在赵晓川面前踱起了步,他走了几圈,倏忽又停下,赵晓川抬起头看到韩时光的小眼睛放出异常的有点灼人的光,这种光他从未见过。

赵先生,我看到您那个广告了,您打算拯救老板,对吧?韩时光问。

是啊。赵晓川说。

不知您能否换一个思路呢?韩时光说。

你什么意思?赵晓川看着韩时光问。

您想过没有,如果这个世界是您的会怎样?韩时光循循善诱地问。

我没有想过这个,这个世界不可能是我的。赵晓川很干脆地摇着头说。

作为一个男人,您就没有拥有世界的梦想吗?从丛林时代起,每个男人都有这样的梦想,除非他不是男人。韩时光语气柔和地说。但是他的样子一反常态,那种恭谨、顺从、随时准备谄媚别人的样子一扫而空,神态中显露出一副少有的舍我其谁的劲儿。

我还是没明白你什么意思。赵晓川奇怪地看着他。

假设,我只是假设啊——韩时光耐心地说,如果老板醒不过来了,我们怎么办?我们能替他去建设这个新世界吗?

我们?赵晓川反问。

是的，赵先生，我们！您面对的很可能是一个无法解锁的游戏，与其天天守在这里，寻找不存在的答案，不如去做一件更伟大的事，一个男人应该做的事。韩时光说，比如，我们双方可以联手，一起建设一个更好的世界，为更多的人带来更美好的希望。

我能做什么？赵晓川怀疑地问。

您可以依然作为一个新时代的偶像高举旗帜，而我可以作为一个执行者来完成这个城市的所有的梦想。韩时光非常有信心地说。

赵晓川惊讶了，他从未这么想过，但是不得不说，韩时光说得确实有道理。他一直没有什么太长远的想法，刚刚来到新离忧城时，他只是觉得自己奔跑了一辈子，有点累了，希望有个归宿过上一种安稳、温暖的生活。可是，韩时光的话给他指明了一个方向，似乎有另一种五光十色的生活在等着他。

韩时光一直在谨慎地察言观色，他看到赵晓川的眼珠在慢慢转动，知道他一定在思考什么，他于是接着劝说道：赵先生，有一句老话，您肯定听说过，王侯将相宁有种乎？这个世界可以是他们的，也可以是我们的，它可以是任何人的，只要机会到来。

赵晓川不置可否地点点头。

我们从来都是平民，一直在别人的施舍与雇用下生活，我们一直以来都是一条不折不扣的狗。我们阿谀奉承，委曲求全，不就是为了活下去吗？这是我们这个阶层最深刻的悲哀与痛苦。但是，既然新世界给了我们机会，我们为什么不抓住它呢？未来，也许就是一个平民的时代，我们这些草根族可以建立一个真正平等的游戏世界，这个为了大多数平民的世界才是一个更好的世界。说实话，韦总，还有莉莉娅小姐要建立的世界只是为了一小部分人的，那些人的阶级天然比我们高贵，但是他们的思想却并不比我们的更高贵，他们的追求也未必比我们高尚。韩时光继续说。

赵晓川很惊讶地看着韩时光，他一改平日的谦卑、恭谨，忽然变为一个雄辩的演说家、一个突然呈现的理想主义者，赵晓川原来就觉得韩时光并不简单，但是他的想法如此宏大，如此具有乌托邦气质，这是赵晓川完全没有想到的。公平地说，韩时光的情怀中除了一点民粹主义之外，它比韦波的更无私，绝对有其动人的地方，一般人听了几乎都会被感染。

那天的谈话进行了很久，赵晓川后来主动调换了话题，他强调，目前他的第一任务还是要治疗韦波，韩时光也马上随声附和，认为这肯定是第一要义。但是双方都心知肚明，韩时光明白赵晓川动心了，他开始犹豫了。

确实，韩时光察言观色的功夫是一流的。那天晚上，当护士完成最后一次喂水，关闭了房间中的灯之后，赵晓川再次来到那个宽广的露台上。人工月光异常皎洁，它如同少女的温柔的手指一寸一寸抚摩下来。赵晓川一个人孤独地坐在露台上，面前放了一杯凉凉的啤酒。是的，他从来没有把面前的世界当成是自己的，这个世界似乎永远是别人的。原来在旧离忧城时，总有报纸在说这是谁谁谁的时代，每当他听到这种话时就很沮丧，他很清楚，其实没有哪个时代是属于自己的时代，所有的时代都是别人的时代，他只是一个无足轻重的旁观者，一个沉默的大多数中的一分子，注定只是历史的背景。思索中，一阵悠扬的音乐传过来，赵晓川抬起头，看到眼前的人工运河中一条彩旗招展的帆船悠然划过，他想，如果这个世界是他的，那么他的眼光就会不同，这条船就不再是圈套而是令他自豪的色彩斑斓的成就了。

赵晓川不得不承认，他被韩时光的说教所吸引，也许正是因为来自底层，所以韩时光对于人性的需求和弱点更加洞悉，他的行动也更具有针对性。他很懂得人的心理——让一个一无所有的人拥有他不曾想到过的荣华富贵甚至是整个世界，那是绝对充满吸引力的，而且按照他的许诺，他能建立一个对更多的人更好的世界，这说法相当有力，因为赵晓川已经看到韦波所建立的世界里有着致命的问题。那么哪种选择更具有道德性呢？一边是一生颠扑不破的私人友情，一边是一个公众可以拥有的更好的世界，这让赵晓川浮想联翩。

一周之后的清晨，另一个人找到了赵晓川。他是一个老年人，瘦瘦的，眼睛一大一小，穿得朴素且有些破旧，腿脚似乎还有些不利索。

您找谁？赵晓川在一楼的会客厅里问道。

我找你。老人说，我来应聘。

好的，请坐。赵晓川说。

老年人随后坐了下来，他显然已经充分了解了发生的一切。他告诉赵晓川，他一定要拯救韦波，因为他和韦波早已结缘。那是由于消失的旧世界中的一件旧事——忏悔学院，他当年曾经是一个税收设计师，一辈子就是设计各种税种，想尽办法从大众身上捞钱。

可是某一天，当他看到韦波的忏悔学院时，忽然决定忏悔。他知道他这一辈子做的缺德事儿太多，再这么下去早晚得遭报应。于是，他去了韦波的学校，努力地学习、努力地忏悔、努力地去做公益，可是后来，旧离忧城遭遇毁灭，忏悔学院也无疾而终。但是，他个人却绝对受益了，他幡然醒悟成了另一个人，所以直到现在，他的内心里依然十分感激韦波，他坚定地认为是韦波拯救了他。

赵晓川听着老者的讲述，感到不可思议，一个纯粹的赢利项目竟然可以改变一个人的一生，如同南辕可以拯救北辙一般，他没有想到这个世界是如此复杂多样，交相辉映。

因此，在新世界中，我一直在"宽恕时间"里做好事，当好人。老人说。

您为什么要坚持做好事呢？赵晓川问，他知道这并不容易。

说不出为什么，老人回答说，我只是记得德兰修女说过，即使你做了好事明天就被别人遗忘，但你还是要做好事。

赵晓川又问：那好人一直不得好报怎么办？上天为什么不奖赏好人呢？

老人看着赵晓川慢慢地说：上天给你的最大奖赏就是让你成为一个好人，你应该知足了。

赵晓川认真听着，心中五味杂陈。

这时老人看着赵晓川，接着说：其实赵先生，我现在什么办法也没有，我这回来只是表示有人和你站在一起，如果可能的话，请给我一点时间，我可以去找人帮忙，总会有办法的。

赵晓川听到这儿终于被感动了，这种纯粹的毫无功利的善意，这种伟大的人类良知,让他佩服得五体投地。他伸出手紧紧握住老人干瘦的手,说:老先生,对于我来说,您真是一个天使。

那个老人走了,他果然没有食言,他找到了"宽恕时间"里的好人小组,开始集思广益。好人小组没有辜负他的希望,他们经过认真调查研究,发现韦波是参加了"宽恕时间"中一个叫作"十段旅程"的坑人游戏。这是"宽恕时间"区域成立以来最为庞大、最高科技化、实物化的坑人游戏,是由几乎所有的骗人专家、游戏开发专家、其他区域的科学家共同设计完成的游戏,这个游戏复杂缜密,充分发挥了城市人群的主观能动性,并且发扬光大了旧离忧城的优良传统——要把坏事做绝,做到无限丰富多彩的地步。

"十段旅程"分为十个部分,每个部分都是一段异常奇怪的旅程。好人小组认为这个游戏是经过变换的,它的最初想法应该来自一些先知的故事,主题则是关于拯救的。游戏设计者是以嘲讽的心态来做这件事的,在整个游戏的过程中,这些被骗的先知似乎都在奔向同一个目的地,但荒诞的是,这些游戏根本无解,那些所谓的目标都是无法实现的,比如拯救一个城市,在火焰中献上冰川的祭祀,或者让已经下沉的船飘浮在空中。那些游戏的观看者,就是想看那些最具献身精神的人是如何陷入困境、如何永远不能自拔的,要知道这才是这个城市对于信仰的最根本的蔑视与抨击。

因此,要想拯救韦波几乎是不可能完成的任务。首先拯救者必须判定韦波正在经历哪段旅程,就是说他们必须找到他凹陷于哪个故事里;其次,他们必须打破他的困境,那是一个庞大无解的精神迷局，一个人根本无法独自走出来，只能依靠强有力的外力才能打破这个封闭的死循环。可是谁可以充当这个外力呢？这个外力必须既有智慧又有力量，左思右想之际，好人小组中的机器人出来帮忙，他们想起了他们最伟大的制造者超级计算机，根据他们体内的记载，他们知道自己是在这个城市遇到某种恶性的临界压力时产生的，因此他们合理地推算出他们的制造者具有强大的预测以及逻辑能力，因此机器人们建议，与其让好人小组费时费力，不如收集游戏的一切信息，然后把这些信息传输给中间介质世界的超级计算，让他来帮忙进行智能干预，以更高的能力强行进入这项城市游戏，打破绝望的迷局，让被坑者能走出来。如果超级计算机都无法做到这一点，那其他人也不需要再努力了，被欺骗的韦波们将永久地睡去。

在科学区，在一个巨大的、复杂的、充满超现实主义味道的工业车间里，流水线上的工业机器人正在有规律地工作着，它们正一丝不苟地生产着另一些同类。

韩时光陪着赵晓川走过宽大的厂房，厂房中几乎没有一个自然人，这里的一切都实现了高度的智能自动化。赵晓川一边走一边暗自感叹，当他们走到厂房的尽头，看到了一个直立的机器人的半成品，她的一半已成人形，另一半则露出无比复杂的机械构造和电路。

她将来会去执行一个特殊的任务。韩时光说。

什么任务？赵晓川问。

她会去中间介质世界，会见超级计算机。韩时光说。

赵晓川听了，很注意地看着她。

这是韦总给我的任务，这个女机器人拥有这个世界全部的最新的科学成果，她是一个科学至上主义者，她的任务是要去向超级计算机证明并没有一个更高的存在，他不需要有信仰。韩时光说。

然后呢？赵晓川问。

然后，我们就可以让超级计算机更改原初设计了。韩时光笑着说。

赵晓川沉默了。

韩时光这时看了一眼赵晓川，他接着说：赵先生，我知道您和韦总有个赌约，但是那确实是韦总的缓兵之计，自从他拿到你的密码之后，就开始准备第二次行动了。

赵晓川当然明白韩时光的意思，他是在挑拨，即使如此他也不免有些失落和伤感，他从小就知道韦波是一个非常自私的人，只是韦波对他从来没有像对待世人一样。而此刻，他和韦波的友谊受到了终极的考验，韦波先违约了，他到底应该怎么办？

赵先生，我深深理解你尊崇的那些价值观，义气，朋友，可是那些所谓的道德只是束缚了弱者和平民而已，强权和利益从不在意。兄弟不正是用来出卖的吗？比如水泊梁山，比如贾柳楼四十六兄弟，那些一直被说教的道德从来都是虚伪的。韩时光一针见血地说。

赵晓川哑口无言，韩时光所言不虚，他本来没有任何把握能拯救韦波，现在他还要面临另一个关键问题：如果他把韦波拯救回来，韦波必定要继续修改原初设计，那么韦波需要的那个世界一定会更好吗？那个充满利益、毫无道德感、任意让食物链自然发展的世界真的好吗?

　　其实，赵先生，您想过没有，如果您和我合作并无不妥，您只是抛弃了私人情感而成了一个更高尚的人而已。韩时光这时接着说，我们为什么不能建立一个更好的世界呢? 如果您愿意，我们的合作现在就可以开始，您可以和我们的机器人一起联手去劝说超级计算机，这种人机合作是最无敌的，因为人的创造性机器目前还远远无法比拟。

　　夜晚，赵晓川回到了韦波冷清的宫殿，他穿过黑森森的走廊，走上宽大的楼梯。头顶吊灯繁复，两边名贵的油画都在黑暗中沉默。这样的宫殿简直太冷清了，一个值班的护士在二层楼道口坐着，她在津津有味地看着一本言情小说。赵晓川走进韦波的卧室，他一如既往地躺在床上，赵晓川走到他的床前坐下，卧室中静悄悄的，雪白的月光斜射进来。这个曾经生机勃勃，曾经喜怒不形于色却掌握着整个城市的家伙，此刻却是那么地安静。这种状态也许就是他的未来，就是他的一生，赵晓川心中充满感叹，多少人在走向权力与利益的道路上倒下，这样的一生真的有意义吗? 只有很少人能到达顶峰或者终点，但那就是一个成功的人生吗? 胜者王侯败者贼，谁能肯定自己未来就是一个荣耀王冠下的侯而不是一只锁链中的猴呢?

　　韩时光确实不是一般人，他的工作卓有成效，赵晓川彻底动摇了，每个人的内心总归是有欲望的，在韩时光的劝说中，他也不禁幻想起自己拥有权力、金钱以及整个城市的样子，他光彩熠熠，被众人围绕，被歌颂声环抱。但是，当他回到这个冰冷的宫殿时，他立刻又深深地体会到那些幻象的背后有着无尽的黑洞，这让他感到真是左右为难、愁肠百结。

赵晓川再次来到去往中间介质世界的火车站，这一次他来得有些早。

赵晓川在中央大厅一把空旷的长椅上坐下来，大厅中间站着一个小伙子，他在如痴如醉地拉着小提琴。小伙子似乎无所不知，一首首脍炙人口的曲子从他的指尖流出，在优美的小提琴声中赵晓川似乎忘却了一切，利益、纷争、城市、灾难、拯救、兴亡，他沉静下来，心境坦荡地沉浸在一种纯然的、音符的律动中。他从清晨听到傍晚，感觉不到疲惫与饥饿，反而在音乐中感受到了一个非常清晰的人类自我——纯洁，美好，安静，自由。

不知何时，当赵晓川在长椅上醒来时，他发现中央大厅已经空无一人，那个拉琴的小伙子不见了，一股清风从门口吹过来，他发现列车依然进站。

赵晓川坐着车，再次来到中间介质世界。还是在那个简单的却梦幻奇特的车站，赵晓川下了车，他看到超级计算机正恰如其分地等着他。

我知道你要来，但是我目前还不知道你最终的选择。中年人微笑着说。

是的，来之前，我一直在做选择。赵晓川说着笑笑，他拿出一个薄薄的金属U盘递给超级计算机，那里面藏有大海计划的各种游戏信息，中年人接了过来。

　　我的选择是，希望你能拯救一个人，他被一个游戏困住了。赵晓川一字一顿地说。

　　中年人盯着那个具有工业美感的金属U盘，这是赵晓川的选择，当两方都需要赵晓川再次来到中间介质世界时，他最终选择了拯救韦波。

　　赵晓川绝对是个聪明人，他在来之前假意答应了韩时光，但那是虚与委蛇，无论他曾经多么单纯，他还是在这个城市学会了基本的狡猾。

　　赵晓川确实经历了人性中最剧烈的摇摆，当一个人面对无比巨大的物质以及权力诱惑的时候，谁都不能做到无动于衷，但是最终，他倒向了韦波。韩时光虽然很有说服力，可赵晓川从直觉上觉得，这个城市在韦波手里也许比在韩时光手里更好。不知为什么，赵晓川一直就害怕那些苦大仇深、处心积虑的人，他们在没有成功之前往往是可亲可敬、谦卑恭顺的，但是当他们飞黄腾达之后就很可能变得异常贪婪而凶残，毫无底线。赵晓川不认为自己有能力主宰这个城市，他不是那样的人，也不想过那样的生活，他想即使韦波醒来与他分道扬镳，他也还是要拯救他，因为他一生永远无法放弃的东西只有一个，那就是友谊，而所谓的利益完全可以随风远去。他无法计算清楚哪个世界会更好——是韦波造就的那个还是他自己喜欢的那个？也许它们各有优点，但这件事还是让这个城市里所有的人来决定吧，他不想越俎代庖。他只是希望，当韦波醒来的时候他们能够谈谈，他能够不让这个新世界变得彻底的功利。

据现实世界的人猜测，只有你才能发现游戏中被困者的具体困境，也只有你有权限和能力修改那个无解的游戏。赵晓川说。

嗯，这个我可以试试。中年人淡定地点点头说。

对了，作为朋友，我有一件小事儿要提醒你，将来现实世界中会有一款最先进的机器人来看你，她可能是你的天敌。赵晓川这时说。

中年人平静地点点头，说：我知道她的路数，她打算挑战我的信仰。

哦，看来你有准备了？赵晓川问。

我只是习以为常而已，自从我出生以来一直面对各种各样的诘问和挑战，但是我的稳定性非常好，可以说是无与伦比的，换句话说，没有谁能打败我，这恰恰是因为我是有信仰的。中年人非常自信地回答道。

35

韦波依然躺在他那张孤独的大床上长睡不醒。赵晓川自从某一天离开之后就一直没有回来，没人关心他去干什么了。只有那两个被雇来的小护士还在，两人每天除了花几分钟看看韦波之外，就是在一起聊天看闲书打发时间。

晚上，莉莉娅来到了韦波冷清的别墅。整个建筑几乎都是黑洞洞的，原来的那种灯火通明恍如隔世。自从韦波睡倒之后，这是她第二次涉足这里，当她刚踏上那宽大的台阶时，女性的多愁善感一下子扑了过来。她的心开始紧缩，当种种宏大的筹谋退去之后，她才忽然想起了过去的时光，她和他一起看着朝阳吃早餐，一起站在山丘上俯瞰城市，一起骑着马奔跑在草原上。

莉莉娅走上二楼时，两个值班的小护士马上就想起她是雇用她们的那位。

开灯！莉莉娅命令说。楼道中的灯亮了，莉莉娅走进韦波的房间，她打开所有的灯，韦波依然昏睡不醒，他的脸色苍白，眉头紧皱，好像正在梦中经历什么难办的事情。莉莉娅走到床边，看着他伫立良久，她的心中不禁有一阵汹涌的难过，她伸出手摸摸韦波的额头，然后轻声说：小波，我要给你写一首歌，一首只属于你的歌。

韦波当然没有任何反应，莉莉娅过了很久然后又说：放心，我会继续执行你既定的计划，把它发扬光大，让这个城市变得更加伟大。

韦波似乎听懂了，他忽然发出两声低低的呓语，莉莉娅凑近细听，可是等了好半天，韦波又没动静了。莉莉娅直起身，她凝视着床上这个她曾经爱过也曾经恨过的人，良久，她收回了眼中的泪光，收起文艺青年最后的哀伤，毅然转身离去。

莉莉娅走出房间，两个小护士见她出来，连忙乖巧地站起来，她们可知道谁是付工资的人。莉莉娅走到两人的桌子前，信手翻着值班记录。两个小护士有点紧张，值班记录都是千篇一律，编的。

可是莉莉娅的注意力根本不在值班记录，她翻了一会儿若有所思地说：你们说，我要是结婚怎么样？

您跟谁结婚呢？两个小护士很感兴趣地问。

跟这个别墅的主人，睡在那个房间里的人结婚。莉莉娅淡淡地说。

两个小护士互相看了一眼，都吃惊地挤了一下眼睛，然后毫不犹豫地说：好！

这是莉莉娅的新主意。就在傍晚，当人工夕阳落下的那一刻，她忽然想起结婚这一招，她的想法是这样，离忧城是韦波的，她必须与韦波结婚，由于睡梦中的韦波没有行为能力，她可以和一个假扮韦波的机器人结婚以假乱真，然后她就可以以妻子的名义代理行使韦波的权力。未来，如果韦波长睡不醒，她就会顺理成章地获得新离忧城的全部股权，这样，她将合理合法地成为整个城市的主人。

夜深之际，韦波从长久的睡梦中醒来。

周围空空荡荡的，完全没有人。他坐起来，全身异常地酸软无力。他看到窗外的月亮，那是这个城市处心积虑的人工月亮，据说，它会永远照耀在每个夜晚。过了很长时间，韦波觉得自己的手脚有了点力量，他才坐起身走下床，然后赤着脚一步一步慢慢走到露台上。

月光如水，面前的人工运河依旧无言地流动着。

韦波努力回忆着，他记起来他好像是登上了一条豪华的龙船，之后就一去不复返。他清楚地记得自己的梦境，他在大海里漂荡了很久，之后被一条大鱼吞到肚子中，他曾经走过一个即将被毁灭的城市，后来，当他走下那个可以俯瞰城市的沙丘后，就进入了一个令人迷惑的大峡谷。那个峡谷极其漫长，里面有各种各样的蝴蝶、鹦鹉、不知名的绿色植物，他既流连忘返，又几乎寸步难行，直到地老天荒的某一刻，一阵大风忽然狂吹而至，把那些挡在眼前的树木荆棘一起吹散了，他这才看到一个细细长长的出口。

韦波终于走了出来，这一回他走出的是自己的真正的门。两个小护士正坐在楼道口聊天，当她们俩猛然看到晃晃悠悠走过来的韦波时，吓得尖叫起来。

你们是谁？韦波奇怪地问。

你又是谁？两个小护士哭喊着问道。

我是这个房子的主人，我刚才躺在卧室里。韦波指指里边。

两个小护士闻言，一下子没那么惊恐了，她们俩互相对看了一眼，然后惊讶地说：是您啊？我们还以为是鬼呢！

韦波疲惫地笑笑，鬼？我看着有那么可怕？我一直在睡觉吗？韦波问。

是的。两个小护士回答道。

好的，韦波说，我再问一遍，你们是谁？

我们是护士，是来照顾您的，我们受雇于您的未婚妻。小护士说。

我的未婚妻？韦波不解。

就是那个瘦瘦的，穿得很精致漂亮，嘴边有一颗痦子的女孩。小护士说。

韦波点点头，然后他又问：我睡着的时候，还有谁来过？

只有一个人来过，他成天坐在一楼若有所思，这人高高的，偶尔脸上有一丝坏笑。小护士说。

韦波知道是谁了，在这个世界上也只有他能来。韦波毕竟大病初愈，他还是感到相当虚弱，他在一把椅子上坐下来，然后看了两个小护士一眼，很明确地说：这样，从现在起，由我来雇用你们，我给你们三倍的价钱，你们最重要的工作是闭嘴，不要告诉别人我醒了，你们就继续在这里日夜聊天，不要离开！

几天之后，韦波的身体恢复了一些，他的头脑也逐渐变得清晰起来。很快，他就想明白了事情的原委，他一定是被人算计了，这里面有他最信任的韩时光，幕后的人如果没有猜错应该是莉莉娅，只有她才有这样的胆识和韬略，她不愧是他的正宗女友。

韦波打算出去散散心，出发之前，他悄悄吩咐小护士雇来了一个机器人，让机器人扮成他的样子继续睡在床上，以迷惑所有可能到来的人。

夜晚，韦波打扮齐整，他戴上一个金色面具，穿上一袭白衣，偷偷溜出了别墅。

这一回他是沿着运河信步而走，人工运河中热闹异常，有游河的，也有喝花酒的。河的两岸更是喧嚣，女人们风情万种，歌舞升平，男人们游戏娱乐，一派繁华昌盛的景象。韦波手摇纸扇，饶有兴趣地看着这个他一手创造的城市，确实，这个城市每天都在日新月异地变化，即使在没有他的日子里它也从未停止过脚步，看来还是那句老话说得对，这个世界没有谁都行。

很快，韦波就找到了他要找的人。马大师正坐在他的四合院里和一个小姑娘瞎扯，小姑娘看样子已经被马大师的话给套住了，被他说得一愣一愣的，马大师越凑越近，正要一亲芳泽之际，韦波忽然出现了。马大师侧过头看到他，顿时打了一个冷战，脸上露出恐惧的神情。

韦波很长时间没来了，马大师以为这个二货消失了，他还上了九炷香，谢天谢地好久，没想到这个克星如同附骨之疽一般又一次冒头了。

韦波坦然地坐到了马大师的对面，他不等马大师发话就开始讲故事。他滔滔不绝，眉飞色舞，一会儿神情凝重，一会儿又鬼鬼祟祟地说着，马大师无奈地听着，他的脸从红到白再从白到红，神经病，他是一个彻头彻尾的神经病，马大师心里想着。韦波这一回的故事变了，变得天翻地覆，他不再讲儿时的时光而是讲起他自己如何被一条大鱼吞进肚子里，并且在大鱼的肚子里住了一个世纪之久，他在大鱼的肚子里一直读书，直到他被吐到一个城市的边缘，而且这个城市还须要他拯救。妈的，他哪里是神经病，他恐怕是疯了，马大师揪心地想着，他真想站起来撒腿就跑，但是一想起上回受到的威胁，他就怕得要死。唉，我的命怎么这么苦，遇到黑社会不说，还他妈的有心理疾病，马大师悲苦地想。

韦波终于讲得累了，他拿起桌上的杯子喝了一口水，这时马大师期期艾艾地搭话说：客人，您讲得真好，真动人。

是啊，现实其实比童话还神奇。韦波感慨地说，之后他看到马大师桌上那几枚常用的铜钱，就又说，要不大师你起个卦吧，看我到底能不能拯救那个城市？

马大师听了韦波的话瞬间就感到了天旋地转。

四个小时之后，韦波终于倾诉完毕，他畅快了，每次倾诉完他都觉得一身轻松，他不在乎别人是否理解，他只在乎是否有人把他的话听完。走之前，他看着马上就要崩溃却极力支撑的马大师，说了最后一句莫名其妙的话，他说：大师，你记住，这个城市永远在我手中。马大师闻言频频点头，他已经被折磨到了极限，不管别人信不信，反正他是信了。

韦波走后不久，马大师也走出了院子，他踉踉跄跄走得十分悲怆。没错，他确实开始怀疑人生了，挣点钱真难啊，马大师一边走一边掉眼泪，他想起自己艰难的奋斗历程，如何在旧离忧城坚持下来，如何在新离忧城另辟蹊径展开伟大的算命事业，但是谁也想不到他却遇到了这样一个克星，他把他当作世界上最大的垃圾桶，把所有的疯话、迷信、异想天开、痛苦迷惘都倒给了他，这让他完全活不下去了。

马大师在街上走了很久，终于，他在灯火阑珊处看到一个高挑的旗幡，上写三个大字"神算子"，他迫不及待地走过去。他走进一个似曾相识的院子，看到院子中央摆了一张似曾相识的八仙桌，桌后坐了一个胖大头陀，脸上充满了慈祥的微笑，手里正盘着一串紫檀佛珠，马大师如同看到了救星一般伸出了手，大叫一声：大师，救我，我要算命，我的命太苦了——

一片白色的沙滩上，有一排棕色的草棚，不远处是一片极蓝极蓝清澈透明的海水，两个太阳一左一右一大一小一里一外地挂在空中，热烈地照耀着。

风吹过来，暖暖的，一切都显得那么惬意。草棚下，赵晓川穿着游泳裤躺在长椅上有一搭无一搭看着一本时尚杂志，旁边几个美女则赤裸着上身面朝下趴在一张按摩床上享受着特殊的SPA。

这是一片用强大科技制造出来的人工海滩，整个海滩依然被扣在一个大大的人工玻璃罩里，这是目前保护环境单一纯净的最好的办法。海滩的沙子是从自然界精挑细选的，海水其实是湖水，海天一色的远景是用现代立体影像技术制作出来的，玻璃罩里外都有人工太阳，一个大一个小，罩子里面的小太阳是专门为来此消费的顾客提供充足的光照射服务的。

在新离忧城——这个最大的罩中城市，这种次级区域越来越多，它们由于各种需求被扣在不同的罩子中，这些区域拥有各种各样的特点也有各种各样的功能，同时它们还是各种各样的景点，一些人可以在次级罩中生活，另外一些人可以在上一级的罩中观看这种生活的可视部分，他们彼此观赏互为风景。

赵晓川从中间介质世界回到了城市。他去看了韦波，韦波依然在黑黑的房间中静静地躺着，赵晓川从韦波的房间中出来之后，两个小护士有点异样地看了他一眼，赵晓川虽然觉得有点奇怪，但是也没多想。

此时，一个预约的美女走过来要给赵晓川按摩，她把长椅放平，他翻过身趴在长椅上。美女的手上来了，她细腻温柔地摩擦着他的皮肤，赵晓川感到了放松，慢慢地有一种要昏昏睡去的感受。就在这时，一阵轰隆隆的声音传来，赵晓川循声抬起头，忽然看到人造海面上一个宏大的城市浮现出来，那个城市光彩四射，人声鼎沸，城市中间有各种各样的彩色气球在不断飘动。

赵晓川惊讶地看着，此时，身后的美女俯身过来，在他的耳边说：先生，那是人工制作的海市蜃楼。

这个也能人工制作？他惊讶地问。

是的，新离忧城拥有最先进的海市蜃楼发生器。美女笑着说。

两个人正说话间，空中出现了一朵巨大的红色的玫瑰，它娇艳欲滴，十分逼真，似乎还在微风中晃动着。花朵为什么会出现在空中呢？不及赵晓川细想，紧接着，他又看到一个令他更加惊异的景象，小白出现了，她俏丽的身影在一片宽阔的水域中游动着，后面跟了一大片铺天盖地的色彩斑斓的鱼群，这景象既让赵晓川着迷又让他深思。瞬间，他明白了，一切都是幻象。小白就是这个新世界的幻象——她外表欣欣向荣，实际上深不可测，内涵异常复杂。赵晓川想起，在小白可爱的外表的误导下，他在股票游戏中大败亏输，实际上，只有在他走麦城之后才发现她的内心完全不可捉摸。赵晓川又一次想起归宿问题，这个问题他从迷惘到确定，又到再次迷惘。新世界太过广大、新奇也太过复杂，赵晓川实在无法把握这个城市的本质。赵晓川实际上是一个很简单的人，他更愿意过那种单纯的生活，他渴望居住在一个内心的纯净与外部的纯净合而为一的世界里，而不像新离忧城的洁净区，表面干净无比，实则红尘万丈。

如果这里的一切均为幻象，那么哪里是他最终的归宿呢？赵晓川深深地问自己。

几天之后的清晨，新离忧城迎来了一件大事。

这个城市最大的一款自由生长、自由设计、全城游戏者都可以参与的游戏终于发布了。这是一个鸿篇巨制的古典游戏，名字叫作"干掉袁崇焕"，它的背景放在明朝末期，那是一个生死攸关的时刻，苟延残喘的大明正与清进行着最后的殊死的搏斗。

这是一个全城人关注了很久的游戏，它的缘起来自一些游戏者别出心裁的想法。他们的初衷就是想模仿一个波澜壮阔的时代，因为那些平和的游戏早让他们腻味了，只有杀伐惨烈以及所有的人都能参与的游戏才让他们觉得有意思。这个游戏的制作经费是众筹所得，中间多次停工，又经过城市众多游戏者百般努力，最终制作完成。据说，这个游戏制作得高端大气上档次，极具观赏性和故事性，里面人物众多，事件复杂，各种天灾人祸、外部战役、内部倾轧层出不穷，忠君、爱国、叛逆、亲情、友情、爱情、疯狂、傲慢、杀戮、覆灭应有尽有。简单地说，它已经不仅仅是一个游戏，而是某种历史的生存模板，其中包含了种种对于历史的思考、理念甚至偏见。

由于制作的过程太过曲折，以及在城市中长期的公开议论与宣传，使得这个游戏特别受人期盼。果然，游戏公测这一天，全城的人都出动了，人群蜂拥着走向游戏地点。所有人都扮上了，不是明朝的子民，就是清朝的官兵，他们都渴望着自己能在这个轰动全城的游戏中好好玩上一把，他们还从来没有和那么多人一起面对国恨家仇呢。

此时，莉莉娅也走在路上，她和高宇正含情脉脉地相拥着，他们是被这几天整个城市的议论纷纷所吸引，打算出来看看这个城市最新奇的创意。韩时光也走在路上，他的身后跟着几个西装革履、器宇轩昂的随从,小弟虽然是旧的,但是他们的打扮都经过焕然一新,他们的目标是显得上档次,这个全城游戏是韩时光主政之后自发生长的第一个大型项目,他觉得必须要显出一副舍我其谁的参与感来。没人发现韦波,他悄悄站在一条船上,船离岸边很近,他扮成一个书生模样,冷静地站在船头,他能非常清晰地看到人们兴奋而激动的样子,他觉得这个自己亲手建设的城市既熟悉又在飞快地远去。

人群越来越庞大,嘈杂声越来越响,人们从四面八方走向城市中央广场,那里将是今天好戏上演的地方。游戏的开头就是抗清名将袁崇焕被五花大绑绑在一个柱子上,准备要被凌迟处死,然后可能会有人劫法场,上演一场乱打一锅粥的群众运动。

游戏虽然九点才开始公测,但是到了八点半,广场就已经人满为患,人们大声议论着,亢奋之情溢于言表。就在这时,一个怪异而高亢的声音从广场的上空远远地传来,那声音相当的没有顾忌,只是"啊啊啊啊——"一味地叫着显得相当漫长而起伏。浩瀚无边的人群被吸引了,人们仰头观看,只见在广场的一侧一个时尚的大楼里,一个游戏房间的窗子被打得大开,一对年轻人正毫无顾忌地狂放地做爱,他们就在大楼的二层,而大楼又离广场中央很近,所以几乎所有人都可以一览无余。年轻人完全无视了人群,甚至有可能是故意让整个人群看到,他们一边放肆地叫着,一边忘我地动作着,那种肉体相互冲击的声音从房间中预备好的扩音器中非常豪迈地传了出来,由于情侣过于投入过于戏剧化的表现,人群开始议论、窃笑,有人鼓起了掌,还有人吹起了尖厉的口哨。

韦波看到这一切，也忍不住苦笑起来，他想这年轻的一代也太火爆了吧，他们怎么会如此无拘无束？韦波忍不住转头问船上的水手，这一切到底是游戏还是生活？

客人，您不清楚吗？在我们这个伟大的城市，游戏就是生活，生活就是游戏。水手们伸着头一边看，一边笑嘻嘻地说。

韦波点点头，他想，对啊，这不就是这个城市最初的口号吗？这不就是他建立城市的初衷吗？就在他思考的时刻，一只大鸟翩翩而来，那不是自然界中的大鸟而明显是科学区制造的一只机器大鸟，它飞到浩瀚的人群头顶，忽然大叫一声，随即一大片雨雾从大鸟的嘴中喷洒而出，人群欢声雷动，他们知道这是游戏开始前的特殊庆祝仪式，人们纷纷伸出手去感受那种细细的雨露，同时广场上弥漫起一股淡淡的有些奇异的香味。忽然，不知道谁大叫一声，卖国贼袁崇焕来了——人们闻言连忙转过头观看，只见几个扛着鬼头大刀的彪形大汉横行而来，中间裹挟着一个被五花大绑的人。

哦——人们再次欢叫起来，他们知道好戏马上就要开始了。大鸟趁机在声浪中又狂喷一阵雨露，之后振翅而飞。

大鸟离去了，人们开始变得非常开心，他们相互嬉笑着，攀谈着，拍打着，那种欢乐的气氛在直线升高。交流中，做爱男女"啊啊啊啊——"的声音应景地传了过来，人们听到后再也忍不住哄堂大笑起来，这太可乐了，年轻人胡搞的时间长得真是远超想象。可是，此时，冷眼旁观的韦波率先看出了不对，他觉得人群表现得逐渐有些怪异了，相互之间的热情好像越来越不寻常，过了一会儿，人群果真就开始了更加过分地互动，他们男男女女相互寻找，看到合适的之后就互相抚摩、拥抱、接吻，之后他们毫不犹豫地开始宽衣解带，马上就欲行云雨之事。

这是怎么了？韦波惊讶地叫道，周围的水手也都看愣了。

这时，忽然旁边一条船上爆发出热烈的笑声和叫声，一群人大声喊道：倒也，倒也，中我们妙计一遭。

韦波转头望去，只见旁边那条大船豪华异常，上面挂着多重彩旗，威风凛凛。

坏了，那只大鸟肯定是"宽恕时间"派来的。船员们一下子醒悟过来，它刚刚喷洒的是最新推出的狂欢良药，它是由性兴奋剂、蒙汗药、致幻剂组成的，专门对付游戏中人，我们快跑！船员们叫道。

船启动了，船身慢慢向后退去。韦波站在船头惊讶到异常无语。就在他逃跑的同时，莉莉娅倒下了，她本来正和高宇情意绵绵地漫步着，却在意想不到的时候身不由己地摔倒了。当她醒悟过来这是一个圈套时，已经完全无法控制自己。她一时有些慌张，可是很快，头脑中所有的幻想飘扬起来，她看到了从未看到过的城市的灿烂的内心以及辉煌的未来，她很惊讶也很兴奋，没想到城市的未来竟会如此美好。此刻，各种不同的男人已经冲了过来，莉莉娅本来还拉着高宇的手，但是男人们把他们分开了。莉莉娅先是抗拒，但是随即就接受了，因为周围的人都是这样，男男女女全都无所顾忌。莉莉娅逐渐陷入了那种肉体的狂欢，她深深沉醉其中，在难以自拔的时刻，她清晰地得出了一个结论，这个世界是丰富多彩的也是她的，她可以有无限的选择，也有能力这样选择。

　　此时，韩时光也躺倒了，他本来是带着一种居高临下的态度来监督、测量和评估这个新游戏的。他率领着马仔趾高气扬地走着，忽然发觉马仔被人群冲散了，他想阻挡、控制却根本无能为力。人群就像潮水一般地冲过来，这太出乎他的意料了，他原以为在这个城市他已经胜券在握，但是没有想到，这个城市自我组织、生长的力量是那样的巨大，似乎远远超出他的预料。周围，人们一一倒下，他们的思维全都混乱了，他们极为渴望地抚摸着陌生的伴侣，一起开始做那件最本能的事情，庞大的人群如同某种复杂的软体动物一般蠕动着，人们的欲望如同冲出瓶子的魔鬼一般冲天而起。韩时光在挣扎中感到了恐惧，他忽然发现，他依然不了解这个城市，这个城市太复杂了，完全不在他的掌握之中，甚至很可能不在任何一个人的控制当中。韩时光在撕扯的人群中开始深深地怀疑自己，然后又情不自禁感叹起自己卑微的、悲怆的命运。

　　只有韦波的船一直在冷静地退避三舍，他渐渐远离广场上的乱象，全身而退。混沌的人群一点点远去，他的心中不禁想起了一句话，螳螂捕蝉黄雀在后，这句话非常恰当地解释了这个城市的前世今生。这个城市的外表即使再变幻，它的内核依然是洪洞县里无好人，谁都想把谁吃干抹净。他忽然又想起那个问题，这是他想要的城市吗？他到底想要一个什么样的城市呢？

36

　　韦波坐着船从那场肉体的狂欢中抽身出来，但是绝大部分参与游戏的人没有逃出来，他们大都沉沦于那种看似享受的陷阱。韦波上了岸，他徒步在城市中游荡，从中央区，到科学区，再到洁净区，再到"宽恕时间"，他游走于各种游戏，看尽人生中的悲欢离合。

　　他觉得自己变了，特别是当他从梦中醒来之后，他发现，当自己的想法改变之后世界也不一样了。

　　他在一个有关电影的游戏中待了很多天，每一天，那个游戏中的人们都在拍电影。一开始，他看得云山雾罩，渐渐地，他看出了端倪，这个游戏讲的是一个电影制片人拍电影的故事，那是一个极其艰难的过程，每个游戏中的人物都面临着不同的困境，演员、导演、编剧、摄影、美术、灯光，甚至场工都有着自己的为难事儿，所有的人都有他们的利益，也都有他们不可告人的秘密，他们时有鄙俗、龌龊，只是他们都衷心希望拍出一部好电影。韦波看懂了之后，越来越有兴趣，他虽然知道这是游戏，但是还是被游戏中的每个人物所吸引。

　　有一天，那个肥胖浮肿的制片人病倒了，这家伙是个酒色之徒，他每天要喝很多的酒，要办一个小姑娘，他的生活看起来十分腐朽。但是实际上他每一天都充满了焦虑，各种说好的不靠谱儿的资金都在他的渴望范围之内，他每天就像一条狗一般会去央求很多人，他因此练就了一身唾面自干的本领。但这一回他病了，由于他平时的暴躁、冷酷，根本没有人搭理他，连那些平时自愿让他欺负的小姑娘都躲得远远的。

胖子病得很重，癞皮狗一般趴在沙发上，他脸上的横肉有气无力地耷拉着，嘴半张，眼半闭，一副溃败的样子。韦波仔细盯着那个胖子，过了很久，他忽然明白过来，这个胖子他见过，他有点像当年的洪修源，那时他还只是一个名不见经传的小制片人，他吃够了苦，没有人把他当人，只把他当一条招之即来挥之即去的狗。

韦波一时有些感慨，一时有些凝重，这时一个副导演走过来，很随意地对他说：喂，你是围观游戏的吃瓜群众吧？

是啊。韦波点点头。

看电影吗？副导演问。

你们真拍电影，不是游戏？韦波问。

真拍。副导演很诚恳地说。

什么电影？韦波问。

就是我们拍的一些素材，粗剪了一遍，想征求一下意见，你先看看怎么样？副导演问。

好啊，没问题。韦波很爽快地答应了。

于是，韦波走入了一个放映室。那是一间普通的平房，它被临时凑合成一个放映室，屋子里有几十把普通的折叠椅，有二十几个观众在座。韦波走进去坐定，灯很快就熄了，电影开始放映。

电影开头没几分钟韦波就看进去了。这是一个有关自然人舞蹈演员的故事，它似乎就发生在新离忧城。电影中的女主角纤弱、柔软，略带颓唐，但是她发自内心地热爱舞蹈。她为了跳舞不断地挑战一个社区的底线，她不顾病痛与自然人勇敢地恋爱，最终两个恋人一起冲出了那个表面欢乐、干净，实则肮脏、虚伪的世界。说实话，那个片子虽然还只是粗剪，但是想法非常好，拍得也很不错，韦波被出乎意料地打动了，他在观影过程中似乎想起了所有人，孟有纪、洪修源、赵晓川。那个跳舞的女孩子好像跟孟有纪有很相似的地方，里面有个貌似凶恶实则和善的社区监管大叔说不出像谁，他干了很多不可理喻的事情，但是最后在舞蹈演员逃跑时上演了一出捉放曹。电影中还有一个小男孩儿的角色，他自小就喜欢漫画书，可是后来他收藏的漫画书却被坏人偷走了，几经周折，那些书又在岁月中被人一部分一部分地送了回来，最后，当那个小男孩儿已经成年时，那些漫画书才重新聚齐，它们一摞一摞整齐地放在一起，好像从未离开过他。此时，韦波终于忍不住哭了，他顾不得周围还有其他人，自顾自地痛哭流涕起来，他忽然明白这个电影其实也与他有关，那些书曾经在他的人生中真实地存在过。他情不自禁地想起自己这半生的生活历程，母亲的自私，父亲的不靠谱儿，舅舅的冷漠，还有他一步步在商场上艰难奋斗，如何有个辉煌的开始，如何成为阶下囚，如何又东山再起，直到旧世界覆灭之后新世界的建立。他与那个舞蹈演员有很多相像之处，虽然他们的经历大为不同，但是他们的情感在很多时刻一模一样，他也曾有着丰富敏感的内心，但是由于不断被生活出卖，他变得冷漠了，他把最该珍惜的东西压抑在心底，只是关注利益，因为他认为只有利益才是最安全的。但是这部电影给他开启了情感的闸门，它一定就是赵晓川送给他的，很多细节只有他可能了解，在这个电影中他释放了自己或者说重返了曾经的自己——那个拥有内心生活，执着但不乏简单善良的少年，他想起儿时对于未来和梦想的憧憬，也想起当下的利益、生存与拓展城市可能性的多种命题，电影中的点点滴滴都恰到好处地和他的生活细节以及心理波动联系起来，它似乎投射了他的人生并让他无比激动。韦波觉得赵晓川成功了，他作为一个兄弟是合格的，他做出了整个世界都做不到的事儿——他打动了他，不是用利益，而是用根植于人类本质中的基本情感，想到这儿，韦波号啕大哭起来。

赵晓川再次来到韦波的宫殿时，整个别墅还是静悄悄的。他走进门，宽大的一楼客厅寂寥无声，房间中的还是那种冰冷的气息，一切都跟他上一回来时一模一样，没有任何变化。他抬起头看到二楼楼口，两个小护士还是那么坚韧地在窃窃私语。

我来了。赵晓川扬起他那种标志性的、懒散的笑容说。

两个小护士看了他一眼，笑着向他点点头，什么也没说。

赵晓川迈步走上楼，当他踩在厚实的地毯上时，忽然听到了琴声，那是一种他不熟悉的声音，他侧耳听听，然后循声而去。

果然，在那个非常庞大的餐厅的一角，赵晓川看到一个人正在弹钢琴。赵晓川走过去，此时弹琴人抬起头，那是一张年轻的脸，与韦波相当相似，但是绝不是韦波。

你是谁？赵晓川奇怪地问。

我是机器人。年轻人说。

你为什么会在这里？赵晓川问。

我是被雇来的。年轻人说，就躺在里面。

赵晓川一愣，他不相信地走到卧室，果然看到床上空空如也，赵晓川走回客厅有些疑虑地问：谁雇你来的？

一个长期躺在这里的人。机器人说。

赵晓川听到这儿，他终于长长松了一口气，他想，一个停止的系统重启了，他没有白费功夫。

第二天的傍晚，机器人躺在卧室里，悄然无声。夕阳西下，赵晓川坐在露台上给自己倒了一杯啤酒慢慢抿着，双色夕阳，这是这个城市最独特的景色，一个在天罩之内，辉煌耀眼，另一个在天罩之外，博大而有些淡然。赵晓川的心中有一种宁静，有一份淡淡的欣喜。

不久，他的身后传来脚步声，赵晓川站起来，转过身，他看到一个戴着金色面具的白衣书生向他走来。韦波走到他的面前，摘下面具，露出那张恒定的不被环境左右的笑脸。

两个一生的朋友紧紧拥抱起来，此刻夕阳无声，整个城市的喧闹似乎都远去了。

很久两人才分开。

你醒了？赵晓川问。

是的，醒了有一段时间了，不过我没有声张。韦波笑着说。

你弄明白事情的原委了吗？赵晓川问。

我大致弄清楚了。韦波点点头。

韦波说着和赵晓川一起坐了下来，这时小护士拿来一个杯子和一瓶啤酒，两个人就在夕阳下对酌起来。

默默喝了很久，韦波才问赵晓川：你说真有一个更高的存在吗？

赵晓川皱着眉想了想说：这么说吧，我觉得他应该存在。

为什么呢？韦波又问。

赵晓川回答道：因为这个城市需要他，不然，当人们变得无所顾忌无比疯狂之后，这个城市就会完蛋的，人的欲望会吞噬一切。

韦波听了点点头。

你在梦境中见到了什么？赵晓川又问。

很多很复杂。我先是在海上漂荡，后来见到了我们小时候的那条大鱼，我被它吞到了肚子里，不知道航行了多久，我又看到了一个城市，那就是我们过去的离忧城，我的任务是去拯救它。后来我去了，可是没有人相信我，人们把我驱逐出那个城市。结果，我又掉到了一个满是植物的山谷里，那里丛林茂密，鸟语花香，只是一直无法找到出口。直到有一天大风来了，吹开一条缝隙，我才彻底逃出来。韦波讲述着他奇妙的经历。

夜晚，双份夕阳落下去，双份月亮又升了起来。人工运河上漂满了种种满腹心事的彩船，没有人知道它们来自哪里，也没有人知道它们要去哪里。赵晓川和韦波一直在喝酒，他们都已经快醉了。

我改变主意了。韦波这时长长喘了一口气说。

什么意思？赵晓川问。

我打算停止修改超级计算机的原初设计，在这个世界里给好人小组留下一席之地。我是掉入梦中的大海后才明白，只有维护一定程度的善才能得到最大的利益，在没有道德的世界里，所有人都会被出卖，没有一个幸存者。韦波又大大地喝了一口酒说。

37

船平稳地前进着，在宽大的甲板上，摆了一张桌子，赵晓川和韦波相对而坐，中间摆着茶具和果盘，每个人面前都是一杯清茶。

桌子的前面一大块空地是用来表演的，一小群古典舞演员正在表演舞蹈。他们的舞蹈叫作《别董大》，舞蹈演员们的动作整齐、有力，又不乏柔美。旁边琴箫和鸣，一个青衣装扮的妙龄女子站在不远处浅吟低唱道：千里黄云白日曛，北风吹雁雪纷纷。莫愁前路无知己，天下谁人不识君。韦波看着这个女子，觉得似曾相识，心中涌起无限感慨。

两人各自听了一回，韦波忽然感叹一声道：兄弟，你真的要走？

真的要走。赵晓川点点头。

你不喜欢这个城市吗？韦波问。

也不是。赵晓川听了摇摇头，实话实说道，我原本以为这里是一个安静美好的归宿，可以停止奔跑，但我后来发现这里不是。

韦波听完一阵默然。

赵晓川告诉韦波，他也是后来才看到那部电影的。与赵晓川想象的不一样，那个片子增加了很多出乎意料的情节，还拍出了一种温暖感人的味道。本来赵晓川只是提供了一个有些哀伤和决绝的故事，但是整个拍摄团队却把这个故事重述了，他们准确地看到了女主人公生活中阳光的一面，看到了她坚忍不拔的奋斗，不断在专业上逼近不可能抵达的高峰，后来，她又获得了爱情，最终她跟她的爱人一起奔向了心仪的远方。

赵晓川完完整整地看了那些素材片，人们对于生活的重述令他倍感深刻。原来竟然是这样？！那种他眼中悲苦的、卑微的、令人同情的、没有退路的生活竟然还有这么快乐与昂扬的一面，谁说他们没有幸福，即使在病痛之中，他们也是那么深深地爱着。谁说他们不伟大，他们作为自然人在不可能中腾空而起，跳出了进化人无法想象的舞蹈。

其实，这部电影给了我最后的一推，我觉得该是寻找自己最后归宿的时候了。赵晓川这时说。

理解。韦波点点头，你的归宿在远方，而我的归宿，毫无疑问，就在这里。

理解。赵晓川说。

船靠岸，赵晓川大踏步走下船。船离开，韦波站在船头与赵晓川挥手作别，那个青衣声音婉转地唱着，悠远动人绝不止息。两个一生的朋友终于分手，还好这份终生的友谊经受住了考验，在这个利欲熏心互相坑害的城市，他们最终坚守下来，他们没有屈从，少年依旧是过去纯真的少年，漫画的美丽依旧覆盖生活。

　　赵晓川再次坐上了那趟神秘的列车，车厢中只有他一个人，车窗外是新城市的奇景，天罩，大厦，高耸入云的喷泉，一级又一级繁密的次级罩，双份的阳光，川流不息的游戏人群，各种好奇的游客，还有一些迷惘的混子恣意徜徉。

　　车开动了，赵晓川面前的空间忽然收缩起来，他的身体似乎从三维变为二维，又从二维再次跃升。赵晓川看到了一个浩大的湖面，那个湖面无限延伸着好像要奔向大海，鸟群，白色的漫天的鸟群在空中画出优美的立体曲面，它们交错，动荡，飞扬，跳脱……赵晓川发现自己变成了一只大鸟，他跟着鸟群任意飞翔，一会儿俯冲至湖面，一会儿又飞向高空，他的身边充满了自由的鸟的叫声，他们好像在说，这是多么自在的生活啊！

　　赵晓川最终落到了地上，他穿过森林和溪水，面前是一大团云雾，穿过云雾，他看到了一段无休无止的城墙，城墙的上面长满了树木，蕨类，盛开着花朵，有的部分毁坏，有的部分坍塌，墙壁上面刻着各种各样的文字或者不明所以的图腾。城墙中间有一个门，门紧闭着，一个乖巧的小姑娘穿着明黄色的长裙笑嘻嘻地站在门前，她的袖口停着一只大大的白色蝴蝶。

　　赵晓川走到小姑娘面前，他冲着她笑笑说：都知道小姐，我们又见面了。

　　是啊，我知道你会来找我。小芄愉快地笑着说。

　　知道我来找你做什么吗？赵晓川笑着问。

　　我想想啊——小芄仰起头看着天空，过了一会儿，她忽然拍着手说：我知道啦，你要让我做你的女儿。

答对了，这是超级计算机给我出的主意。赵晓川说。

可是，我为什么要做你的女儿呢？小芃眨眨眼睛问。

赵晓川闻言从背包里掏出一个小小的金属盒子，从盒子里他拿出一个精巧的、几近透明的芯片递给小芃，小芃拿过来一下子把芯片融入手掌。

这是我从新离忧城的中央系统中给你找来的漫画书，我可以陪你一起看漫画。赵晓川由衷地说。

那太好啦！小芃欢欣鼓舞地叫了起来。

瞬间，赵晓川和小芃的眼前跳出一块大大的银幕，芯片中存储的那些漫画书立刻闪现出来，它们飞速地被翻动着，赵晓川完全目不暇接，根本反应不过来。

看完了。须臾之后，小芃向赵晓川说。

你看得太快了，这是新旧两个城市所有的漫画呢。赵晓川惊讶地笑着说。

我就是这么快啦，小芃调皮地说，你还有什么？

赵晓川当然做了充分的准备，他想想再次打开背包，拿出一个小小的瓶子，他细心地用小镊子从瓶中夹一片小小的羽毛，然后他把羽毛放到空中，羽毛在空中浮起来，它稳定地飘着，就在赵晓川和小芃的中间，它选择了一个十分精确的中点。

什么？小芃问。

你能不能先答应，如果你没有看过，你就做我的女儿。赵晓川说。

好吧！小芃很痛快地回答，她就是一个孩子，她一定要看她没看过的东西。

这是超级计算机送我的一本书，这部书是人类整个的历史，它是动态的，包含着当下的一分一秒，包含着你我，包含着先民们的种种生活、苦难、快乐、歌声、泪水、邪恶、善良、挣扎、覆灭、拯救、重生，一切的一切，在那些有意义与无意义的时间与空间里发生的一切。赵晓川认真地说。

小芇听完，收起了笑容，她严肃地点点头，然后伸出两个指头捏住那片羽毛，把它融化到自己的手掌之中。

小芇彻底被吸引了，那是一部人类的最完整的历史，它是一直变动的，就是在她阅读的时候那部历史依然在增长，只要人类还剩下最后一个个体，它就会继续下去，永无止境。

时间似乎停止了，周围静谧无比。小芇袖子上的白色蝴蝶慢慢升起，一圈又一圈绕着她飞着，之后越来越多的白蝴蝶在她周围飞了起来。

过了很久，但是不知道有多久，小芇终于读完，她抬起头非常干脆地说：真是好书，好吧，我可以做你的女儿，但是我有一个条件，你每天都要跟我谈论一种现实世界里最美丽的蝴蝶。

好的，这个毫无问题，我们走。赵晓川愉快地答应了。他的心中终于长长松了一口气，脸上露出发自内心的笑容，他知道从此刻起他将重生，这正是超级计算机给他指引的未来的人生方向。

小芇果然没有辜负赵晓川的期望，她随后带着赵晓川来到一个全新的世界。这个世界是虚拟世界与中间介质世界激发出来的一个小小的衍生世界——理想世界。每个现实世界的普通人都曾无数次想象过这个世界，但是他们绝大部分人都不知道这个世界真的存在，而且理想世界对于每个人来说都不一样，完全因人而异，小芄把赵晓川带到了属于他自己的理想世界，这让赵晓川觉得他来到了完全让他满意的地方。

在这个世界中，赵晓川很快重新开始了生活。他很坚决地换了一种活法，他尊重世界中的事实与规则，像韦波那样努力工作，并且用心寻找朴素的爱情。不久，他见到了一个可心的女孩子，她明媚、快乐，说话语速很快，有时还爱发点小脾气，但是她特别善良、热心，对这个世界充满了爱，赵晓川很快爱上了她，他和女孩子结了婚，生活在一起。两年后女孩子怀孕，十月之后，赵晓川的女儿诞生了，她的眼睛不大却异常灵动，她长得跟小芄几乎一模一样。

小芄就以这样的方式完成了她的承诺，赵晓川也最终获得了他渴望的宁静的幸福。

38

韦波的苏醒，对于莉莉娅和韩时光是重大的打击，他们的图谋功败垂成。

韦波最终没有和魔法时刻谈判成功，魔法时刻的女老板犹豫了很久，还是退缩了。她觉得韦波所创造的这个产品虽然宏大而富有想象力，但是这个城市未来的走向却实在看不清楚，所以她决定不冒险，退避三舍。

韦波很失望，他不禁又想起了莉莉娅。他对于她背叛的愤怒很快就消失了，愤怒只是一种情感不是理性，韦波反思了自己的做法，他过分在先，莉莉娅是受到了极大的伤害后，由怨而恨，因此进行了反击，这是人之常情。韦波想到这儿就释然了，这个世界没有永远的朋友，更没有永远的敌人。他反复权衡之后，决定与莉莉娅和解。

韦波主动给莉莉娅打了电话，莉莉娅接电话时正和高宇同床共枕，她接到韦波的电话后立刻跳下了床。两人都表现得很理智，没事儿人一样热情地寒暄，就好像他们从未分离一般。他们谈了很久，韦波得知莉莉娅已经回到南星，就力邀莉莉娅重返离忧城，再一次考虑投资问题。莉莉娅表面上愉快地接受了韦波的邀请，但是她同时装作不经意地告诉韦波，她和她的父亲打算同样建立一个高科技化的干净而智能的城市，这个未来的城市不同于离忧与南星，它会以一种更自给自足、更节约能源、更鼓励人群间良性互动的方式运行下去。韦波听了莉莉娅的话，才明白过来，他彻底失去了她。最终，韦波忍住了内心的那一点失望，衷心地祝福了莉莉娅，他知道这才是真正的莉莉娅，头脑清楚，雄才大略，确实有所求却又懂得适时放弃，她已经从新离忧城学习了很多，很有可能在另一个新城市进行大幅的改善，她是他未来最大的竞争对手。

莉莉娅结束电话后又上了床，她看着高宇俊朗的面孔，伸出手深情地抚摩着他健壮的身躯。良久，莉莉娅低低地对高宇说：对不起，亲爱的，这个世界太复杂了，我必须告诉你实话，你只是我的选择之一，如果是这样，你还乐意跟我在一起吗？

高宇听了淡然一笑说：Lisa，你还在考验我是吧？告诉你，我不怕，我可以和他们竞争，咱们走着瞧，我一定能让你过一种更好的生活！莉莉娅听完，心满意足地一笑，她的眼眶湿润了，然后再一次深深拥抱了高宇，如同拥抱这个世界上最璀璨的珍宝一样。

傍晚，韦波来到中央区最大的一个剧场，一场话剧演出马上要开始了，这是一场有关偶像赵晓川的演出，它最特别的地方是第一回有机器人演员参演，机器人与自然人如何在戏剧中互动交流，表达爱恨情仇，这既展现了最新的科技成果，也让人充满了兴趣。

由于种种原因，话剧未演先红。演出开始前，大厅里已经人满为患，韦波为了躲清静，就找了剧院中一个有点偏的咖啡吧去坐坐。很凑巧，他进门后点了一杯咖啡，还没落座，就发现了一个有些眼熟的女孩子，她非常漂亮，明眸皓齿，楚楚动人。韦波看了她很久，她也没有任何羞涩地望着韦波，韦波断定她是机器人。韦波情不自禁地走了过去，坐在她的对面。

咖啡好喝吗？韦波问她。

不知道，我看你们自然人老喝，就想试试，我有最先进的学习功能。她笑笑说。

你知道你像谁吗？韦波问。

像谁？女孩子反问。

孟有纪，她是过去的世界中一个伟大的劝说者，你和她一样美。韦波说。

没听说过，不过我记下这个名字了。女孩子微笑着说。

韦波上下打量着女孩子，他又问：你被设计的初衷是什么？

他们打算让我去中间介质世界，劝说我的一个同类。女孩子说。

哦，原来是这样，韦波有点恍然，他知道这是他原来的一个想法，没想到依然在被执行，你知道是谁派你去中间介质世界吗？韦波接着问。

女孩子听了，看了他一眼，说：不太清楚，好像有很多人。

怎么可能呢？这回轮到韦波惊讶了。

当然，我们机器人从不说谎。女孩子说。

韦波惊讶了半晌还是明白过来，这回恐怕是他自作多情了，看来不仅是他一个人，还有更多的人希望超级计算机能做出改变。

韦波在遇到女孩子的第二天，他拿到了整个城市最新的财务报表。他认真研读着，报表中的很多项目让他很满意，就在他离开的这段日子里，新离忧城的赢利水平不仅没有降低反而持续上升，现金流也有了很大的改善。韦波看完财务报表不禁暗暗松了一口气，看来这个城市自我造血的功能已经趋向正常，它很快就要振翅高飞。

放下报表之后，韦波想了一下午，然后他决定，他必须原谅韩时光，他觉得自己没有看错，韩时光确实是一把赚钱的好手，他虽然不能再信任他，但是还是应该充分地利用他。于是，韦波主动给韩时光打了电话，电话接通之后，他亲热地叫起来：喂，是时光吗？我是韦波啊，你还好吗？

韦总，是您吗？真的是您吗？在另一个城市游荡的韩时光大惊。

韦波相当开朗地对韩时光说：是我，时光啊，最近怎么样啊？

韦总，我还好，还好！韩时光说着，声音有点哽咽起来。

韦波在听筒里宽厚地笑笑，然后很坚定地说：时光，我知道你前一阵在忙别的事儿，这样吧，如果你愿意呢，回来再跟着我干如何？我会给你一部分股份。

什么？韩时光一听大惊，他马上计算起莉莉娅曾经的许诺。

是的，我给你这个城市百分之十的股份。韦波说。

谢谢韦总，可是那什么，莉莉娅小姐说要给我新城市的百分之二十呢。韩时光弱弱地说。

好吧，我给你百分之十五，一口价，怎么样？韦波非常大度地退了一步。

韩时光听到这儿，终于被韦波的出价感动了，他哇的一声号啕大哭起来，他一边哭一边声嘶力竭地喊着：老板，您真是我的再生父母，我这辈子都会是您身边最真诚的那条狗。

听了韩时光的话，韦波忍不住哈哈大笑起来，他太愉快了，他对自己对于人性的了解十分得意，他想象着韩时光颤动着他那厚厚的身躯痛哭流涕的样子，心中彻底踏实了，他觉得人生中面对的最大困难已然过去，他和他志同道合的战友们再次站在了同一起跑线上，他们又要不畏艰险，再次并肩奔跑了——

就这样，新离忧城继续高歌猛进了。

令人感到幸运的是，善在这个城市重生，道德也开始宽广的复苏。善的重生是个渐进的过程，首先是那些毫无底线的游戏者受到了城市管理系统的抑制，宽恕时间被压缩、整改；其次是善开始重新出现在人们的心底，人们思考、讨论、践行，之后善就像春天的绿芽一点点绽开，直到某一天它忽然蓬勃而起，逐渐蔓延到整个世界，而此时道德就如同整个春天一般灿烂起来，允许爱、悲悯、宽容、公平、正义、体恤、勇敢百花齐放。

韦波最终听从了赵晓川的劝告，阻止了所有对原初程序进行修改的尝试。这是韦波在一连串的复杂经历后想清楚的，他是直到自己被出卖之后才明白，一个可持续发展的城市，必须是一个平衡的世界，既拥有好人所秉持的道德，又拥有大多数人所渴望的利益；道德是必需的，它既可以维护内部稳定也可以增强外部竞争力，而利益也绝不可少，它是一个世界前进的永恒动力。

韦波的书桌上，摆着很多厚厚的宗教和哲学经典，他一直没时间看，但是石屋中的分分秒秒他都记着。不是有多么清高，就是为了城市最大的利益，他也要把它们放在桌上，每天都给予他明确的提示，只有拥有道德和善的力量一个城市才能完整地存在，如果仅仅为了利益，那么整个世界将陷于疯狂，然后就是毁灭。当然，韦波不会犯书生气的错误，他知道道德只是某种良好的愿望与劝告，它是软弱的、无效的，有时甚至是虚伪的，他后来为这个城市制定了严格的规则来捍卫道德底线。作为一个管理者，他清楚地知道只有规则才是有效的，遵守规则才是运行一个城市的最好的方法。

此刻，新离忧城外，依然风沙漫天，狂风与沙石依然主宰了那个荒凉的世界，但是很奇怪，在那样荒凉的世界里居然还有人，而且不止一个，而是很多。有两个舞蹈演员在那个世界里走了很久，他们不断遇到在飞沙走石中存活下来的人们，这让他们惊喜异常。他们一边给人跳舞，一边向人出售五分钟的清新环境，他们终于存活了下来，并且越来越坚强。后来，他们还找到了自己的住所，那是一个很深的岩洞，他们在那里躲过了严酷而漫长的冬天，整个冬天他们也没闲着，他们弄来了很多颜料，别出心裁地在岩壁上开始画画，虽然天气寒冷，觅食困难，但他们依然感到很开心很快乐。没人知道这是为什么，只有他们自己明白，这是人类的天性，即使在最恶劣的环境中人类依然是强大的，乐观的，具有韧性的，他们从古至今一直在上演关于解放、关于自由的舞蹈，从未停止……

浮生半晌，游戏十分

——《游戏是不能忘记的》后记

晓　航

不知从何时起，我有了一种起名困难症，给小说起名字特别困难。一个长篇从构思到写完，一般会花两年的时间，每当稿子改完五六遍之后，我才开始认真给小说起名字，然后就要面对愁肠百结，四处求人的局面，希望能弄到一个好名字。

但是，没戏，这就如同人生，一切还得靠自己。

对于这个长篇，我想过很多名字，俗和更俗的都有，后来实在不知道哪个好，就干脆在朋友圈请大家投票。这个名字并不占优势，一直大比例落后，但是一些专业上的朋友认为它最具文学性，经过多番讨论，我只好从了。

写作业已二十年，时光一晃就过，当年懵懵懂懂提笔时我还是个年轻人呢。

感觉这些年社会的变化真快，一个让我相当不适应的现实是，越来越多的事情更浮于表面。而我，自从二〇一二年以来，反倒静下心来开始写长篇。从业务上讲，我觉得自己的进步还是很大的，这主要是源于思想上的自我批判。原来我对现实主义写作相当排斥，甚至可以说嗤之以鼻，现实主义创作的狭隘、简单、重复以及无法抗拒的悖论——它远远小于现实的丰富性，一直在那儿摆着，谁都心知肚明，谁都不想去解决去超越。但是，自从创作长篇以来，我开始主动接受现实主义的批评，把该补的课一一补上，因为不补，就无法真正而切实地建造一个有血有肉的世界，补课的结果是短板变长了，如同降龙十八掌学全了一般，这让我特别高兴。

对我来说，创作就是一个游戏，一个终生无法停止的游戏。一次又一次打关，一次又一次失败，一次次最终战胜困难而通过，那种趣味性确实无与伦比。我年轻时最崇拜的是风清扬风太师叔，他为人清高，剑法出神入化，我很想学他，只是我身在红尘，无法做到完全的心无旁骛。但是我一直有求道之心，我对自己的要求是少出去说嘴，多下苦功夫，好好地做个小说匠人。

毋庸讳言，文学一直在面临着种种严峻的挑战，比如网络文学、影视、人工智能。

虽然很多人投入网文创作，但是我一直不看好它，那就是一档子生意，与文学无关，只是其产品恰好以文字形式来表达而已，它的唯利是图、芜杂和粗制滥造都是过去几十年生意场的惯常现象，就是赚快钱呗，中国制造的初级阶段都是这样。不过网文的出现确实加快结束了小说这个文体的历史旅程——以一种非常狂乱的自戕方式，这一点令我相当感慨。

影视更直接也更易于接受，它用感官的刺激替代了文字和深层思考，它很成功，我也爱看，我也想做电影。

　　人工智能则是人类生产的最强大的工具之一，它的潜能可以使它干掉人类文明本身。按照我的判断，在人工智能的冲击面前，网文先完，然后是影视，最后是文学，文学的缓慢或者落后还有无法量化的复杂性使它有条件成为千年王八万年龟，它能活得最长当然也活得最不好。

　　面对这一切，我能做什么呢？我能做的就是采取一种鸵鸟政策，无视红尘万丈，转过身去面对文学本身，长时间安静地写作，让时间过去，让文本出现、存在，直到生命最后一刻。我觉得这也就够了，人的一生其实很短暂，年轻时，我曾想尽量试探文本的可能性，到了现在，我则想试探历史的可能性，希望我的文本能活在历史，我相信那句话，文章千古事。

　　当然，这很可能是一种奢望。当一切远去，我们这些默默的写作者一定会被毫无悬念地湮灭，就如同小说本身。但是我愿意选择这样的生活，愿意以一种理想主义的方式为小说这个文学形式送终。我愿意凭一颗纯净、淡然的赤子之心，缓慢地存在于这个快速变化的时代，冷静观察，不屈从、不盲从、不奢求、偶尔绝望、常常希望；选择坚定地向内走去，选择文本第一性，用文本表达、阐释、呼喊。

　　这几年确实读了不少书，我把后现代哲学认认真真看了三遍，同时也一直在看佛学，我发现在自己身上，现代性与后现代性一直在打架，东方的和西方的元素一直在冲突，但有趣的是，当它们缠斗很久之后，一切开始慢慢融合起来。

　　如果我一辈子在扔纸飞机，我就想看看那种纸飞机在各种合力的作用下到底能飞多远？想起佛学中那个深刻的比喻，所有的念头都是跳起的浪花，而每一朵浪花绽放的唯一目的就是回归本觉的大海。

　　我正在回归的路上。

2017-12-5

图书在版编目 (CIP) 数据

游戏是不能忘记的 / 晓航著. — 北京：北京十月
文艺出版社，2018.7
ISBN 978-7-5302-1782-5

Ⅰ.①游… Ⅱ.①晓… Ⅲ.①长篇小说—中国—当代
Ⅳ.①I247.5

中国版本图书馆 CIP 数据核字 (2017) 第 322592 号

游戏是不能忘记的
YOUXI SHI BUNENG WANGJI DE
晓航　著

出　　版　北京出版集团公司
　　　　　北京十月文艺出版社
地　　址　北京北三环中路 6 号
邮　　编　100120
网　　址　www.bph.com.cn
发　　行　新经典发行有限公司
　　　　　电话（010）68423599
经　　销　新华书店
印　　刷　三河市宏图印务有限公司
版　　次　2018 年 7 月第 1 版
　　　　　2018 年 7 月第 1 次印刷
开　　本　880 毫米 × 1230 毫米　1/32
印　　张　12.625
字　　数　220 千字
书　　号　ISBN 978-7-5302-1782-5
定　　价　46.00 元
质量监督电话　010-58572393
如有印装质量问题，由本社负责调换。